月光盒子

Moonlight Box

半截白菜　著

湖南文艺出版社
HUNAN LITERATURE AND ART PUBLISHING HOUSE

博集天卷
CS-BOOKY

喜欢你是我一个人的事情，喜欢你也是『兵荒马乱』的开始。

Moonlight Box

月光盒子

他 成年的照顾像骑士一般温柔，
在她的世界里滚烫翻涌，
年少时喜欢上的这个人，
他始终那么好啊。

她 高中的喜欢在他的世界里像灰尘，
不起眼，容易被清扫。

目录

Contents

Moonlight Box

月光盒子

假以时日，
你喜欢的那个人记得你的一点点，
也是一种小欢喜。

祝你前程似锦，

岁岁平安。

Moonlight Box

或许，她喜欢周慎之

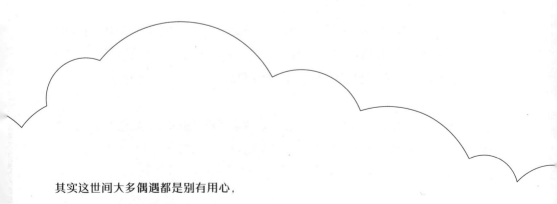

其实这世间大多偶遇都是别有用心，
根本没有那么多纯粹的巧合。

第一章

Chapter 01

今日是开学日，沈恬家的超市也比平时要早开半个小时，她洗完脸背上书包出来，从桌子上抓了一个面包拆开。

来买早餐的邻居阿姨看到她："小恬厉害啊，考进重点班了是不？"

"是啊，"郑秀云往沈恬手里塞了一盒牛奶，"倒数第二名进去的。"

沈恬翻了个白眼，邻居阿姨笑道："那也很厉害了，小恬这是实现了逆袭。"

"听见了吗？"沈恬喷她母亲一声，戳了吸管走出门口，上学大军正拥向一中校门。她一抬眼便看到人群中的那个高个男生。

他手里握着盒牛奶，单手插在裤兜里，斜肩背包，桃花眼半垂着，似笑非笑，漫不经心地听着他旁边的胖子说话，在人群中极为显眼。

沈恬跟在他的身后，偷偷看着他的背影，跟进了校门，一路跟到教学楼。

人流开始分散，重点班就在楼上，人流没那么密集，脚步声便开始清晰。挂在周慎之肩膀上的胖子陈远良突然往后看。

沈恬心猛地一跳，目光已与陈远良对上。她僵硬住，跟陈远良对视将近两秒，最后咬住吸管，说道："让让。"

说完，她快速地越过他们，从两人身侧走过，她手中的牛奶跟周慎之手中的牛奶一模一样，男生垂眸，轻扫一眼。

陈远良："看来不是只有你喜欢喝这款牛奶。"

一脚踏进班里，沈恬深吸一口气，吐出来后觉得舒服多了。她张望过去，才想起来，这不是她之前待过的 12 班，而是重点班。

跟 12 班不同的是，重点班的同学刚上学就开始卷①，他们显得要安静许多。她有些尴尬地立在教室门口几秒。

长长的走廊传来了脚步声，高个男生跟他身侧的胖子穿过走廊，从后门进来，最后一排支着下巴做题的女生扎着阳桃辫，扭头笑着看他。

周慎之挂好书包，坐在她身侧。女生叫秦麦，年级第二。沈恬下意识地抠了抠书包带。

"沈恬？"班主任赵宣城走上讲台，"愣着干吗？找位置坐啊。"

沈恬扭头看着班主任："老师，我坐哪儿？"

赵宣城往下看了看，班上的同学这才注意到沈恬，在兵荒马乱的高三，从普通班考进重点班的同学也只有沈恬一个，但她又不是考得最好的，所以一群卷王看清她的长相后，都没有多大的反应。

好奇仅仅维持了一秒，第二组最后一排有个女生举手，说道："老师，我这儿有位置，让新同学跟我一起坐吧。"

"行，沈恬，坐曹露的旁边。"赵宣城点头。

沈恬"嗯"了一声，往曹露那儿走去，曹露在第二组，而周慎之在第一组，她跟周慎之只隔了一个过道。这一段路，沈恬一直目不斜视，来到座位，她取下书包，冲曹露微微一笑："谢谢你收留我。"

曹露笑眯眯地拍着她的肩膀："以后我们就是同桌了，我成绩排名在你的后面，你要带带我。"

沈恬："……好。"她将书包放进书桌里，坐直后，余光扫了眼过道隔壁。

周慎之垂眸，翻着试卷，细碎的发丝落在眉间，下颌线清晰俊秀。他的另一只手转着黑色的笔，转一下停一下，指尖修长、分明，在阳光中跳跃。

她呼吸微屏，曹露探头，说道："那就是我们的第一跟第二——周慎之和秦麦，一个年级第一，一个年级第二。"

沈恬捋顺气息："哦。"

曹露低声又道："周慎之，很多女生喜欢，下课你就知道了，整个走廊上都是看他的女生。"

沈恬呼吸又停了停："然后呢？"

---

① 卷，即内卷，此处指人拼命努力。

曹露支着下巴还想继续说，前面座位的男生转头，正是陈远良，他说："也有些是来看胖哥我的。"

他笑眯眯地看着沈恬，沈恬忆起楼梯上那一幕，神情定定的。

曹露嗤笑："看你？你也不照照镜子。"

"你怎么说话的，哥也是胖哥界的帅哥。"

曹露"吁"了一声，两个人闹了会儿，赵宣城在讲台上说道："安静，高三了，我有几句话要说。高三是个分水岭，你们寒窗苦读十几载，就是为了考个好学校，前面已经努力了那么久，剩下这一年一定要全力以赴，悬梁刺股，不许懈怠。听见没?!"

"听见了！"声音震耳欲聋、掷地有声，带着浓浓的拼命意味。

沈恬下意识地看向隔壁，他换了个姿势，靠着椅背，一手挂着椅背，神色散漫，微微上挑的桃花眼似没睡醒，他撩了撩眼皮。

沈恬唰地把视线挪了回来，把发丝勾到耳后。周慎之看了眼那女生的侧脸，长长的睫毛像颤了下。他面无表情地收回视线，打个哈欠，调整了下姿势。

9点20分，高三举行了开学典礼。

沈恬和曹露跟上班级队伍，她往旁边看去，周慎之与秦麦并不在队伍里，高三十几个班排队来到操场上。

沈恬一抬头，便看到周慎之握着话筒走上讲台。夏日炎热，阳光落在他微敛的睫毛上，微风吹乱他的领口，他看着台下，清澈冷峻的声音透过话筒传出来："尊敬的领导、老师，亲爱的同学们，大家好。"

"很荣幸站在这里作为学生代表发言。八月未央，初秋到来，我们迈步进入高三生活……"他抬起眼眸，说道，"开启新的篇章，既往努力的成果将在十个月之后揭晓，时间之宝贵，千万……"

他略微停顿了下，语调散漫而拖曳，淡淡一笑："千万别浪费。"尾音缭绕，像情人低语。

台下响起细小的尖叫声，普通班那边的声音最大。曹露撞了下沈恬的肩膀："看到了吧？全校迷妹。"

"看到了。"沈恬直直地看着讲台，周慎之交接了话筒，走下台阶，随手抓了下头发，往这边走来。

他一步步地走到旁边的队伍，陈远良转头，朝他竖起拇指："兄弟，你故意的吧。"

周慎之抬眼，沈恬呼吸一紧，急忙收回视线，板正地站着。周慎之看向陈远良轻笑一声，一脸无辜："故意什么？"

陈远良："……"狗东西。

不一会儿，升好国旗的秦麦小跑回来，气喘吁吁地看着周慎之，眼里带笑，眼睛亮晶晶。

曹露看了，"啧啧"几声，撞了沈恬一下："看看，往旁边看。"

沈恬匆匆看过去，看到秦麦正踮脚，在周慎之耳边不知说些什么，周慎之微低头，听罢点了点头，随后他站直身子，秦麦弯着腰从后面偷偷地跑了。

曹露："他对秦麦可真好呀，还帮着打掩护。"

沈恬看了眼那高大的男生，抿了抿唇收回视线。

典礼过后，同学们熙熙攘攘地回了教室，周慎之拿了一个粉色保温杯放在秦麦的桌上。捂着肚子趴着的秦麦嗓音轻软："谢谢。"

周慎之"嗯"了一声，坐下。

沈恬拿着蓝色的保温杯，慢吞吞地回到座位坐下，拧开杯盖喝水。陈远良进了教室，一堵墙似的抵着周慎之的书桌："秦麦麦，你不舒服啊？"

"嗯。"

"怎么了？"

秦麦红着脸，支支吾吾。陈远良挑眉，正想说话，周慎之嗓音低沉淡然："别问。"

陈远良张了张嘴，福至心灵，"噢"了一声，道："多喝热水！好好休息。"

随后，他拐回自己的座位，身子太奘，撞到沈恬的桌子。沈恬的杯子晃了一下，她赶紧扶好，把盖子盖上，却惊觉肚子有丝丝的阵痛感。

沈恬脸色苍白，手覆在肚子上，看了眼讲台，又看了眼外面走廊，手摸进书包里，翻了几下，轻扯出一个粉色小棉包，转身就往外头跑去。

好在妈妈给她准备好了，换好后，她扯了扯裤子跟衣服仔细看几眼——没沾到，她松了一口气，手随便洗了两个小指头，擦了擦，走出女生厕所。

迎面而来的是周慎之，他拿着粉色的保温杯走到热水器旁接水，沈恬脚步微顿，随后放慢了脚步，一步一步地往前走，目光落在他手中的杯子上，随后往上看着他的侧脸。此时走廊上人不多，同学们大多回了教室，哪怕有同学，那也是步履匆匆。

接水的男生睫毛动了下，眉眼微扬，侧头看向沈恬，对上她的目光，沈恬顿时乱了方寸。

她脚步定住，张了张嘴："接水啊？有……热水吗？"

周慎之直起身子，说："有。"

他眼眸微垂，看了一眼她的手，又看她的眼睛："你没带杯子。"

沈恬"啊"了一声，立即道："我这就去拿。"

说完，她匆匆地从他身后跑过，跑进了教室，回到座位，拿起桌子上的杯子，转身又跑出去，与他擦肩而过。

第二章

Chapter 02

这来回一折腾，沈恬几乎是跟数学老师曾译一同进的教室。重点班的曾译出了名地严厉，他留着两撇胡子，眯眼看沈恬一眼，沈恬在他的视线里低下了头。

曾译翻开书道："新同学要快速适应我们班的节奏，别把散漫带进重点班。"

一束束目光朝她投去，沈恬头埋得更低，好在目光在她身上停留的时间不长。正常上课后，她呼一口气，才抬起头，只是肚子仍带着一阵阵的疼痛。

曹露摸摸她的杯子："你刚才不是接过水吗？怎么又去接？"

沈恬："不够热。"

曹露："哦哦，这个热水器确实老坏。"

沈恬坐直身子，余光扫了眼旁边，他靠着椅背在听题，秦麦趴在桌子上休息，她的粉色水杯就放在桌子左上角，沈恬定定看那水杯几秒，才收回视线。

开学的第一天，她如愿以偿跟他挨得那么近，心却兵荒马乱、忐忑不安。

下午。

"我回来了。"沈恬脱下背上的书包。

郑秀云合上冰箱："怎么有气无力的？重点班的压力很大？"

她接过沈恬的书包，沈恬打开水杯，喝了一大口热水，停顿了下。郑秀云挂好书包："我说中了吧，非得考进去，在普通班不是挺好的，我也没要你考个多厉害的大学啊，考不好就回来继承超市。"

"啊——"沈恬捂住耳朵，"谁要继承你的破超市啊。"

"破？我这超市……"

沈恬抓了书包，赶紧上楼，逃离郑秀云的轰炸，走上楼梯没两步，她又转身回去，沈昌明拿了一个托盘给她，上面全是她爱吃的小零食。

沈恬"哇"了一声："爸爸，爱你。"

"快上去吧。"

沈恬一手拿着托盘一手提着书包，爬上楼进了房间，把书包跟托盘一放，倒在床头发呆。枕头下的手机响了起来，她摸出来，来电的是她的闺密周靓靓。

"小甜甜，出来玩啊，难得今天不用晚自习。"周靓靓嗓门特大。

沈恬扯过辣条袋子撕开，往桌子上一扫："不去了，我一堆试卷没做。"

周靓靓停顿几秒："对啊，以后你就是卷王①班里的一员了。"她那边也在吃东西，像仓鼠一样，"哎，你见到周慎之了吧？跟他同班什么感觉？"

舔了下手指上的红油，沈恬伸伸舌头："就那样吧。"

"哪样啊？"周靓靓八卦到底，"帅不帅？"

沈恬翻个白眼："帅不帅你不会自己看。"

周靓靓"啊"了一声："我没近距离看过他，听说他帅是帅，就是不太好接近。"

沈恬顿了顿，手指在纸巾上擦来擦去。

也不是不好接近，至少秦麦跟他就靠得很近。

---

① 卷王，网络流行词，即内卷的胜出者。

"不说了，我做题了。"

"哦，拜拜。"

在重点班，不只学习氛围严肃，连作业都多了很多。沈恬玩命地写，郑秀云与沈昌明进来看了几次，彼此对视一眼，便悄悄关了门。

"她这么努力，是为了什么啊？"

沈昌明围上围裙，说道："她肯努力是好事。"

郑秀云叹口气："过几天黑眼圈都出来了。"

沈昌明一笑。

隔天沈恬起晚了，咬着面包，头发没时间扎了，披散着跑出去，手里握着妈妈给她拿的保温杯，左拐右拐，飞快跑进了教室。

周慎之正靠着她的桌子，低头跟陈远良说话。沈恬呼吸一顿。

她慢吞吞地朝座位走去，男生抱着手臂，略有些懒散地抬眼，目光落在她身上，她别说呼吸，连魂魄都仿佛被人夺走了似的。

周慎之见她过来，侧开了身子。沈恬从他身侧走过，一股淡淡的桂花香飘进她的鼻息，好闻得令人晕眩。她取下书包，塞进书桌里。

保温杯"哐当"一声倒在桌面上。沈恬心一跳，抬手想去拿。

一只修长的手握住她的保温杯，扶正，放好。而他的尾指竟有个尾戒，纯黑色的，她愣愣地看着。

那只手收了回去，周慎之丢下一句："晚上别忘了。"

陈远良笑嘻嘻地道："遵命。"

他走后，她的心像是湖面被扔了一块大石头，还在泛着涟漪，一圈又一圈。

"沈恬。"曹露在她眼前挥了挥手，沈恬抬眼，曹露拧眉，"你没事吧？昨天你不是来姨妈了吗？今天好点儿了没？"

沈恬回过神，急忙点头："好多了。"

"那就好。"曹露搂着她的肩膀，"数学试卷给我对一下。"

沈恬"哦"了一声，从书包里拿出试卷，递给曹露，目光看到那蓝色的保温杯，她伸手握住，握的正是他握的地方。

下一秒，她猛地缩回手。

觉得自己好失态。

也就昨天开学第一天不用晚自习，从第二天开始就要上，晚自习是由秦麦带的，她捧着英语书站在讲台上，声音甜美、轻柔，带着同学们念英语。

沈恬双手捧着书，一边念一边看着秦麦。

曹露低头补了点儿唇膏，凑近沈恬："是不是觉得她很漂亮？"

沈恬："嗯。"

"她跟我是初中同学，她简直了，整个中学时代从头漂亮到尾。"

"不少人传她跟周慎之。"

沈恬唰地转头，这速度让曹露愣了下，她哈哈一笑，说道："你也好八卦哟。"

沈恬张了张嘴："那他们是真的吗？老师不管？"

曹露"啧"一声："周慎之跟谁稍微走近一些都会被传，正主没承认，估计是假的吧，就是八卦而已。"

沈恬松了一口气。

下了晚自习，沈恬收拾得慢了，跟曹露走在后面，刚出校门就接到母亲打来的电话，说她想吃学校北门的麻辣烫，叫沈恬顺路买回来。她跟曹露分开后，朝北门走去。

北门挨着另外两所中学，十二中跟三中。

三所学校校外共用一个篮球场，三所学校的学生发生冲突也大多是因为这个篮球场。沈恬走过狭小昏暗的巷子，推开前面的小铁门，一迈出去脚步便定住了。

对面的篮球场外墙下站着三个男生，而她一眼看到手插裤兜、靠着墙的正是周慎之。

"喂，"他旁边一个高大的男生站直身子，语气随意地说道，"你同学。"

周慎之转过头，微弱光线下，他慢慢地站直了身子，桃花眼微眯，有几分审视的味道，沈恬心跳如擂鼓，半天动弹不得。

她看到他的黑色尾戒，也看到他指尖转动的打火机。

她就好像看到天使长出了黑色翅膀一般。周慎之把打火机合上，看着她，想了一会儿，没想起她的名字，只记得她是新同学。

他看了眼一旁的麻辣烫店："来买这个？"

沈恬僵着脖颈，顺着看过去，"嗯"了一声。

周慎之点点头，又靠了回去，语气淡淡："快去买吧，要收摊了。"

沈恬像提线木偶一样点了点头，随后拐进了"同学麻辣烫"店，确实快卖完了，她也没的挑拣，有的都拿上，郑秀云女士爱吃，她也能帮着消灭一些。给完钱后，她捧着塑料碗站直身子，回身，三个男生已经走了，往篮球场那边而去。

周慎之指尖仍把玩着打火机，在灯光下，他的手修长而骨节分明。

回去的路上，走在昏暗的巷子里，鼻息间是麻辣烫的香味，她陡然记起了那个站在周慎之身侧的黑发男生，是十二中的校霸拽王江竞野，另一个黑色上衣没穿校服的男生是学校的风流人物陈厌。

他竟然跟他们玩到一起。

沈恬埋头进了家门。

"吃完快去睡觉，看你这精神不济的样子。"郑秀云拆了筷子递给她，满脸嫌弃，沈恬懒得跟她吵。

沈恬吃完后，摸了一瓶酸奶便上了楼。

洗漱完，她擦着头发坐在桌子旁，愣愣的。

几秒后，她翻开日记本。

8.27

我竟意外见到周慎之的另一面！！

可我，还是喜欢他。没有道理的喜欢。

第三章

Chapter 03

隔天，沈恬差点儿又起晚了，暑假的后遗症，好在出门赶上了。周慎之刚从校车上下来，晨曦落在他的眉眼间，有种散漫的感觉。他穿着蓝白色运动服，单肩背着书包，在人群中一眼就能看见。

他握着盒牛奶，偶尔举起来喝一口。

沈恬也急忙喝一口跟他同款的牛奶，跟在他身后进了校门。

没有陈远良在他身边叽叽喳喳，他看起来疏离很多，女生从他身侧走过，都会偷偷抬眼。沈恬擦擦唇边的面包屑，跟着他拐上楼梯。

"周慎之。"秦麦背着书包，握着粉色的水杯，站在走廊上喊他。周慎之"嗯"了一声，他捏扁手中的牛奶盒，跟秦麦朝后门走去。

"昨天晚自习后，你去哪儿了？"秦麦仰头看他。

"打篮球去了。"清晨，他嗓音有些喑哑，带着刚睡醒的磨砂感。

"那么晚还去打篮球……"秦麦轻声道，声音带了几分软糯。她抬手拉开扎进衣领的马尾辫，余光正好看到了身后的沈恬。

沈恬也正好看着她，两个女生目光一对上，秦麦想起这是新同学，她对沈恬扬起笑脸。沈恬反射性地把手放在身后，手里捏着那盒跟周慎之一样的燕塘牛奶。

她眨了眨眼，对着秦麦也笑了笑。

秦麦笑完，便收回视线，跟着周慎之一块儿进了教室。

周慎之侧身，落后让了一步，让秦麦先进，随后他再进。

沈恬在原地站了几秒，指尖捏着牛奶盒，捏了几下，才进了门。但她还是下意识地把牛奶盒放在身侧，借着身子挡着。不知为何，就想挡着。

秦麦翻出试卷，嘴里嘀嘀咕咕不知在说什么，周慎之靠着椅背，散漫地整理着试卷，沈恬将书包挂好，把剩余的牛奶喝完，随后将牛奶盒捏在身侧。

一转身，旁边那正在整理试卷的男生抬眼，看到了她。

沈恬身子一僵，脑海里浮现出昨晚见到他的那一幕。

年级第一表里不一，还跟江竞野这种校霸混在一起，这会是他的秘密吗？

正当她心慌意乱的时候，周慎之已收回视线，沈恬的心从高处落下，接着浓浓的失落感遍布全身。

哪怕跟他同一个班级，交集似乎也不会很多。

她走向后面的垃圾桶，把牛奶盒扔进去。回身，秦麦正好收了试卷，周慎之侧过身子，把长腿放到过道，让她出来。

沈恬匆匆回到座位，曹露打着哈欠，抓抓头发："恬恬，数学试卷再给我看一下。"

沈恬拿出试卷递给她，曹露对着试卷，开始修改自己的。

"兄弟!"陈远良冲进教室，跑到周慎之身侧，双手合十鞠躬，"抱歉抱歉，昨晚我爽约了，我女神昨晚让我陪她去买生日礼物，难得啊，难得想起我，我不能不答应啊!"

周慎之手臂搭着椅背，盯着陈远良。

几秒后。

"滚。"周慎之长腿一踹。

陈远良闪躲，直接撞到沈恬的桌子。沈恬握着笔，停顿了下。

陈远良笑着往前凑，又跟周慎之道歉："兄弟啊，我当个备胎不容易，我就是她手里的一块砖，哪里需要哪里搬。"

"哈哈哈!"前后左右的同学全笑了起来。

"当个备胎你还挺骄傲的?"周慎之支着脸，嗤笑了一声反问。

"自我安慰嘛，你这种大帅哥是不会懂我们普通男人的心情的。"陈远良拿下书包，从里面拿出试卷，顺手就放在沈恬的桌子上，"同学，帮我交一下。"

沈恬一顿，她看着陈远良的试卷，别看他嘴巴贱贱的，他的试卷却很干净，而且每道题都解得非常详细，跟她的完全不一样。这就是重点班同学的区别吗?

她把试卷仔细叠了叠，随后递给数学课代表黄丹妮。黄丹妮一把扯过曹露的试卷，说道："别对了，你对沈恬的就是在照镜子。"

曹露撇嘴："那你们这些大佬也不借我对啊。"

黄丹妮翻个白眼："明天借你。"说完就走了。

曹露靠近沈恬："我才不要借她的呢，看她那高傲的样子，切。"

沈恬有些忧心："我想成绩再进步一些。"

曹露看她一眼："认真听课吧，我们又不是秦麦，能跟周慎之换试卷看。"

沈恬顿了顿："他们会交换试卷吗?"

曹露："当然，偶尔还会讲题。"

沈恬："哦。"真好。

跟周慎之插科打诨回来，陈远良将书包挂好，身子重重地坐到椅子上，他转过身，问道："沈恬同学，我试卷帮我交了没?"

把桌子稳住，沈恬点点头："交了，那些题你都会啊？"

"嘿，那当然，我可是班级第三。"

沈恬眼睛微微一亮。她长相不是那种特别惊艳的，但属于耐看型的，加上皮肤白，眼睛微弯，亮起来有几分可爱。

陈远良心里"哟呵"一声，有几分显摆："你要是有不懂的，就问我。"

沈恬立即点头。

"问你？别了吧，我又不是没问过，你讲得我更绕了，你要是能让周慎之帮我们讲，我就服你。"曹露跟陈远良当过两年同学，对他什么德行非常清楚，一边涂唇膏一边瞥过来。

陈远良："……"

几秒后，他指着曹露："你等着。"说完，他转过身去。

曹露笑起来。沈恬更忧心了。

今天食堂的饭菜格外好吃，沈恬跟曹露又多点了一个鸡腿，吃完十分满足，回到班里，夜幕即将降临，一抹残阳剩下最后一丝金线。

他的座位空着，还没回来，沈恬取出作业本，刚放在桌上，一道身影进来，随后落座。

沈恬顿了顿，屏住呼吸，靠着些许的声音跟光影猜测他在做什么。

"周慎之！"一道声音在班里突兀响起。

陈远良拎着题册，"啪"的一声放在周慎之的桌子上，周慎之撩起眼皮，陈远良笑着道："正好有几道题我不太会，要不，你给讲讲？晚自习也别像哑巴一样各写各的啊。"

周慎之接过他的题册，扫一眼："哪几道？"

陈远良指着题册："这里，这里，还有那里。"

周慎之轻嗤一声："真行，啥也不会。"

惹得支着下巴的秦麦"扑哧"一声，她笑起来甜甜软软的，没有攻击性，但很好听。陈远良说道："当然是比不上你这个年级第一啦。"

拿起笔，周慎之把题册放在桌子上，在上面开始画写："认真听，我只讲一遍……"

"好。"陈远良一边点头一边朝曹露和沈恬招手。曹露接收到他的信号，拉着沈恬，沈恬心怦怦直跳，捧着题册起身，站了过去。陈远良示意她拿椅子，她犹豫了下，又把椅子轻轻地拉出来，摆在过道上，小心翼翼地坐下。

开始讲题的男生有所察觉，笔尖停顿一秒，很快便继续。他一边解题一边讲："……则直线 A1A 的方程为 $y=x+a$……"

曹露为了听得更清楚，从椅子上起来，身子往前挤，半个屁股坐在沈恬的椅子上，沈恬被她挤得往前倾。

而前方是周慎之的手臂，鼻息间是他身上淡淡的香味。

沈恬并不想继续往前，她怕碰到他，一直在跟曹露抗争，试图摆脱曹露。

他写完一题，进入下一题。

笔尖碰到题册时，他转头，正是两个女生叠在一起、暗自抗力的时候。沈恬对上他漆黑的眼眸，一时失神。周慎之："有不会的吗？"

沈恬下意识地摇头，曹露举手："我有。"她这一举手，身子又往前压了，沈恬被带着往前。

"哪里不会？"周慎之看回题册，放在桌子上的手臂很不经意地往里挪了些，像是知道她们这样推压，迟早会碰到他一样。

他在躲避。沈恬愣愣地看着他把手臂挪开，听着曹露问他问题。

她说不上来什么心情，但似乎心往下沉了下。

她使力往旁边挪开，位置算让给曹露了。曹露指着题册，一连串全是问题，她不懂的地方也是沈恬不懂的，周慎之倒是挺有耐心。

连秦麦都听得认真，沈恬在题册上飞快地记下他说的话，翻页的时候看到她随笔写的"周慎之"三个字。

她有些慌，赶紧折叠了那一页，掩饰地写题。

有他的讲解，比平时自己抓瞎事半功倍。结束的时候，曹露捧书大鞠躬："谢谢秦麦麦，谢谢胖哥，谢谢周慎之大佬。"

她的动作惹笑了周慎之他们，陈远良趴在桌子上，笑道："好说好说。"

曹露看沈恬呆愣愣的，撞了撞沈恬。沈恬回神几秒，随后她想到了什么，探过身子，从抽屉里拿出一个小盒子，里面是五颜六色的口香糖，她倒在掌心里，往前送。

在他们几个人的目光下，沈恬道："这个口香糖很好吃，特别甜，还是水果味的。"

她鼓起勇气，看向周慎之："谢谢你。"

周慎之从题册上抬眼，看了眼那口香糖，伸手，骨节分明的指尖捏住一粒橘色的放进嘴里，道："谢谢。"

秦麦笑道："那我也吃一粒。"她伸手，涂着粉色指甲油的指尖拿走一粒。

"哇，这个口香糖我以前也很喜欢吃的。"曹露拿了两粒，陈远良也抓了两粒，两个人都不客气。

剩了一粒橘色的，沈恬拿起来放进嘴里，心里莫名地有点儿甜。

她坐下来，匆匆看他一眼。他咀嚼时，咬肌很好看。

明天，她再带一些来吃。

这样的兴奋只持续到放学，晚上9点30分，一轮明月高挂半空，沈恬背着书包跟曹露一起下楼。周慎之跟陈远良一起走在前面，他人很高，偶尔有柳枝从他肩膀滑过。沈恬下意识地看向他手指上的尾戒。

她想问曹露，但又不敢，最后默然。

这时，前方那个高高的背影停下来，他转头往这边看过来。

沈恬脚步一停。在路灯下，呼吸都要停止了。

一道纤细的身影从她身侧跑过去，男生的目光有了焦距，落在了那个身影脸上，也收回视线，转了回去。秦麦背好书包，走在他身侧。

他停的那一下，是在等秦麦。

风轻轻吹着，前面那三个人也出了校门，秦麦钻进一辆黑色的迈巴赫，曹露挽着沈恬的手臂道："秦麦家超有钱的，听说是我们市的富豪之一，她爸做矿产生意，人家都叫她爸为煤老板。"

沈恬张了张嘴："那周慎之呢？"

"他啊，家境有点儿神秘，但也不差吧，你看他穿的用的，脚上一双鞋挺贵的。"曹露掰着手指说，"又帅又有钱，学习成绩还好，简直完美。"

沈恬："是啊。"

校车开了门，周慎之跟陈远良一同上了校车，往里走去。斑驳的光落在他的眉骨上，他戴上黑色耳机，弯腰在最后一排靠窗的位置坐下。

"哎。"陈远良挤进去，在旁边的位置坐下来。他拉开窗帘，看到校门口的俩女生，想起了些什么，坐正身子，用手扇扇风，笑道："我今天发现沈恬恬有点儿可爱。"

周慎之手肘支着车窗，垂眸按着手机，没应。陈远良也按着手机问道："你觉不觉得？"

收起手机，周慎之整理了下耳机，按了下按键，闭眼，喉结动了下："没注意。"

陈远良耸耸肩："她还跟你喝同一款牛奶呢。"

对方没回他。陈远良听到他耳机传来的音乐声，再看他此时闭目的神情，就知他对这个话题不感兴趣，陈远良"啧"一声，也戴上耳机。

第四章

Chapter 04

看着校车开走后，沈恬跟曹露走了一段路，随后分开。

"我走啦，明天见。"曹露松开她。

"拜拜。"

回到超市，郑秀云女士正在吃西瓜，直接拿了一个勺子递给沈恬，沈恬挖了一大口，郑秀云盯着她的眼窝。

"黑眼圈那么重，今晚早点儿睡，别学那么晚。"

咽下一大口西瓜，沈恬道："别人都盼着自己的孩子考得好点儿，你怎么跟别人不一样？"

郑秀云抱起西瓜，道："我喜欢快乐教学，谁知道你发什么疯，非要考去重点班。去年有个学生学到快跳楼都警醒不了你啊？"

"懒得跟你说。"沈恬又挖了一大口，舔着勺子朝楼梯走去。沈昌明接过她的书包，给她拿来洗澡的大毛巾。

"洗完了早点儿睡。"

"好的，爸爸。"

吹好头发，沈恬坐在桌旁，拿起笔。

8.28

今天他吃了我的糖。有点儿甜。

加油，努力，朝他靠近！

周六只上半天学，下午休息，但老师布置了一堆作业。沈恬把作业塞进书包里，回到家，坐下就写。郑秀云敲了几次门，道："劳逸结合，既然休假了，要么下来帮忙，要么就出去玩。"

从没见过这样的妈妈，沈恬抓抓头发，说道："知道了。"

她眼睛一扫，看到桌上放着的小盒子，是她早上带去学校的彩色口香糖，上午上课兵荒马乱的，要周考，这糖就一直在她书包里。

她把盒子放回去，唰地起身，走到镜子前，看自己这一身校服，她想了想，打开衣柜，从里面取出一条蓝白色条纹的裙子换上，随后背个小包拿着手机下楼。郑秀云看她一眼："干吗去啊？"

"玩。"

郑秀云满意了："去吧。"

沈恬撇撇嘴，出了门。此时正是下午四点多，太阳光没那么强烈。她拐进巷子里，朝篮球场走去。

远远就听见鞋底跟地面摩擦发出的声音。

她揪紧小包，走进去，眼睛看着正在打篮球的一群人。

果然，穿着黑色球服的周慎之正在运球。

他真的在这里。

沈恬偷偷一笑，弯腰走上人不算多的看台，寻个正中间的位置坐下。跟周慎之一起的还有陈远良以及戴着黑色发带的江竞野。

他们分成两队，黑队对白队。

"周慎之，加油！"

"江竞野，加油！"

坐在沈恬身侧的几个女生看见周慎之跳起来投篮，尖叫着挥手。声音之大，引得场上的陈远良朝这边比了个手势。

周慎之没有看过来，手掐着腰往回跑，手臂线条分明，汗珠滚滚。沈恬眼也不眨地看着他，眼里只有他的球号、他的身影。

他又投了个三分球。

"啊啊啊啊！周慎之我要当你女朋友！"有个女生跳起来，尖叫大喊。这会儿声音更大，惹得撩衣服擦脖颈的江竞野看了过来，眉目冷峻，带几分狠戾。女生可不管，圈着手，继续喊："周慎之，我要当你女朋友！"

陈远良停下，笑着撞了下周慎之。周慎之擦拭脖颈，他喘息着抬眼。

沈恬唰地低下头，按着手机。

他的目光在她们几个身上一扫而过，水过无痕，陈远良勾着他的肩膀，倒退朝看台看去，凝神看着那穿着白蓝条纹裙子的女生。

但比赛很快继续，陈远良也没再关注看台。

两队比分并没相差多少，白队是陈厌带的队伍。战况激烈，还有人在下面做现场解说，女生们除了尖叫就是喊他们的名字。

那个说要当周慎之女朋友的女生喊得最带劲，喊得满脸通红。

沈恬有些许的羡慕她。

她也坐不了多久，眼看他们应该会赢了，她就起身，从一整排女生身后下去，此时篮球场亮起了灯，她揪着小包，匆匆看他仰头喝水，然后便离开了篮球场。走过狭小的巷子，她心跳得很快。

她见过他打篮球，高二夏季运动会，他有参加。

不过那会儿他的动作更斯文一些，在这校外的篮球场，他的动作要更狂、更野、更激烈。

回到家里，沈昌明在里面做饭，郑秀云忙得分身乏术，沈恬摘下小包扔进柜里，帮着收钱。郑秀云喊她一声。

"门口有人要西瓜。"

"来了。"沈恬合上柜子，跑出去，给客人拿了一片西瓜。正准备拉上冰箱门，跟前便来了两个人。

"沈恬恬？"陈远良的声音在头顶响起。

沈恬动作一顿，抬起头。

不远处，路灯的灯光打在遮阳伞上，周慎之指尖的尾戒闪了下，肩膀被陈远良搭着，他垂着眼，背着光，衬得眼眸深邃许多。

沈恬心跳如擂鼓。

陈远良笑道："真的是你啊。"

沈恬回过神，"啊"了一声："是，这……我家。"

"你家开超市的？"陈远良笑容加大。

"嗯。"沈恬点头，余光看到他抬起手，把衣领翻折出来。她的心又加速跳了起来，有些无所适从，她看向陈远良："你们要喝什么？"

"矿泉水，冰的。"周慎之开口，他的嗓音有几分沙哑。

"我要可乐，沈恬恬。"

"好。"她立即转身，拿了冒着冰雾的矿泉水跟可乐放在冰箱上。水珠顺着他的指尖滑下。陈远良也喝了一口，说道："顺便帮我拿桶泡面。"

"好。"她转身进柜台，裙摆跟着动作摇曳了一下，陈远良脑海里闪了些画面出来，他看周慎之一眼。

周慎之手挤压着矿泉水瓶，什么都没注意到。

取了泡面，沈恬有些浑浑噩噩，她用余光看到一旁放着的一盒彩虹口香糖，她拿着，然后扯个袋子把泡面跟口香糖放进去，转身递给陈远良。陈远良接过来，笑着道："沈恬恬，你刚才是不是去篮球场了？"

"轰！"

沈恬脑袋一蒙。

对上陈远良贱兮兮的笑脸，她根本不敢去看周慎之的表情。

她张了张嘴，故作镇定："对，去了。"

"你很喜欢篮球？"陈远良好奇。

"啊，是的。"沈恬点头，"我偶尔会去看，但不经常。"

"这样啊，我们刚才帅不帅？"陈远良拨了下头发。沈恬匆匆看周慎之，他手握着水抱着手臂，没啥表情。

她立即挪开视线："帅，很帅。"

"我帅还是他帅？"陈远良贱兮兮地问。

沈恬深呼吸一口气："都帅。"

不。他最帅。

陈远良眉眼飞扬："还是你有眼光。"

"走了。"他说完，勾着周慎之的肩膀，转身出去。沈恬看着他们离开的背影，松一口气，余光又看到他垂放下来的手，那尾戒黑得如墨，衬得手肤白如玉。

走出一段路，陈远良才发现自己提着袋子，他晃了下："一桶泡面而已，居然还拿了一个袋子。"

"哟。"他打开袋子，看到里面还有个小盒子，他拿出来，看向周慎之，"是彩虹口香糖，你说，她是不是暗恋我？"

周慎之把空瓶子扔进垃圾桶，看着那盒口香糖："暗恋你什么？暗恋你这壮硕的身躯？"

陈远良停顿一秒，接着"啧"了一声。

周慎之低声笑了起来，陈远良扣住他的脖颈："难不成暗恋你？你别太自恋！"

周慎之笑得咳出了声，陈远良拆了那盒口香糖，推给他。

他推开："不吃，太甜。"

郑秀云抱着个大西瓜放在冰箱上，一边切一边问道："刚才那两个男生是谁？你同学啊？"

沈恬把铁盘拿出来，倒掉里面的西瓜水，"嗯"了一声。

"看着是你们12班那些捣蛋鬼。"郑秀云撇撇嘴。

沈恬低低地反驳："才不是。"

"才不是什么？"郑秀云擦着手，回头看她。

沈恬一顿，想说他可是年级第一，然后想了想，说道："长得帅成绩就不能好了？"

郑秀云："可以，但这么痞的没见过。"

"进来，吃饭了。"

"哦。"她转身，跟着郑秀云进屋。

8.29

他篮球打得真好。

但我看他打篮球的事情被！他！发！现！了！

不知道他，有没有吃我送的口香糖？

第五章

Chapter 05

周日一整天，沈恬才发现作业是那么多，周靓靓咬着雪糕坐在她床边，一边晃腿一边道："你已经开始卷了。"

"去去去。"沈恬埋头苦写。

周靓靓嘴巴被雪糕冰得发红："对了，我听说周慎之跟煤老板的女儿秦麦不只是同桌呢，他们是不是还在偷偷谈恋爱？"

沈恬笔尖一划，她抬眼看向周靓靓："你从哪儿听说的？"

周靓靓笑眯眯，道："八卦嘛，他们这些大佬的八卦都好有意思哟，周慎之跟秦麦高二开始就一直是同桌，月考都没把他们分开。"

"你闭嘴，别说了。"沈恬脑海里闪过那粉色的保温杯，心里泛起了酸涩，"大家都很努力学习，才不会轻易谈恋爱。"

"那是你，为了进重点班，连命都不要了。"周靓靓掐住沈恬的脸，"你上学期学到晕倒的事情忘记啦？"

"嘘——"沈恬捂住周靓靓的嘴巴。

周靓靓眨着大眼睛，点头。

这是她们之间的秘密，不能让郑秀云知道，她要是知道沈恬为了进重点班，跑去周靓靓家还在学习，最后导致晕倒，肯定得发狂。

周靓靓被放开后，她指尖抵着下巴，看着沈恬又开始写作业，说道："我都要怀疑，你进重点班，是为了某一个人。"

笔尖再次轻微一顿，沈恬手臂小心地遮住下方练习本上她写的"周慎之"三个字。

她说："我努力，是为了反抗我妈！"

周靓靓："我要是有阿姨这样的妈妈，我烧高香了。"

"送你了。"沈恬说。

9月1日过后，其他年级的学生回校上课。

多了那么多学弟学妹，学校里热闹许多，哪怕高三教学楼跟高一、高二有些距离，但仍然可见这些可爱的学弟学妹，篮球场跟操场熙熙攘攘。

走廊里来看他的女生也明显多了。不管他在还是不在，反正一下课就有不少女生来碰运气。

这天又来人了。秦麦一把关上窗户，说道："烦人。"

曹露捅沈恬一下，朝秦麦那儿努努嘴："以前有女生给周慎之送过情书，手直接从窗口伸进来，情书就掉在秦麦麦的桌上，那会儿她可生气了，把窗户用力拉上，差点儿把那女生的手夹断。"

沈恬一顿，转头看了眼转着笔背对着窗户的秦麦。秦麦撇着嘴，看着试卷。

她收回视线："她是不是在生气？"

曹露支着下巴，道："可能觉得打扰到她了吧。"

她坐直身子，想了下，凑近沈恬："或者，她喜欢周慎之？"

沈恬翻书的手一抖。

前面的黄丹妮站了起来，顺手抱着一沓数学试卷，来到她们桌旁："曹露，帮我去交一下作业，我上个厕所。"

"我不去。"曹露一看黄丹妮过来，就翻个白眼背过身。黄丹妮停顿一秒，下一秒，放在沈恬桌上。

"你帮我去交一下，明天作业借你看。"说完不等沈恬开口，她就走了。

曹露回过身："喂！"

"你以为你多了不起啊。"她看着沈恬，"你怎么不拒绝？"

沈恬站起身，抱起试卷："她好像很不舒服，脸色都白了。"

曹露撇嘴："她是看你好欺负。"

沈恬笑笑，走出座位。曹露就是嘴硬心软，她跟黄丹妮以前是同桌，关系没表面上看起来那么差。

她抱着试卷走出教室，看到好几个女生手里捏着信，翘首盼望地蹲守在秦麦的窗边，而秦麦则像是周慎之竖起的一面墙。

他似乎除了秦麦，跟其他女生都不怎么讲话。

沈恬呼了一口气，来到数学科办公室。

她推门而入，一眼便看到周慎之站在曾译老师的桌前，他修长的手随意地翻着桌上的作业本，曾译老师正在劝他。

"真不打算参加竞赛了？"

"嗯，不打算。"

曾译有些失望："竞赛成绩出来，是可以加分的，你目标学校那么明确，就没打算给自己多点儿筹码？"

"我只想好好巩固跟复习。"

曾译："那我把名额给韶远了。"

"行。"

曾译余光看到沈恬，沈恬急忙上前，把试卷放下。

曾译："黄丹妮呢？"

"她上厕所了。"他就站在她旁边，淡淡的桂花香飘来，她连说"厕所"二字都有些羞耻，"老师，我先走了。"

她转身就要走，曾译喊住她："等下，把这沓本子抱走，叫黄丹妮发下去。"

曾译指着一旁的作业本，沈恬"嗯"了一声，抱住那沓作业本，转身便走，全程她都不敢看身侧的男生。

她走到门口，听到曾译说："你也回去吧。"

"好。"

听见他的脚步声，沈恬下意识地抱紧了作业本。

谁知道，越紧张越容易出事，她只是稍微挪了一下位置。

"哗啦"一声。

作业本天女散花一般，全掉在地上，身后就是曾译的办公室，门还没关呢，沈恬一想起曾译的眼神，下意识地慌张。

她赶紧蹲下，祈祷曾译什么都没听到，也别出来。

眼前一暗，高个男生半蹲下来，帮她捡好凌乱的作业本，沈恬动作一顿，偷偷抬眼，对上周慎之那张俊脸。

他睨她一眼："捡啊。"

沈恬心一跳，"哦"了一声，低下头，赶紧捡起作业本叠好。他的手在她眼前晃，她极力避免跟他触碰到。

他直起身子，把作业本叠放在她的手臂上。

沈恬收紧手臂："周慎之，谢谢你。"

"嗯。"他散漫地应了一声，手插在裤兜里，转身先走。沈恬跟在他身后，悄悄地看着他的背影，他抬起手，揉揉后脑勺，手背泛着少许的青筋。

快到教室了，秦麦从教室出来，朝他走来，那些守了一课间的女生看到秦麦站到他身边，她们顿时犹疑不定。

秦麦仰头看着周慎之："第四节体育课要换成英语课，你们打不了篮球了。"

周慎之放下手，眉梢一挑："那就下次吧。"

"可我好久没看到你跟陈厌打球了，每次都错过。"秦麦脸上的表情软软的，有点儿不甘，"对了，教师节你有什么想法？"

周慎之打个哈欠，桃花眼微挑："我没想法，你自己想吧。"

他先拐进教室，秦麦掐着腰，这才看到抱着作业本的沈恬。她眼睛一亮，上前帮沈恬抱走一部分作业本，沈恬根本来不及阻止，她也阻止不了。

秦麦说道："沈恬恬，你帮我想一下，这次教师节我们全班要给老师准备什么礼物或者节目？"

沈恬呆了，她说："我想不出来。"

"再想想嘛。"

两个人进了教室，周慎之靠在第一组桌旁跟郑韶远说话，秦麦直接把作业本递给他，他一边看着郑韶远比画，一边顺手接过秦麦递来的作业本，低头看一眼，交给一组的组长。

秦麦拿给他以后，也没立即走开，就站在他身边。她是文艺委员，教师节的节目跟礼物由她来组织安排。

沈恬抱紧怀里的作业本，看他们一眼，沉默地从他们身侧走过。

她挺感激秦麦，但又似乎不是那么感激。

把作业本给了黄丹妮后，沈恬回到座位坐下，她拿起书，把书竖起来翻着，偶尔偷看一眼第一组那个人。

他桃花眼微弯，脚踩着郑韶远的椅子脚踏，神情带着几分似笑非笑。秦麦也靠着桌子，大声说话时，他会转头看秦麦，挺专注。

上课铃一响，周慎之收了长腿，往座位走去，沈恬唰地低下头，看着书。

第四节课果然被英语老师霸占了，她是几个英语老师中长得最漂亮的，也最会打扮。她擦着黑板，说道："别闹别扭啊，老师也是为你们着想，这个月月考快到了，英语题型改了不少，我这是帮你们恶补。"

"老师，我们一周就那么点儿体育课，要不是看你漂亮，我现在真不答应。"陈远良第一个抗议。

"就是就是。"

"那我还要感谢我这张脸咯。"英语老师张英转过身，笑着看他们。

陈远良："当然。"

"兄弟，你说是不？"陈远良扭头叫周慎之。

临近中午，阳光猛烈，斜斜投进来。周慎之手支着脸突然被点名，他顿了顿，松了手，坐直，唇角勾起，语气散漫："把美貌当饭吃，"他停顿了下，一本正经，"有风险。"

全班同学："……"你最没资格说这！种！话！

陈远良做了个想吐的表情。

他在心里吐槽，也不看看每天多少女生为你在走廊上徘徊。

上晚自习的时候，秦麦突然走到讲台上，大家纷纷抬眼。

秦麦亭亭玉立，说道："关于教师节的礼物，我有一个想法，我们为老师们唱首歌吧。"

全班同学顿时安静，黄丹妮立即道："五音不全怎么唱啊，你是文艺委员肯定选你最拿手的啦。"

有些同学小声附和，黄丹妮又道："不如还是跟以前一样，自己准备礼物吧，没必要那么麻烦。"

"就是就是，就别折腾了。"

"自己准备吧，我们还要月考呢。"

反对的声音渐多，秦麦脸色有点儿苍白，她在班里的女生缘一直都不算好，陈远良看不过去，说道："不如投票吧，少数服从多数！"

说完，他第一个举手。秦麦松一口气，她下意识地看向周慎之。

周慎之放下笔，也举了手。他这手一举，其他同学的脸色就微微有了变化，但依旧没有人当第三个。

沈恬转头看他一眼，也默默地举了手。

曹露眼睛睁大："你疯了？"

沈恬说道："我觉得老师会喜欢这个礼物的，我们就剩这一年时间了。"

曹露微愣，秦麦感激地看着沈恬。

周慎之轻扫了眼那举手的女生，她睫毛浓密，看起来有点儿乖。他收回视线，靠着椅背，转着笔。

不少人看他这样，慢慢地，开始有其他人举手。

曹露是第四个，她闭着眼举的，就怕看到黄丹妮那谴责的眼神。她一举，接下来举手的同学就如雨后春笋一般冒出来。

秦麦见状，差点儿哭了。

第六章
Chapter 06

走出教学楼，曹露抓头："我居然举手了！可我不会唱歌啊！"

"藏在大家的声音里，谁都听不出你不会唱。"沈恬小声地说。曹露不敢置信："但我会影响别人。"

"声音小点儿呗。"

曹露："……"不！带！这！么！作！弊！的！

夜晚的校园，风挺凉爽，树影绰绰。陈远良三个人走出教学楼，便听到前面曹露哀号的声音，而扎了丸子头的新同学说话声小小的，陈远良抱着手臂，说道："我就说了，她很可爱。"

今晚她第三个举手，更可爱。

周慎之视线落在沈恬的后脑勺，秦麦一个箭步上前，挽住沈恬的手臂。

沈恬吓了一跳，扭头对上秦麦微微亮着的眼睛。她愣怔，曹露也张大了嘴巴，秦麦眉眼一弯："沈恬恬，今晚特别感谢你。"

原来为这事，沈恬轻微摇头，正准备开口，余光便见高高的身影在她们的斜后方，树影罩着他。

他桃花眼深邃如墨，像黑夜的宝石。她的心跳陡然加快，急忙收回视线，道："不必那么客气，我觉得这个想法挺……挺好的。"

曹露探头也道："其实我过后想想，也觉得不错，比较新奇，其他班肯定想不出来。"

秦麦扬起笑容来："是的，就剩最后一年了，不想墨守成规。"

沈恬"嗯"了一声点头。

"那你想好唱什么歌没有？"曹露又问道。秦麦："呜，还没呢，我到时做个调查吧，看看老师们喜欢什么歌。"

"单纯唱歌会不会太无聊？要不要加点儿什么？"曹露眼睛眨了眨，她是闲不住的，脑子一下子就活络起来。

沈恬的手臂被她们各自挽在手里，夹在中间，她左右听着她们的对话，身后的两个男生走得也很慢。

沈恬偶尔能听到他低头轻笑的声音，但他并不是因为她们的对话，更多是陈远良不知说了什么笑话。

他笑一下，沈恬的心口就像被人抓一下。

考进重点班之前，她设想过无数可能，但当真的如此近距离地跟他呼吸同一个区域时，她觉得自己根本放松不下来。

整个人的关注点都在他身上。

出了校门，秦麦说得正兴起，一转眼看到距离校门口不远的超市，她立即拉着沈恬跟曹露道："走，我请你们喝酸奶。"

那正是沈恬家的超市，沈恬一愣。

身后传来陈远良笑起来的声音，周慎之轻抚了下尾指，朝校车那儿走去。陈远良一把勾住他的肩膀，问道："秦麦，我们呢？请不请？"

秦麦转头，说道："当然请了。"

她目光看向周慎之。

周慎之想拎开陈远良的手臂，陈远良反而扣得更紧："兄弟，等下打的回去吧，我陪你。"

周慎之微眯眼，几秒后，他说："好啊，你付钱。"

陈远良一脸震惊："这点儿钱也要跟我计较，你妈会少给你这点儿零花钱吗？"

周慎之唇角勾了下，睨着陈远良："是呢。"

还是呢！陈远良："……"

这样打打闹闹，一行人来到超市门口，郑秀云一抬眼，看到自家女儿跟着两个女生、两个男生走来。

几个孩子都穿着蓝白色的运动校服，一中的校服向来好看。尤其是那个走在最后的个头最高的男生，微微上挑的桃花眼，五官轮廓利落分明，很是俊逸。郑秀云认出他就是那天穿着黑色上衣握着矿泉水的男生。

穿上校服，他倒像是把锋芒藏住了。

秦麦去买酸奶，沈恬从她手臂溜出，拎着书包走到收银柜后。

秦麦跟曹露当即呆了一下，秦麦放下五瓶酸奶，郑秀云收钱。沈恬转身从柜子里摸出一盒彩虹口香糖，又抓了一把小袋装的辣条，随后她拍拍曹露喊上秦麦。

看几人出了门，郑秀云"啧"一声。罢了，能交到朋友是好事。

超市外之前设有椅子，现在不让占道，所以几个人来到树荫下。

陈远良看着她们俩的表情，笑起来："是不是很惊讶？"

秦麦跟曹露猛点头，陈远良笑道："沈恬恬以后就是机器猫。"

曹露："哎呀，好羡慕家里开超市的。沈恬恬我羡慕你了。"

沈恬说道："久了就没新鲜感了。"

"才不会呢，我对零食永远热爱。"

秦麦"扑哧"一声笑起来，她把酸奶递给周慎之。周慎之接了，拎着酸奶靠着树，百无聊赖似的，眉眼散漫。

陈远良还跟他碰酸奶盒，他唇角扬起，带几分笑意。

沈恬看他好几眼，犹疑了下走上前，在他面前摊开手，上面躺着几包辣条。

周慎之撩起眼皮，她的心怦怦跳着："周慎之、陈远良，你们吃吗？"

"当然。"陈远良笑着伸手拎走一包，"不过，老吃你的东西，怎么行？"

沈恬："没事。"

"不吃，谢谢。"周慎之则道。

沈恬心里有几分失落，"哦"了一声，倒是挺想问他，你喜欢吃什么？是不是除了牛奶就是酸奶？

曹露继续刚才的想法，就是说光唱歌没意思，还要加点儿别的。

秦麦觉得可以，两个人比画着，聊得极其热烈。沈恬咬着酸奶的吸管，静静地站在一旁，陈远良勾着周慎之的肩膀，也加入了讨论。

秦麦蓦地看向周慎之："你领唱吧？"

男生靠着树，懒洋洋地抬眼，那表情仿佛在说，你再说一遍。

陈远良猛地笑起来："不错，这个可以有。"

沈恬按捺住心情："他唱歌很好听吗？"

陈远良看向沈恬，说道："你听到就知道了。"

沈恬无端地有些期待，而周慎之站直身子，推开陈远良："再议。"

丢下这话，他把酸奶盒捏扁扔在她家超市门口的垃圾桶里，随后从冰箱里拿了一瓶冰矿泉水，沈恬跑过去，发尾散了一缕下来，她脸颊有些红，小声地道："送你喝，不用给钱。"

他扫码的动作一顿，低头看她一眼，沈恬呼吸一紧。

"嘀"一声："支付宝到账……元。"

周慎之收起手机，道："谢了。已经付了。"说完，他转身出去。

留沈恬在原地，心跳不受控制。郑秀云拿着抹布从货架间转出来，沈恬立即跑出去送秦麦、曹露他们。

陈远良拦了的士，周慎之跟他上了车。秦麦家司机开了迈巴赫过来，顺便把曹露送回去，沈恬跟她们挥手。

他们走后，她呼一口气，转身往回走。

郑秀云看她进来，问道："都是重点班的同学？"

"嗯。"

郑秀云："看着家境都不错。"

沈恬："嗯。"

郑秀云："我们家条件也很好，以后你继承超市，你就是大老板。"

沈恬捂住耳朵："妈——我不会继承超市。"

"那让你老公继承。"

沈恬："……"她赶紧跑上楼。

洗完澡吹好头发，沈恬坐在桌前，支着下巴，想起今天经历的一切，跟做梦一样。

她翻开日记本。

9.3

他唱歌真的很好听吗?

真! 的! 吗?! 好想听啊。

他不吃辣条啊, 而且, 好像也不喜欢吃彩虹口香糖……

她"唉"了一声, 合上日记本。

隔天, 沈恬刚把书包放下, 就听曹露说:"周慎之答应了!"

"他领唱! 他对秦麦, 真是有求必应。"

沈恬一顿, 声音低低的:"挺好啊。"

第七章

Chapter 07

周慎之当领唱这件事, 在班上炸开了。

黄丹妮对曹露这个"叛徒"的态度都缓和不少, 估计很多同学都想听他唱歌吧。全班利用晚自习跟午休时间练习。

不过, 沈恬始终没有听到他开口唱, 练习时的领唱是秦麦。

9月10日这天连郑秀云女士都有感, 一早看沈恬出门时两手空空, 眉心微拧:"今天不是教师节吗? 不带点儿礼物给老师?"

"带了带了。"沈恬起晚了, 吃两口父亲做的饭团, 擦擦嘴就走了。

郑秀云站在门口盯着她, 沈恬飞跑去学校。

班上好些同学一边捧着书, 一边哼着歌。沈恬朝座位走去, 偷偷看一眼抱着手臂靠着椅背抬眸跟陈远良说话的周慎之。

"早上好，沈恬恬。"陈远良瞥见她，笑道。

"早上好。"她回陈远良，把书包挂好，顿了顿，看向周慎之，"早上好。"

周慎之抬眼扫来："早上好。"

沈恬心怦怦跳了下，她装作镇定地收回视线，拿出作业。心里有一丝丝的甜，她渐渐地也跟他能说得上话了，哪怕只是一个"早上好"。

旁边闪过来一道人影，曹露坐下来，趴在桌子上喘息："我早上看错时间了！差点儿迟到！"

沈恬拿了张纸巾给她，曹露擦擦鼻子上的汗，偏头看了眼旁边的帅气男生，低声道："今晚的合唱，你说他到底会不会开口啊？"

沈恬挺直着腰，不敢跟曹露一起转头，小声道："会的吧。"

看来不是她一个人带着好奇跟期待。

曹露撇嘴："我都要怀疑这是秦麦没法服众，故意拿周慎之来镇压我们。"

沈恬抿唇："他又不是神兽……谈不上镇压吧。"

曹露哈哈一笑："他如果真是神兽，你愿意被镇压吗？"

沈恬耳根一下子泛红："别乱说话。"

她拿出试卷给曹露。

其他年级跟班级闹哄哄的，今天老师的办公室也有不少同学窜进来窜出去。

2班给老师们买了电影票、零食等小礼物，惹得老师们哭笑不得，重点班则安静如鸡。

表面上安静如鸡，私下秦麦跟几位班干部也一直出入老师们的办公室。

夜晚降临，入秋后的黑夜比夏日更长些。沈恬跟曹露拎着瓶水坐进座位，别的同学神情也有些小期待。

沈恬想拧开瓶盖，奈何手太滑。"砰！"

冰红茶摔到了地上，她急忙弯腰去捡，谁知道冰红茶就这么滚到了周慎之的脚边。

她动作一顿，便见男生弯腰，修长的手捡起冰红茶，沈恬唰地直起身子，周慎之拧开了盖子，递给她。

沈恬愣怔了下，周慎之："给。"

沈恬回过神，赶紧接过来，她握住底部，没碰到他："谢谢。"

周慎之并不在意，他往后靠。

秦麦在这时进了教室，班上同学紧张起来，沈恬把冰红茶塞进抽屉里。有个男同学跑到后面，一按开关，整个教室陷入黑暗。

紧接着陈远良带着赵宣城、曾译、张英、姜雯走了进来，赵宣城立即道："怎么回事？自习啊，关什么灯——"

话音一落，同学们举起开了手电筒的手机，轻轻地摇晃着。

光亮形成一个爱心，闪闪发亮，画面震撼，赵宣城的话卡在了喉咙里，沈恬在黑暗中扭头看向周慎之。

他靠着椅背抱着手臂，几秒后，他松开一只手拿起笔，眉眼微扬带着几分散漫，敲了下桌上的笔盒。

"叮"一声。

"记得你答应过我，不会让我把你找不见……"男生低沉但又带了几分清澈的嗓音响了起来，那一刻，沈恬才明白。

秦麦说的话是真的，他很会唱。

她的心跳疯狂加速，听着他敲着笔盒，一句一句地唱出来。

"可你跟随那南归的候鸟飞得那么远……"所有人都沉浸在他的歌声里，"爱像……"慢了一拍。

但秦麦还是带着同学们接入这句话："爱像风筝断了线……"

沈恬赶紧继续摇着手机，亮光随着歌声一起晃动，几位老师震惊中又感动，爱心展示完了，沈恬放下手，其他同学举起来，在歌声中亮光组成了一句话：

"老师，要快乐。"

张英老师捂住嘴巴，眼眶红了。

教学楼外，很多结束晚自习的学生准备离开，突然听见从教学楼传来的歌声，纷纷转头，便看见重点班那宛如星星的闪光。

歌声穿透出来，十分好听。

陈厌拎着书包，"切"了一声："周慎之假正经。"

几个经常一起打篮球的男生笑了起来，陈厌笑着揉揉唇角，把书包甩到肩膀上，带着一众男生走了。

啪！灯亮了。

全班同学揉揉手腕，气喘吁吁地看着老师们。张英跟语文老师姜雯都哭了，赵宣城跟曾译神情都很复杂，许久，赵宣城才走上讲台，他说："《西海情歌》是我跟你们师母的定情之歌，大家唱得很好听。"

"老师谢谢你们。不过让我很意外，周慎之，你挺会唱啊。"他看过去。

周慎之转了下笔："过奖。"

班上同学全笑了起来，张英擦擦泪水，道："别具一格的礼物，我很喜欢。"

曾译摸了下胡子："但别忘记，下周一要月考。"

全班："……"

一个同学突然用方言道："晓得啦！"

"哈哈哈哈！"

曾译敲了下桌子，道："不过，明天的晚自习可以给你们放电影看。"

"哇！"

"老师万岁！"

紧张而枯燥的高三生活，能在该学习的时候放松一下，这是一件令人兴奋的事情。赵宣城看了眼手表，说很晚了，大家回家吧。

老师走后，剩下的同学纷纷朝秦麦竖大拇指，秦麦眼睛弯弯，笑得很开心。

曹露撞了沈恬一下，沈恬跟她对视一眼，彼此笑了起来，做了让人开心的事情，自己也会开心。

她拎起书包，余光看一眼那已经走出后门的男生，一道身影抓着书包跟上周慎之。

"等等我。"秦麦追上去。

陈远良敲了下沈恬的桌子："走啊，沈恬恬。"

沈恬仰起脸笑了下，跟曹露一起，两个人跟上陈远良的脚步，走下楼梯，而此时同学们已经走得差不多了。

感应灯只有头顶橘色这盏，周慎之单肩背着书包，拐过拐角，眉眼散漫。

"他唱歌真好听啊，完全没想到啊，我跟他高二是同班同学……我都没听过。"曹露忍不住在沈恬耳边感叹，"上帝给他开的窗户也太多了吧。"

沈恬的心跳又没法控制地加快了。

陈远良两手交叠在后脑勺，出了楼梯口看着天上的月亮，说道："真舒爽。秦麦麦，你是不是该请我们吃个消夜？"

秦麦笑着转身，眉眼弯弯，她今晚格外漂亮。她看了眼一楼半掩的三间教室，说道："我们几个人捉迷藏吧，没被找到的人，我将满足你一个愿望。"

曹露眼睛一亮："真的吗？"

秦麦手背在身后点头。

陈远良向来都是唯恐天下不乱、哪里有热闹就往哪里钻的人，他上前勾住周慎之的肩膀："走，躲去，煤老板女儿的羊毛还是要薅的。"

周慎之桃花眼微挑："等会儿我们被关在学校里。"

"你会怕？"陈远良不敢置信。

周慎之唇角微勾，说："怕啊。"

说是这样说，他却跟着陈远良往那几间教室走去，说："秦麦麦，数数。"

"好。"秦麦脸微红，转过身，裙摆摇曳了下，她今天难得没穿校服，捂着脸，"我开始数了啊，沈恬恬、曹露，你们也快躲起来。"

曹露拉着沈恬："走。"

"我要想想，等下向秦麦麦许个什么愿望好。"

沈恬被拉着往前走，起初她有点儿茫然。

怎！么！突！然！就！玩！游！戏！了！

不过秦麦这些日子的努力没有白费，拿到了漂亮的成绩单，她开心也能理解。

到了多媒体教室门口，曹露往跟前的灌木丛躲去，沈恬跟她钻进去后发现，那里只能躲一个人，她说："我换个地方。"

曹露"嗯"了一声："好好躲，加油。"

沈恬笑起来，跑进多媒体教室，听着外面秦麦的声音，她转了一圈，最后直接朝那扇大门后面跑去。

她深呼吸，身子挨着墙边，刚一进去便顿了顿，鼻息间飘来淡淡的桂花香味，那一刻，她愣住。

偏过头，她看到周慎之靠着墙，手插裤兜，在昏暗光线下睨着她。

沈恬心狂跳："对不起，我……"

"嘘——"他修长的手指竖起来轻放在唇上，闲适地靠着墙壁，让她闭嘴别

说话。

沈恬嘴巴闭上，看着跟前的门板，心脏快要跳出胸口，这片狭小的空间，全是他身上的香味。

外面传来秦麦的脚步声，由远至近，但她应该是没进多媒体教室。因为她发现了外面灌木丛后的曹露，曹露的哀号声传来。

她知道沈恬进了多媒体教室，于是引导秦麦去了另一间教室找陈远良。

沈恬手心冒汗，她在这脑袋里乱哄哄的时刻，居然想到如果赢了，要许什么愿望。

她想要周慎之的联系方式。

也不知道她们找没找到陈远良，这脚步走远好久都没回来。沈恬抬眼，偷看了眼靠里面的男生，他似乎也等得有点儿久，拿出手机在手上转着。

小指上的黑色尾戒若隐若现，沈恬在裤子上擦了擦手心的汗："周慎之。"

他撩起眼皮，看过来："嗯？"

沈恬声音极小，有一些发颤："你唱歌真好听。"

周慎之："谢谢。"

话音方落，门外就传来了脚步声，下一秒，门被拉开，陈远良举着手机，手电筒的灯投射过来："找到你们了吧。"

沈恬遮了下猝然见光的眼睛，立即闪开。

秦麦匆匆看一眼沈恬，曹露挽住沈恬的手臂："快感谢我，我帮你们躲到现在，你们赢啦！"

沈恬抬眼笑道："感谢，非常感谢。"

走出多媒体教室，外面灯光亮不少。陈远良笑道："还不是曹露帮你们打掩护，不然你们能赢？"

周慎之手插裤兜，走下台阶："赢了就赢了，别为你的失败找借口。"

"切。"陈远良又去勾他肩膀。

秦麦转头看向沈恬："你有什么愿望？"

沈恬顿了顿，因为秦麦这样看她，目光很专注，她那句"周慎之有 QQ 吗？"没问出来。

她笑道："我想大家建一个 QQ 群吧，有时我有不懂的题目可以在群里问你们。"

曹露举手："这个赞同。"

虽然自从上次跟秦麦关系似乎亲近一些了，但她跟沈恬还是不敢主动去询问他们题目。

秦麦扬起笑脸："这个简单，沈恬恬把号码给我，我回去加你。"

"好。"她写下号码，递给秦麦。

秦麦接过后，一行人往外走，门卫爷爷已经拿着手电筒寻过来。

几个人脚步加快，在门卫爷爷的催促下出了校门，周慎之跟陈远良已经错过了校车，去拦的士。

秦麦跟过去，站在公交车站旁，看着周慎之，不知在说什么，或许是在询问他的愿望。

沈恬看了几眼，收回视线，拉着书包带朝家里走去。

还没到门口，就看到沈昌明跟郑秀云在门口等着她，看到她回来，郑秀云翻个白眼："还以为你被老师罚站了呢。"

说完，她转身就进去。

沈昌明提过她的书包，道："以后下课了早点儿回来，如果还有别的事情，记得先发个信息给爸爸。"

"爸爸，让你担心了。"

"没事，其实你妈更担心。"

沈恬"嗯"了一声，看郑秀云一眼，跑过去，抱了她一下，被郑秀云推开："去去去，去洗澡睡觉，明天不用上学啊！"

沈恬："……"她捏了一下郑秀云的脸，然后就跑了。

郑秀云："……"

洗完澡，沈恬吹好头发，一边舀着冰粉一边打开电脑，登录账户。她的QQ名叫"恬恬就是甜甜"。

下方有了新好友申请，沈恬立即点开，秦麦真的加她为好友了。

她通过后，不一会儿，列表就多了一个QQ群，沈恬把曹露拉了进来，曹露的QQ名叫"喝一口甘露"。

陈远良的QQ名则更简单，叫"远良帅哥"。

最后一个便是周慎之，他的QQ头像是黑底的照片，照片中他的手揉着一只白色小猫的脑袋，露了一点儿黑色尾戒出来。他的QQ名字叫"Sz"。

第八章

Chapter 08

周慎之,慎之。

她舌尖滚了下他的名字,心怦怦跳,打开他的好友添加,点了几次愣是没点下去。她终究还是个胆小鬼啊。

秦麦麦:那这儿以后就是我们五个人的秘密基地了!

远良帅哥:等我把我的女神拿下,也把她拉进来。

喝一口甘露:陈远良,你女神到底是谁?!

远良帅哥:你猜啊。

喝一口甘露:算了我才不猜,我跟甜甜进这个群的最主要目的,就是向你们学习!

秦麦麦:好,有什么不会的,你们都可以问我。

喝一口甘露:周慎之,可以吗?

沈恬紧盯着聊天框。

Sz:可以。

二字一出,曹露在群里欢呼,陈远良调侃,就那么高兴吗?

喝一口甘露:那当然了,甜甜也会很高兴的,对吧?

突然被点名,沈恬咽了下口水,在屏幕上打了"嗯",随后,她挪过一旁的题册,翻开,然后在键盘上敲着。

恬恬就是甜甜:周慎之,我有一道题……

她刚打完,群里安静下来。

沈恬顿了顿,几秒后。

Sz:沈恬,有点儿晚了。

"轰!"沈恬看到右下角的时间,满脸通红。陈远良跟曹露在屏幕上打着"哈哈哈哈哈"的字眼。

沈恬更窘。

恬恬就是甜甜：对不起对不起，我忘看时间了。（哭）

秦麦麦：哈哈哈，没事，明天再问也一样，大家晚安。

远良帅哥：晚安。

喝一口甘露：晚安啦。

Sz：晚安。

沈恬连忙补上"晚安"，她说完后，屏幕就安静了。

她无意识地挪动鼠标，来回翻看聊天记录，尤其是他说的"可以"。还有，他喊她"沈恬"，她唇角微微扬起。

"还不睡?"身后传来开门声，郑秀云的声音传来。

沈恬手忙脚乱地点了右上角的退出键。郑秀云弯腰拿起她扔在沙发上的校服外套，看向她。

沈恬把电脑关上，起身抓抓头发，说："要睡了。"

郑秀云："去吧，我给你关灯，以后看电脑眼睛别凑那么近。"

"好的，妈妈。"沈恬爬上床，卷起被子躲在里面，脸上的笑容就没停下来过。

郑秀云扫一眼床上的"蝉蛹"，转身出去，关了灯准备关门。

"妈妈，晚安。"女生软软的声音传来。

郑秀云："快睡。"

"晚安。"

"砰"，门被带上。

隔天，沈恬准时出家门，秋日的晨曦暖洋洋。她伸个懒腰，便看到周慎之跟陈远良从校车上下来。

她赶紧放下手臂，慢吞吞地跟在他们身后。她在他面前依旧不够大方，让她冲上去跟他打招呼，她还是不敢。

她就这样默默地走在他们身后，一路抵达教学楼。6班的陈厌突然喊住了他们，周慎之眉梢微挑，跟陈远良走过去。沈恬看他们一起迈步上了台阶，进入楼道。

进了班里，黄丹妮正要收作业，她看一眼沈恬身侧的座位："她又迟到了!"

沈恬："应该快来了吧。"

黄丹妮哼一声："她来了自己去交作业，我才不伺候。"

"她应该快到了。"

黄丹妮不等了，转身便走。沈恬看一眼身侧的空位，有些焦急。

"沈恬恬，你是不是这道题不懂？"秦麦捧着书，绕过桌子，直接坐在曹露的位置上，指着书上的题目。

沈恬微愣，那是她昨晚要问周慎之的那道题："是。"

秦麦眉眼弯弯，笑着看她，道："我来帮你吧。"

沈恬看着她漂亮的眉眼，女孩眼里的光热烈真诚，她拒绝不了。

秦麦讲得也挺好的，她点点头。

"这题其实我之前解过，跟周慎之的步骤差不多，他的要更简洁一些，我把他的解题思路给你看看，然后再把我的给你看，你看看区别吧。"

秦麦握着笔在草稿纸上写，沈恬下巴抵着保温杯，"嗯"了一声。

不一会儿，陈远良一屁股坐下来，沈恬的桌子被他轻微撞了一下，她直起身子正想把桌子往后移一点儿，桌旁就多了个身影，带了点儿淡淡的桂花香。

沈恬身子一僵。

周慎之抱着手臂靠着她的桌子，听陈远良说话。陈远良说得很激动："我觉得这次你别参加了，那群人没完没了。"

"有道理。"他语调散漫。

"他们挑衅不成，就会消停的。"陈远良塞好书包道。

"行啊。"

"怎么了？"秦麦仰起头问道，"参加什么？"

陈远良抹了下额头的汗，说道："跟你们女生没关系。"

秦麦"切"了一声。

陈远良抬起头，跟周慎之继续说，话里有江竞野、陈厌，还有三中那群刺儿头。

沈恬看着书，一边听着秦麦讲题，一边分神听他说话。秦麦用笔戳着题目，道："其实周慎之的解题思路我们可以套用到很多地方……"

大概是"周慎之"三个字引起了他的注意，他目光落下来，落在她们的本子上。

沈恬的心顿时怦怦怦地跳着，周慎之捏着笔转着，大概看了个几秒，便把视线收了回去，也似乎忘记了昨晚她向他提的问题。

"沈恬恬？"秦麦喊她一声。

沈恬回过神，看向秦麦，扬起笑脸："嗯，我懂了。"

秦麦："那就好！"

早自习快结束时，曹露才来，风尘仆仆，眼眶有些红。

沈恬帮她挂好书包："闹铃没响？"

曹露笑了下，脸红扑扑的："嗯。"说罢，她便去交作业。

晚自习时，曾译老师果然信守承诺，给全班同学放了电影，放的是《泰坦尼克号》。这部电影沈恬看过一次，跟周靓靓看的，周靓靓哭得很厉害。

沈恬当时眼眶也红了，但并没有哭，她觉得能有一场这样的爱情，此生无悔。

但今晚，她却觉得这场爱情太短暂了，还没细细品味就要失去，她下意识转头去看旁边那组的男生。

他靠着椅背，没有看电影而是翻着书，手握着笔搭在桌旁，专心地看题，稍显冷漠。

秦麦哭得满眼通红，冲她喊："恬恬……"

周慎之抬起头。沈恬抓了桌面上的纸巾，起身给秦麦送去，她擦过周慎之的桌面，放下纸巾便坐了回去。周慎之转了下笔，又翻了一页书。

月考安排在下周一。周六日两天，沈恬几乎不出门，一直在家里复习，这是她在重点班的第一次月考，所以非常重视。

秘密基地群里的成员也都足不出户，有了这个群，大家探讨起题目都方便许多。

秦麦很热情，沈恬跟曹露不懂的，只要发出来，她都会回答，陈远良也是。

周慎之就极少出声。沈恬的问题都让秦麦跟陈远良解答了，她也找不到机会问周慎之。

一晃周末就过去。

周一这天，班上的座位已经被打乱。

她跟曹露离得很远，跟周慎之也距离很远，一个在最前一个在最后。陌生的排位让沈恬没有心思去想别的，全心都只有眼前的试卷。

考完后，她跟曹露也不敢对答案。

周三成绩出来。曹露拉着沈恬下楼去看成绩。

一抬眼。

全校第一名：周慎之。

全校第二名：秦麦。

"秦麦可真厉害，紧挨着周慎之。"曹露满脸羡慕，沈恬把目光从他那天花板似的排名上扫下来，一路往下扫，在全校第八十八名看到了自己的名字。曹露兴奋地喊道："你升了十几名啊！"

大红板八十八名跟第一名的距离极其遥远。不过，总算爬进百名内了。

沈恬笑笑："露露，你也进百名了。"

曹露哈哈一笑："我吊车尾，第九十九名，不过我很满足啦。"

第九章

Chapter 09

"走，我们去买吃的奖励自己。"曹露拉住沈恬的胳膊，沈恬说道："等下。"

她拿出手机，调了下广角视野，很努力才把她的名字跟周慎之的名字拍到一张相片里。

"你拍一整张干吗？拍你自己就好啦。"曹露在一旁探头看着，沈恬收起手机，仰脸笑道："给自己一个鼓励。"

曹露："呀，那我也拍一张。"

她拿出手机，"咔嚓"一下，拍了一张。不过曹露那张只拍了她自己的名次。

拍完她拉着沈恬朝便利店走去。便利店门口学生很多，里面也密密麻麻。

黎城的秋天时不时地还很热，也就早晚会凉爽一些。她们进了便利店就看到周慎之跟陈远良站在收银柜前。

陈远良朝她们招手，道："去拿吃的，今天他请客。"他指着周慎之。

"真的吗？"曹露眼睛一亮。

周慎之抬眼，漫不经心地看过来。

沈恬呼吸一紧，人就被曹露拉到冰箱前，陈远良靠着货架，笑道："拿最贵的，不要跟他客气。刚刚秦麦麦拿了哈根达斯。"

曹露倒吸一口气，她看了眼旁边的那个小冰箱，朝它伸出了手，拿了一盒哈根达斯出来。

她捅了沈恬一下。沈恬摇摇头，选了最解渴的老冰棍。

"恬恬，你太乖了吧。"曹露小声道，随后她把哈根达斯放在收银柜上，对周慎之道："谢谢啦，大佬。"

周慎之"嗯"了一声。沈恬小心地把老冰棍放过去，男生的气息就在身侧，她低着头。

周慎之看她一眼："就选这个？"

沈恬"嗯"了一声，周慎之点头，"嘀"一声，付了钱。

"谢谢。"她拿起冰棍，周慎之伸手握住一瓶冒着水汽的矿泉水，他指尖修长，尾戒沾了些水汽。

沈恬收回视线，拆开外包装，跟曹露往外走。

学生很多，挤来挤去，不少女生偷偷抬眼看周慎之。毕竟大红板刚出炉，这个人从高一就没掉下来过。

同班这段时间，沈恬发现他并不是那种一直死读书的人，但他对很多事情似乎又不太感兴趣，所以就把精力放在学习上。

但这么说似乎又不太对。他爱打篮球，而且喜欢跟校外的人打，还认识校霸！

"沈恬恬，你们进步了不少嘛。"陈远良嚼着口香糖，走在她身侧道。

沈恬抬起脸："都是你们的功劳。"

"哈哈哈，也是。"他笑着，手插着口袋，玩笑道："我还是第一次见到能跟周慎之打交道，但不为他美色所惑的女生。"

沈恬心猛地一跳，曹露勾住沈恬的肩膀道："甜甜可是从普通班考进来的耶，当然是为了考一个好大学啦。"

陈远良一听，点头，抬手揪一下沈恬的马尾辫："沈恬恬好励志。"

沈恬把马尾辫抽回来，并看了周慎之一眼。

他手插裤兜，拎着矿泉水，神色散漫，轻描淡写地正好对上她的视线。

沈恬顿时一惊，还待说些什么，他已挪开视线。

几个人回了教室，雪糕跟冰棍也吃完，沈恬唇瓣红通通，她跟曹露坐下。不一会儿，秦麦拿着英语试卷进来，一组一组交给她们发下去，然后她笑眯眯地拍了拍沈恬的桌子："这次考得不错哟。"

沈恬微微一笑，牵了下她的手，秦麦眨眨眼，笑着回了座位。

曹露凑近沈恬："秦麦麦人真的很好呢。"

沈恬点头。

上课铃响了。

赵宣城夹着书走上讲台，放下书后拿出试卷，说道："这次考得都不错，平均分比2班高挺多，不过也不能骄傲自满。"

"2班的张召云这次因为发烧发挥失常，才给了我们机会，进步快速的几位同学，陈远良、沈恬、曹露，大家掌声鼓励一下。"

掌声稀稀拉拉响起。

陈远良比了个帅气的手势，沈恬有些腼腆，耳根微红，曹露跟着一起鼓掌，眼睛亮晶晶的。

"表扬完进步的同学，那几位成绩下滑厉害的同学，下课后到我办公室找我，我们聊聊。"

"最后，等下换座位了，大家收拾下桌子。"

"不是说不换吗？怎么突然又要换？"曹露愣了下，抓住沈恬的手臂，沈恬也蒙了，她摇头："我不知道啊。"

曹露哀号："救命，我不想跟你分开。"

沈恬嗓音很低："我也不想。"她会换到哪里？会不会像考试那样，跟他变成一个在最前一个在最后？

她的预感挺灵的，她的名字被贴到第四组第一排靠窗的位置。

而周慎之跟秦麦位置不变，还在第一组最后一排的座位。

陈远良转过身，说道："我们恬恬就这么走啦？"

沈恬忍住了泪水，她挤出笑容，拎着书包，"嗯"了一声，走出座位。

秦麦支着手朝她挥了挥，沈恬点点头，余光扫向了他。

他冲她点点头，很礼貌那种。

沈恬笑了笑，低着头，转去了第四组第一排，坐下后，曹露也搬了过来，坐在她身侧，这或许是唯一的安慰。

曹露抱住她："跟你在一起，去哪儿我觉得都行，而且这里视野很好的，其他班打篮球我们都能看到。"

沈恬沉默几秒："是啊。"位置就这么尘埃落定。

新座位的视野确实好很多，老师讲课时黑板上的字也看得更清楚，但沈恬还是有些失落。

这天放学，拿着成绩单，沈恬书包刚背起来就看到周慎之高高的身影跟着陈远良一块儿出了后门。

沈恬快走几步，她还没下楼梯，他们已经到了二楼。

沈恬跑了几步，最后停住，叹口气，换个座位，像换出了个银河的距离。

"恬恬！"曹露从身后挽住她的手臂，沈恬转头笑笑，"走吧。"

路灯高挂，橘色的光投在地面上。校园里树影绰绰，周慎之很前面，陈远良勾着他的肩膀，他低着头，似在按手机，耳机垂落在衣领处。

沈恬目光一直追随着他，出了校门，他搭乘校车走了。

沈恬跟曹露告别，随后回家，这么晚超市还有很多人进进出出，郑秀云收着钱，看她一眼："成绩出来了？还是倒数？"

"妈！"沈恬跺脚，"全班第四十八，年级第八十八，我进步了！"

郑秀云手一顿，有些诧异："真进步了？"

沈恬重重地点头，郑秀云关上抽屉，抱着手臂："这成绩不错了，不用再继续努力了。"

沈恬："……懒得跟你说。"她转身进了屋里。

沈昌明看妻子一眼："好歹也夸夸她啊。"

郑秀云："她那么努力，真是想考个好大学？"

沈昌明："你这什么话。"

郑秀云揉揉脖子："你们男人不懂。"

沈昌明："……"

屋里传来哐哐当当的声音，沈昌明立即进去，沈恬上楼梯把箱子给弄倒了，满箱冰红茶掉了出来。

她正在捡，沈昌明弯腰去捡，拉住女儿的手腕："快去洗澡，爸爸捡就行，考了那么好的成绩，周末想去哪里玩，跟爸爸说一声，我抽空陪你。"

沈恬眼眶微红："不用啦，爸爸，周末我要睡懒觉。"

"也行。"

沈恬转身上楼，洗了澡立即打开电脑，点开秘密基地群。

群里很安静，没人发消息，她点开周慎之的头像。他头像暗着，应该是不在线，或者隐身？

她支着下巴，换个座位，好像只有她受影响。

几秒后，她拿过日记本。

9.16

他又考第一了，我离他还好远好远！

还有，我！一！点！儿！都！不！想！换！座！位！

隔天下课后，沈恬跟曹露一起去厕所，进了隔间刚蹲下，就听到黄丹妮之前的同桌林芒说道："我一点儿都不想跟陈远良坐一起，他好烦。"

黄丹妮："我也不想跟黄锅头坐一起，他上课老偷吃零食。"

林芒："听说这次换座位是秦麦提出来的，她说沈恬跟曹露成绩进步那么多，让她们坐在最前面最好了，而且第四组的座位视野又好，又挨着操场，舒服得很。"

"她对沈恬跟曹露可真好啊，你看曹露现在都不跟你玩了，成天就跟沈恬还有秦麦她们一起，昨天周慎之还请她们吃雪糕呢。"林芒语气特别酸。

黄丹妮冷哼："我已经很久不跟曹露玩了，她特别谄媚。"

"呵呵。"

"秦麦从高二就守着周慎之，每次座位几乎都不换的，我敢肯定，她肯定喜欢周慎之，只是不敢说而已。"

"砰！"

隔壁隔间的门猛地被推开，沈恬听见动静，也赶紧起身，一把拉开门。

曹露手掐着腰站在隔间门口，黄丹妮跟林芒两个人站在洗手台前，她们看着曹露，曹露也看着她们。

曹露眼眶有些红，她狠狠地看着黄丹妮："你说谁谄媚？"

黄丹妮起初有些心虚，后来看曹露这表情，两个人认识很久，她知道曹露的父母正在闹离婚，曹露的爸爸的职位也降了。她的表情又变得嚣张了："谁应谁是。"

说完，她拉着林芒就走。曹露立即追过去，沈恬也赶紧跟出去，但跟出去后，曹露却刹停了脚步。

沈恬走到她身侧："曹露。"

曹露回了神，她眼眶还红着，看着沈恬："我没事。就当没有这个朋友吧。"

沈恬伸手抱抱她，她顿了几秒，拉住她的手臂："走，我们去感谢秦麦。"然后就拉着沈恬走去班里，她直接拉开第一组最后一排的窗户。

"刺啦"一声，秦麦转头。周慎之支着下颌在看书，也掀起眼眸看来，神情懒散。

沈恬呼吸一顿。曹露扒着窗户对秦麦道："秦麦麦，谢谢你给我们换的座位。"

秦麦愣了下，半晌，她笑起来，漂亮的眼睛下意识地看向沈恬，沈恬视线转了下，对上秦麦的眼眸。

秦麦眉眼弯弯："沈恬恬，你要加油。"

沈恬脑海里却浮现出林芒说的话：她肯定喜欢周慎之。

她抿着唇，微微一笑："嗯，我会的。"

第十章

Chapter 10

回了座位，沈恬坐下来，支着下巴看着楼下，曹露凑过来一起看，这儿景色确实不错，可以看到几个男生在打篮球。

"甜甜。"

沈恬："嗯。"

曹露挨着她的肩膀："你说林芒说的话是真的吗？"

沈恬手放下来，转头，看着曹露，曹露比画了下，说："就是秦麦喜欢周慎之这件事情。"

沈恬摇头："不知道。"

曹露支着下巴，想了下："我觉得是真的，只是她为什么不告白呢？长那么漂亮又那么优秀，应该很自信才是。如果她都不成功，那别的女生更没可能成功啦。"

手下意识地按着书，沈恬有些失神："或许她还在等机会吧。"

"也是，周慎之要是答应了，哇，那两个人就真是太般配啦。"曹露一脸向往，沈恬手指轻抠了下书："嗯。"

晚自习下课，沈恬今天收拾得比较快，正好就走在周慎之的前面，她挺紧张。

其实这世间大多偶遇都是别有用心，根本没有那么多纯粹的巧合。

她拐过楼梯角时，他还在往下走，单手握着书包带，发丝细碎落了些下来，下颌清晰利落，昏暗的光线落在他眉梢。

眼眸微弯，看似有笑意，但又带着几分疏离。

或许就是这样的长相让很多女生都不敢靠他太近吧。

陈远良今晚没跟他一起，他是一个人，夹在人群中，也在她的后面。

沈恬脚步一直不紧不慢。她扎着丸子头，发丝细碎零散，柔软而颜色微黄，好似跟她这个人一样，也是柔软的。

周慎之随意看了眼，没太在意。

大波人下了楼梯。

今晚门卫爷爷不知去哪儿了，估计去找他那只小狗去了。大部队在楼梯的时候感觉很密集，下了楼梯就分散了。

沈恬一直留意着身后男生的脚步，所以两个人一直是不远不近的距离。

而就在这时，她快到校门口，转动魔方的声音在身后响起。

沈恬下意识地转头，就见周慎之的指尖在魔方上灵活地穿梭，他抬眼，在灯光下看到她。

沈恬心怦怦直跳："你……"

"什么？"他声音低而冷淡。

沈恬立即摇头："没事。"

她犹疑几秒，道："在校车上玩魔方头应该会晕？"

"嗯。"他嗓音懒懒的，不太在意。

沈恬便无话，她顿了顿，周慎之眼眸微眯："还有事？"

沈恬："有。"

她说完，周慎之眉峰挑起，沈恬解下书包，从里面摸了一小盒绿箭出来，她朝他走过去，递给他："上校车可以吃一条，打发时间挺好的。"

周慎之没应。他看她几秒，随后把魔方收起来，拿走她手里的绿箭："谢了。"

他指尖有些凉，拿的时候不经意地碰到沈恬的掌心，沈恬唰地把手收了回来，还要装作面不改色。他并没有发现，拿了绿箭后，他放进口袋里，随后从她身侧走过。

"沈恬，早点儿回家。"他说。

沈恬为了他这话，心跳猛加速，她点头："知道了。"

随后便是满心的雀跃，她转过身，看着他走到校车旁，抽了一条绿箭出来，拆开了放进嘴里，咀嚼，上车。

车子开走，她跑着回家。

一进门，"妈妈，我回来了！"然后她一阵风似的上了楼梯。郑秀云一回身，已不见女儿的影子，她呆了呆。

"你小心摔倒！！"可已经没人应她了，二楼的铁门砰地关上，郑秀云翻个白眼，"发什么神经。"

女生的心事，今晚又落入了日记本里。沈恬做梦都想着他接了她的绿箭的事情。

隔天便是周五，今天跟三中有一场友谊赛，据说三中是冲着周慎之来的。

又能看见他打篮球了，沈恬有些期待。不止她期待，这段时间复习、考试，同学们都闷坏了。体育委员江山跑去跟赵宣城申请，申请了两节课下来，班上同学一阵欢呼。

下午 3 点 30 分，篮球场就陆陆续续有人进入。

曹露合上书，拉上沈恬："走了走了，赶快去霸占个好位置，12 班、6 班，还有 2 班这几个班休息呢，都去看比赛，我们去晚了就没位置啦。"

沈恬把校服外套脱下来，只穿了里面蓝白色的运动上衣跟深蓝色运动裤，班上同学很多已经下去了。

在楼梯口碰见了黄丹妮跟林芒，曹露看都不看她们一眼，沈恬也没出声，跟着曹露下楼。

抵达篮球场，一眼便看到周慎之穿着校服，抱着手臂站在边上，秦麦也在他身边，而陈远良、陈厌都换了带有数字的球服。

曹露愣了下："咦，周慎之不打吗？"

沈恬也有些失望："他没换球服。"

"会不会等下再换？高二下学期他跟陈厌打的那一场可精彩了，我还想着毕业前再看一次呢。"

沈恬嗓音很低："我也是。"

三中那群刺儿头换上了校服，人模人样，但是有不少人头发里都藏着颜色，有些人手臂上文了点儿图案。他们学校来了啦啦队，粉色啦啦队很是惹眼，尤其是带头的那个。

本校没有啦啦队，校长比较严谨，从来不让篮球队准备啦啦队，说篮球比赛是体育竞技，不允许娱乐化，所以呐喊加油都由学生完成。

曹露拉着沈恬朝看台走去，但还是晚了，位置被霸占得差不多，只剩下边角的位置。

这时，秦麦朝她们挥手，她们走过去，站到秦麦身边。周慎之很轻地看她们一眼，便收回视线。

沈恬手臂被秦麦挽住，中间隔着秦麦，那边就是他，她也没敢抬眼一直去看他。

曹露问秦麦："他不打吗？"

秦麦笑着摇头："不打。"

曹露脸露失望："为什么啊？"

秦麦挨近曹露，说道："他打赢了，这些人没完没了的，他现在只想好好复习，考上理想大学，不想管这些污糟事。"

曹露一愣："不愧是大佬，有远见。"

沈恬静静地听着她们说，余光看他一眼，男生看着球场，唇角微勾，朝陈厌比了个手势。

陈厌嗤笑一声。

沈恬默默收回视线，没有他上场，比赛的精彩程度会大打折扣吧。

"我去买点儿水，你们谁帮我抬？"秦麦松开沈恬，转身问那群男生，郑韶远抓抓头发，说道："我来。"

接着几个男生也都应了，沈恬想跟着过去搬，郑韶远看她一眼，笑道："沈恬恬，你是女生，就没必要来了。"

曹露立即拉住沈恬，沈恬只能站回原地。

没了秦麦在中间，她跟周慎之隔着一个空位，有好几个球员朝他走来，向他了解三中那群人的打法。

他一手转着球一手搭在江山的肩膀上，嗓音清澈但很低，略带散漫跟笑意，让他们防着某个人，三中那个前锋有些阴险，运球时会用狠劲，暗自撞人。

他对陈厌说："你要注意。"

陈厌轻笑："老子怕过他？"

也是，陈厌跟三中那群人打过比赛，彼此都狠，当时差点儿打起来。

他们这边在聊，三中前锋走过来，抱着篮球，喊道："周慎之，你竟然不打?!"

说完，球就狠狠地朝这边飞来。

沈恬还在关注那个前锋，就见那球高速旋转着跟螺旋一样，快速朝她脸上飞来。她正呆着，一只修长的手伸了过来，半空中拦住了那个球。

球被推开，周慎之另一只手顺手一勾，把球勾住，手握住沈恬的手臂把她往后拉，他抬眼，狠狠地把球砸了过去，直接砸在了关国超的肚子上。

"周慎之！"关国超弯腰捂住肚子，抬起头，脖颈都泛了青筋，狠狠地看着挡在沈恬跟前的男生。

周慎之已经松开沈恬，他抬眉："球是用来打的，但不是用来砸人的。"

"你不上场，我们打个球啊！"关国超忍着疼站起来，指着他，那刺儿头样，老实点儿的学生都觉得怕。

周慎之面不改色，道："是打个球啊，不然打地板吗？"

陈厌几个人没忍住笑了起来，关国超脸色变了变。

周慎之语调拖曳散漫："我受伤了，打不了，你说怎么办吧？"

关国超："……"

最后，三中的教练过来把关国超拉走。陈厌几个人也笑着回了球场，周慎之这才转头，看向沈恬。

沈恬刚才吓到了，曹露搂住她。周慎之看她一眼："没事吧？"

沈恬立即摇头："没事。"

周慎之"嗯"了一声，便转头回去，秦麦正好回来，递给他一瓶他经常喝的矿泉水，他接了过来，拎在手里。

曹露摸着沈恬的手臂："好些了吗？"

沈恬深吸一口气："嗯，好多了。"

她抱住手臂，搭在他刚才握住的地方，眼睛看着他的背影。

Moonlight Box

———————————————————— 卷二

暗恋止于盛夏

周慎之，谢谢你曾闯入我的世界。

　　三中的教练压制住关国超，劝说了一会儿，总算让他冷静下来。

　　再不服管教的学生在老师面前也得偶尔服软，关国超抱着球，朝周慎之比了一个不太好看的手势，周慎之并不在意。

　　秦麦握着矿泉水瓶，低低骂了关国超一句"神经病"，好在离得远，并不会被听见。陈远良洗了一把脸，进了队伍。

　　他是后卫。全场就他最胖，但他也是最灵活的胖子。

　　教练哨声一出，鞋底摩擦着地板的声音就响了起来。陈厌带着球，虚晃一下，跑得飞快，一转身就要入个三分球。

　　被关国超给拦了下来。

　　陈厌轻笑，掐着腰没太在意。

　　关国超转身就往篮筐跑去，陈远良上前一拦，被他的肩膀给撞开。陈远良眉心拧了一下，估计骂了关国超一声。

　　陈厌追上去，拍拍陈远良的肩膀，一个旋身，跳跃起来，抢到关国超刚扔出来的球。

　　"啊啊啊啊啊！"一中这边的看台，尤其是6班的尖叫声掀翻了天。

　　曹露立即捂住耳朵："天哪，我们的同学也好激动啊。"

　　沈恬笑笑，就见陈厌投入了第一个三分球。

　　这下曹露没忍住，她圈手尖叫了起来。哪怕她平时老说陈厌花心，哪儿哪儿都不好，专骗女孩子的感情，但她还是为他尖叫了。

　　她说："太可惜了，太可惜了，要是周慎之也上场就好了！"

　　沈恬点头，是，他要是上场就好了。

　　此时周慎之一手插着裤兜，一手拎着矿泉水，轻晃着。

陈厌冲他这边比了个手势，他抬手回了，散漫又懒洋洋的，这么中二的手势，他做起来就是有种漫不经心的慵懒感。

不少女生看着他，红了脸，然后不经意地往他的身边挤去。

"她们好挡路啊。"曹露跟前的视线被挡住了，她拉着沈恬往前。

但她们挤得太厉害，沈恬被挤得往前扑，鼻尖撞到他的后背，男生的校服灌了风，但校服里却是线条分明的肌肉。

周慎之回身，桃花眼垂下一扫，女生们反射性地后退。

沈恬捂着鼻子抬眼，满眼的慌。他只看她一眼，便收回视线转过身去。

曹露赶紧拉着她挤到秦麦身边，至于其他女生再也不敢往前半步，也就在他后面红脸捂着嘴。

秦麦看沈恬鼻子一眼，眉眼弯弯："刚才你们去哪儿了？"

曹露说："别提了，等结束了再跟你说，刚才甜甜差点儿受伤。"

"怎么啦？我看看。"秦麦拉下沈恬的手腕，看她鼻子。

"哎呀，不是这里，刚才你们去买水，三中那个前锋，叫什么超的。"

"关国超。"

"对，就是这个人，他拿篮球差点儿砸到甜甜。"

秦麦一听，拧着眉："沈恬恬，你认识他？"

"不认识。"沈恬摇头。

曹露接着说："不是啦，甜甜是被误伤的，他的目标是周慎之。我跟你说，刚才要不是周慎之伸手拦啊，甜甜现在就躺校医室了……"

"什么情况？"秦麦接着问。

曹露就把刚才的情况一五一十地说了，沈恬拦都拦不住，听到周慎之把沈恬拉开时，秦麦抬眼看了沈恬一眼。

沈恬睫毛闪了下。

秦麦看她几秒，挽住她手臂："没事就好。那个关国超真不是什么好人，陈远良之前跟他打球，被他弄伤过一次，现在大家都防着他。"

沈恬"嗯"了一声。她站了有一会儿，喝了不少的水，需要上厕所。

她从秦麦跟曹露的手臂里脱出来，转身朝厕所走去，没走多远，便听到啦啦队整齐欢呼的声音，她转头一看。

是三中进了一个三分球，并把分数拉平了，所以啦啦队的喝彩声才更响亮。

她离得远，但也可以看见三中啦啦队的队员，穿着露着细腰肚脐眼的粉色啦啦队服。尤其是此时带头的那位，下腰比了个舞蹈姿势。那个女生还是大波浪卷发，介于青涩与半熟之间。

在一中这群只能扎马尾辫、最多齐刘海的女孩面前，她是有点儿特别。连一中一些男生都盯着她看，有些女生撇嘴，但眼底难掩羡慕。

只是离得太远，沈恬并没看到对方的长相，看了几眼后，便匆匆去了厕所。

再回来，陈厌又把分数拉回来了。但陈远良被换了下来，他被关国超撞倒了，伤到了手臂。

郑韶远几个男生围着他，气得都要爆粗口了。

"动作太脏了。"

"胖哥你现在有没有哪里疼？"

陈远良靠着椅背："哪里都疼，跟散架一样，要不是还有点儿理智，我就跟他干一架了。"

周慎之抱着手臂，看着陈远良，没吭声。

曹露跟秦麦也围着陈远良，曹露骂骂咧咧，秦麦拧着眉，沈恬走过去，看着陈远良的手臂明显青了一大块。这哪里是打球？这根本就是打架。

陈远良抬眼说道："躲不掉的，这人阴招太多。"

周慎之看不出神情，但他微挑的眼睛半垂着，多了几分疏离跟冷戾，他弯腰拿起椅子上的矿泉水，拧开了递给陈远良，轻拍了拍陈远良的肩膀。

陈远良接过水，说道："幸好你没上场，不然真没完没了。"

周慎之"嗯"了声，看向场上。

不知为何，沈恬总觉得他是生气的。她抿了抿唇，但她什么忙都帮不了。

这场比赛，在陈厌的努力下，一中以多一分的优势赢了。

不过一中篮球队的教练并不开心，三中的教练要跟他握手的时候，教练转身就走。

留下三中教练有几分尴尬。

随后，他拍了下关国超的头，然后带着他们的队伍跟啦啦队离开了一中。

陈远良被带去校医室上药，篮球队还有周慎之都去了。

沈恬跟秦麦、曹露三个人没跟着去，她们三个人去食堂吃晚饭，曹露还愤愤不平，一直在骂关国超。

黄丹妮端着托盘正好坐在她们的对面，听罢，跟着附和。

"就不应该跟他们打，一群垃圾。"

曹露不想搭理黄丹妮，但又觉得她说得对。她说："就是垃圾。我们应该发动所有学校抵制他们。"

秦麦："没那么容易，三中很多富二代。"

曹露："富二代了不起啊。"

秦麦眨了眨眼。

沈恬立即夹了块鸡腿肉给曹露："给你。"

曹露看到沈恬的表情，才反应过来自己面对着富二代骂富二代，她有些尴尬，笑了下："谢谢甜甜。"然后低头吃鸡腿。

黄丹妮看曹露一眼，又看沈恬和秦麦一眼。

蓦地，她说："秦麦，你有 QQ 吗？我加你吧。"

第十二章

Chapter 12

她一问，沈恬跟曹露都有些诧异地抬起了头。

黄丹妮一直对秦麦有意见，经常跟她唱反调，此时却突然要她 QQ 号。

秦麦也诧异，但她在某些时候，还是很希望得到黄丹妮她们这群人的接纳的。所以她没犹豫，大方地把 QQ 号报给了黄丹妮。

黄丹妮拿了号码后说："我回家加你，走啦。"她端起空空的餐盘，起身走了。

秦麦还有几分茫然。

曹露一边啃着鸡腿一边说道："她找你不会有什么好事，秦麦麦你要小心。"

秦麦微微一笑，支着下巴道："没事。"

曹露跟沈恬对视一眼。

沈恬咀嚼着西蓝花，其实她也能理解秦麦的心情。讨厌自己的人能改而喜欢自己，那当然是一件很好的事情。

秦麦并不像她的家世那样，那么嚣张、高调。她其实有点儿小心翼翼。

从食堂出来，她们就碰见周慎之、陈厌、陈远良，还有篮球队的好几个男生，周慎之走在中间，单手插着裤兜，勾着江山的肩膀，眉眼带了几分笑意。

几个男生不知在讲什么，他听着偶尔点下头。

此时天色已黑，校园一角的橘色灯上有飞旋的飞蛾，灯光显得昏暗冷清，洒在周慎之的眉梢，衬得他似笑非笑，桃花眼微弯，有几分坏坏的感觉。

"周慎之。"秦麦大方地喊道。

周慎之抬起眼眸看过来。

沈恬呼吸一紧，跟着大家，把目光落在他身上。

但周慎之并没有太关注到她，他挑了下眉，问秦麦："你们吃完了？"

秦麦点头，说："你们赶快去吧，食堂快没饭了。"

他轻笑了声："那喝汤吧。"

其他男生顿时"吁"了一声，全笑了起来。陈远良举手振臂："行吧，我们跟着周校草喝汤。冲啊！"

其他男生也跟着喊"冲啊"。

一群中二男，就这么朝食堂冲去，周慎之勾着江山，利用身高带着人，也跟着陈远良这个伤员往楼梯走去，跟沈恬擦肩而过。

沈恬怕被他们撞到，往旁边让了让，抬眼只看到他清晰分明的下颌，以及眼底的笑意。

曹露捂脸："这群幼稚鬼。"

秦麦转身跟着他们上楼梯，说道："恬恬，你跟曹露先回去，我去找他们玩。"

沈恬顿了顿："好。"

她看着秦麦三步并作两步，跨上楼梯，长长的带了点儿卷的马尾辫在风中飞扬，女生的眼底闪着光，而前方有带给她光的男生。

她有些羡慕秦麦能自如地走进他的世界。

沈恬收回视线，对曹露说："走吧，还要回去写作业。"

"一提起作业我就头疼，甜甜，我顺便去你家买雪糕吃吧。"相比平时，今晚算早的了，曹露勾住沈恬的手臂道。

"好啊。"

两个人回班里拿了书包，就出了校门。到了沈恬家，曹露看到冰箱就扑过去，抱住。

郑秀云正在切西瓜，一愣："这是怎么了？"

沈恬把书包解下来放进收银柜下面的空位，说道："她想吃雪糕。"

"想吃就拿。"郑秀云放下西瓜刀，走过去。

曹露嘿嘿笑着站起来，有些不好意思地道："好舒服啊，冰箱。"

郑秀云拉开冰箱，说道："今晚阿姨请你，你可以随便吃，不过不能超过三根。"

"哇，谢谢阿姨。"曹露埋头就找雪糕。

沈恬看笑了，郑秀云看一眼女儿的笑容，她挑眉，揉揉沈恬："再去拿些小零食招待一下你的馋猫同学。"

曹露："……"

好的，为了能吃小零食，我！愿！意！当！馋！猫！同！学！

沈恬笑着拿个小篮子进入货架扫货，沈昌明在清理最里面的货架，他还伸手取了好些巧克力球放进沈恬的小篮子里。

曹露舔着雪糕站在货架前看到了这一幕，她眼眶一红。

很羡慕。

两个人进了沈恬的房间，曹露看着沈恬，说："你爸爸妈妈好爱你。"

沈恬把篮子放下，拆了老冰棍，咬住，说道："嗯，因为我是独生女。"

曹露说："我也是。"

但他们不爱我，他们要离婚。

"我们一边写作业一边吃东西吧，如果有不懂的还可以一起讨论。"沈恬又拿了一张椅子放下。

曹露翻个白眼："不是吧，不能吃完零食再写吗？"

沈恬拍拍桌子："时间紧迫。"

曹露："……"

晚上9点30分。

沈恬送曹露走后，她回到桌前打开电脑，进了秘密基地群。

她看了眼书上的题目，这是她跟曹露今晚没弄懂的，打算问问他们。

可点开群员列表，秦麦、陈远良、周慎之都黑着头像。

她顿了顿，支着下巴，又点开了他的头像，看着那揉着猫咪的手，黑色尾戒也很好看。

她看了一会儿，蓦地听到她家后面的那条巷子似乎有些凌乱的脚步声，那条巷子就是她去买麻辣烫的那条，偶尔也会有些刺儿头在巷子里游荡。

她也不是第一次听见这动静，以往很多次她都会把窗户紧闭，然后拉上窗帘。

可今晚，她不知为何却站了起来，把窗户拉开了点儿。

远远地，她看到了一个高个男生穿着深蓝色的校服，背对着巷口，他的跟前站了七八个没穿校服的男生。

但带头的那个，那头黑发中夹着黄毛的人，沈恬却一眼认出是关国超。

她心一跳，目光再看向那高个男生，穿着一中校服的那个，他低头拆开棒棒糖纸，低头时棘突凸起，后领微开，露出一截脖颈。

她推开椅子，转身，又转了回去，拿起手机，又拿上一件薄外套穿上，接着下楼。

沈昌明正在算钱，看到她下来，一愣："要吃消夜吗？"

"爸，我想吃麻辣烫。"

沈昌明："你上楼吧，爸爸给你……"

"不用，我自己去买，你别跟妈妈说，我很快回来。"

沈昌明眉心拧了下，可女儿这样看着他，他也拒绝不了，于是点点头："走大路，别走那条巷子。"

"嗯。"沈恬应完声，就如一阵风似的跑出去。

她一路跑到巷子口，而昏暗窄小的巷子里，两拨人正在对峙，应该说关国超带着七个人跟周慎之对峙着。

他指尖虚虚拿着棒棒糖，黑色的尾戒让沈恬一眼认出。

她倒吸一口气，关国超他们一定是因为篮球赛的不快来找麻烦的，她慌得想拿起手机。

可巷子里的人动了，关国超举起拳头就往周慎之脸上砸去，他偏头躲过，抬手握住关国超的肩膀一个用力，关国超哀号一声，其他男生立即朝周慎之冲上去。

周慎之将跟前的关国超推开，弯腰躲过了其他人的拳头，他从容淡定，一手摁住一个男生砸来的拳头，一个反剪把他压在墙上。

那个男生疼哭了，破口大骂。

巷子里脚步声乱成一团，他们都还穿着球鞋，地面摩擦也厉害。

沈恬心惊胆战，她看着他一次次地躲开那些攻击。

可还是有人会扑上去，那些人不是冲他的脸，就是冲他的胸膛。

他却只有一个人。

他们怎么能以多欺少！！！陈远良呢?!他们去哪儿了?!

沈恬靠着巷口的柱子，准备拨打110，可转念一想，不行，报警了他肯定得进派出所。

她拳头拧紧，几秒后，她打开手机电筒，然后拉上外套拉链，好在她换掉了睡衣。她突然站到巷口，大喊道："喂，明二派出所吗? 明二街三巷有人打架斗殴，是的，警察叔叔你们赶快过来!"

巷子里的疾风骤雨突然停了。关国超几个被打得半死不活，看向那巷口，可那手机开了电筒，刺眼得很，根本看不清打电话的人的长相。

关国超脸色一白，对其他人说："撤!"

关国超说完就要走，结果肩膀被一只修长的手握住。周慎之轻微用力，把人摁在了墙壁上，让他的脸碾着墙壁："以后老实吗?"

关国超简直不敢相信："警察，警察要来了，周慎之! 你放开我!"

他忍着痛挣扎，周慎之在他衣服上蹭了蹭手背上的血迹，道："来了就来了，正好把你们一窝给收拾了，让你爸到牢里去看你!"

"你……"

"周慎之!"

"我错了，老子以后打篮球会老实的，也绝对不碰你们一中的任何学生，老子错了!"

周慎之："说话算话?"

"算，算，算!"关国超频频点头。

周慎之手臂微抬，关国超一站稳，转身就跑。至于其他男生，早冲另一个巷子口跑了。

沈恬见状，顿时松一口气，她放下手机，呆呆的。

而巷子里的男生，转了下尾戒，从黑暗中走出来，目光落在沈恬的脸上。

沈恬的呼吸再次提起来，他放下手，走到她身侧，嗓音很低："下次别这样了。"

"碰见这种事，第一时间先跑。"他抬手，轻轻地揉了下她蓬松的头发，"听见没。"

第十三章
Chapter 13

男生身上夹杂着薄荷气息跟少许的香味，扑面而来。那在头顶只停留了三四秒的温热掌心让沈恬心跳加速。

他的手很快离开，周慎之看了眼甜甜超市的招牌，说："回去吧。"

说完，他从她身侧走过。

沈恬呆愣住，几秒后，她才陡然回神，转身往他那儿跑去。

周慎之正在抬手擦唇角的瘀青，瞥了她一眼。沈恬挡住他的路，看着他的伤口，道："擦点儿药吧。"

周慎之放下手，看了眼手背上的擦伤："我回家处理。"

沈恬摇头："你在这里站着，五分钟，不对，一分钟。"

说完，怕他拒绝，她立马跑了。

她回的是自家超市，郑秀云在洗澡，不在一楼，沈昌明还在算账，一抬眼就看到女儿冲进了最里面的货架，踮脚从上面取下一个备用医药箱，在里面翻找着，拿了云南白药喷雾以及止血贴，找了个红色小袋子装着。

沈恬拎着小袋子往外走，沈昌明定定地看着她。

她咽了下口水："爸爸，我同学受伤了。"说完，她顺手摸了一盒绿箭，放进袋子里，"我给他拿去啊，很快回来。"

然后她又像风一样跑了出去。

沈昌明沉默几秒，放下计算器，走出柜台，跟着女儿的脚步，转个身便看到她朝一个高高的男生跑去。

那男生手插裤兜，眼眸看着跑回来的沈恬。沈恬站定在他跟前，把袋子递给他："喏。"

周慎之看那袋子几秒："沈恬，真不用。"

"要。"沈恬有些急。

周慎之眉梢微挑，半晌，他点点头接过袋子："谢了，你回去吧。"

沈恬眼睛微亮："好。"

女生的眼睛亮起来时，眼里像盛满了星星，衬得她像只小鹿一般。周慎之莫名想起陈远良那日的话，沈恬恬很可爱。

嗯，是有点儿。

他轻晃了下袋子："走了。"

沈恬背着手："拜拜。"

她侧过身子，看着他走向路边，在路边拦车，男生钻进出租车，身子往后靠，透过车窗只看到朦胧的侧脸。

车子走远，沈恬转身，对上了站在自家超市冰箱旁的父亲。

沈昌明神情温和，他说："回家。"

沈恬："哦。"

她跟着沈昌明的脚步进了超市，心里多少有些忐忑。

沈昌明又进了收银柜后面，继续刚才的工作："没买到麻辣烫吧？"

沈恬摸摸桌上的物件，"嗯"了一声。

沈昌明关掉计算器，说道："爸爸给你煮碗面吃，就不吃麻辣烫了，行吗？"

沈恬点头，沈昌明擦擦手，看她一眼，走出去拿挂面。

沈恬心里忐忑不已，她跟着过去，道："爸爸，他是我同学，之前来过我们家的，今晚，有人欺负他，我在巷口看到了……就……就救了他。"

沈昌明顺手拿了根火腿肠，想起刚才那男生的样子，是看得出跟人动过手，但若要说被人欺负，谈不上吧。

不过沈昌明还是相信女儿的话，不打算深究，他说："好了，爸爸知道了，那加个鸡蛋鼓励你一下。不过，下回碰见这种事情，首先保护好自己，再报警。"

"好的。"

沈恬眼睛一弯，整个人松一口气。她追着进去："爸爸，别跟妈妈说。"

"知道。"

吃过消夜，回了房间，已经快十一点了，沈恬困得很，她打个哈欠，挪过日记本。翻开。

9.18

又！让！我！碰！见！他！不！为！人！知！的！一！面！他会打架！关国超霸凌欺负人的时候，他是这样反击的！

她在这一页，画了一个小人，勾拳，抬腿，然后，按着另一个小人的脸，按在了墙壁上。

最后，沈恬在下方加了两个字。

"真帅！"

合上日记本，沈恬回床上，掀被便睡。

她的电脑忘记关了。群里，秦麦的头像一直亮着，一直在线。

黎城爱琴海别墅区。

秦麦穿着柔软的真丝睡衣坐在电脑前，擦着头发，黄丹妮加她 QQ 后给她发了一个视频，说道："今天周慎之真帅。"

关于周慎之的，秦麦立即点开。

但点开后，视频内容却让她渐渐没了笑意，他接住那个篮球，握住沈恬的手臂往后拉，整个人不着痕迹地护着她。沈恬又慌又惊，眼睛却没离开过他。

他很帅，可那是因为别人。

秦麦点了暂停，一声不吭。

黄丹妮："看完了吗？是不是很帅？"

黄丹妮："幸好周慎之接住了球，不然沈恬脸都肿了，那么多位置不站，她非得站那里。"

屏幕的光亮着，幽幽地投在秦麦的脸上。秦麦看着屏幕，看着黄丹妮发来的信息。

几秒后，她点开，编辑。

秦麦麦：关你什么事？

黄丹妮愣了几秒，开始敲键盘激情发言："秦麦你说什么呢，别以为我不知道你喜欢周慎之，你故意把沈恬的位置换走，难道不是因为她跟周慎之挨得太近吗？你就差把周慎之是你的几个字贴在脸上了，你可别藏了，虚伪！"

这段话发完，显示她已经不是对方的好友了。发送不出去。

黄丹妮更气，然后意识到自己发视频给秦麦的目的已经达到了，她冷笑一声，也冷静下来。

秦麦删掉黄丹妮后，那段视频也跟着被删。

她看着屏幕发呆，过了一会儿，起身找了件校服外套穿上，然后下楼。

硕大的别墅一楼灯亮着，阿姨看到她下来，诧异了下："小麦还不睡吗？"

"梅姨，我出去一趟，钟叔在吗？"

"他在，我去喊他。"梅姨转身去打电话。

不一会儿，黑色迈巴赫开出来，秦麦上了车，钟叔转头问道："小姐想去哪里？"

秦麦："万科天域。"

钟叔瞬间明白，这是去找周家那孩子。

车子启动，往万科天域开去。

刚抵达时，秦麦便看到一辆出租车在小区门口停下，周慎之揉着唇角从车里下来，肩膀上斜挎着书包，神情懒洋洋。

秦麦喊了"停车"，随后开门跑过去："周慎之！"

男生撩起眼皮看过来，唇角的瘀青很明显，秦麦呆了："你的嘴角怎么了？"

"你打架了？还是谁打你？"秦麦立即要伸手，周慎之看清是她，打个哈欠，躲开她的手："没事。"

他嗓音低哑："你这么晚跑出来做什么？"

秦麦放下手，焦急地看着他的手臂和其他地方，说："我突然就想来看看你，是不是关国……""超"字没说完，她看到他手里提着的塑料小袋。

红色的塑料小袋上印着"甜甜超市"的标志，秦麦的话卡住了，她看着那红色小袋，抬眼："你去沈恬恬家的超市了？"

周慎之揉揉唇角，看一眼袋子："不是，偶遇。我先进去了。"

他余光看到她穿着睡裙："你快回去休息。"

秦麦听见他说偶遇，不知道他跟沈恬是怎么偶遇，还是说沈恬去找他。她说道："你刚才去哪儿了？去陈厌那里吗？肯定是关国超动手的吧，沈恬恬家就在三中附近，陈厌也住在那里……"

"我帮你擦药吧。"她说完一番话后，回过神来才觉得这才是最重要的。

"不用。"周慎之抬了抬下巴，"你先回去。"

秦麦摇头，周慎之垂眸，看着她："秦麦麦，很晚了。"

秦麦嗓音软软的："好吧。"

周慎之朝车子走去，拉开车门。秦麦不太情愿地走过去，弯腰坐了进去。

"砰！"

车门被关上了。

秦麦摇下车窗，周慎之弯腰跟钟叔说："钟叔，送她回去。"

"好。"钟叔看一眼后座的女生，启动了车子。

秦麦扒着窗户："周慎之，你上药之前要先用酒精消毒。"

男生站直了身子，挥了挥手，转身朝小区走去，高高的背影在地上拉成影子。

秦麦坐在车里，看着他的背影，目光落在他手中的袋子上，微弯的眼里笑意淡了许多。

睡得太香甜了，隔天周六的早晨，沈恬出家门时已晚，别提校车，同学都没几个。

她扎着丸子头，背着书包，飞快地蹿进校门，气喘吁吁地进了教室。正好碰上秦麦收作业，她站在第一排，接过作业本，看了沈恬一眼。

沈恬扬起笑脸，秦麦没笑，收回视线。

沈恬一头雾水，曹露在座位喊她，她朝座位走去，下意识地看了眼第一组最后一排，江山、陈远良、郑韶远几个男生围在周慎之的座位旁。

周慎之靠着椅背，指腹抵着唇角的瘀青，听着陈远良说话。

他喉结旁的伤口也贴了止血贴，但不是沈恬昨晚给他的那种浅蓝色的，而是普通的医用止血贴。

沈恬有点儿失落，但看他没事，便放下心来。

她解下书包挂好，坐下。曹露一把拉住她的手，凑近她小声地道："你知道吗？昨晚关国超带人堵周慎之！"

沈恬一顿，看向曹露："老师知道了？"

曹露摇头："还不知道，就是他们几个男生在说。"

沈恬有些急："这件事情不是周慎之的错。"

"没人说是他的错啊，是关国超堵他耶！"曹露捏了下沈恬的脸，"你别急，听说关国超几个人根本就打不过他。"

沈恬想起昨晚巷子里的画面，他们是打不过他，但依然令人心惊。

这时，门口有人喊周慎之，说老师找他。

沈恬转头，便见周慎之从椅子上起来，一身深蓝色校服，他揉着后颈，外套领口露出喉结处的止血贴，让他多了几分痞性。

他走出去后，英语老师也来了，让秦麦带着同学们早自习。

沈恬一边念着英语短文，一边关注着第一组，好在没一会儿他回来了，她便专心看书。

课间休息的时候，曹露拉着沈恬走出教室，来到秦麦的座位，她习惯性地拉开窗户，喊道："秦麦麦，一起上厕所不？"

秦麦从书中抬头，看向她们，几秒后说："我不去了，你们去吧。"说着，她拉过周慎之放着的数学笔记本，翻开，低头专心对着。

曹露愣了下，随即"哦"了一声，关上窗户。沈恬沉默地看着秦麦。

曹露拉走沈恬，朝厕所走去："她怎么怪怪的？"

沈恬摇头。

两个人上完厕所，曹露有些饿了，她拉着沈恬下楼去便利店买吃的，一进去就看到陈远良、陈厌还有周慎之几个人在熟食区站着。陈远良看到她们两个，招手："嘿，买吃的啊？"

"是啊。"曹露大声回应。

周慎之靠着收银柜，点开手机扫码，眼眸看了过来。沈恬的心顿时怦怦跳起来，曹露拉着她也走到熟食区，周慎之收回视线，接过服务员递来的拌面。

沈恬被拉到他身侧，两个人挨得很近。

他半靠着柜台按着手机，对服务员说："顺便拿包番茄酱。"

沈恬看他接过番茄酱，放进袋子里，她斟酌着想说点儿什么，但却开不了口。

犹豫间，只听他对服务员道："她们两个人拿的东西，等下我来买单。"

曹露正拿着三明治，一听兴奋地道："谢谢周慎之大佬请客。"

周慎之唇角轻勾："不必客气，我谢谢沈恬的。"

第十四章

Chapter 14

他们走后，曹露好奇地问："他为什么谢你？你做了什么好事？"

沈恬心慌意乱，摇头。曹露把拿的东西放桌上，扭头看她，沈恬深呼吸一口气，把拿的三明治也放桌子上。服务员没收她们的钱，记了周慎之的账。

曹露一边咬着三明治，一边倒着走，看着沈恬。沈恬沉默地咬着三明治，两个人上楼的时候，已经消灭得差不多了，顺便洗个手便回教室。经过秦麦的那个窗户时，见周慎之指尖转着笔，另一只手翻着书在看。

而秦麦低头吃着那份拌面，上面挤满了番茄酱。风吹乱她的发丝，女生睫毛很长，一边吃一边跟身边的男生说话，周慎之有一搭没一搭地回应着。

就这样，沈恬从他们窗边走过。

过了一夜，似乎也没什么变化。回到座位，沈恬支着下巴看着窗外，曹露拆开一颗白兔糖放进嘴里，说："甜甜，你有心事吗？"

沈恬回过神，笑道："没有。"

曹露拿了一颗白兔糖放在她手里："吃吧，少女心事，我懂的。"

沈恬心一跳："你懂什么？"

曹露说："我不告诉你。"

她翻着书，哼着 S.H.E 的《恋人未满》："再靠近一点点，就让你牵手，再勇敢一点点，我就跟你走……"

"甜甜，我唱得好听吗？"

沈恬点头："好听。"她拆开白兔糖放进嘴里，不一会儿，赵宣城老师拿着书来上课。

周六只上半天学，11 点 40 分下课。今天太阳挺猛的，沈恬抱着书，背着书包跟曹露一起下楼梯，前方是周慎之跟陈远良。他手臂搭在陈远良的肩膀上，偏头说着话，喉结滑动时，止血贴似乎也跟着动。

秦麦从她们身边走下去。曹露喊了一声："秦麦麦。"

秦麦头也没回，直接走到周慎之身侧。

曹露张嘴又想喊，沈恬拉住她："这里人很多。"

"但她肯定听见了，她故意的吧。"曹露脸上露出了怒气，沈恬的心里也不好受，她不知道发生了什么。

秦麦跟她们一下子变得陌生。然后，她们跟其他人似乎也陌生了。

下了一楼，人就分散了，但周慎之跟秦麦他们还是在前面，秦麦的马尾辫一甩一甩的，陈远良不知说了什么哈哈大笑。

周慎之垂着眼眸也在笑。

曹露越想越气，她拉拽着沈恬走得很快，说道："算了，别热脸贴人家的冷屁股，之前还帮了她，真是瞎了眼。"

她拽着沈恬从他们身侧走过，直接走到他们前面，曹露的话也飘进了他们的耳朵里，陈远良挑了下眉头，看向周慎之。

周慎之桃花眼微挑，轻微看一眼秦麦，秦麦手插在校服外套的口袋里，神色淡定，眼也不眨。

陈远良勾住周慎之的肩膀，低声道："女生之间闹别扭了，咱们可千万别插手。"

周慎之思考几秒，道："你挺懂的。"

"那是，胖哥我可是妇女之友。"

周慎之："哦，看出来了。"

说话声飘进了沈恬的耳朵，她拽了下书包带，不知为何，有几分难过。此时的她，不得不承认，没了秦麦的搭桥，她跟周慎之的交集只会更少。

回到家里，沈昌明刚做好午饭，解下围裙，喊她吃饭。

沈恬吃完饭，还吃了一大片西瓜，然后就上楼写作业。翻开书才看到昨晚没解开的题，她开了电脑，看到曹露在线。

她发信息给曹露。

恬恬就是甜甜：嘀嘀。

喝一口甘露：怎么啦？我在扫雷。

恬恬就是甜甜：哦，好玩吗？

喝一口甘露：无聊就玩玩。

恬恬就是甜甜：那你玩吧。

她退出聊天框，犹豫了下，点进群里，把题目编辑了发出去。本以为没有人回，谁知道秦麦回了。

她直接给她 QQ 私信。

秦麦麦：你有问题就直接问我吧，陈远良这几天都不会上线的，周慎之他妈妈回来了，这几天也不会上线的。

沈恬咬了下手指，呼一口气，编辑。

恬恬就是甜甜：我们得罪你了吗？为什么你不搭理我们？

三分钟后，秦麦才回复。

秦麦麦：没得罪，只是不想社交。再说，沈恬你也隐瞒我不少事情吧？

这一刻，沈恬心慌意乱。

秦麦又发了信息过来。

秦麦麦：以后有什么题目，我会给你讲的，就在 QQ 上私聊吧，群里就不聊了，反正大家都忙。

恬恬就是甜甜：不必了，谢谢你。

说完，她关掉了聊天框，也没再点进群里。她趴在桌子上，哭了起来。

这个周末，沈恬在家里拼命写作业，偶尔下楼帮忙收银，还有擦货。来了很多香烟和啤酒，家里的小仓库都堆满了。

周靓靓来找沈恬去骑了一次单车，说释放压力。

周一上学，沈恬一出家门，就看到周慎之从校车上下来。

晨曦落在他眉眼，他脖子上的止血贴已经撕下来，留了个淡淡的印子。

沈恬快走两步，握着盒牛奶穿梭在人群中，很快就距离他很近。今天有值日生在检查，那男生喊住周慎之："领口纽扣扣好。"

周慎之停住脚步，他抬了抬下巴，修长的指尖将纽扣扣上。就停这一下，沈恬走到他前面一点儿，她咬着牛奶吸管下意识地回头看他一眼。

周慎之正好揪住她的目光，沈恬指尖用力，差点儿把牛奶挤得喷出来，她犹豫两秒，说："早。"

周慎之："早。"他扣好纽扣，往前走。

两个人脚步略有些齐平，沈恬心跳加速，牙齿磨着吸管。他单手插在裤兜里，拿出手机在按，浑然不知她此时翻天覆地的心情。

沈恬张了张嘴，犹豫了下，又问："你的伤好些了吗？"

"好些了。"

沈恬拿开牛奶，道："前天谢谢你请我们吃三明治。"

周慎之把手机放进口袋里，扫她发尾一眼，道："主要是谢谢你那天晚上的勇敢跟聪明，替我解围了。"

沈恬心跳更快，说："哦。"

她小声道："不必客气，应该的。"

他轻笑了声，声音清澈但又很低。

沈恬耳根一红，目不斜视地走着。

几句话让她晦暗了一个周末的心情好了许多，燃起了少许的希望。

学生很多，沈恬跟他不是一个步调，很快，他就走到前面。她不敢明目张胆地追上去，只能眼睁睁地看着他比她先走上楼梯。

快到三楼，她快步跨上去。

秦麦抱着作业本迎上他，目光很轻地看了沈恬一眼，没有任何笑容，像是审视。沈恬抿唇，又下意识地把牛奶放在身后。

接下来的很长一段时间，沈恬跟秦麦的感情回到原点，秦麦有什么事情也不会再叫上沈恬和曹露。她更多时候都跟周慎之、陈远良等男生在一起。

沈恬的好友仅剩下曹露，两个人同进同出，一旦沈恬跟周慎之挨得近，秦麦都会加以审视。

沈恬把自己的心思藏得更深。

她没有放弃过，但也没有勇敢过。一直默默努力，一直默默喜欢。

当她以为，就要这样走过这个高三时，一个意外的人出现了。

今年国庆节放假七天，但高三只有五天，这五天沈恬大多数时候都在写作业。

曹露家里氛围不好，拿着作业来沈恬家住了两天，10月5日才回去，10月6日开学，只有高三生回校。

沈恬这天又起晚了，赶到学校，气喘吁吁地爬到三楼，就听到闹哄哄的声音。

她一抬眼，看到一个穿着白衬衫和黑色百褶裙的女生站在秦麦的窗户外面，并且已经拉开了窗户。她留着一头波浪长发，一双细白的长腿，黑色皮鞋、黑色袜子，她笑着按着窗户，说道："周慎之！周慎之！周慎之！"

她喊得特别甜，特别大方，也特别大胆，声音带着几分嗲嗲的。

不知为何，沈恬心脏突然被狠狠地一撞。她走进教室，看了过去，看到了女生的长相，非常漂亮，漂亮得艳丽张扬，她还化了妆，唇像花瓣一般，粉润粉润的。

本校的女生是不会这样打扮的。

她往窗户靠去："周慎之，我要追你。"她嗓音很甜，热情似火。

班上的男生全起哄，"哎哟"了一声。周慎之靠着椅背，扫了那女生一眼，说："走不走？不走我叫教导主任赶人。"

"你叫吧。"她卷着头发。

周慎之眯眼，收回视线，但班上的同学全看过来，陈远良手吊在椅背上，笑道："兄弟，怎么办，等会儿老师来了，她还在。"

周慎之翻着书，不为所动。

"周慎之！"她又甜甜地喊道，"我就在这里等你下课，你想吃什么……"她屈指敲了敲窗户。

周慎之长腿一伸，椅子往后，他抱着手臂看着外面："关珠云，我让你走。"

"才不呢。"关珠云掐着腰。

周慎之闭了闭眼，转过身无视她。

秦麦收完了作业，视线对上了沈恬，沈恬看到秦麦脸色苍白，她的心脏也一直快速地跳着，不停地跳着。

她认出了这个女生。那次，篮球场上喊"周慎之，我要当你女朋友"的那个。

原来，她姓关，叫关珠云。

"甜甜，你终于来了。"曹露上前拉住她，"看到了吧？我的天，早上周慎之来学校，这女生就跟着进来，豪言壮语要追他，厉害，厉害。"

沈恬坐下，她看着曹露："她来很久了吗？"

曹露一脸八卦："跟着周慎之进来的，也不知是怎么混进来的，你看班上的男生，口水都快流到地上了。"

沈恬把作业拿出来，下意识地看了眼其他男生。他们确实一直看着关珠云，那是个非常耀眼的女生，她余光往后扫，看着周慎之，周慎之翻着书，没看关珠云。但关珠云一直看着他，说："你那么好看，就该当我男朋友。"

啪，他合上书。

这时，江山从外面进来，拍着桌子道："慎之，赵老师来了，赶快把这女生打发了吧。"

周慎之闭了闭眼，他支着脸，看向关珠云："我让你走。"

关珠云摇头："不。"

周慎之："……"

"你送我，送到楼下，我就走。"

陈远良拍着周慎之的桌面："快啊，快让她走，快！"

周慎之眼眸冷了几分，但还是起身，转身朝后门走去。

关珠云见状，笑眯眯地跟上。

两个人一前一后地消失在楼梯口，消失在大家的视线里。沈恬抿了抿唇，坐正身子。身后有男同学说道："那女生长得那么好看，又这么热情，周慎之就不心动吗？"

"没听过一句话吗？男追女隔座山，女追男隔层纱，周慎之迟早得答应。"

沈恬手一抖，笔掉到地上，她弯腰捡起来。

赵老师也进来了，他看了眼周慎之的座位，问道："人呢？"

"上厕所去了，一会儿就回来。"陈远良帮着打掩护，秦麦拿着纸巾不停地擦拭被关珠云碰过的窗户边。

而她碰过的地方，带着淡淡的幽香，是那种吸引人的幽香。

赵宣城点点头，翻开书，说："今天借着早自习，讲几道题。"

他开始讲题，大家进入状态。沈恬看着黑板，却时不时地转过头，远远去看那个座位。

不知多久，周慎之才轻扯着领口，带着一身热气进门，拉开椅子坐下。

沈恬隔着很多人，静静地看他几秒，才收回视线，专心看着黑板。

下课后一群男生围到周慎之的座位周围，调侃起关珠云这件事情，周慎之抱着手臂，踹了起哄的陈远良一脚。男生们哄笑起来。

哪怕在第四组第一排，她依旧听得清晰。

今天的跑操，下到一楼的时候，一组的刘妮妮要跟沈恬换一下，她的隐形眼镜掉了，如果跑在中间会踩到同学的脚。

沈恬应了，猫着腰跑去一组那唯一的空位，却发现位置在周慎之的前面。

她微微一愣，在他的目光下，点了下头，站进队伍里。周慎之垂眸看一眼女生的后脑勺。

队伍有序地进入操场，秦麦似乎被英语老师叫走了，所以并不在队伍里。沈恬身后便是他，她跑步时，都有些同手同脚。

但周慎之不同于其他男生，偶尔会恶搞，撞一下前面的同学之类的。他不会，他一直跟她保持着一定的距离。

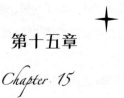

第十五章
Chapter 15

跑操结束，沈恬气喘吁吁，热得满脸通红，回班里拿了杯子去接水。走到开水区，就见秦麦拿着粉色的水杯站在那里发着呆，她也没开水龙头。

沈恬迟疑一秒，走上前，打开另一个水龙头，把水杯放过去，热水细细地流着。很快，水杯就七分满了。她关掉水龙头。

秦麦这才发现她似的，转过脸看过来。沈恬拧好杯盖，抬眼，秦麦的脸色比早上还苍白，沈恬并没有冷脸，她只是握紧了水杯，从她身侧离开。

走了几步，曹露就从厕所蹿出来，追上她，挽住她的手臂，并看秦麦一眼，凑近沈恬的耳边："她怎么了？我上厕所的时候，她就站在那里了。"

"我出来，她还站在那里，得亏没开水龙头，不然得水漫长廊。"

沈恬摇头："我不知道啊。"

好像也没发生什么事情，好像也只有关珠云这件事情。

今天刚返校，高三本就辛苦，曾译老师大发慈悲，今天不用晚自习。

第四节课一下课，所有人提着书包就走，曹露说要去沈恬家吃雪糕，两个人手挽着手下楼，楼梯间里嬉嬉闹闹。

他走在最前面，手臂搭在陈远良的肩膀上，另一只手插在裤兜里，在人群中极为显眼。

刚下了最后一个台阶。

"周慎之！"一个人影跳了出来，挡在周慎之的跟前。

是关珠云，她笑眯眯地歪着头，还是那一身衣服，黑色百褶裙，黑色皮鞋，波浪卷发，美得令人目眩。

同学们顿时起哄，起哄声在楼梯间回荡。沈恬的心提起来，下意识地去看周慎之。

他睨关珠云一眼，越过她继续往前走，和陈远良勾肩搭背。关珠云在原地站了一秒，笑着转身追上去。

她直接跑到周慎之的跟前，倒退着走。一头漂亮的大波浪似在阳光中跳跃，她眉眼弯弯，笑容极其漂亮，眼睛又透着几分狡黠："一起去吃冰吧，我请你。"

周慎之："不去。"

"那你有没有想吃的东西？"关珠云噘嘴，又问道。

周慎之没搭理，陈远良"啧啧"几声。

秦麦看着关珠云狠狠地翻了个白眼。关珠云浑然不在乎其他人的目光，继续说道："我替我哥哥给你道歉，我回家狠狠揍了他一顿，他现在鼻青脸肿的，特别好笑，我给你看相片。"

她拿出手机，手机背面贴了很可爱的粉色外壳，外壳是她的相片，噘着嘴拍的。她点开手机，然后放大图片，转给周慎之看。

里面是关国超，确实鼻青脸肿，还捂着脸。

关珠云自己先笑了起来："是不是很好笑！"

周慎之淡淡地看着那相片，冷哼一声。

陈远良凑近了看，拍着大腿哈哈大笑："这是真鼻青脸肿啊，哈哈哈哈，有够丑的。"

"对吧对吧！"关珠云见有人回应自己，高兴了，她看向周慎之："我给你赔礼道歉嘛，请你吃饭，或者吃什么你定。"

周慎之眯起眼睛："你离我远点儿。"

"我不。"关珠云立即回道，她倔强地继续倒着走，看着周慎之。

秦麦说道："你要不要脸，老跑别人学校来干吗？"

"我来追人啊，我要脸干吗？"关珠云冲秦麦"哼"了一声。

秦麦暗自咬牙。

曹露凑在沈恬的耳边道："我第一次见到秦麦吃瘪。这个关珠云还蛮厉害的。"

沈恬沉默几秒："嗯。"

有几个男同学在身后说：

"我们来打赌，看看周慎之什么时候会点头？"

"我猜一周。"

"小看他了，我猜半个月。"

"我觉得三天！"

沈恬心慌了起来。她看着那一直倒着走、眉眼弯弯、眼睛就没离开过周慎之的关珠云，周慎之则挪开视线，不看对方。

可眼前有这么一个热情的太阳，哪怕不看，也会被她的热度灼伤吧。

出了校门，周慎之跟陈远良上了校车，一直往后走。关珠云也跟着上了校车，她握住吊环，追在他身后。

沈恬看着关珠云坐在周慎之前面的座位，转过身子，笑眯眯地用手抵着下巴，不知在跟已经坐在最后一排的男生说着什么。

哪怕周慎之戴上了耳机，她依旧还在说着。

远远的，沈恬觉得她在喊"周慎之。"

"甜甜，走吧。"曹露挽着她的手，拉着她往超市走去。沈恬回过神，回到超市，郑秀云正在擦冰箱。

曹露大喊一声"阿姨"，郑秀云吓了一跳："喊那么大声干吗？我耳聋啊？"

曹露哈哈一笑。

沈恬放好书包，拉开冰箱，拿了两根雪糕出来，跟曹露坐在家门口吃着。

曹露今晚依旧在沈恬家蹭饭，蹭完饭，做完作业，她就回去了。

沈恬合上作业本，坐在桌旁发呆。沈昌明端了水果进来，放在她的桌旁，揉揉她的头发："怎么了？不去洗澡？"

沈恬回过神："洗，爸爸，我现在就去洗。"

"先吃点儿水果。"

"嗯。"她挪过盘子，拿起牙签，叉了块哈密瓜放进嘴里。

沈昌明又看她一眼，这才转身出去，小心地关上门。

沈恬一边吃着水果，一边打开电脑，登录 QQ。她点进秘密基地群里，点开群员列表。

周慎之的头像居然亮着，沈恬挪动鼠标，点开聊天框。

可点开后，她不知说什么，所以什么都没做，只是看着他的头像发呆。

十来分钟后，头像暗了。沈恬起身，拿了睡裙去洗澡。

10.5

有一个女生，她叫关珠云。

她很漂亮，突然出现在我们班里。她说她要追周慎之。

不知为何，我觉得她会一直在，一直在。

隔天下午的第三节课是体育课。

体育老师双手掐腰站在学生们面前，商量着等下打篮球还是解散让大家自己安排，正在举手投票时，突然有同学惊呼了一声，所有人顺着他的视线看了过去。

一中的西门铁门因为生锈关闭一年多了，学校下了通知，准备明年重新砸墙修整一番，而此时，一个女生翻墙进来，手滑摔在草丛里。

她在草丛里挣扎了几下，然后拍拍手，站了起来，大波浪卷发扎成了麻花辫，眉眼弯弯地朝这边周慎之的位置挥手。

陈远良震惊："关珠云！"

所有同学也都认出了关珠云。关珠云看大家关注到她，笑眯眯地歪了歪头，然后朝周慎之比了一个头顶爱心。

"哟呵。"

"哇！"

"好甜啊。"

周慎之手插裤兜，闭了闭眼。

果然，体育老师问道："这是怎么回事，慎之？"

陈远良搭着周慎之的肩膀，笑道："老师，这是周慎之的追求者。"

"胡闹！"体育老师喝了一声，大家都被他吓了一跳，他继而看着周慎之道："把她劝走，等下教导主任来了就麻烦了。"

周慎之眼眸微冷，没动。

陈远良推他一下。许久，他才从队伍里出来，但他没朝关珠云走去，而是往校门口的方向走。

沈恬站在第一排第一个位置，周慎之手插着裤兜，指尖挠着眉心，从她跟前走过。

微风徐徐，校服翻飞。隐隐的桂花香飘进她的鼻息。他走后，沈恬转头看去，关珠云从草丛那边，朝他跑去。他走过灌木丛。

关珠云追上他的脚步，小跑在他身边，仰头笑眯眯不知在说什么。

女生眼里全是他，他轻轻扫她一眼，就移开了视线。随后，两道人影，渐行渐远。

"好了，别看了，既然这样，也不用投票了，解散，自由活动。"体育老师拍手。曹露拉着沈恬的手臂，沈恬收回视线，跟曹露走到看台坐下，两个人在这儿藏了英语书。

曹露拿了英语书翻开，看着校门口的方向："这个关珠云真是无处不在啊，救命。"

沈恬打开书，没接话题，她翻开书开始学习，偶尔抬眼看向校门口。这时，黄丹妮惊呼道："秦麦，你怎么哭了？"

沈恬跟曹露抬起头，就见秦麦站了起来，埋头往前走。黄丹妮像见到什么新奇的事情，故意追上去："哭什么？难道是因为周慎之？"

"秦麦，不是我说你，近水楼台先得月啊，你自己也不好好把握。"

黄丹妮那嘴脸，实在难看。

曹露唰地站起身，挡住了黄丹妮的去路。沈恬捏住书，跟上秦麦，从口袋里摸了摸，摸出了一包纸巾，她匆匆地塞到秦麦的手里，秦麦看她一眼，满眼通红。

沈恬："你快回教室吧。"

秦麦抿唇，哽咽地"嗯"了一声，转身上了楼梯。

那头曹露跟黄丹妮推搡了起来，沈恬跑过去，看黄丹妮要抓曹露的马尾辫，她立即推开黄丹妮。

黄丹妮脸色难看，往前走了一步，沈恬站在曹露面前，跟她对视。

沈恬说："曹露，你去喊陈远良，就说黄丹妮欺负秦麦。"

曹露"哎"了一声，要去。

黄丹妮脸色微变，说："算了算了，我不跟你们计较了。"她说完转身就走。

曹露搂住沈恬的肩膀，对着黄丹妮的背影吼道："别走啊，你不是很能耐的吗?!"

黄丹妮头也没回。惊动陈远良，就意味着惊动周慎之。

周慎之虽然没有做过什么校霸行为，但他在一中的影响力跟陈厌是齐平的。

得罪不起。

"欺软怕硬!"曹露对着黄丹妮的背影又骂了一句。

骂完后，她看向沈恬："秦麦麦她怎么了? 难道真是因为周慎之? "

沈恬弯腰捡起曹露掉在地上的书，说道："不知道。"

曹露接过书，勾着她的肩膀："你知道，只是不想说。"

她接着道："我其实也觉得秦麦喜欢周慎之，只是一直不明白她为什么不告白。"

沈恬一顿。告白?

这是那么容易的一件事吗? 其实不是的。它太难了。

闹这一出，沈恬跟曹露打算回班里学习。她们在厕所洗了手，擦擦脸，便走回教室，经过秦麦窗边时，看了里面一眼。

秦麦靠着椅背，拿着英语书在翻，头发披散下来，但鼻子跟眼睛都不红了。

她看起来很平静。曹露松了一口气，低声道："幸好不哭了。"

还是那个看起来高傲的秦麦，沈恬"嗯"了一声。

她看了眼栏杆外的天空，余光往下，便看到那高高的男生进了校门，他正往教学楼走来。

阳光沐浴在他身上，他漫不经心地抬起眼眸。

沈恬心一跳，在他看过来之前，转身离开栏杆，进了教室。

第十六章
Chapter 16

不知道周慎之怎么打发关珠云的，但自那天起，关珠云就没再来学校找他了。

高三生活那点儿趣味没了，又恢复了枯燥。秦麦却肉眼可见地心情变好了，有一次打扫卫生，沈恬把垃圾提到半路掉在地上时，秦麦帮她提了起来，拿去扔，扔了后拍拍手走了，也没有跟沈恬对话。

沈恬的心情其实也好了。

周六下午，周靓靓叼着根冰棍，骑着单车来超市找她："小甜甜，我们出发吧！"

"来啦。"沈恬穿着背带裤跟短 T 恤，背着一个小挎包，从屋里出来，骑上自己的蓝色单车。郑秀云"啧"一声，取了一顶粉色帽子走出来，压在沈恬的头上。

"戴好，女孩子要注意防晒。"

周靓靓回头道："阿姨，我也要。"

"你等着。"郑秀云瞪周靓靓一眼，转身进去，拿了一顶黑色鸭舌帽扔在周靓靓的单车篮里。

周靓靓拿起来戴上，比了个手势："冲啊！"

沈恬笑着踩上脚踏："冲！"

两辆单车迎着夕阳进入单车道，她们骑了几圈后，便来到海滨大道。这条路通往黎城豪华别墅爱琴海，也通往黎城的海滩，单车道上的单车很多。

沈恬跟周靓靓骑着两辆单车隐在单车潮中。她们一边哼歌一边踩着脚踏。

周靓靓唱着："大海啊大海——"

沈恬则唱："还记得家是唯一的城堡，随着稻香河流继续奔跑，微微笑，小时候的梦我知道……"

周靓靓大喊："我知道！"

沈恬笑了起来，她身子往前倾，说道："周靓靓，歌不是这么唱的，应该是这样——"

她准备再起调，目光却落入了靠着单车道的一间冰室。此时冰室两扇玻璃门往外敞开，入门的第二张桌子，周慎之耳朵上戴着耳机，握着本书坐在椅子上，长腿交叠，他身上穿着白色的衬衫跟牛仔长裤，垂着眼眸看着书。

而他对面的位置有个女生坐着，跟前放着一盘水果沙冰，手边放着几本试题，女生留着一头大波浪卷发。

沈恬蓦地捏住刹车："周靓靓，等一下。"

周靓靓车子已经到了前方，她把脚放下来，回头看她："什么？"

沈恬停好车："我买个东西。"

"买什么啊？"周靓靓还在前方问。

沈恬没回答，她快步走到冰室外的冰糖葫芦摊位，抬眼看进去，认出了周慎之对面那个女生，是关珠云。关珠云正戳着水果沙冰，喊着他的名字。

声音特别娇，特别嗲。

她站起来，去抓周慎之的书，男生撩起眼皮，关珠云讪讪一笑，嗲嗲地说："你看看我啊……"

周慎之嗓音很低："坐下。"

"切。"关珠云坐下。

周慎之翻了一页书，似察觉到了什么，抬眼往这边看来。沈恬抿紧唇，取了两串冰糖葫芦，压低帽檐，转身下了台阶。女生帽檐下的嘴唇涂了滋润的唇膏，粉嫩水润。

周慎之看了几秒，认出来是沈恬。但他没打招呼，因为显然她急着要走，他收回视线。

沈恬拿着两串糖葫芦回到单车旁，周靓靓把车转回来了，帮她守着单车，接过糖葫芦，说道："你怎么知道我正好想吃糖葫芦。"

沈恬嗓音很低："我是你肚子里的蛔虫。"

"哇，我肚子里有你这么漂亮的蛔虫吗？"

沈恬抬眼看着周靓靓："我漂亮？"

周靓靓一边舔着糖葫芦，一边道："废话，我闺密是天下最漂亮的好吗。"

沈恬犹豫几秒，从口袋里拿出手机，翻出一张相片，这张相片是上次陈远良发在 QQ 空间里的关珠云的相片。

她点开，递给周靓靓看："她好看，还是我好看？"

周靓靓"咔嚓"咬一口糖葫芦，低头看，眼睛微亮，道："姐们儿，我实话实说啊。"

"这女生是上帝的鬼斧神工造出来的，而你是人间天使，你懂吧？"

沈恬看着周靓靓："你的意思是，她是神造的，我是妈生的，不是一个级别对吗？"

周靓靓点头。

沈恬按灭了手机，看了眼冰室，推着单车往前走，周靓靓推着车跟着，看着她的侧脸。

沈恬看着疾驰而过的单车。关珠云没再去学校找他，是因为他们在校外可以见面。

吃过晚饭，沈恬回房写了一会儿作业，晚上八点左右，她合上书，犹豫了下，起身下楼。

跟正在收银的父亲说了一声，她便出了超市。

自从上次关国超带人在这巷子里堵过周慎之后，沈恬就没再敢走这条路，不过这段时间这里很安生，没什么事情。

今晚，她顺着这条狭窄的巷子推开了那扇铁门，走了出去。一眼望去，她便看到篮球场明亮的灯光，还能远远听到球鞋在地板上摩擦的声音。她走进篮球场，果然看到了穿着黑色球服的周慎之以及在看台上大声呐喊的关珠云。

随着周慎之运球、跳跃、投篮的动作，关珠云把手圈成喇叭状大喊："周慎之，你最棒了！"

球场灯光有些刺眼，沈恬遮了下眼睛，在看台上坐下来。她用手支着下巴看着那穿着28号球服的男生，看着他又投进了一个三分球。

关珠云尖叫着跳起来，挥舞着手。由于兴奋过头，她拍了下沈恬的肩膀。沈恬身子有些僵硬，转过头来。

关珠云笑眯眯地指着球场上的人说道："同学，28号那位是我未来的男朋友，他是不是很帅？"

沈恬看着这张漂亮到极其耀眼的脸，点了点头。

关珠云眉眼弯弯："同学，你是哪个学校的？我未来男朋友是黎城一中的，重点高中呢。"

沈恬沉默几秒："我不是学生。"

说完，她起身，离开了看台，远远地看了眼那撩起球衣擦拭脖颈的男生，他并不会把衣服撩得很高，只是少许，但看台上的人仍然尖叫连连。

他转了下尾戒，拍了下江竞野。两个人低着头，不知在说什么。沈恬看了会儿才离开。

10.15

周慎之。

我快坚持不……

没写完。沈恬用笔画掉。

10月29日又一次月考，这次月考在多媒体教室。沈恬拿着笔从后门走进去，准备落座时，看了眼她后面的座位，周慎之也刚坐下，他掀起眼眸，四目相对。

沈恬心一跳，然后说："好巧。"

周慎之唇角勾了下："嗯，好巧。"

沈恬立即拉开椅子坐下，她下意识地把马尾辫拉回了一些，但一松开，发丝又若有似无地贴着白皙的后颈。她深呼吸一口气，认真等着发卷，她对每一次月考都很重视。

起初，她翻试卷时，会注意一下后桌的动静——他翻页，笔尖触在试卷上的声音。他做题向来安静，不会有太多别的声音发出，只偶尔会因思考转一下笔。

后来，沈恬也进入状态，认真答题。

几科考完，夕阳落下。沈恬揉揉脖颈，打个哈欠，一转眼便看到关珠云穿着白色 T 恤跟黑色短裤，露出一双细白的长腿，站在灌木丛前，眉眼弯弯地等着周慎之。

沈恬揉着脖颈，动作一顿。

她听着身后男生拉开椅子，随后拎着笔盒走了出去。周慎之看一眼关珠云，随后先走，关珠云立即笑眯眯跟上。她很是招摇的长相，令不少目光都看着她。

前面两个男同学勾着肩膀，道："不是说周慎之把她打发走了吗？她怎么又出现了？"

"打发什么？我听人家说，在校外碰见过他们，好像已经在一起了。"

"这就被追到了？"

"可不是。"

沈恬缓慢地收着笔盒，然后又坐了回去。

她发了一会儿呆，才把笔盒整理好，起身离开多媒体教室。曹露上前挽住她的手臂，道："你看到了吗？"

沈恬知道她说谁，"嗯"了一声。

曹露拉着她上楼："这次秦麦该不会又哭了吧？"

沈恬脑海里浮现出秦麦那满眼通红的画面。她沉默着。

两个人上到三楼，走廊上聚集了不少班上的同学，有人在对刚才的试卷，有人在议论关珠云再一次的出现。

男同学表示：

"那么漂亮的女生，谁不心动？"

"换成我，坚持不到一秒。"

曹露立即拉着沈恬从位于走廊的窗户往教室里看去，秦麦坐在座位上，支着脸翻书，她似乎没把那些声音放在心上，十分冷静，也十分平静。

曹露拍了拍胸口："还好，没哭，不然又被人看了笑话。"

沈恬轻微笑了下，跟着曹露进了教室。

她刚坐下，高高的男生便进了门，他拉开校服拉链，朝座位走去，沈恬趴在座位上，看着他在秦麦旁边的座位坐下。

陈远良敲了敲他的桌子，他撩起眼皮，微微打个哈欠，将笔记本扔给陈远良，随后靠着椅背，有些懒洋洋的。

沈恬静静地看他几秒，收回视线坐直了身子。

今天是月末，又刚考完月考。明天是周六，赵宣城宣布明天上午放假，让大家回去好好休息，然后等成绩出来。

全班欢呼。

沈恬收拾好书包，曹露拉着沈恬就走，嘴里念叨着等下要吃什么雪糕。

沈恬听着笑笑，可到了校门口，曹露接到一通电话，她突然大喊："就不能等我高考完你们再离吗？"

沈恬一愣，曹露红着眼眶，松开了她，往旁边走去，哽咽道："没多久了，就几个月，我考完离开黎城，你们想去哪里就去哪里，再也不会有人绑着你们俩了！"

"就几个月，让我考完试吧。"

沈恬跟上去，在树下抱住曹露。曹露的泪水一滴一滴地砸在地面上，她靠在沈恬的怀里，一直哀求，直到那边安静下来，她无可奈何地说了声："好吧。"

曹露放下手机，沈恬扯了纸巾递给她。她胡乱擦着泪水，渐渐地不再抽咽。

沈恬低声道："我们去吃饭吧？"

曹露摇头，看着沈恬道："我回家，我想看着他们。"

沈恬："好。"

她目送曹露离开，随后转身回家，只是眼睛酸涩，她抬手揉着眼睛，走得很快。蓦地前方有人走出来，她没刹住，撞到了对方的身上。

那只手握住她的肩膀，把她扶住，沈恬抬眼，对上了周慎之微挑的眼眸。她的心狠狠地一跳，立即后退一步："抱歉。"

周慎之把手收了回去。此时夜幕降临，他垂眸看她："没事吧？"

沈恬摇头："没事没事，我走啦。"

"谢谢你。"

周慎之眉梢微挑："不客气。"

沈恬匆匆地从他跟前走过，揉了揉眼角。看得出她哭过，但周慎之没多问，他也往前走，拿出手机，给陈远良发信息。

Sz：校车要开了，人呢？快滚出来。

陈远良的声音在身后响起："来啦，咦？你们家关珠云呢？"

周慎之："滚。"

第十七章

Chapter 17

回到家，郑秀云跟沈昌明站在冰箱前，正在说着话。

沈恬把书包放下，走过去，突然张开双手抱住他们。夫妻俩都愣了下，沈昌明下意识地伸手搂住女儿的肩膀："怎么啦？"

沈恬一左一右各搂着一个，说："就想抱抱你们。"

沈昌明跟妻子对视一眼，郑秀云揉了下沈恬的头发："在学校受委屈了？还是失恋了？"

"才没有失恋！"沈恬唰地抬起头，眼眶微红地说道。

郑秀云眯眼："真没有？"

沈恬摇头："没有！"

郑秀云揉她的头发："那是为什么？"

"我就想抱抱你们不行吗？"沈恬噘嘴，"不抱算了。"

说着，她就要离开。沈昌明笑着把她揽住，温和地道："可以的，正好今天考完试，明天又是周末，好好放松。你想吃什么？红烧排骨？"

沈恬点头："好啊。"

郑秀云则抱着手臂看着女儿已经没那么红的眼眶，但终究是红过了。

跟沈昌明点了几样菜，沈恬才拎着书包上楼。

沈昌明看着女儿的背影，回头说道："她没有早恋，你说那个做什么？"

郑秀云看向沈昌明："需要早恋才会失恋吗？"

沈昌明："……"

郑秀云摆手："你们男人不懂。"

沈昌明："……"

吃过晚饭，顺便洗了澡，沈恬擦着头发坐在电脑前。

开了机，她点开曹露的头像，亮着。

她立即编辑询问。

恬恬就是甜甜：吃饭了吗？

喝一口甘露：吃啦！你呢？叔叔今天做了什么好吃的？

恬恬就是甜甜：今晚吃酸豆角拌面。

喝一口甘露：哇！都是我爱吃的！

恬恬就是甜甜：下回你来我家，我让我爸做一大锅给你吃。

喝一口甘露：一大锅吗？真的吗？

恬恬就是甜甜：真的，甜甜从不骗人。

喝一口甘露：哈哈哈，好，甜甜最好了。

沈恬看她笑了，心情也放松下来。她支着下巴，点开了秘密基地群，最后的聊天记录是九月中旬，之后这个群就再没人开口说过话。

她翻开日记本，最上面写着：

周慎之，生日 10 月 30 日，天蝎座。

明天就是他的生日了。

嘀嘀。

秘密基地的群响了下，沈恬点开。

秦麦麦：@恬恬就是甜甜 @喝一口甘露　明天晚上有空吗？周慎之生日，我们帮他过生日吧？

沈恬心怦怦直跳。

喝一口甘露：好啊，在哪里？几点？

秦麦麦：日不落海边，5 点 30 分，要去接你们吗？

喝一口甘露：哇，那边有点儿远，不过不用啦，我跟甜甜打的过去就行。甜甜，在吗？

恬恬就是甜甜：在，好的。

秦麦麦：那就说定了。

恬恬就是甜甜：好。

陈远良跟他都没在线，所以只有她们三个女生，说完话，屏幕再次安静下来。

曹露单独给沈恬发私信。

喝一口甘露：秦麦麦突然又转性了，切。

恬恬就是甜甜：我还是挺喜欢她的。

喝一口甘露：唉，我也是。不过要帮大佬过生日，想想都觉得刺激，你要买礼物吗？

恬恬就是甜甜：买吧。

喝一口甘露：那我也要准备，我们明天一起去看看吧。

恬恬就是甜甜：好。

关了电脑，沈恬心跳还在加快。

她翻开日记本。

10.29

开心！

耶！

隔天中午吃完饭，沈恬跟曹露就搭乘公交车去黎城市中心的购物街，这儿人超级多，有搞批发的店铺也有品牌店铺，衣服、手表、首饰等全都有。

曹露很犹豫："不知买什么啊，感觉大佬什么都不缺。"

沈恬看着琳琅满目的商铺，也很犹豫。蓦地，她看到了一家音像店，有点儿复古的装修，但里面卖的耳机都是新款，沈恬拉着曹露进去："就这家吧。"

她一眼看中挂在墙壁上的黑色耳机，她让商家取下来，曹露一看："这个好贵。"

商家笑笑："这个音质超级好，杜比音质，听说过没？你们可以试试。"

曹露凑过去听了下，"哇"一声。沈恬也凑过去试了下，然后就决定要了，她去给钱，商家看着她说道："送人的？"

沈恬："嗯。"

商家笑道："可以刻字，我们这儿的特点就是什么产品都能刻。"

沈恬眼睛微亮，她拿过笔，在本子上写上：多喜乐，长安宁。

商家看她一眼，点点头。

曹露念了下："多喜乐，长安宁。嗯，有点儿甜。"

沈恬推她一下，曹露哈哈一笑，她选了一张许嵩的专辑当生日礼物，但她就没刻字了。

买完礼物出来，两个人就又逛了逛。下午五点左右，夕阳落下，沈恬跟曹露搭乘的士前往日不落海边。从市中心出发，车程挺远的。

日不落属于私人沙滩，海岸线很长，金色余晖铺满了海岸线，非常漂亮。沈恬趴在车窗旁跟曹露欣赏着："好美啊！"

远远就看到一辆黑色SUV①停在沙滩入口，入口处挂着斜斜的蓝色招牌——"日不落"。

"就是这里了。"

出租车停下，沈恬跟曹露下了车，跟师傅告别，随后两个人往下走，进入沙滩。

"沈恬、曹露，这里。"秦麦穿着一袭黑色长裙，朝她们挥手。夕阳下，女生很美，像个优雅的公主。

沈恬跟曹露对视一笑，牵着手走下去，沙子柔软，远远地就看到沙滩上的烧烤摊，忙碌地在起火的陈远良，蹲在一旁弄火炭的郑韶远，在穿肉串的江山，以及坐在沙滩椅子上单手开可乐正往杯子里倒的周慎之。

他今日穿着黑色T恤、黑色运动外套以及黑色运动裤。一身黑，下颌线条分明，夕阳余晖落在他眉眼上，他有几分散漫，一只手垂放在椅子扶手边，转着一个打火机。

曹露举着礼物，问秦麦："礼物怎么办？"

秦麦指着不远处的帐篷："先放那里吧。"

她看向沈恬："你们想现在给也行。"

沈恬静静地跟秦麦对视，笑道："那就晚点儿吧。"

秦麦点头："好啊。"说完，她上前挽住沈恬的手，"走，我带你们把礼物放好，我们再过去。"

"好啊。"曹露应道，三个人去帐篷处，把礼物先放里面。曹露问道："就我

_____

① 运动型多用途汽车。

们几个人吗？"

秦麦点头："嗯。"

曹露跟沈恬对视一眼，关珠云没来，那真是太好了。

没别人，这次好像也只有他们班的。

沈恬今天穿着一条POLO领①的白色裙子，郑秀云给她戴上一顶蓝色鸭舌帽，用来搭配裙子领口的一抹蓝色，青春靓丽又不失大方。曹露则是短裤、吊带上衣，配上格子衬衫。

三个女生往回走，余晖斜投，形成一道美丽的风景线。陈远良站直身子，看着，笑道："今天第一次见到沈恬恬穿校服以外的衣服，还蛮甜美的。"

"是的，挺甜的。"

"不穿校服都好看。"

郑韶远跟江山附和。

周慎之掀起眼睑，轻扫了眼那三个女生，沈恬扎了两个小辫被她们挽在中间，她说话时，辫子垂落在领口，俏皮又可爱。

他视线没多停留，很快收回来。

"来来来，三个美女坐。"陈远良绕过来，一人给拎了一张椅子，曹露笑眯眯地坐下："谢谢胖哥。"

"客气客气。"

沈恬的椅子在周慎之斜对面，她落座时，心跳有些快，好在有帽子挡住，周慎之指尖捏着倒满可乐的杯子，起身，给她们一一分发，发到沈恬跟前，沈恬下意识地伸手去接。她手指握着杯底，看着他漆黑的尾戒，抬头道："谢谢。"

帽檐下女生的眼睛像鹿一般，周慎之唇角微勾："你好像经常跟我说谢谢。"

沈恬一愣，她下意识地道："你好像也经常。"

男生低笑了声："嗯，好像是。"

说完，他坐了回去。沈恬捧着杯子，低头抿着可乐，掩盖心跳。

不一会儿，天色黑下来，灯光全部亮起来，这一片沙滩很美，沙子很细，海浪声一阵一阵。沈恬把帽子取下来，去帮江山穿肉串。

周慎之站在烧烤摊旁给大家烧烤，他用刷子刷着肉，秦麦站在他对面帮他

---

① 一种相对比较小巧精致的翻领，常见于运动衫的设计中。

的忙。

曹露跟陈远良站在一起，指挥他们，陈远良说："不如我们来玩成语接龙怎么样？"

江山："好啊，谁先开始？"

陈远良说道："我先，三顾茅庐。"

曹露："庐山真……不对，庐山面目。"

江山笑着道："目空一切。"

沈恬愣了下，抬眼犹豫道："空空……等下，等下……切肤之痛。"

周慎之头也没抬，接了："痛心疾首。"

秦麦也很快："首屈一指。"

郑韶远："指？指桑骂槐！"

陈远良："槐……这就难了，让我想想。"

周慎之把烤好的鸡翅放在盘子里，语调散漫："答不出来怎么办？跳支舞吧。"

陈远良："……"

曹露鼓掌："跳吧，跳吧！"

陈远良："跳就跳，跳就跳！都给我睁大眼睛看着。"说着，他转身就走到空地上，在所有人的注视下，开始跳了起来。

"旋转，跳跃，我闭着眼……"那扭动的身躯，真不输给瘦子，大家哈哈大笑，沙滩上笑声响彻半空。

他跳完后气喘吁吁地勾着周慎之的肩膀："兄弟，指桑骂槐后面是什么？"

周慎之似笑非笑地道："槐南一梦。"

"啊！"陈远良悔恨啊，"就是这个！槐南一梦！"

曹露无情嘲笑："答不出来就答不出来吧，你跳舞也挺不错的。"

陈远良屈指敲了下曹露的额头："你个丫头。"

沈恬笑得喘不上气，她擦擦手，拿着杯子过去倒可乐，但没开好的可乐，她拿过罐装的可乐，勾住要打开，谁知道她的指甲在这个时候断了。"咔嚓"一声，有些疼，沈恬倒吸一口气，急忙放下。

周慎之听见动静，看她一眼："怎么了？"

沈恬立即道："没事。"

周慎之看了一眼她的手，拿过一旁的可乐，修长的指尖勾住，开了，他把可乐推给沈恬。

沈恬接过，又说了声"谢谢"。

话刚说完，不远处就传来了一个娇俏的声音。

"周慎之！生日快乐！"那熟悉的女声让秦麦唰地抬起头，沙滩上的所有人齐齐抬眼，就看到沙滩外那条公路上，关珠云骑着单车，单车后座绑了一长串的气球，五颜六色，她从那边远远地骑车过来。

她手中还拿着一个大喇叭，继续喊道："周慎之，生日快乐，今年是我陪你过的第一个生日，未来的生日，我都要陪你过！"

"关珠云永远能给我惊喜。"陈远良震惊地说道。

江山跟郑韶远也是满眼发亮："周慎之，你家关珠云来了！"

"天哪，她好可爱啊！"江山惊喜地道。

陈远良推着周慎之的肩膀："兄弟，去吧，去吧，快去迎接她。"

周慎之眼眸微眯，没动。

而那边公路上的关珠云停下了单车，朝着他挥手，明亮的光线可以看到她那张漂亮的脸以及眉眼弯弯的笑容，极其耀眼夺目。

她挥着挥着，单车不知为何往后倒去，接着，她"哎哟"了一声，单车滑落，她人也跟着不见了。

"她是不是摔进那边的稻田了?!"陈远良唰地站直身子，周慎之脸色微变，放下手中的木刷，快步朝公路那边跑去。

江山跟陈远良以及郑韶远也跟着跑过去，一下子，这热闹的沙滩就剩下沈恬、秦麦、曹露三个女生。

她们面面相觑，曹露捏扁手中的杯子，说道："在这一刻，我有点儿讨厌她了。"

秦麦咬着牙，沈恬问："我们要不要去看看?"

秦麦："去看什么? 这些东西不管了?"

沈恬看了眼沙滩上的东西，帐篷里还有她们买的礼物，她沉默了，觉得此时自己也有点儿自私。她不想去看，那么多男生去了，关珠云会没事的。她们也帮不上忙。

海风吹来，很冷。无事可做，沈恬低头收拾桌面上的一片狼藉，把烧烤好的食物盖好，秦麦跟曹露也跟着她一起收拾。她们把地上的瓶子捡进垃圾桶里，又把一些还没开始烧烤的肉串盖好，炭火没有他们在弄，灭得差不多了。

几分钟后，确实有点儿太冷了。她们三个人回了帐篷，坐在帐篷里，脚伸在外面，抱着膝盖。

沉默了一会儿，秦麦仰头看着星光，道："关珠云是艺术系的，她的目标是京市舞蹈学院，而周慎之的第一志愿是华大的生物医学，关珠云就是冲着他去拿京市舞蹈学院的分，而且已经确定保送了。"

曹露震惊："关珠云这是打算，他到哪里，她就追到哪里？"

秦麦点头："是。"

曹露抓头发："这也太有毅力了吧，你呢？"

"我的目标也是华大，我早就告诉过自己，他去哪儿，我去哪儿。"

曹露更震惊，她下意识地看向沈恬。帐篷里光线昏暗，沈恬很安静，她微弱一笑，许久，她低下头，把脸埋在膝盖上。曹露愣了下，伸手抱住她。

这时，陈远良和郑韶远回来了，在那边喊着她们的名字，秦麦唰地站起身，提着裙子跑了出去。

她走后，这儿剩下她们两个。

曹露紧紧搂着沈恬，能感觉到她肩膀的颤抖。曹露低声道："咱们务努力，应该也还是可以的。"

沈恬摇头，嗓音压抑着，哽咽着："华大分数 670 以上，我……我达不到。"

她既没有关珠云的勇敢，也没有秦麦优秀的学习成绩，她拿什么坚持下去？

听见这个分数，曹露也说不出安慰的话，只是抱紧沈恬。泪水打湿了沈恬的手臂，她默默流泪。而帐篷外，有人朝这里走近，脚步声越来越近，曹露赶紧用身子挡住沈恬。

她看了过去，是陈远良，他说："曹露、沈恬，周慎之今晚可能不会回来了，我们要不要继续玩？还是回家算了？"

曹露犹豫了下："秦麦怎么说？"

"她想回去了。"陈远良接着道，"关珠云受伤了，周慎之得把她送去医院，所以今晚这个生日，可能没法过啦。"

曹露一听，觉得更讨厌关珠云了。是，她受伤了是挺可怜的，但也是因为太作了，以至于其他所有人的快乐跟希望落空。

她说："我们也回去吧，寿星都不在了，我们留着还有什么意思？"

陈远良也有些尴尬，他点了点头，又问："恬恬呢？也回去是吧？"

沈恬动了下，曹露按住她，说道："对，她当然跟我同进退。"

她语气有些冲，陈远良也没计较。"行，我给你们叫车吧，这边我们来收拾。"

沈恬略微抬了下头，声音压低，努力装出正常的声音，说："我们帮你们吧。"

她声音这样压着，很软。陈远良也不好拒绝，他说"好"，只是临走前，还是多看了她一眼。

沈恬在帐篷里又待了一会儿，平复心情，好在还有一顶帽子，她揉了揉眼睛，戴上帽子，跟曹露一起出去，帮着他们收拾。

直到离开，他们都没看到沈恬抬头。秦麦看沈恬好几眼，她只是低着头。

上出租车的时候，沈恬拉住秦麦的手臂："我们的礼物，麻烦你拿给周慎之。"

秦麦看着她，压了压她的帽檐，说："好。"

停顿几秒后，她说："恬恬，我也好累，自从关珠云出现后，我一直很累。"

沈恬没吭声，松开了她坐直。曹露叫师傅开车。

出租车开走，曹露牵住沈恬的手，谁都没说话。

回到家里，沈恬躲着父母直接上楼，取下帽子，拿上睡裙去洗澡。

洗完澡眼睛已经没那么肿了，她坐到电脑前，秦麦发了信息过来。

秦麦麦：礼物已经给他了，送到他家。

恬恬就是甜甜：谢谢。

随后便无言，沈恬也没开多久，就把电脑关了。

她拿过日记本，翻开。

10.30

生日快乐，周慎之。

从2013年夏天遇见你，我就喜欢你到现在，喜欢你是我一个人的事情，喜欢你也是兵荒马乱的开始。但最近我有点儿累，有一点点累。所以，我想偷偷做个决定。

从今以后，对你不要有太多的关注了。周慎之，你要好好的。

另外，今晚的你，依旧很帅，哪怕是去救关珠云，也是很帅的。

她合上日记本，从桌子上拿了一个黑色的橡皮筋，给日记本缠上两圈，又把经常写日记的这支黑色马克笔塞进橡皮筋里，放进抽屉最里面的位置，关上抽屉。

沈恬眼眶又红了，她"哎呀"一声，狠狠地擦着泪水。

不许哭，不许哭。好好的，不许哭。

她趴到床上，躲进被子里，在一个自己认为安全的环境里，劝说自己。

第十八章

Chapter 18

门被拧开，郑秀云看了眼床上那鼓起的人儿。她摇了摇头，进去把灯关了，目光落在了垃圾桶里的一堆纸巾上。

她拧了拧眉，但没过去看，把门关上了。沈昌明正好上楼，看妻子的表情，问道："怎么了？"

郑秀云咬了下牙："这会儿就真失恋了。"

沈昌明："什么？"

郑秀云瞪他一眼，不搭理，转进主卧。沈昌明下意识地想去碰门把手，被郑秀云喝了一声，他嗖地把手收了回来，只能乖乖地跟着妻子进了主卧。

郑秀云一边把头发放下来一边道："她始终要长大的，算了。"

沈昌明："她永远是我们的小公主。"

郑秀云又翻了个白眼，不过这一晚，郑秀云跟她女儿一样，都没睡好。

隔天一早，沈恬在洗手间待了很久，她用毛巾捂了好久的眼睛，才感觉好一些。怕父母担心，她还假模假样地涂上点儿隔离霜。

她随后下楼，手插裤兜，哼着歌，却看到郑秀云站在收银柜台边上，正在包小笼包。沈恬愣了几秒，尖叫着抱住郑秀云："妈妈，今天做小笼包?!"

郑秀云"嗯哼"一声。

"哇，妈妈，我好想念你的小笼包。"沈恬快感动哭了，也快馋哭了。

家里向来都是沈昌明做饭，爸爸做饭当然也很好吃，但郑秀云的拿手小笼包，那是可以开连锁店的水平，她特别特别地爱，可惜郑秀云很少出手。

"今天吹的什么风啊?"沈恬口水直流，"难道是爸爸吹的枕头风?"

郑秀云冷酷地甩开她："起开。"

沈恬紧抱着郑秀云："我不，你今天多做点儿吧，放冰箱，我可以吃几天。"

郑秀云："你别想。"

"妈妈——"沈恬撒娇。

郑秀云："……最多七笼，你自己分配。"

沈恬："好咧。"

沈昌明拿着抹布擦拭货架，看着这边，笑了。一整天，沈恬的心情都被小笼包治愈了。

周一，新的月份到了，但天气却一夜进入深秋似的，早晨很凉。

沈恬在柜台拿到沈昌明给她热的牛奶时愣了愣，很快，她把牛奶喝完，对沈昌明说："爸爸，如果买不到这款牛奶，那就算啦。"

沈昌明愣了下："你不是最爱这款吗?"

沈恬手插在外套口袋里说道："那也可以试试别的款啊。"

沈昌明看着女儿的眼睛，笑了笑，道："没事，你爱喝，爸爸就会给你弄来。"

"不要啦，太麻烦了，我上学啦。"沈恬把牛奶盒扔了，走出超市。天气凉，感觉有点儿冻鼻子，她没看公交车站的指示牌，跟着上学大军，朝校门口走去。

从今天起，她的上学时间，就不再跟着他的时间来啦。

"沈恬恬!"陈远良的声音在身后响起。

沈恬脚步微顿，回头一看。高高的男生穿着深色的校服外套，手插在裤兜里，被陈远良勾着肩膀，走进校门。沈恬只看他一眼，就看向陈远良："早啊，胖哥。"

陈远良笑着看她："昨天你没上 QQ 吗？"

"没有，怎么了？"

陈远良笑着摇头："没事，就是在 QQ 上没看到你，我们周六那天拍的相片，想给你看看。"

"哦哦，好，我回头再看。"她说着就要往前走。

"沈恬。"周慎之开口，他的嗓音很低，很好听。沈恬脚步又一顿，回头看向他："怎么啦？"

周慎之看着她，唇角微勾："礼物很好，谢谢。"

沈恬仰起脸一笑："你喜欢就好。"

说完，她就拉着书包带，又走入了上学的人潮中，因为没有刻意停留，脚步也快，很快，与身后两个男生也渐行渐远。

她在楼梯口碰到曹露。曹露挽住她的手，往后看一眼，看到人群中那个有些漫不经心的男生，又看了沈恬一眼，随后两个人嬉闹着上了楼。

月考成绩出来了，放榜。早自习过后，沈恬拉着曹露下楼去看。

全校的第一名跟第二名仍是周慎之跟秦麦，沈恬往下扫，在全校第八十一名看到了自己的名字，她呼一口气，说道："又进步了七名。"

"哇，恭喜恬恬，又进步了！我看看我的啊，进步两名。"曹露挽住沈恬的手臂跳起来，"我也很棒。"

沈恬笑着道："对，你最棒了。"

秦麦站在她们身后，看着她们开心地跳，她沉默着，转身看到周慎之跟陈厌。她顿了顿，追过去，说："你不看看大红榜？"

周慎之眉梢微挑："没掉下来，就没必要看。"

但他目光还是扫了一眼那大红榜，也一眼就看到在大红榜前跳跃的两个女生，沈恬的丸子头都跳散了，她捂了下，赶紧伸手去扎，眉眼弯弯，有几分可爱。

他只停了一秒，便收回视线。

回到班里，赵宣城抱着试卷走上讲台，安排大家换位置。沈恬跟曹露这次换到第二组的中间一排，前面是郑韶远跟江山。

两个男生转身跟她们打招呼："未来一个月，多多指教。"

沈恬笑眯眯："你们才要多多指教我们，有问题可以问你们吗？"

郑韶远："当然可以，我们兄弟俩愿意拔刀相助。"

"哈哈哈哈哈。"曹露笑了起来。

江山捂脸："兄弟，你应该说，我们愿意为美女赴汤蹈火。"

曹露拍手："都行，都行。"

座位定下来，新的一个月新的活动也要开始了。这个月中旬学校要举行运动会，江山一下课就开始询问大家，今年新增了一个群体项目——两人三足。

重点1班不少人是体育跟学习都很不错的，所以不存在项目没有人报名的情况。为了提高其他同学的积极性，运动会组织者才加了这个项目。

沈恬的运动细胞不行，她就参加这个项目。曹露参加一个接力，然后也参加两人三足项目，相当于参加了两个。

沈恬抱着手臂听着，眨了眨眼，看向江山："要不，我再参加一个？"

江山问道："你还要参加什么？"

沈恬："后勤。"

江山："……"几秒后，他爆笑。

"好好好！就这个了。"

下课后，江山去了后山的位置，陈厌跟周慎之以及陈远良三个人都在那里，陈厌叼着根棒棒糖靠着假山，按着手机，周慎之手里拿着笔跟陈远良在看题目。

江山凑过去看，随后蓦地笑道："换了座位嘛，沈恬恬坐我后面，一下课，她就问我题目，非常好学。"

陈远良一听，想起了刚建秘密基地群的时候，他哈哈一笑道："对，她是真的很好学。"

"不只好学，还可爱。她报了两人三足的项目，后来看曹露多报了一个接力项目，她说她也想多报一个，你猜，她报了个什么？"

几个男生抬眼看来，江山见调起开了，他笑起来道："她说，她再报个后勤。"

"哈哈哈哈哈！"陈远良大笑起来，"哈哈哈哈哈哈哈，真可爱。"

周慎之放下笔手背抵着唇边，笑着咳嗽了几声。

十一月开始，大家都忙起来。

秦麦接了黑板报，每天都跟黄丹妮留下来，至少画到晚上十点多，两个人几乎不交流，所以画出来效果并不行，直到运动会到来，还没画好。

这天，天气好，阳光不多不少。漫长的开幕式结束，运动会就正式开始了。沈恬身为后勤人员，忙得很，戴着条红色的手巾，满场去处理事情。

江山拿着对讲机问沈恬："秦麦呢？"

沈恬愣了下："好像上楼了。"

"去找她下来，广播这边少一个人，叫她来救场。"

沈恬"哎"了一声，她放好对讲机，随后上楼，来到班里，才看到秦麦站在椅子上，修改黑板报。沈恬走过去，喊道："秦麦。"

秦麦回头，正想回应，谁知道因为她人靠黑板太近了，脚一下子踩空。

沈恬惊到了，冲上去，但还是慢了一步，秦麦摔在地上，手撞到了椅子，她疼得眼泪一下子就下来了。沈恬慌了，上前扶住她："对不起，你……"

"别拉别拉，我的脚扭到了。"秦麦哭着道。

沈恬就不敢再扶了，说："我去叫人来把你带去医务室，你等下。"

秦麦点头："你快去快回呀。"

沈恬"嗯"了一声，转身下楼。操场上、大堂里，到处都是学生，沈恬四处张望，在人群中看到了1班的遮阳伞下有几个人，她跑了过去，却见只有周慎之一个男生。

他懒洋洋地靠着椅背，拧好矿泉水瓶盖，瓶子抛上抛下，另一只手搭在桌子上，懒散得很。

沈恬脚步微顿，但很快，没有犹豫，走上前去："周慎之。"

周慎之抬眼，她深呼吸，道："秦麦摔倒了，脚扭到了。"

"在哪儿？"他接住瓶子，放回桌上，站起身。

沈恬说道："我们班里，现在需要把她带到医务室，我力气不够。"

"嗯。"他转身朝楼梯口走去。

沈恬停住几秒，然后跟上，两个人一前一后地上到三楼，周慎之拐进教室，秦麦看到他，就挺委屈地喊了一声。周慎之上前扶住她："能不能走？"

秦麦摇头："不能。"

周慎之拧眉，看了沈恬一眼。沈恬沉默地站在原地，不太懂他的意思。

他眯眼，几秒后，弯腰把秦麦拦腰抱了起来，转身走出去。沈恬也急忙跟着，这样一路来到了医务室。

可此时，医务室没人，医务老师估计被叫走了。周慎之把秦麦放在行军床上，秦麦疼得皱眉，但脸颊是红的。

沈恬没看到老师，立即去那边拿了些药酒走过来，半蹲下去，握住秦麦的脚踝，秦麦愣了下："恬恬，你会这个吗？"

沈恬低着头道："会一点儿，我爷爷是跌打医生，他教过我。"

"那恬恬你以后当医生吗？"秦麦垂眸好奇地问道。

沈恬摇头："不当啊。"

"那你想当什么？"

沈恬笑道："还没想好呢，先考个好学校。"

微风吹来，吹乱沈恬的发丝，她低垂着眉眼，几分温柔，几分柔软。周慎之靠着门，抱着手臂。听着她们的对话，目光落在沈恬身上几秒，随后转身出去。

第十九章
Chapter 19

用药酒搓热受伤的脚踝，沈恬两手握上去，开始轻柔地按着。

秦麦的脚小巧而且很白，腿也很细，她的裤腿撩起来，撩到了膝盖，露出了白皙的细腿。

这画面任何一个男生在场都不太合适，所以周慎之没留在医务室，走了出去，在外头靠着墙玩手机。

秦麦疼哭了，一边忍着疼一边吸气。

不一会儿，医务老师来了，看了下沈恬给秦麦的处理，给她竖起大拇指："以后学习不忙过来给我当助理。"

沈恬方才用了力气，此时脸颊有些红，她说道："老师，我高三生。"

"呀，那算了。"医务老师一脸"还是好好学习吧"的表情，她给秦麦看了看，又亲自处理一下，然后扶起秦麦，说："你试试看。"

秦麦咬着唇站起身，试着走了几步，似乎还可以。

老师说："虽然可以走，但还是要养养，不能再扭到了，不然下回肿得更大，变成顽固性的就麻烦了。"

"嗯嗯，我知道了，老师。"

"行，扶她出去吧。"医务老师对沈恬说。

沈恬立即扶住秦麦的手臂，秦麦下意识地看向周慎之。

周慎之本靠着门，看她没事了，放下手臂站直身子，上前扶住秦麦另一只手臂，秦麦垂眸，耳根泛红。

沈恬又闻见了他身上淡淡的桂花香味，但她只专心地扶着秦麦。

"对了，恬恬，你刚才找我什么事？"

沈恬说道："江山让你帮忙广播，不过不知道现在找到人代替你没有。"

"那快点儿吧。"秦麦听着也急，催促着他们加快速度。

"慢点儿。"他开口，嗓音清澈。

秦麦就听话地慢了些，沈恬垂着眼眸。

很快来到操场，拿着个喇叭的江山看到他们了，立即挥手。沈恬跟周慎之把秦麦送过去，江山得知秦麦的脚受伤了，赶紧给她拉了一张椅子，又把台词单放在她面前："辛苦你了，大美女。"

秦麦笑道："那么客气做什么，好装啊你。"

江山勾着周慎之的肩膀，嘿嘿一笑。

沈恬看秦麦坐下，没事了，转身就去忙自己的，而且曹露的接力赛也要开始了。她赶过去，曹露正好去登记，放下笔瞪她一眼，沈恬笑着挽住她的手："刚才太忙啦。"

"好好给我加油，不许离开。"曹露在自己的位置站好，她是第三棒。

沈恬点头："好的。"

她回身去捞了一瓶矿泉水，然后回来。一声枪响，高三1班第一棒开跑，欢呼声响了起来。1班的第一棒是陈远良，他真的是个不被世俗击败的胖子，跑步速度极快，很快第三棒来到曹露这儿。

曹露深吸一口气，一边跑一边接，沈恬激动得跳起来，跟着她跑："加油！"

跑了小半圈，第四棒接手，沈恬拉住曹露，给她矿泉水。

接力赛，1班拿了个第二名也不错了。

江山在对讲机里提醒沈恬跟曹露："两人三足开始了，过来这边集合。"

沈恬跟曹露赶过去，1班参加两人三足的都来了，周慎之也在其中，他跟陈远良站在一起，把校服外套拉链拉上，眉眼散漫，在人群中极为显眼。

江山安排着，突然把沈恬喊过去，沈恬走过跑道："怎么啦？"

江山看周慎之一眼，又看她一眼，说："秦麦脚受伤了，没法上场，你那个搭档刚才扔铅球把手给扭到了。现在只能你跟周慎之一组了。"

沈恬微愣，她看向周慎之。

周慎之手插外套口袋，点了点头，听从江山分配。沈恬见状，也只能应下。

很快，比赛要开始了。沈恬把手藏在袖子里，站在了起跑线上。

周慎之接过红色的绳子，他半蹲下，把红绳缠在两个人的脚踝上，说道："沈恬，要是绑紧了，你就出声。"

沈恬低头，看着他浓密的发旋，心跳多少还是有些加快。

她抬起头，调整了下呼吸，说道："好的。"

她感觉到绳子收紧，她的腿跟他的裤腿紧贴着。周慎之绑好后，站起身。

他把手臂伸出来，看她一眼，道："等下，你握着我的手臂，我们保持一致的节奏，我说一就抬右脚，我说二就抬左脚。"

沈恬对上他微挑的桃花眼，点点头："好。"

男生很低一笑，眼底散漫："输赢无所谓，开心最重要。"

沈恬抿唇轻轻一笑，她眼里清澈，像有星星。她说："好。"

周慎之看她几秒，收回视线。

沈恬看看周围其他人，曹露在不远处朝她挥手。曹露的搭档叫柳子郭，是个留着锅盖头发型的男生。至于其他的组，也都绑好了，不少女生如果害怕，会抓住男生的手臂，有些不避讳的，直接勾着男生的腰。

曹露就是这样，反正柳子郭在班里是出了名的老实人，曹露就欺负老实人。

柳子郭被弄得满脸通红，却又不敢拒绝，两手不知往哪里摆。

"砰"，枪声响起。

沈恬下意识地握住周慎之的手臂。他穿着长款的校服外套，她是隔着外套抓住他的，两个人肌肤并不会相贴。但即使如此，他被校服包裹着的手臂热度依旧滚烫。

"一，二，一，二。"他很耐心地喊着口号。

沈恬专注地看着脚，听从他的指令出脚，后面慢慢熟悉了，她才抬眼看向前方，男生好听的嗓音提醒道："加快速度了。"

"嗯嗯。"

而他们在冲刺的时候，跑道上已经有不少组东倒西歪，有些不是摔了就是倒了，成了他们前进的绊脚石，周慎之还得带着沈恬躲过这些人形绊脚石。

后来渐渐地，长长的跑道就剩下他们这几个稳中有序前进的组，这些就都是冲着冠军去的，沈恬一直在跟着周慎之的脚步，手指无形中紧抓着他的手臂肌肉。

就在他们有望获得冠军时，前方一个女生扎着高马尾辫，穿着泡泡袖的连衣裙，举着自制的牌子，上面写着"周慎之加油"，出现在终点。

那是关珠云，她笑意盈盈、眉眼弯弯地举着牌子。

大家看到她，立即起哄，她大大方方地站着，举着，光芒万丈，耀眼无比。

沈恬看着她，突然不得不承认，她跟周慎之很般配。

"快冲刺了。"男生在她身侧道。

沈恬回神，点头："好。"

速度再次加快，最后，他们以第一名的成绩抵达终点。

"哇！"关珠云大喊，"太棒啦！"

1班的同学也大声尖叫，沈恬气喘吁吁地撑着膝盖，汗水顺着她的鬓角往下滑，江山上前帮他们解开了绳子。

曹露搂住沈恬，带走她。关珠云上前，拿了一瓶水给周慎之，男生站直身子，睨了关珠云一眼，这才接了水，关珠云笑意盈盈地站在他面前，看着他喝。

曹露回头看了几眼，又看向身边的沈恬。沈恬接过陈远良递来的水，喝了一大口，目光也看到站着的那对璧人。

她只看了几秒，便收回视线。

曹露一直看着她，然后拿纸巾给她擦汗水："真棒啊，我们甜甜。"

沈恬唇角扬起："嗯。"

后勤还有很多事情要做，沈恬休息一会儿，就赶紧去忙，继续做她的后勤工作。

夕阳西下，残阳躲在树后，发出金色余晖，跳高项目就安排在这个时间段。这个运动项目是今天最后一场，而这一场比赛，陈厌跟周慎之都会上场，他们的迷妹们全挤了过去。

关珠云举着牌子站在最前面，穿着漂亮的裙子，像个耀眼的公主，不少女生在后面看着她小声地议论。

有人说她的卷发和她的裙子，也有人说她好大胆，说她跟周慎之的关系，说她勇敢热情，才能追到一中的校草。

沈恬跟曹露搬完了水，在二楼大堂纳凉，因地势原因，一转头，就看到周慎之一边跑一边脱掉身上的外套，顺手扔到陈远良那边，接着一个跳跃，校服下摆撩起，男生高高跃起，随后一个帅气翻身，落在了垫子上。

"哇，太帅了！"连曹露都忍不住尖叫，"一米九，破纪录了！"

沈恬撑着栏杆，喝着水，"嗯"了一声："很帅。"

她看向不远处的余晖，道："夕阳也好美。"

第二天的运动会，关珠云一早就来凑热闹。秦麦看到关珠云，虽然翻了个白眼，神情却很平静，她的脚好多了，准备把黑板报最后一点儿修好。

沈恬拿了一瓶水给她，放在后排的桌子上。

曹露抱着手臂，问道："秦麦麦，你不觉得关珠云烦了？"反正上次秦麦已经主动撕开最后一层纸了，曹露也不是那种藏得住话的人，她直接问出口。

秦麦在粉笔摩擦声中说道："没精力去理她了，我现在唯一的目标就是考上华大，至于以后……"

她顿了顿："上了大学再说。"

也就是说，她的喜欢不会一直藏着，等上了大学她再跟关珠云一决高下。

曹露觉得秦麦是真有远见了。沈恬在一旁点了点头，说："加油。"

秦麦转头看沈恬。沈恬手中的对讲机则响了起来，江山又给沈恬派活了，沈恬赶紧拉着曹露出去下楼干活。

当晚，运动会结束。秦麦喊沈恬一起去吃饭，说跟周慎之他们一起。

可沈恬今天被江山当牛使，太累了，于是她拒绝了。她都拒绝了，曹露也跟着拒绝，但曹露跟着沈恬回家蹭饭吃。

运动会结束后的一周左右，一股冷空气吹到黎城。

沈恬的校服外套里开始穿毛衣了。郑秀云逼她穿时说道："别为了美丽抛弃毛衣，毛衣也可以穿得很美的，还有秋裤……"说着她就转身找出秋裤。

沈恬见到秋裤立即就跑："妈，商量下，这个绝对不能穿，我跑步很不舒服的。"

"那你冻坏就舒服了？"郑秀云拎着秋裤瞪着她。

沈恬扒住门："我真宁可冻坏，都不想穿秋裤！"

郑秀云掐腰："沈恬！"

沈恬转身就下楼，去喊爸爸救自己。沈昌明十分为难，帮谁都不是，说："要不我穿吧？"

母女俩齐刷刷地看去。

沈昌明："……"

时间过得很快，新一轮月考又到了，沈恬全校排名第七十五，又进步了六名。班级排名已经进入前三十四了。

这次老师又给大家换座位，而这也是这个学期最后一次换座位。她跟曹露被换到了周慎之跟秦麦的前面。

看到新排的座位表时，沈恬愣住。她想起了第一次月考过后，她从第二组最后一排周慎之的隔壁，被调到第四组第一排时，那想哭的心情。

曹露揽着她的肩膀，笑着道："搬吧。"

沈恬"嗯"了一声，收拾书包；随后两个人朝一组倒数第二排走去，周慎之靠着桌子正跟搬到他旁边的陈远良说话。

她们俩一来，陈远良"哟呵"一声："你们搬回来了？"

周慎之抱着手臂，跟着转头，看着她们。

曹露把书包放到靠窗的座位，道："胖哥，是啊，我们成为斜对面邻居啦。"

"挺好，我挺想念你们的。"陈远良笑眯眯道。

曹露:"我也是!"

沈恬跟秦麦打招呼,秦麦抿唇微笑。沈恬也弯着眉眼笑了笑,把书包挂好,书放下,随后坐下,只是刚坐下,马尾辫就被夹在椅子跟桌子之间。

周慎之让开身子,把桌子往后挪点儿,成功解救了沈恬的马尾辫。

几个月下来,沈恬的头发已经长至半腰了,再不能跟之前一样想扎丸子头就扎丸子头啦。

张英老师走进教室。

周慎之坐下,翻开书,转着笔。秦麦屈指敲了敲沈恬的椅背,沈恬扭头,用书挡脸:"怎么啦?"

秦麦凑近她:"你们有不懂的,就直接转过身问我吧。"

沈恬笑着点头:"好。"

当天晚自习,沈恬就有一道数学题不懂,她跟曹露一起转头,把题目摆在秦麦的桌前,秦麦拿了过去,看了半天。

她敲了下周慎之的桌面。他搭着手臂在休息,戴着尾戒的手指垂在衣领处,听着声音揉着脖颈坐起来,神色倦怠,挑起眉眼:"嗯?"

嗓音低哑,那声音连曹露都脸红了,沈恬按了下心口。

秦麦指着那道题:"问问你这个。"

他看了眼那题,挪了过去,看了几秒,神情认真起来,拿过桌面上的笔,开始做题。

秦麦凑过去,曹露也凑过去,沈恬握着自己椅子的椅背,看着他解题。不一会儿,周慎之解了几个解法,抬眼,扫她们一眼,说道:"这道题得用反向思维,你们看这里……"

他的笔尖在本子上游走着,她们的目光就跟着他的笔尖走,他一边讲解一边重新写解法。沈恬恍然大悟,原来如此。

"懂了?"他再一次抬眼,这次正好对上沈恬的眼眸。

沈恬一顿,立即点头:"嗯。"

男生勾唇一笑,放下笔,把题推还给秦麦,然后又趴下休息。

沈恬跟曹露拿着题目转回了身,曹露扇着脸,说:"多少能理解喜欢他的女生的心情了。"

沈恬看曹露一眼,曹露赶紧勾住她的脖颈,说道:"放心,我很冷静。"

沈恬无奈:"你不用跟我说这个,你做什么我都会支持。"

曹露定定看她一会儿,笑着揉揉她的头发:"我们甜甜多好啊。以后谁娶到你,都是福气。"

沈恬抬手捏捏曹露的脸:"你也是!"

"嗯,我当然也是!我们都是大宝贝。"

两个人嘻嘻哈哈,秦麦凑过来,问道:"你们在聊什么?"

曹露小声地跟秦麦说,秦麦脸一红:"你们羞不羞!"

沈恬脸也红,用手支着脸颊直笑。

因桌子晃动,周慎之被打扰了,他坐直身子,靠着椅背,手插在裤兜里,倦怠的眼眸无焦距地看着在笑的女生。

第二十章

Chapter 20

进入十二月下旬,冷空气一波接一波,黎城冬天不下雪,但真的寒冷刺骨。

可高三生一天上课的时间极长,在教室里真的冷到冻手冻脚,只能往怀里塞暖手宝,而且一坐下去就不愿意起来。

沈恬此时就是这样,暖手宝渐冷,她一只手使劲地搓着,另一只手握着笔写题。她凑近曹露:"好冷呀。"

曹露摸着自己的暖手宝,点头:"真的好冷,黎城为什么没有暖气。"

沈恬摇头:"暖气太贵了,我们全靠正气撑着。"

"哈哈。"曹露笑了两声,冷中作乐。

沈恬拉高校服外套的领口,缩着脖颈,头发还全扎了起来。从后面看去,缩着的她像只可爱的兔子。

踏着月色，周慎之刚从食堂回来，他靠着陈远良的桌子，跟陈远良对题，冷风从窗户吹进来，每吹一阵，前方那两个女生肩膀就是一缩。

陈远良"啧啧"一声："她们是有多懒，花个两秒站起来把窗户关了啊！"

周慎之轻笑了声，他走过去，伸手拉住秦麦那个窗户。

"砰"，窗户关上了。冷风一下子就被挡在窗户外，沈恬跟曹露渐渐地觉得好像也没那么冷了。

秦麦提着一个红色袋子从正门进来，笑眯眯地来到沈恬的桌子旁，拿了两个苹果放在沈恬跟曹露的桌上。

沈恬一愣，抬眼。秦麦笑道："今天平安夜，忘记啦？"

沈恬反应过来："对呀，今天平安夜，得吃苹果。"

曹露拿走一个，说道："谢谢秦麦麦。"

秦麦拿了一个给陈远良，然后又拿了一个给周慎之，周慎之接过，放在抽屉里："谢谢。"

秦麦眉眼弯弯，回了座位。

沈恬伸手拿了苹果放进袖子里，给它暖和暖和。晚自习结束时，班上的同学开始交换苹果，沈恬意思意思地跟秦麦、曹露相互交换一下，这苹果还是秦麦给的，交换完估计是觉得挺好笑的，曹露搭着沈恬的肩膀，笑了起来。

秦麦犹豫了下，跟周慎之交换。周慎之已经站起身，将书包单肩背着，看到秦麦递来的苹果，他顿了几秒，把苹果拿出来交换。

交换完，他似乎也觉得好笑，桃花眼里带了几缕笑意往后门走去。

曹露推了下沈恬，看着沈恬。沈恬轻微地摇头，背上书包，跟曹露挽着手也出了教室，外面的风冷得很，沈恬唰地缩了下脖子："好冷好冷好冷！"

她跟曹露挤到了一起，曹露紧抱着她，说道："我明天要多穿一条裤子。"

沈恬心想是不是得向秋裤妥协，想到这儿，猛地摇头，不能妥协。

放学大军从楼梯往下走时，人多，就暖和一些了，连穿堂风都有人分担一下。曹露看着周慎之把玩着苹果，在掌心上下抛着，闲适、散漫。

她拉了下沈恬，凑近她道："真不跟他换换？"

沈恬心口一跳，她看着曹露："干吗？"

曹露笑了下："只是觉得可惜，甜甜，你多好的人啊，怎么有人瞎了眼没看上呢？"

108

沈恬拽她一下："你别说了，听到的人以为你闺密卖瓜，自卖自夸。"

"呀，这话被你改了！"曹露上下看着沈恬，"沈恬恬你可以啊，篡改名句啊。"

沈恬笑着推她。两个人嬉闹着，还没出楼梯，就见关珠云穿着束腰的长外套，手里拎着一个闪闪发光的盒子，盒子里放着一个精致的苹果。她提着那盒子，手插在外套口袋里，笑意盈盈，哪怕是在夜里也灿烂耀眼。

1班的同学已经习惯了她的到来，也不会再那么惊讶，但她一出现大家还是"哟呵"了一声，陈远良立即笑着收回在周慎之肩膀上的手臂。

"我要跟你交换苹果！"关珠云把盒子往前推。

周慎之扫她一眼，从她身侧走过，关珠云追上去，又把盒子递过去，几次后，周慎之将苹果递给她，接过她那闪亮的盒子。

关珠云笑眯眯，喜悦跃于脸上。秦麦咬牙，背着书包从他们身侧走过，速度很快，仿佛走慢了会回身打关珠云一顿。

沈恬看着关珠云背在身后的手，紧握着那红色的苹果。她收回视线。

曹露挽紧她的手，说道："关珠云挺聪明的，用这样的盒子装着，谁敢拿自己什么包装都没有的苹果去跟周慎之换啊。"

沈恬没说话。

班上的同学都在说，就算周慎之现在还没答应，以后迟早会答应。

热烈真诚的女生像耀眼的太阳，每次出现都带着万丈光芒，遇见这么惊艳的人，还能看得上别的女生吗？

曹露似也想到这点，她捏捏沈恬的手心："今晚记得吃苹果。"

沈恬扬唇一笑："嗯，你也是。"

回到家里，就见超市门口专门放了一张桌子，上面摆满了用红色小礼盒装着的苹果，这么一装扮，购买欲大大增加。

沈恬凑在那里看，抬眼问道："爸爸，谁想出来的啊？"

沈昌明笑着道："你妈妈。"

"哇，妈妈好有生意头脑。"沈恬进屋把书包放下，拍着郑秀云的马屁，郑秀云睨她一眼："吃不吃苹果？让你爸爸给你切。"

沈恬拿出秦麦给的那个苹果，说："我吃这个。"

郑秀云沉默几秒，带几分试探："谁给的？"

"我同学。"

"男的女的？"

沈恬："当然是女的啊！我去切啊，我们一人一块。"

说完，她就去拿水果刀，洗完苹果一边切还一边问："我们今晚的苹果好不好卖？"

沈昌明笑着接过水果刀，说道："卖了两箱啦。"

沈恬一听，真的佩服妈妈的商业头脑。

十二月底的月考，沈恬排名只进步了两名，主要败在了数学上。数学最近换了新的出题老师，题型也跟着改。

沈恬不紧不慢，告诉自己慢慢来，不要焦虑。

她没有用力地去追周慎之的脚步，所以就不会给自己太大的压力。哪怕是这样的题型，周慎之依旧拿了满分，他从来不会被任何改变影响自己。

月考过后，就是三天的元旦假期，为了迎接 2016 年的到来，12 月 31 日这天晚自习，老师给他们放了假。

沈恬跟曹露约好了晚上一起倒数跨年。

她先回家吃饭，郑秀云得知她们要去倒数，取了一条大红色的围巾给她围上，说道："倒数完，估计会塞车，你给爸爸打电话，让他去接你们。"

沈恬把下巴收进围巾里，说道："好。"

"注意安全。"

"嗯嗯！"

沈恬抓了一把巧克力还有一些小零嘴塞进校服外套口袋里，塞得鼓鼓的，曹露正好就来了，她围了一条黄色的围巾，跟郑秀云和沈昌明打完招呼，挽住沈恬就出去了，沈恬把小零食分了一半塞她那里。

曹露两眼放光："一边倒数一边嗑瓜子，真爽。"

倒数的地方在惠民广场。沈恬跟曹露下出租车的时候，惠民广场外面那条路已经开始塞车了。她们两个人走进惠民广场，面前巨大的 LED[①] 显示屏正在播放着黎城电视台的元旦晚会。

---

① 发光二极管，简称为 LED，是一种常用的发光器件。

人很多，她们是挤进去的。挤着挤着她们两个就站上了花坛，而此时LED屏幕跳出了倒数的数字。

曹露激动地握住沈恬的手臂："开始了开始了。"

从十开始倒数："十，九……四，三……"

"二！"

"一！"

"新年快乐，甜甜！"

"新年快乐！"沈恬朝着天空大喊。

"砰"的一声，烟花在天空炸开，照亮了前方的路。沈恬目光一扫，看到了一束烟花垂落照亮的方向。

周慎之坐在一辆黑色SUV的驾驶位上，两手搭在车窗上，带几分散漫地垂放下来，偶尔转一下尾戒，他垂着眼眸，在听人说话。

而说话的那个人，就站在车旁，是关珠云。关珠云穿着大红色的外套，手插在外套口袋，眉眼弯弯，偶尔还拨弄下被风吹乱的发丝。

曹露也看到他们了，她说了声"我去"。

她刚说完，周慎之坐回车里翻找东西，关珠云在车旁转圈圈，外套跟裙摆一样摇曳，学跳舞的就算只是转圈圈也很有感觉，好似随时能在现场跳起舞来。她抬手又拍了拍车窗，周慎之抬起眼眸，看过来。

却有一束烟花往沈恬这边落下，照亮了沈恬的眉眼，也让周慎之看到了她。

沈恬眨了几下眼睛，愣了下。随后，她冲他点头，然后拉着曹露走下了花坛。

她匆匆拉起围巾，将下巴遮住。周慎之定了几秒，看她进了人群，就收回视线。

Moonlight Box

久别重逢，跟我结婚吧

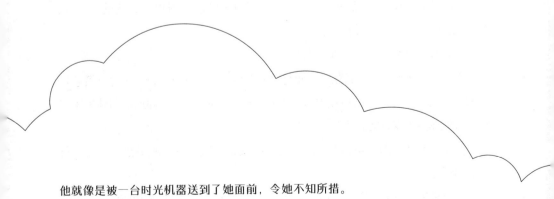

他就像是被一台时光机器送到了她面前，令她不知所措。

第二十一章

Chapter 21

跟着人群走了一会儿，曹露才听见手机响。她拿出来一看，来电的是秦麦。她接了起来。人太多了，声音很吵，所以她声音很大："喂，秦麦麦！怎么啦？"

秦麦在那边声音也很吵，她说："我刚看到你们了，你们怎么就走了？"

曹露一愣，问道："你在哪儿啊？我没看到你。"

"我跟陈远良、江山还有郑韶远都在周慎之的车旁啊。"

四周的声音好像静了下。曹露"啊"了一声："你们都在啊？"

秦麦："嗯。"

曹露愣了几秒："那关珠云是不是也在？"

秦麦没好气地道："是啊，她非要坐周慎之的副驾驶位，跟着我们来的。"

曹露沉默几秒，她看一眼沈恬，沈恬也停下脚步，但人太多了，她紧紧拉着曹露，曹露问沈恬："秦麦让我们过去，去不去啊？她说要去吃消夜！"

沈恬看了眼往这边挤过来的人群，摇了摇头说道："不了，人好多，我们走不回去。"

曹露往回看。看到黑压压的人群，也是吓一跳。她对电话那头的秦麦说："算了算了，下次吧，你们去吃就行。"

秦麦那边也被挤着，说道："好吧。"

曹露挂断电话，拉着沈恬，艰难地挤到马路边上。车并不好拦，每一辆都是过来就被拦走，曹露拿出巧克力球放进嘴里咬着，说道："早知道我们骑单车来了，可能还能早点儿回去。"

沈恬也开了一包辣条，迎着冷风吃着："嗯，不过骑单车要好远，我给我爸爸打电话吧。"

话刚说完，身后"嘀嘀"两声。沈恬跟曹露转头，就看到一辆黑色SUV停到了她们身侧，前后座的车窗同时摇下，关珠云从车窗里探头，眉眼弯弯。

秦麦从后座的车窗探头，大声道："上车。"

而驾驶位上是周慎之，他握着方向盘，支着下颌，看着她们。

曹露愣了下，问道："你们怎么？"

"上车啊。"秦麦催促。

关珠云的声音也甜甜地传来："同学，快上车，再不上来，后面的人要骂了。"

可不是，"嘀嘀"声直响。曹露不再犹豫，拉着沈恬就上车。沈恬坐最边，她按着鼓鼓的围巾，伸手把车门关上。

"砰"一声。

周慎之坐直身子，转动方向盘，修长的指尖游刃有余，漆黑的尾戒很好看。

车里有淡淡的香水味，是桂花香。

曹露坐稳后就问："周慎之大佬，你有驾照了啊？别是无证驾驶吧。"

男生在前方听了，轻笑："刚拿，怕不怕？"

曹露笑道："怕也没用啊，都上了你的贼车了。"

周慎之挑眉又笑了声，不一会儿，他开到滨海大道那边，就没那么塞车了。身后还跟着另外一辆SUV，沈恬往后看了眼，秦麦隔着曹露拉着她的手道："郑韶远他们三个在后面的车里。"

沈恬有点儿唏嘘："你们都有驾照了啊。"明明都还穿着校服呢。

秦麦说："郑韶远也是刚拿的。"

沈恬"哦"了一声。她捏着秦麦的手，下巴一直藏在围巾里，唇瓣润润的。她这个角度偶尔看到他的尾戒，她挪开视线。

关珠云坐在副驾驶位，偶尔跟周慎之说话，她声音很甜，周慎之有时不搭理，她就多喊几声："周慎之！"

男生这才挑眉，回了她的话。

曹露撇撇嘴，看了一眼秦麦。秦麦耸肩，好似早习惯关珠云这样了。

开了一段路后，车子就在滨海大道的一家烧烤店门口停下。沈恬打开车门，寒风冷得很，她跳下车，曹露下来顺势挽住她的手，秦麦下车后也挽住曹露的手，三个女生并排走着。

周慎之停好车，关珠云就跟着他走向烧烤店。几个人走进去，选了一张很大的桌子，刚坐下，郑韶远、江山、陈远良三个人就来了，一坐下来位置刚好，桌子也满了。

江山坐在沈恬身侧，侧过身子笑着道："你跟曹露两个人走得也太快了，我喊了你们几声，你们都没反应。"

沈恬有些愧疚，笑道："抱歉啊，人好多，就没听见。"

其实还有个主要原因，因为他。沈恬心里明白，她看到周慎之跟关珠云时，走入人群中是有些急促的。说不关注了，可还是会受一些影响。

江山笑道："没事没事。"

沈恬想了下："我等下多喝两杯可乐？"

江山一听，哈哈大笑："不好吧。"

几个人听着沈恬这可可爱爱的话，都笑了。关珠云用手支着下巴看着沈恬："你叫沈恬啊？"

沈恬抬眼对上关珠云那张漂亮得极其夺目的脸，她"嗯"了一声。

关珠云伸出手："你好啊。"

沈恬见状，起身，跟她握手："你好。"关珠云的手很柔软。

周慎之靠着椅背跟陈远良在说话，他抬手支着脸，漫不经心地看了她们一眼。陈远良凑近他耳边笑着调侃："女生的友谊又开始了，真是好速度。"

他唇角勾了下："嗯，确实。"

沈恬松开关珠云，坐了回去，曹露跟秦麦拽她一下，秦麦撇嘴："她想握手怎么不自己站起来？"

曹露也鼻子不是鼻子、脸不是脸，附和道："就是。"

沈恬低声道："她可能……"

"可能啥？别给她找借口，她就是欺负你老实。"曹露哼唧一声。

沈恬闭嘴不说了。

三个女生在这边叽叽喳喳，关珠云在对面支着下巴笑眯眯地看着，偶尔凑过去听周慎之跟陈远良聊天。

周慎之靠的是陈远良这边的扶手，神情散漫。他不知听陈远良说了什么，眼底含笑。

这时，江山问道："陈远良，你打算跟着你女神考去海城吗？"

陈远良握着根牛肉串，说道："考吧，革命尚未成功，同志仍须努力。"

江山笑起来："你这样一直当备胎，什么时候是个头？"

陈远良放下牛肉串，手抬起来在半空中晃了下："不不不，兄弟，你这话就不对了，你知道舔狗的最高境界是什么吗？"

"什么？"

陈远良两手摊开："当然是我想舔就舔，不想舔就不舔，这个时候痛苦的应该是那个被舔的人！"

"厉害！"

"兄弟，你这境界，是真高啊！"郑韶远擦擦唇角，竖起拇指。

"那是当然的。"陈远良又喝了一口可乐，说道，"我们现场采访一下吧，恬恬。"

正听得津津有味的沈恬突然被点名，愣了下，她抬眼，"啊"了一声。红色围巾很衬皮肤，显得皮肤很白，她一抬眼，那张小脸白里透红，很惹人。

陈远良看她蒙的样子，笑道："如果有个人追你，风吹雨打每天给你送早餐，陪你上下课，忽然有一天这个人不见了，你会找他吗？"

沈恬下意识地点头。陈远良指着她说道："你看，是吧，会找的吧！"

"能在她心里留下点儿痕迹，我就成功了，对吧，兄弟？"他推了周慎之一下，周慎之支着下颌，笑着点头："嗯。"

沈恬想了下，举起手。几个男生看过去，沈恬犹豫了下，说道："但是我觉得，如果不喜欢对方，就不要给对方希望。"

曹露抓了下她的手臂，道："不，我觉得追沈恬恬不用花费太久，她这个人心软，估计努力个两三天就把她追到手了。"

沈恬不敢置信地看着曹露，曹露眨眼："难道不是？"

"啧啧，我也觉得，恬恬那么甜软，肯定不好意思拒绝人。"陈远良笑着下定论，周慎之眉梢微挑，看了眼那跟曹露争论得满脸通红的女生。

"不跟你说了。"沈恬端起可乐喝了一大口。

曹露嘻嘻笑，撞了她一下。关珠云没怎么插嘴，听着她们的对话笑意盈盈，感觉上并不讨厌。

消夜吃得差不多，每个人可乐喝得多，肚子都有些胀，所以打算散散步。周慎之去买单，烧烤摊的灯光只有几处明亮，他握住单子，垂眸看了几眼，随后扫码付款。

灯光落在他的眉眼上，很好看。

几个人在这边等着，等他的同时，目光都在他身上，沈恬有些出神。

他买完单，转过身朝这边走。沈恬便立即收回视线，三个女生挽着手转身，关珠云则跑到他身侧，背着手跟他说话聊天。几个人分成两排，三个女生在前面走着，身后是男生跟一个关珠云，后来关珠云瞅准了机会，上前挽住沈恬的手臂。

沈恬愣了下，关珠云笑眯眯道："一起走嘛。"

曹露翻个白眼，暗暗使劲想把她推出去，关珠云就是不松手，她举起一只手道："我们来唱歌吧，我起头。"

"当山峰没有棱角的时候，当河水不再流，当……我还是不能和你分手，不能和你分手，你的温柔，是我今生最大的守候。"

她的歌声很好听，跟她说话的调调完全不一样，所有人立即就被她的歌声吸引了，沈恬看着她的侧脸，她笑着看沈恬继续唱。

"当太阳不再上升的时候，当地球不再转动……我还是不能和你分散，不能和你分散。你的笑容是我今生最大的眷恋。"

"让我们红尘做伴活得潇潇洒洒……"陈远良接了她的歌。

"策马奔腾共享人世繁华，对酒当歌唱出心中喜悦……"江山跟郑韶远也加入进来，"让我们红尘做伴……"

秦麦坚持着不肯唱，曹露却忍不住跟着哼了起来，沈恬微微回神，想从歌声中找到周慎之的声音，不过他似乎没有出声。

她听着身侧女生的歌声，想起周慎之的歌声，都一样好听。

他们一路走一路唱，海滨大道这个点儿人不算多，从《当》唱到《稻香》，从《稻香》唱到《晴天》，从《晴天》唱到《不能说的秘密》。属于青春的交响曲在此刻响起，秦麦也没坚持多久，跟着一起哼唱。

沈恬小声跟着哼唱。这时，她的手机响起，铃声冲破他们的歌声，沈恬赶紧拿出来，来电的是郑秀云，她瞬间紧张了。

她转过身，反射性地朝他们嘘了一声。几个男生停下脚步，周慎之手插裤兜被陈远良勾着肩膀，他眉梢微挑。沈恬握着手机，低声道："我妈来电，我接一下。"

周慎之唇角微勾，点了点头，并捂住了陈远良的嘴巴。

其他人也跟着安静下来，眨巴着眼睛看着她。沈恬接起来："喂，妈妈。"

"在哪儿？还没回来。"郑秀云的声音传来，"你爸爸说要去找你。"

"不用不用，我跟同学在一起。"

"多少人？"

沈恬抬手算了算："八个人。"

"那么多？"郑秀云接着问道，"男女都有？"

沈恬心提起来，不知为何，她抬眼看周慎之一眼，又很快挪开视线，回道："嗯，就几个同学，妈妈，我们也快回去了。"

郑秀云："行，半个小时后再不回来，你爸爸就去接你。"

"好的，妈妈。"挂了电话，沈恬松一口气，说道："我可能得回去啦。"

周慎之看她一眼，说道："好，送你回去，我们也该回去了。"说完，他拿出车钥匙。

陈远良被他松开后，深吸一口气："兄弟，你差点儿憋死我。"

他抬手揉了揉沈恬的头："沈恬恬，你刚才那样真的太可爱了，那么怕你妈妈吗？"

沈恬有些尴尬，不好意思地道："她容易问东问西。"

"哈哈哈，我懂我懂。"陈远良说道。

曹露拉着沈恬道："走吧，回家咯。"

沈恬说道："你们可以继续玩，我打个的回去就行了。"

"这么晚了，我们也要回去的。"秦麦拉着她的手道，于是一行人往回走，回到停车场，上了车，周慎之转动方向盘，驶出滨海大道。

回到家门口，超市关得只剩下一个小门。

沈恬下车，把车门关上，"砰"。曹露跟秦麦、关珠云都跟她挥手，沈恬也跟她们挥手。周慎之看她一眼，收回视线，把车子启动，开走。

沈恬目送车走后，才转身。郑秀云抱着手臂站在门口等她。沈恬笑眯眯地上前，挽住她的手臂："妈妈。"

郑秀云看了眼那开走的车，睨着她："什么同学啊？"

沈恬："重点班的。"

"多大？开奔驰？"

沈恬："满十八岁啦。"

"好冷啊，妈妈，进去进去。"沈恬拖着郑秀云的手臂，郑秀云跟着她进去，郑秀云捏她鼻子一下："还是要注意安全。"

"嗯嗯。"

沈昌明解下她的围巾："快去洗澡吧。"

"好的。"沈恬上楼。

沈昌明把女儿的围巾挂好，说道："你别一副盘问她的语气。"

郑秀云："忍不住啊。"

沈昌明看她一眼又说："她始终要长大的。"

郑秀云翻个白眼："你说的你做得到？"

沈昌明："……"两个人都半斤八两，算了，谁也别说谁。

沈恬洗完澡才觉得舒服，她刚才已经冻僵了，哪怕车里有暖气。她裹着被子坐在床头，下意识地拉开抽屉，后顿了顿，把抽屉关上。随后她拉了被子，躺下去睡。

隔天沈恬看到曹露在 QQ 上吐槽关珠云，说她真是不请自来，说她脸皮厚，说她居然就那么挽着沈恬的手！她！想！干！吗！啊?!

沈恬翻着题册，打字。

恬恬就是甜甜：我们快写作业吧。

喝一口甘露：来啦！

但过了一会儿，曹露说："甜甜，她没那么讨厌了，你会不会更难过一些?"

沈恬看着这话，笔尖一顿。什么意思呢?

曹露接着道："换成我，肯定难过，难过她太配得上那个人了。"

沈恬一笑，原来是这个意思。是，她太配得上了。好看，性格大方，黏人，会跳舞，会唱歌，手还软。

她编辑。

恬恬就是甜甜：快学习啦。

喝一口甘露：好咧！

三天的元旦假很快过去，二月就要放假，一月整月都在冲刺期末，沈恬没有任何心思去想别的了，她每天往返于学校跟家里之间。

她偶尔也看到关珠云出现在学校找周慎之。周慎之还是那般，一如既往地厉害，每次周试，稳坐第一。

寒假来临之前，所有人都很累、很辛苦，被学习压得喘不上气。

寒假来临，在老家的爷爷摔到了脚，沈恬一放假就收拾行李回去看爷爷，父母要在黎城开店开到大年二十九，所以只有她先回了老家。

爷爷这一摔，只能坐轮椅了。沈恬每天推着他出门，老人家搭着扶手唉声叹气："想我堂堂跌打医生，一辈子替人正骨，没想到到头来我救不了自己。"

沈恬给他拿了毯子盖上，说道："爷爷，人要有希望，哪怕坐在轮椅上，你也是最帅的跌打医生。"

老人家看着沈恬："你说得倒是，那推我去看看你那陈阿姨吧。"

沈恬："……"老头真不让人省心，还要找第二春。

寒假弹指间便过，高三下学期来临。但寒冬并没有散去，沈恬包裹得严严实实，呵着手走进教室，大家相互在说新年好。

沈恬来到座位，周慎之正好进门，他穿着黑色外套，头发剪短了些，斜背着书包，眉宇间有几分散漫，他取下书包，睨她一眼。

沈恬顿了下，回过神："新年好。"

周慎之点头："新年好。"

沈恬笑了笑坐下，背对着他，发了一会儿呆。她听着身后男生坐下，拿出作业在桌面上翻着，她呼了一口气，也拿出作业翻着。

不一会儿，曹露、秦麦、陈远良几个人也都来了。高三下学期的生活也正式开始，而开学的第一天，沈恬跟曹露就被调走了。

她们被调到第四组第四排的位置。她跟曹露坐下，看了眼两个女生坐在第一组倒数第二排的座位，那两个女生坐好后转身跟周慎之和秦麦说话。

周慎之靠着椅背，听着，手臂支着额头，唇角勾着，估计那女生说了什么好笑的话。沈恬想了想自己坐在那个位置的时候，似乎也不怎么跟他说话，更别提聊了什么好笑的。

她收回视线，"唉"了一声，觉得过了个年回来再看到他，怎么反而在意了。

"你叹什么气？大过年的，收回去！"曹露捏着沈恬的脸。

沈恬赶紧点头："收了收了。"

曹露这才松开她，她握着沈恬的后脑勺扭了过去，道："好好学习，如果放不下，努力考去华大。"

沈恬看一眼自己的成绩，摇了摇头。

下课时，她看到关珠云穿着漂亮的裙子，笑眯眯地背着手进来，从窗户给周慎之递礼物。所有人都看清了那个礼物，是一个名牌耳机，很贵很贵的。比沈恬买的那个贵多了。

其他人"哇"了起来。坐在周慎之前面的两个女生一看到关珠云的脸，脸色就没一开始好看了，或许是觉得比不过。

而关珠云的出现，也让沈恬刚开始的一点儿幻想破灭，一瞬间回到了上学期的感觉。

过了个年，但什么都没变。

赵宣城老师拿着试卷进来，站在讲台上，看着他们，说道："最后半年了，严格来说还不到半年，我们黑板报后面的数字也要开始倒数起来，大家都给我打起精神来，听见没？"

"听见了！"

"接下来的日子，健康第一，学习第二，都给我好好复习！"

"好的！"

不只学校，家长也紧张起来。但郑秀云显然没那么紧张，她一直坚持那个想法："考不好没关系，回来继承超市。"而且像念经一般，时时刻刻提醒沈恬。

沈恬有时看郑秀云一开口，立马捂住耳朵，她看别人的父母头上都戴了激励的红巾，她父母老神在在，不是叫她劳逸结合，就是问她要吃些什么。

曹露的父母没有坚持到她考完高考，在四月的时候就离婚了。曹露在她家哭了一个晚上，还是沈恬哄睡了她。

醒来后，曹露自己穿上战袍，努力复习。这半年来，沈恬跟曹露的成绩一直稳中上升，但她距离周慎之依旧还有十名那么远，这十名别提是名次了，就是分数细分下来，她都够不到华大的脚趾。

高考的前一天，老师特意让他们休息休息，放松放松。

这一天安排了一节体育课。所有人下楼去上体育课，刚走到操场，就看到关珠云带着一队女生进来。她穿着黑色的拉丁舞服，其他女生也穿着浅色系的拉丁舞服，就这样一列来到他们的面前，随后她放下手里的手机。

音乐声跟着响起，关珠云手带着腰一起扭动，长腿往前往后地跳着，贴了金片的漂亮脸蛋上带着灿烂的笑容，她只盯着周慎之。

她跳得很美，很专业。所有人都愣了，但目光又挪不开。就看着她跳，她美得惊人。

舞蹈结束，关珠云笑眯眯地弯腰，然后直起身子，对周慎之说："我在京市等你，高考加油。"她微微气喘，胸口起伏，像个耀眼的公主，又像灿烂的太阳。

班上的同学"哎哟"了一声，陈远良推了周慎之一下。周慎之微微眯眼，手插裤兜，看着关珠云没有说话。

关珠云朝他飞了个吻，然后转身带着其他女生离开，女生们回头跟他们挥手，说道："要加油啊。"

秦麦后退了一步，眼眶红了。她转过头，寻找人群后的沈恬。

沈恬安静地站着，抬手指着眼角，让她擦泪水。秦麦收回视线，低头擦拭。

曹露在这一刻感觉到被关珠云狠狠冲击，她揽住沈恬的肩膀："你不去华大是对的。"

去了做什么呢，去了看周慎之怎么点头答应关珠云吗？

这支舞蹈在班上议论了很久，晚上最后一节晚自习，所有人开始相互签同学录，很多人已经给沈恬签了。

她看着在第一组最后一排的男生，他手搭在椅背上，正跟陈远良说话，桃花眼微挑，似笑非笑。沈恬沉默一会儿，站起身，拿着同学录走过去："周慎之。"

他抬眼，看着她："嗯？"

沈恬一笑，把同学录放在他桌上："帮我填一下。"

周慎之扫一眼同学录："好。"

他拿起自己的那本，递给沈恬，笑道："你也帮我填一下。"

沈恬接住："好。"

她转身，回到自己的座位，坐下，翻开。很多同学已经给他填好了，他这本很厚重，封面是黑色的，同学们的字迹也很工整。

沈恬拿笔，在最后面一页开始认真地填写姓名、生日、爱好。

最后，她写道：

周慎之，祝你前程似锦，岁岁平安。

写完后，下课时，她跟他换了回来，她把自己那本同学录塞进书包里。

晚上回到家，坐在桌子前。她翻开，翻到最后一页，男生苍劲有力、龙飞凤舞的字迹跃然纸上。

沈恬，祝你前程似锦，岁岁平安。

沈恬眼眶顿时一红，她说："谢谢，你也是。"

第二十二章

Chapter 22

高考过后沈恬在家睡了三天，像是要把过去三百多天的觉给睡回来，郑秀云挖她起床的时候，抱着手臂站在床边："累吧？"

沈恬抱着被子点头，郑秀云冷哼："不去重点班什么事都没有。"

沈恬�’嘴："妈妈！"

"好了，起来吧，再睡下去真肿成一只猪了。"郑秀云把她拉起来，沈恬下了床，迷迷糊糊地穿上拖鞋。

不知不觉，酷热的夏天也迎面而来。又一个夏天。

这个夏天也正在上演着各种别离。周靓靓昨天骑着单车过来告诉沈恬，她考得不好，打算去读大专，读卫校。这个暑假她就要开始准备，跟着她妈妈一起去粤城。

沈恬第一个初中到高三的闺密就这样要分离了，两个人哭着拥抱。

现在沈恬眼睛还有些肿，郑秀云盛了一碗面放在她面前，沈恬拿起筷子开始吃，郑秀云说道："你预估自己的分数没有？"

沈恬咬断面，说："有。"

郑秀云抱着手臂坐在她对面："考本市的学校，黎城大学、黎城美院、中南大学，随你选。"

沈恬顿了下，抬眼看着郑秀云："妈，这几个分数都挺高的。"

郑秀云眯眼："但对现阶段的你来说，可以了。"

"但是，妈，如果我想要出去闯一闯呢？"

郑秀云："这么大个黎城还不够你闯？你知道全国各地多少人拥到黎城来工作，在这里安家立业吗？"

沈恬继续吃面，盯着郑秀云。郑秀云也盯着她，母女俩互盯。

收银的沈昌明站在一旁，拍了几下郑秀云，被郑秀云推开。沈昌明叹口气，他看着沈恬道："甜甜，妈妈的意思是希望你上的学校是你自己喜欢的，所学的专业也是自己未来觉得能胜任的，而不是因为某些原因去选择它。"

沈恬嘬着面，听着这话："什么意思啊？我难道会选一个我不喜欢的学校跟专业吗？"

郑秀云冷哼："没准会！"

"才不会呢！不过，黎城的学校确实还行吧。"沈恬含糊地下了结论，郑秀云扭头跟沈昌明对视一眼，沈昌明让她安心。

女儿应该不至于为了一个男生，跑去别的城市。想到她在别的城市为某个男生流泪哭泣，他们还看不到，就十分难受。

关于志愿这块，沈恬跟曹露也有聊过，曹露父母离婚后，她跟了妈妈。她妈妈是个服装设计师，满世界地跑，但她的房子在黎城。

曹露本来想考得远远的，离开这个伤心地，但因为沈恬在，也因为沈恬父母的好，她的首选志愿改回黎城。她的成绩在下学期涨得还不错，估计能去中南大学。

沈恬咬着苹果敲着字："你就这样决定留下来了？不跟着我去闯天下了？"

喝一口甘露：你能去哪儿？

沈恬："……"算了，少数服从多数。她是少数。

高考成绩出来后，沈恬有二选。黎城美院跟黎城大学，都是一流大学，黎城大学出了很多大佬，而黎城美院出来的也都不简单，只是两个学校培养人才的方向不一样。

沈恬跟曹露去学校填志愿时，并没有遇到秦麦跟周慎之，她看一眼他们的座位，陈远良说他们提前一天填报了，因为周慎之要陪母亲去海城，而秦麦早早订了出国探亲的计划，所以他们后续不会再出现在学校了。

陈远良说得似乎也有些伤感，向来乐呵呵的胖子揉着脖颈笑。而他的志愿确实填了海城大学，那也是一流的学校，他准备追寻他的女神而去。

曹露咬着吸管问道："陈远良，你累不累啊？追这样一个看不到结果的人。"

陈远良笑道："天将降大任于是人也，必先苦其心志，劳其筋骨。等我进入绝望，便从绝望中重生，从此拔情绝爱，强大而坚定！"

沈恬听着："厉害。"

陈远良又笑着说道："骗你们的，谁说不累啊，累死了！我这么好，为什么她就看不到呢？"

曹露："要不你减减肥？"

陈远良一顿，他拍拍自己的肚子："我就想用这一身肥肉征服她，如果她连我现在这样都不肯接受，等我变帅了她再喜欢，那我老了她是不是又不喜欢了？喜欢一个人，可以舔，可以苦，但不要改变自己。"

沈恬一愣，几秒后，她说："我赞同你的话！"

"你赞同？你又没喜欢过人。"陈远良"切"了一声。

沈恬微微一笑。谁说我没有，我有啊。

她填完志愿离开学校，接下来的日子就是等通知书以及过一个舒服的暑假。而这次填志愿也是沈恬最后一次见高三重点班的这些同学。

拿到黎城美院的录取通知是八月底，沈恬上了一次QQ，碰到在线的秦麦。

秦麦麦：甜甜！

恬恬就是甜甜：在，你最近怎么样？

秦麦麦：我已经到京市了。

恬恬就是甜甜：好。

她沉默几秒，在屏幕上打字：你遇见周慎……

还没打完，秦麦就发了一条信息过来。

秦麦麦：周慎之也抵达京市了，我在学校碰见过他，也在学校门口碰见过关珠云，她已经在舞蹈学校报到完。

沈恬指尖一顿，几秒后，她编辑。

恬恬就是甜甜：嗯，秦麦麦，你要加油，要相信自己，你也是个漂亮的公主。

秦麦麦：甜甜，谢谢你！我为我过去的小心眼跟你道歉，你是我很好很好的朋友。

恬恬就是甜甜：你也是我很好很好的朋友。

跟秦麦聊完，沈恬点进了秘密基地群，她滑动着这一年来所有的聊天记录，从一开始的兴高采烈到后来群里的寂静。

沈恬也看到自己在他一开口说话时，语言表达就开始变得傻傻的，小心翼翼，却又万般盼望他能多说点儿。可惜他的话寥寥无几，而她也不是会打开话题的人。

她点开群员列表，他头像依旧没变，还是那张照片，那只猫，那个尾戒。其实她也猜测过，他的尾戒有什么含义，但这么久了，她始终不敢问，怕听到更令人绝望的答案。

她点开了群里的设置，往下滑，然后退出了这个群。

"周慎之，再见。"

退出 QQ 后，沈恬拿起一旁的毕业照，这张毕业照是高考前拍的，怕高考后大家有其他的安排，赵宣城老师安排大家提前拍。

这张照片里周慎之在最后一排左边最后一个位置，那天他在假山那边看书，被江山喊回来。他的校服领口解开了，有些散漫，吊儿郎当，因为他最高，所以站在那个位置。

而沈恬站在第一排右边的最后一个位置，那是距离他最远的地方，她穿着规规矩矩的校服，扎着规规矩矩的马尾辫。

这张相片就定格下来，也是她跟他唯一的合照。

沈恬翻到相片背面，在他的名字那里画了一个爱心。然后拉开抽屉，把毕业照夹在日记本里，她收拾了下抽屉，把日记本锁在了里面，然后把钥匙藏了起来。

周慎之，谢谢你曾闯入我的世界。

时光飞逝，五年后的六月。

甜甜超市已在黎城开了第二家分店，郑秀云开这家分店的初衷是存钱给女儿买房以及存嫁妆。而第一家超市就是用于生活开销以及负担老城区那套房子的贷款月供。

沈恬的爷爷腿脚不便，不放心老人家单独在老家，于是两年前他们把他接了过来。老头有了新生活，就把老家的陈阿姨给忘了，每天在小区里跟人下棋、喝茶、遛狗、聊八卦、听八卦，日子过得逍遥自在。

然后老人家最近就把目光落在毕业一年、刚进出版社工作的沈恬身上，要给孙女找个好老公。

沈恬端着菜出来，把爷爷推到桌旁，道："爷爷，我才刚毕业没多久。"

沈业林拿起筷子，说："你奶奶嫁给我的时候，才22岁。"

"年代不一样啦。"沈恬坐下，跟爷爷面对面吃饭。沈业林夹着菜，吃着儿子做的饭，说道："也是，你24岁连饭都还不会煮，跟你奶奶没的比。"

沈恬咬着筷子："爷爷！"

沈业林看她一眼："难道我说错了？不会做饭你现在有理了？"

"不跟你说了。"沈恬低头吃饭。

沈业林叹口气："唉，爷爷也不舍得你进厨房的，所以要给你找个会做饭的。"

沈恬跟这老头说不下去了，她吃完饭洗了碗就开溜，跑到跟曹露合租的房子。曹露坐在电脑前看公司简介，笑着道："天哪，你才毕业啊，爷爷就想把你嫁出去，好过分哟。"

沈恬抱着抱枕："可不是！"

曹露转过头，趴在椅背上，笑着看她："那怎么办？他真给你介绍，你去不去？"

"不去！"沈恬狠狠放下抱枕！

曹露哈哈一笑："那你要坚定点儿。"

"当然。"

隔天沈恬刷卡走进办公室，小助理拿着一沓稿子进来，放在桌上："沈姐姐，这是最新版的插画，根据您的意思改的，您看看。"

"放着吧。"沈恬扫一眼，把包放下，然后坐下。小助理笑眯眯道："姐，要不要给你上杯咖啡？"

沈恬看她一眼，眨眼："要啊！"

小助理嘿嘿一笑："遵命。"然后她便走了出去。

她在办公室门口碰见了另一个组的组长萧梦，萧梦抱着手臂盯着小助理："你对她那么恭敬干吗？她又不是靠自己实力进来的。"

小助理一听，心里撇嘴，表面上却笑嘻嘻："萧梦姐，再怎么样，沈恬姐都是盛沅老师的学生，又是一级美院出来的，我再怎么样也要给盛沅老师面子吧。"

萧梦眯眼，"切"了一声，转身便走。

小助理也"切"了一声，赶快去准备咖啡。

沈恬接过咖啡开始工作，审稿，看稿，一整天忙下来才有空看手机。而老头给她打了好几个电话，微信上也是一连串的消息。

爷爷：在吗？

爷爷：在吗？

爷爷：在吗？

爷爷：在吗？

沈恬叹口气，手支着脸，给老头回了个语音："爷爷，您有事就说，不要一直打在吗在吗在吗。"

爷爷："哦，懂了，那我直说了，今天下班了去见个小伙子吧。"

沈恬一脸无奈，笑眯眯："爷爷，我要加班。"

爷爷："哦，行，那明天。"

沈恬："……"

接下来的几天，沈恬都以加班为由推掉了爷爷强制安排的相亲，但到了周六日就没办法了。

陪着老头吃完饭，沈恬就去了甜甜超市。沈昌明见她气嘟嘟地进来，给她拿了一片西瓜，揉揉她的头："怎么了？"

沈恬咬着西瓜坐在收银台边，说道："爷爷老让我去相亲。"

沈昌明一顿："你别搭理他。"

郑秀云擦着冰箱上的水，看她一眼，道："你如果不答应，他能一直安排，不如就去见一面，敷衍一下。"

沈恬把西瓜皮扔在垃圾桶里，看着郑秀云："妈，你别也是想我嫁出去吧？"

郑秀云瞪她一眼："我有这个意思吗？你房子的钱我还没存到，就让你嫁？"

"不用，我自己能买。"

郑秀云翻个白眼："你行，你厉害。"

沈恬撇嘴，用手支着下巴，有些烦恼。

郑秀云说道："老头子也是好心，估计是没什么事做，又成天跟别人吹有个多优秀的孙女，人家起了心思介绍，他就答应下来了。你去见一面，敷衍一下，让老头子安心。"

沈恬顿了顿，想了想："行，我考虑一下。"

沈昌明笑道："实在为难，爸爸去跟爷爷说。"

"别，不用了。"

沈业林自从不当跌打医生，有时也是很迷茫的，也就这一两年找到了乐趣，偶尔闲下来还是会叹气。如今他注意力在沈恬身上，好像也有了活力。

沈恬也不忍心让爷爷继续唉声叹气，她说："我就敷衍一下吧。"

"嗯。"

又过了两天，沈业林给沈恬发了一个地址，说对方下午 5 点 30 分在餐厅等她，叫什么名字跟其他信息都没发来，沈恬简直不敢相信。

她跟曹露吐槽了下，曹露在海城出差，听着笑了，说道："这下你可以更好地敷衍了，去了以后，假装没找到人。"

沈恬一笑："对耶。"

放下手机，她收拾小包，看了眼身上的套装，衬衫跟短裙。可以了，很职业。她跟小助理说一声，随后便出门，按着老头说的餐厅地址，来到那间咖啡厅。

沈恬推门进去，在轻柔的音乐声中，她拐个弯往里走，远远地就看到一个男生坐在那儿，他穿着黑色 T 恤，一手搭在桌面上，拇指轻轻地摩挲着尾戒。

沈恬脚步微顿，她好像看到了他——周慎之。

她抓紧了小包的肩带，抬眼左右看着这个咖啡厅的其他座位。可此时，其他座位没什么人，就算有，也要么是情侣，要么就是几个女生凑在一起，只有他那个位置是单人的。

她急忙拿出手机，点开微信信息。老头又发了一条信息过来。

爷爷：黑色衣服！12 号桌！

沈恬唰地抬眼，看到他餐桌边上的号码。

她又是一愣。

这时，他抬起眼，看了过来。沈恬下意识地紧捏肩带，走过去。周慎之换了个姿势，往后靠，看着她。沈恬拉开椅子，坐下。

五年未见，他五官更加分明，桃花眼微挑，有几分冷淡。

那一刻，他就像是被一台时光机器送到了她面前，令她不知所措。

沈恬张了张嘴，许久，她微微一笑："你好，我是沈恬。"

"周慎之。"昔日清澈的嗓音变得低沉了一些，稍显冷漠，他朝她伸出手。

沈恬愣怔地看着那只修长的手，咽回了那句"好久不见"。

也咽回了那句："你还记得我吗？我们高三时是同学，我是沈恬……"

那段岁月，在他那里，变成了灰尘吧。

第二十三章

Chapter 23

安静几秒，就在沈恬犹豫着要不要伸手跟他握一下的时候，突兀的手机铃声响了。

周慎之拿起手机，看了一眼接起来，那头的人不知说了什么，他回道："好，我知道了。"

"沈恬。"他挂断电话后，喊了她一声。

沈恬唰地抬起眼，男生眼底隐露了几丝笑意，眼眸深邃，他说："我公司临时有事，我们加个联系方式，下回再约？"

沈恬一顿，急忙点头。她点开手机微信二维码，递了过去。

周慎之举起手机，扫了码，点了点头，然后起身，说道："我点了咖啡，你如果不忙可以再坐会儿。"他的声音依旧好听。

沈恬"嗯"了一声。而他的手机再次响起，他看一眼手机，接起来，余光看她几秒，这才朝门口走去。

男生拉开门走后，沈恬呆坐在原地，好像做了一场梦，他突然出现，但又匆匆离去。

直到她点开手机，看到"Sz 请求添加你为好友"，才如梦初醒。

她相亲相到了曾经暗恋过的那个人！

黑色 SUV 开上马路，周慎之空出一只手戴上蓝牙耳机，修长的手转着方向盘，开上另一条路。

中控屏幕亮了起来，有个号码打进来，他按下耳机接听键。

屏幕一跳，陈远良的声音从耳机里传来，笑道："兄弟，今天第一次相亲感觉如何？哈哈，没想到你周慎之也需要相亲！"

"应付奶奶罢了。"周慎之嗓音略低。

"那感觉如何？"陈远良语气里全是八卦。

周慎之专注地看着前方的路况，沉默几秒："我见到沈恬了。"

"什么？"陈远良蒙了一下，随即反应过来，"等会儿，你别告诉我，你的相亲对象是沈恬?!"

"正是她。"

陈远良在那头一通感叹："你们这是什么缘分，不对，现在的父母都怎么了？都这么迫切吗？"

他手肘搭着车窗，懒懒地靠着，没应，指腹抵着下巴："我突然觉得，或许，结个婚也可以。"

陈远良在那边像被人掐住了脖子，卡住了。半天，他才反应过来："你说什么？你不是说应付奶奶吗？你甚至都打算找个人假扮女朋友，然后哄骗奶奶，让她老实一段时间，你现在这是啥意思?!"

车子停好，周慎之往后靠，脑海里浮现出沈恬在咖啡厅里坐着的样子。他支着额头，指尖在方向盘上点了点，说："陈远良，我见到她以后，不知为何，我觉得如果是娶她，我能接受。"

陈远良："啊？"

哥们儿，你这太突然了！太突然了！

那杯咖啡，沈恬没喝，打包了，然后回到跟曹露租的房子，她在沙发上瘫坐一会儿，拿出手机给曹露发视频。

曹露很快接起来："如何？人见到了还是没见到？"

沈恬看着一身制服的曹露，眨了眨眼："你可能不相信，跟我相亲的对象……是周慎之！"

"你相亲对象是周慎之怎么……"下一秒，曹露喉咙一卡，接着震惊，"你说什么?!周慎之！你确定？你确定没看错？"

沈恬点头："我又没瞎。"

曹露不敢置信，整个人蒙了："他为什么相亲？"

沈恬抓过抱枕压在怀里："不知道，我跟他对话不超过三句，他就先走了，而且我觉得他似乎不记得我了。"

"不会吧。"曹露还是很蒙，"他没说别的？"

沈恬摇头，她把当时的情形跟曹露说了。曹露拧眉："很冷漠？没有任何寒暄？"

"嗯。"

曹露沉默了一会儿："那或许他也跟你一样，并不想参加这个相亲，所以抵触，看到你以后也没认出来。不过，他是失忆吗？也就五年而已，又不是五十年！"

沈恬没吭声，她揉着抱枕，呆愣愣的。

曹露看她这样："算啦，就当一次偶遇。"

沈恬点头，是。不过是一次意外的偶遇。

曹露那边要忙了，沈恬就不跟她多说了。挂断电话，老头的信息就发过来了，估计会询问今天相亲的细节。

沈恬一个头两个大，她决定逃避两天。于是，她给沈昌明打电话，说这两天要加班，不回去陪爷爷吃饭了。

沈昌明一听："在出版社加班还是在家里加班？"

沈恬："家里。"

"那我等会儿给你送饭，你下来拿，别吃外卖。"

"好的爸爸，那你记得给爷爷也送饭，他要是问起我，你就说我很忙，相亲细节后续再跟他说。"

沈昌明还有什么不明白的，女儿这是被老头搞怕了，沈昌明："好！"

挂了电话，沈恬起身去收衣服，把曹露的衣服叠好，放进她的衣柜里。曹露的工作挺爽的，是酒店试睡员，给各种大酒店找碴儿，工作出差基本就是吃喝玩乐，酒店服务一条龙。

有时沈恬在对稿对得头昏眼花的时候，就特别羡慕曹露的这份工作。她打开电脑，继续白天在办公室没忙完的工作，新一批少儿读物对于插画的要求更严苛，多了好几个"不准"。

晚上9点30分，沈恬合上电脑，拿起睡衣去洗澡。她吹干头发后，靠在床上，抱着抱枕刷微博。

脑海里偶尔闪过今天见他的画面，他看似变了，又没变，不知尾戒还有没有戴着，刚才匆匆忙忙通过他的好友申请后，沈恬就给曹露打电话了，没去关注他的头像。

她立即点开微信软件，往下拉。他的头像是一只德牧犬，他弯腰用手揉着它的头，手指修长，骨节分明。尾指上还是有个黑色尾戒，只是被遮挡住了一些。

他好像很喜欢动物。QQ头像是一只可爱的小猫咪，微信头像是一只憨厚的德牧犬。

Sz：沈恬？

这信息一来，沈恬手一抖，不敢置信地看着。

他接着发了语音过来，嗓音低沉："是记得我，还是忘记了？"

沈恬回过神，坐直身子，编辑回复。

沈恬：记得。

沈恬：周慎之。

他眉梢微挑："幸好还记得。"

"好久不见。"

沈恬指尖一顿，许久，她回："好久不见。"

又过几秒，他低沉的嗓音再次传来："今天确实挺意外，本想聊聊，但确实是有事，很抱歉。"

"没事。"基本他说一句，她回一句。

他轻笑了声："还是抱歉的，这周日你有空吗？我们再约一次吧。"

沈恬指尖一顿，半响，她按着语音："我得看看要不要加班。"

"没事。"他好听的声音再次传来，"你有空了通知我。"

沈恬："好。"

"晚安。"

沈恬急忙回："晚安。"

屏幕就这么安静下来，沈恬不敢置信地滑着屏幕，上上下下地滑着，真实的聊天记录，真实的声音。

而她刚才说了啥？周日可能要加班？虽然有可能要加班，但是……

啊！

唉，算了。沈恬放下手机，躺下，抓起抱枕挡住脸，接着在床上翻来覆去。后来，她唰地坐起身，拿起手机给爷爷打电话。

那头老头见到来电，故意挂断。沈恬错愕，一秒后，她点进老头的微信。

沈恬：爷爷，孙女错了！

沈业林也傲娇不了多久。

爷爷：错哪儿了？

沈恬：晚上没去陪你吃饭！

爷爷：还有呢？

沈恬：没有给你报告相亲进度。

爷爷：行吧，知错能改善莫大焉！

沈恬见他松口，立即给他拨电话过去，这次老头很快就接了，问道："怎么样？怎么样？那老婆子说她孙子很优秀，好多人喜欢的，她是看我面善才介绍给我孙女的，我说我是看你急切才把我孙女介绍给你孙子的，你看着，那人优秀吗？好看吗？值得喜欢吗？"

沈恬愣了几秒："是他的奶奶吗？"

"对啊。"

"爷爷，你怎么会认识他奶奶?!"

老头说："上次那老刘啊，不是搬新家吗，跟我吹他新家小区多厉害，让我去看看，我就跟着去看。"

"好家伙，都是别墅区，老刘家旁边那别墅装修得跟什么似的，我就在那门口看了好一会儿，那老婆子就出来瞪我几眼，我看着她那态度也不好，两个人就起了口角，后来吵着吵着我就夸你来着。"

"然后，她也不甘示弱，就夸她那孙子啊，夸得哎哟……恬恬，你跟爷爷说，他怎么样？如果不行，我们就换下一个！"

沈恬简直一脸玄幻，她张了张嘴。

老头接着说："我看啊，肯定不太行的，要是真有那么好，那老婆子能那么急切？"

"爷爷明天再给你找一个！"

"爷爷，等等，等等。"沈恬声音低了些，"先别找吧，最近我有点儿忙，要加班，您再等等啊，等我忙完。"

老头听着："行吧，那今天那人是不是挺丑的？"

沈恬沉默几秒："不会，蛮好看。"

老头小心翼翼地问道："那……挺喜欢的？"

沈恬头皮发麻，立即回道："没有没有，爷爷，我睡了。"

沈业林一看时间："哦，对，快去睡。"

挂掉电话，沈恬呼一口气倒在床头靠着，她闭了闭眼，许久，才拉了被子缩进被窝里，睡觉。

这周最后两天挺忙，上面总编一直在催，画师把稿子改了又改，每一版沈恬都得亲自查看，连标点符号都得拿放大镜揪出来。

小助理差点儿在头上绑上"努力奋斗"四个字。她给沈恬冲了一杯咖啡，说："沈姐姐，咱们这次肯定得交个漂亮的卷子。"

她努嘴："免得有些人老盯着我们。"

沈恬喝一口咖啡，看她一眼，道："没事，盯着就盯着吧，不会少块肉。"

小助理："您心真大。"

手机就在这时响起，沈恬拿起来一看，他发微信来了。她指尖一顿，点开。

Sz：周日有空吗？

沈恬下意识地看了眼桌上的日历，想起爷爷跟他奶奶那离谱的相识过程，他会不会也是被逼的？既然他们认出彼此，她好像也没必要躲躲藏藏了。躲得多，反而令他生疑。

沈恬：有空。

Sz：好，一起吃个饭。

沈恬：嗯。

周日下午，沈恬挑了一个多小时的衣服，最后索性选了一条紧身牛仔裤跟一件白色 T 恤，她没怎么化妆，只描了眉，涂了浅色系的唇膏。那些浓墨重彩似乎更适合关珠云。

久违地想起这个女生，沈恬仍觉得她的形象那么鲜活、艳丽。

她背上黑色的小包，启动轿车，往周慎之订的餐厅开去。他订的这个餐厅是这片区域出了名的西式餐厅。

沈恬停好车，上楼，踏出电梯，服务员在前面引路。沈恬一眼就看到了他，他穿着黑色 T 恤跟牛仔裤，靠着椅背慢条斯理地翻着菜单，眉眼被灯光照射着，有几分散漫、几分冷峻。

沈恬揪紧小包，然后走过去，闪进他前面的座位，坐下。

周慎之抬起眼眸，定定地看着她。

沈恬放下包，抿唇，坐直。就这样，彼此对视几秒。

蓦地，周慎之放下菜单，唇角微勾："沈恬。"

沈恬眉眼一弯，立即回应："周慎之大佬。"

他有些错愕："你喊我什么？"

第二十四章
Chapter 24

沈恬咳一声，笑道："我听曹露经常这样喊你。"

他把菜单推给她，道："但你没这样喊过。"

沈恬一顿，原来他也记得某些事情、某些细节。她也不算雁过无痕。

"你看看想吃什么。"他修长的指尖轻点了下菜单。

沈恬接过来，翻开，点了一份牛排。周慎之给她加了一份甜品。

点完餐，服务员走后，就有几分安静，而楼下是斑斓的夜晚，很美。

这桌子，对面就是他，沈恬总忍不住想看他的眉眼。周慎之回复了一条信息后，放下手机，抬眼看她。女生变化也不大，除了五官长开了些，眉毛细了，还是曾经那副可爱、温柔的样子。

他轻抚着尾戒，问道："沈恬，你什么时候开始相亲的？"

沈恬一听，顿了顿，摇头："没有，前几天是第一次。"

"巧了，我也是，第一次。"周慎之眼底含笑，他指腹摩挲着尾戒，有几分散漫。

沈恬迟疑地道："你怎么会相亲啊？"你需要吗？你不需要啊。

周慎之放下了手，一手搭在桌上，说道："我奶奶安排的，老人家前段时间做了个小手术，术后总有阴影，怕会复发，就希望有生之年能亲眼见到我结婚。"

沈恬"啊"了一声。他抬起眼眸，看着她："你呢？"

沈恬低声问道："奶奶现在身体好吗？"

"还不错。"他这样看着她，沈恬总想挪开视线，她说道："我也是爷爷安排的，我爷爷没事做，就想给我找对象。"

周慎之点头："哦。"

他语气很轻："这样。"

餐食上桌，两个人开始吃东西。沈恬第一次距离他这么近吃，所以很注意形象。沾一点儿在唇边，她就小心地弄掉。

他在对面，喝了几口咖啡，目光落在她脸上，问道："这几年过得怎么样？"

沈恬咽下牛排，抬眼："挺好，你呢？"

周慎之咽下咖啡，说："也挺好。"

沈恬看着他微挑散漫的桃花眼，有点儿想问："秦麦跟关珠云好吗？"但她这样问似乎也不好，她犹豫了下，还想问什么。周慎之拿着纸巾擦拭唇角，看着她，说道："沈恬。"

他的嗓音是真的很好听，这样喊她更好听。她心跳有些快，"啊"了一声："怎么啦？"

周慎之笑问："爷爷还会给你安排相亲吗？"

沈恬捏紧刀叉，思考了一下道："他还没死心，肯定还会再安排的。"

周慎之"嗯"了一声："我奶奶也还没死心。"

沈恬眼里流露出同病相怜的意思。他轻笑了声，坐直了，手肘支着桌面，桃花眼带了几分温柔地看着她："要不，跟我结婚吧？"

沈恬心陡然一跳，跳得脑袋一片空白。她不敢置信地看着他。

周慎之见她这样，眉梢微挑，微眯了眼："你有喜欢的人？"

沈恬立即摇头。

周慎之见状，深邃的眼眸散去犀利。他说："奶奶年纪大了，她怕是不会死心的，我想过很多办法，但最后觉得，还是顺她的意思吧。"

沈恬整个人都是傻的。她是万万没想到，万万没想到。她此时很想抓着曹露给她咬一口，感受一下是否有真实感。

周慎之看她这样，手支着下颌看她几秒，随后说道："是有点儿突然，要不，你回去考虑一下？"

沈恬点头："好！"

买完单，周慎之送沈恬去开车。沈恬的轿车是郑秀云买给她的代步车，一辆白色的宝马。

周慎之给她拉开车门，沈恬耳根泛红。坐进去后，她斟酌了几秒，探头问道："周慎之，你有喜欢过人吗？"

按着门的男生低头，桃花眼在黑夜中也是微挑，他看着她，唇角勾了下："没有。"

沈恬一愣。

周慎之反问："你呢，有吗？"

沈恬咽了下口水，拽着安全带摩挲，她小声地"嗯"了一声。

周慎之眼眸微眯，沉默地看着她。

沈恬小声地道："都是过去的事情了。"

周慎之听着，"哦"了一声，随后给她关上车门，他手插着裤兜，后退："慢点儿开。"

沈恬看着他，"嗯"了一声。随后，她启动车子。白色轿车开出去，她看一眼后视镜。周慎之目送她走后，转而走去那边开车。

一辆黑色霸气的SUV。沈恬收回视线，按着心跳把车开上大路，车子回到小区楼下，她拎着小包上楼，踢掉鞋子进门，就看到曹露坐在沙发上敷面膜。

沈恬跑过去，直接扑坐在曹露的对面。曹露撕下面膜，看着她：“怎么了？”

沈恬眼睛亮闪闪，她斟酌了下，说道：“我今晚跟周慎之吃饭了。”

“啪”。曹露的面膜掉到地上：“什么?!”

沈恬接着道：“他说，他想跟我结婚！”

“啪”。曹露掉到地上。

沈恬赶紧伸手拽她，曹露回过神，抬手搭着她的额头：“你是不是发烧了？还是产生了什么幻觉？”

沈恬拉开她的手道：“不是幻觉，都是真的。”

曹露坐回沙发，她屈膝坐着，表情开始认真起来：“你好好说，认真说。”

沈恬把这段时间发生的事情告诉了她，曹露一脸不可思议，说：“你们去吃饭，我信；但是他说这个话，我怎么就那么不信呢。”

沈恬抱着抱枕，揉来揉去，说：“我自己也不信。”

两个人安静下来，屋里没开电视，就更安静了。沈恬往后靠，感觉像梦一场，曹露弯腰擦拭地板上的水迹，擦干后她靠着椅背也开始发呆，这事情太玄幻了。

许久，曹露说：“你说，他会不会是受了情伤，才想要结婚去忘掉上一段感情？”

沈恬唰地看向曹露，说：“我今晚问了，他说他没喜欢过人。”

曹露唰地也看向沈恬，盯着沈恬，捏着她的脸，左右看：“那，他这是长眼睛，爱上我们甜甜了？”

沈恬的嘴巴被她捏得噘了起来，含混道：“你觉得可能吗？”

他那样的人，会一眼爱上某个人吗？他身边有多少耀眼的女生。相信他这点，不如相信他受过情伤，想找个不爱的人度余生。

曹露松开她，也抓过抱枕道：“也不是没有可能的，有时一个念头起了，就会像藤蔓一样疯长。”

“他应该很孝顺，否则不会去见连个名字和相片都没有的你。见过你以后，发现居然是同班同学，而且还是这么可爱的你，这念头就噌噌地长，越长就越觉得合适。”

她比画着。沈恬睨着她：“我信你就有鬼。”

曹露哈哈一笑，她搭住沈恬的肩膀：“那你怎么想？”

沈恬摇头：“不知道。”她把下巴抵在抱枕上。

忧愁啊。

第二十五章

Chapter 25

黑色的SUV停下。周慎之关上车门，朝别墅大门走去，手机正好响起，他接了起来："喂？"

"兄弟！你那边现在什么进展？"陈远良这几天就关心这事情。

周慎之推门进去，道："今晚约她吃饭，跟她表达了我的意思。"

陈远良："你跟她提了结婚吗？"

"嗯。"

陈远良："……不是，你是不是因为旱太久了，这几年忙于做项目，所以陡然看到一个顺眼的、舒服的就想结婚啊？"

周慎之脚步微停，看了眼屋里的灯光，转而走到院子里，摸了一根烟，低头点燃。他说："倒也不是。"

他在椅子上坐下来，指尖夹烟，烟雾缭绕。他把玩着，道："突然就觉得，跟沈恬结婚挺好。"

陈远良安静几秒，也去回忆了下关于沈恬的记忆。学生时代的她好像不是特别起眼，但确实是个很舒服、很可爱的存在，眉眼温温柔柔，笑起来眼睛又亮晶晶，像藏了星星，朋友相聚时，她也不主动开口找话题。她被叫到名字的时候经常性茫然，可可爱爱没有任何攻击性，感觉跟她相处，哪怕不说话都不会觉得不自在。

这样一个女生，像细水长流一样。陈远良叹了口气："突然有点儿懂了。"

"不过她怎么说？"这才是重点。

周慎之低笑了声，咬着烟往后靠，长腿交叠："哦。"

"她说考虑下。"

陈远良一听，笑道："完蛋，考虑就是不太可能！也是，你这一重逢就要拉着人家结婚，人家答应你才有鬼。"

周慎之挑了下眉梢。他往前倾，手抵着膝盖，慢条斯理地抽着烟。

待听见身后传来开门声，他便把烟灭了，解了颗扣子起身。家里阿姨看到他回来，赶紧进去通知江丽媛女士。

周慎之走进屋，奶奶已经坐在沙发上抱着手臂看他。他走过去，坐在单人沙发上，喊道："奶奶。"

江丽媛"嗯"了声，看一眼保姆阿姨，保姆阿姨拿过大平板放在桌面上，周慎之看到那平板，支着下巴不语。

江丽媛咳了一声，揉揉喉咙，说道："奶奶又给你找了几个女生，你看看嘛，这都是我那些好友的孙女，知根知底。阿慎，周家就你一根独苗，奶奶做梦都想看到你娶妻，这几天胸口又有些疼了哎！"她揉揉心口。

周慎之坐直身子，拉走老人家的手："奶奶，你别老想着这事情，放松心情。"

江丽媛说道："唉，怎么可能不想，我本想着我怎么也得活到百来岁，看着我的曾孙出生，谁知道啊……"

周慎之握着老人家的手："相片我就不看了。我最近挺喜欢前几天相亲过的那个女孩。"

江丽媛抬眼："谁？哪个？"

几秒后，她反应过来："那个臭老头的孙女?!"

周慎之点点头。

江丽媛愣了，她想起当时是怎么给周慎之打电话的：周慎之，你给我去见个女孩。你给我去看看，那个女孩有没有那个老头吹的那么优秀，你也去给他的孙女看看，我的孙子多优秀！你一定得去，否则我绝食！

她那话赌气成分比较多。没想到，他真去了。去了还喜欢了?！

江丽媛愣了几秒："所以你真喜欢了？"

周慎之点头。

江丽媛猛吸一口气。那老头没骗人？他孙女真那么优秀？

她说："那也行，听那老头说，那孩子是在出版社上班？"

周慎之挑眉，他倒没问这个，只能点头。

江丽媛看着孙子这淡定的表情，有几分怀疑。她说："那你争取，就在这几个月结婚吧，医生说我每三个月要复查一次，每一次复查对我来说都是凌迟！我都怕它再长出来！"

周慎之叹了口气："奶奶，复查是很正常的一件事情，你不要那么恐惧。"

"我不管。"

"你早点儿结婚，有喜欢的那就更要快速！"

周慎之沉默几秒，"嗯"了一声。

隔天周一。

沈恬把稿交了上去，又开了一个会议，上个月一批儿童读物被投诉，现在全面下架，接下来的三个月要整版重改。

时间上比较紧急，总编看着她们问道："谁接？"

小助理蠢蠢欲动想要举手，沈恬让她等等，果然萧梦那边表示要接，她还挑衅地看了沈恬一眼，沈恬神色淡定。总编点头："好，你接。沈恬，你跟《时代周刊》的编辑联系一下，她们要做一次名人专访，你带组去帮忙。"

"好。"

会议结束后，小助理跟在沈恬身后，问道："沈姐姐，为什么不接那个活啊，你不是更懂这块吗？"

沈恬说道："萧梦她们经验也很足啊，不能说我更懂，别人会笑话的。"

小助理一听，"啊"了一声，点点头："但我觉得你的风格，小朋友们会更喜欢。"

沈恬敲了下小助理的额头："市场数据还没出来，一切看数据说话。"

"哦。也是。"

下班后，沈恬开车去接爷爷，把他接到自家超市吃饭。沈昌明把老头的轮椅推到餐桌旁，一家四口坐了下来。

吃完饭，老头去后面看他的鹦鹉。沈恬趴在收银台旁，看看沈昌明，又看看郑秀云。郑秀云给人拿了一包烟，随后敲她额头一下："什么事？"

沈恬犹豫了下，道："妈，你接受你女儿现在结婚吗？"

郑秀云眼眸微眯，盯着她："什么意思？"

沈恬眨了眨眼："就是英年早婚。"

在收拾冰箱的沈昌明也看过来了，郑秀云紧盯着沈恬："你遇见喜欢的人，想结婚了？"

沈恬大学四年，当然有人追。但她没有谈过，一直单着。在高中时期，郑秀云觉得她有喜欢的人，可能会早恋。她做好了叛逆女儿早恋的准备，但迎来的是她的失恋。

到了大学，她希望沈恬在人生最美好的年纪谈一场恋爱，但沈恬也没有，单着直到毕业。这让郑秀云不得不怀疑，她对过去那个人贼心不死，所以颇有几分恨铁不成钢。

如今，她突然问这种问题，郑秀云就警惕了。

沈恬"啊"了一声，摇头："没有呢，就是问问。"

郑秀云："是吗？"

"当然了，就是听说一些同学已经结婚啦，所以问一下。"沈恬找个理由，郑秀云看她几秒："先好好工作吧。"

"嗯。"

"好好工作什么！""咔嚓"一声，老头坐在轮椅上挪了过来，"爷爷这里又有个人选。"

他点开手机："当记者的，就住在我们家小区里，真挺不错的小伙子。"

他把手机放在沈恬的面前，沈恬一家三口沉默了几秒。郑秀云拿起那手机，看了一眼相片，里头的男生长相俊秀斯文，郑秀云碍于公公在，也不好点评，她说："看着还行，你要有空就去见一面吧。"

沈恬瞪大眼睛。那表情在说，妈，又要我去敷衍一下？

郑秀云用眼神看她，你今天拒绝一个明天还要再见一个，要不你说服老头让他别忙活了？

沈恬摇头，她做不到。臣妾做不到啊。

沈昌明脸色有些微怒。沈恬赶紧拉住沈昌明的袖子，让他别发火。

沈昌明叹口气，他清楚父亲如今脆弱的心灵，何况老头确实也无聊，算了，只是可怜自己的女儿。

相片跟那人的信息被发送到沈恬的手机里。沈恬加了对方的微信。

回到住所。

曹露又在敷面膜，沈恬换了鞋瘫在沙发上，曹露放下平板，看她一眼："怎么啦？"

沈恬把手机打开，放在茶几上："爷爷又给我介绍了一个。"

曹露拿起相片看了一眼，上上下下地研究着："我去，爷爷还真不死心啊，不过这个长得还行，挺俊秀的。"

她放下手机，看着沈恬："你现在是前有狼后有虎！"

沈恬拿过抱枕抱在怀里："你说周慎之是狼吗？"

"难道不是？"曹露坐起来，凑过去，看着沈恬，"周慎之大佬我们接触得其实挺少的，但是，他一个学霸，老师眼里的好学生，私下嘛，听说他打架挺狠的。这样一个人，你觉得他简单吗？"

沈恬一顿，看向曹露。曹露耸耸肩，一本正经地道："出了社会，接触的人多了，我就会去琢磨，琢磨琢磨就琢磨出别的想法来。"

沈恬沉默着，她见过周慎之打架。她当时都已经说了报警，关国超等人吓坏了，唯独他反而慢悠悠的，还把关国超按在墙壁上，一点儿都不慌张。

久远的画面浮现，沈恬还是觉得他好帅。

"我的甜甜，你脸红啥？"曹露松开手臂，戳一下她的脸。

沈恬回过神，摇头，有些心虚地道："没有，没有。"

曹露往沙发扶手倒了回去："你去见那个人吗？"

沈恬顿了下："见吧。"

记者的职业跟她的职业有异曲同工之处。

对方叫赵俊为，这次见面还是在上次那个咖啡厅，爷爷对这个咖啡厅很是偏爱。沈恬这次直接穿了一条很普通的连衣长裙，素面朝天，背着个帆布包，扔进人群里会被淹没的那种。

她笑着坐下，赵俊为看到她后颇为失望，这也太普通了吧。他听说她是美术编辑，应该是很时尚、很艳丽的才是啊。

沈恬坐下后，他脸色微变。沈恬一眼看出，心里偷着笑，就这样挺尴尬地坐着。

此时，咖啡厅外。一个穿着黑色衬衫跟西裤的男生一边接着电话一边走过，走了几步，周慎之停下脚步，看向咖啡厅内。

周慎之看到沈恬跟一个男生面对面坐着，位置距离上次的12号桌还挺近。他听着电话那头的人说话，眼眸却落在沈恬的脸上。

他手插进裤兜里，几秒后，转而走向咖啡厅，买了一杯咖啡，随后走了出来，点开手机，点进沈恬的头像。

在沈恬准备开溜之前，手机"嘀嘀"响起。她点开一看，看到"Sz"二字，她惊了下。

点开。

Sz：沈恬，考虑得如何？

Sz：今晚一起吃饭？

不知为何，就两条信息，沈恬感觉到了压迫感，她犹豫了几秒，在九宫格上点点。

沈恬：今晚可能没空呢。

Sz：好，你什么时候有空，跟我说。

看到这信息，沈恬松了一口气，随后跟赵俊为告别，接着转身就走。出了咖啡厅，沈恬是真生起了一个念头：干脆结婚算了！

她驱车回到住所，曹露正在吃泡面，看到她，立即问道："怎么样？"

沈恬也去拿了一桶泡面，坐在桌旁撕开来，她支着脸："好累，不想再见什么人了。"

曹露嗦着面，辣得嘴巴红通通的，说："那你跟周大佬结婚算了！"

沈恬一顿，接着，继续撕开调料包。

隔天，老头在电话那头骂赵俊为，说他嫌弃自己孙女不够时尚。老头叭叭地道："什么人嘛！没眼光！"

沈恬打着哈欠，把手机放在桌上，在电脑上修改封面排版，说道："那爷爷能不能别再给我介绍对象了？"

沈业林叹口气："爷爷会再给你找一个更好的！"

沈恬滑动鼠标的动作一顿："爷爷！"

沈业林小声地道："好想看我孙女穿婚纱啊。"

沈恬："……"

几分钟后，她挂断电话，支着下巴，唉声叹气，叹了一会儿，又打起精神，继续排版。快下班前，手机有个微信提示音响起。

沈恬点开，是周慎之。她心猛地一跳。

他发了一条语音过来："沈恬，今天有空吗？"

他停了几秒，又发一条，嗓音带笑："可别再找借口拒绝了，不然我去你单位抓你。"

第二十六章

Chapter 26

沈恬本想回他，让他别来，后来反应过来，他不知道她工作单位，瞬间就明白他在开玩笑。

她故意回复："来啊。"

几秒后，那头男生轻笑了声："你单位在哪儿？哪个出版社？"

看吧。

她看了眼日历，心想一直逃避也不是办法，她既然答应他说要考虑，那也要给他个答案。于是，沈恬跟他说，晚上有空。

他回复说好，并订了个餐厅，把餐厅位置发给她。

第三次见面了。沈恬驱车回家，换了一条浅色系的裙子，简单大方。她给曹露发信息汇报。

曹露：哦，知道，你们第二次约会。

沈恬：……才不是呢。

曹露：穿好看点儿，性感一点儿，穿那条黑色的紧身裙！要么穿那条红色的吊带裙！

沈恬当然没有听曹露的，她下楼驱车前往餐厅。他订的这家餐厅换了个地方，是一家星空顶餐厅，有满天的星星。沈恬一走上台阶，就看到他支着下巴，漫不经心地转着打火机。

沈恬仿佛看到高中时期的他。她顿了顿，其实她以前学过他转笔，不过，并没有学会。

打火机转了一圈，周慎之放下，撩起眼皮，就看到不远处站着的女生，他顿了几秒，勾唇，起身，给她拉开椅子。

沈恬呼一口气，走过去，坐下。他松开椅子，身上仍带着淡淡的桂花香。

他走到对面坐下，拿起菜单："塞车吗？"

沈恬说："刚出单位那一段塞了会儿。"

周慎之点头，拿起柠檬水倒了一杯，随后放在她手边，沈恬目光落在他尾戒上几秒，才收回来。

"想吃点儿什么？"他把菜单推给她。

沈恬接过来，看了看，点了两个菜。这是一家粤菜餐厅，沈恬喜欢吃糖醋排骨跟卤味。周慎之看一眼她点的，给她加了一份焦糖布丁。

点完菜，沈恬斟酌了下，问道："你一定得结婚吗？"

周慎之放下杯子，看着她神情犹豫，他点头："是。"

沈恬呼吸一顿，周慎之指尖轻轻地弹着杯沿："你不必为难，如果你确实不想结婚，那我只能再等等了。"

"等什么？"

他定定地看她几秒："等看看，你之后肯不肯结。"

沈恬心狠狠一跳，她说："你会不会喜……"

她想问你会不会喜欢我，但她还是问不出口。

周慎之放下按着杯沿的手，说道："沈恬，其实在跟你相亲之前，我奶奶已经给我看过无数女生的相片，我一直不肯去见她们，而见你其实是个意外，看到你出现在咖啡厅里，我就起了顺着老人家、跟你结婚的念头。"

"或许你觉得，我挺突然的。不过在我这儿，我是经历了不少，才定下来的念头。"

沈恬咬了下唇，说：“或许以后，还会有人让你想结婚。”

她这话有点儿变相拒绝。周慎之支着下巴，桃花眼微挑：“嗯？如果有，为什么不是在你之前呢？”

沈恬心口猛跳，他在说什么情话！！

不一会儿，餐食上桌。沈恬刚才聊天时一直喝水，周慎之拿起水壶又给她倒了一杯：“别喝太多，等下还有汤。”

“嗯。”沈恬有点儿窘。

两个人正准备吃饭时，周慎之放在桌面上的手机响了，铃声来势汹汹，他接了起来，下一秒，男生脸色微变。沈恬看他脸色，筷子都停顿了。

周慎之放下手机，看着她：“抱歉，家里临时有事，你先吃，或者叫个朋友来陪你吃。好吗？”

沈恬也有些紧张：“你家里发生什么事了？”

周慎之顿了顿，看着她宛如星星的眼睛，道：“奶奶住院了。”

沈恬“啊”了一声，她整个人都紧张了。

她说：“那你赶快去。”

“嗯，走了。”他起身，拿起桌面上的车钥匙，转身就朝门口走去，他走之前，去了收银台先买单。

他走后，沈恬坐立不安。最后她还是叫服务员打包，也离开了餐厅。

晚风徐徐，沈恬启动车子，回了住所。

进了屋里，曹露回来了，看到她：“咦，怎么打包了？你没吃？啥情况？”

沈恬把打包袋放在桌子上，瘫坐在椅子上，说道：“他奶奶突然住院，他赶去医院了。”

曹露“啊”了一声，她拉开椅子坐在沈恬对面：“看来他说是因为奶奶，所以想结婚的事情是真的。”

沈恬点头：“真的。”

“我刚才是不是应该跟着去看看啊？”

“你看啥，去了你跟他什么关系？”

沈恬：“也是。”

随便吃了几口饭，沈恬坐在沙发上就开始发呆。曹露洗了澡出来，看她这样，坐在她身侧，戳戳她的脸："发什么呆？你是不是在想，要不要答应他？"

沈恬回过神，看着曹露。曹露盘腿坐到沙发上，擦着头发，道："甜甜，大学的时候，很多人追你吧？"

沈恬点头。

"可你都不喜欢对吗？"

沈恬又点头。

曹露："都说年少时不能遇见太过惊艳的人，你这就是！"

沈恬想起他今晚转着打火机的样子。其实当时前后的桌子，几个聚会的女生都在偷偷看他，他今晚穿着很简单的白T恤跟牛仔裤，也那么引人注目。

她点头："是，看到谁都要跟他比一下。"

"就是。"曹露点头，"所以你现在的纠结我能理解，不过我可不会劝你答应他，只能说你自己想。"

沈恬看着她："你呢？如果是你？"

"答应！"曹露很爽快。

沈恬愣了下："为什么？"

曹露摊手："我要为我自己的爱情买单啊，我曾经那么喜欢一个人，有机会跟他在一起，我为什么要犹豫？"

沈恬唰地站起来，她抓着枕头往曹露那儿压去："你说得有道理啊！"

曹露抱住她："哎，这是我的想法，不是你的。"

"不，其实我第一次就动摇了！"沈恬笑眯眯地说道，或许现在的她，跟高中时期那个努力考上重点班追寻他的她不同，但她还有些没变的地方，就是勇于面对自己的内心，热烈勇敢地去追寻内心想要的。

曹露看着她笑眯眯的样子。心想，救命，但愿最好的甜甜不会被辜负。

睡前沈恬靠在床头，犹豫着要不要给他发个微信，问问情况。

这时，她的手机响了，心灵感应似的。

Sz：睡了吗？

沈恬立即回复："刚准备睡。"

周慎之也回了她语音，嗓音悦耳："好。"

"奶奶只是需要做个小手术，你不必担心。"

沈恬一听小手术，好像他之前说过，奶奶已经做过一次，现在又做？

沈恬按着语音："奶奶怎么……又要做？是复发了吗？"

周慎之："检查到另一个地方也长了，医生认为切掉比较好。"

沈恬顿时挺忧心的。

周慎之："你早点儿睡，晚安。"

沈恬："晚安。"

第二十七章

Chapter 27

隔天。沈恬刚到办公室，《时代周刊》的主编助理就探头进来，笑眯眯地询问："沈姐姐今天有空吗？"

挂好小包，沈恬转头，笑道："有空。"

"那正好，我们今天要去做个采访，沈姐姐跟我们一起去吧。"

沈恬点头："好啊。你等我几分钟，我准备一下。"

"好的。"主编助理比个"OK"的手势，随后便离开。沈恬叫了自己的小助理进来，让她准备资料，尤其是往期《时代周刊》的杂志，小助理应了声。

8点40分，沈恬带着小助理坐上《时代周刊》项目组的商务车，跟她们团队打了下招呼，随后坐在最里面。她们的主编转头看沈恬一眼，说道："这期麻烦你了。"

沈恬点头："不客气。"

"小叶，把被采访人的资料递给她。"主编说道，就转回身。

不一会儿，被采访人的资料就递到沈恬的手里，沈恬翻开，里面是江氏医疗集团的研发教授卫宇。此人曾提出"AI①手术比人精准"的理念，并在植入式心脏起搏器这一研究领域有卓越的成绩。这次是他第一次接受采访。

小助理凑在沈恬身边："哇，这是大牛啊。"

沈恬点头："是啊。"

车子抵达江氏的科研基地，占地面积一望无际，江氏是黎城四大家族之一，财力雄厚毋庸置疑。

车子停下后，沈恬跟小助理下车，跟上她们团队，上了楼。这一行人不少，出了电梯，主编上前跟前台说明身份，前台的接待人员看了眼电脑上的预约，点头道："你们稍等几分钟，卫教授的助理会过来带你们的。"

"谢谢。"

于是，大家便站在前台等待。

这时，一个穿着白大褂的男生带着两个人走了出来，跟另外一个拿着文件的人做交接，那白大褂男生眼眸低垂，桃花眼微挑。

"你们看！"《时代周刊》陈主编的助理叫了声，沈恬从手机上抬眼，顿时顿住，那站在不远处的男生竟是周慎之。

他修长的指尖翻着文件，听着对面的人在说话，侧脸棱角分明，此时远远看去，竟有几分疏离感。

陈主编的助理掩嘴道："周慎之！华大生物医学教授廖彦的爱徒，华大科研所的工程师，主编，咱们以后要采访他！"

陈主编看着那男生："他看着很年轻。"

助理掩嘴说道："他很牛的，在校期间就专攻脑支架，现如今心脑血管方面的支架很多都出自他手。"

沈恬的小助理眼睛瞪大："哇，帅气又优秀啊。"

沈恬紧握着文件袋，看着那站在不远处的男生，她不知道他这些年，竟这么厉害了。

这时周慎之把文件递给身后的人，手插大褂外套跟那人点了点头，随后转身，正好看到了她们，也看到了一行人中站在一旁穿着衬衫跟及膝裙的沈恬。她今日的低马尾辫还夹了个蝴蝶结，衬得她更温柔。

---

① 人工智能（Artificial Intelligence），英文缩写为 AI。

猝不及防跟他的视线对上，沈恬咽了下口水。

周慎之视线没在她们这边停留很久，他看沈恬几秒后，侧过头跟身边的人询问了什么，几秒后，他点点头，然后又说了些话，就走了。

而跟他说话的那个男生留下了，他笑着跑过来，说道："大家先坐会儿吧。小筱，给客人倒几杯咖啡。"

前台顿了顿，"哦"了一声，立即忙活着去倒咖啡。陈主编对那男生说道："谢谢啊。"

随后，她们一行人在一旁的待客区坐下，男生把咖啡一杯一杯地放在她们的面前，说道："卫教授可能还需要十来分钟，麻烦大家再等等。"

陈主编接过咖啡，说道："好的，应该的。"

沈恬也拿到了咖啡，她往咖啡里加了点儿糖。男生看大家都拿了，就让她们安心再等等，随后就走了。小筱回到前台站着，看了她们几眼。陈主编的助理"哇"一声，掩嘴凑过来道："态度突然好好啊，比那前台好多了，不愧是周慎之大佬。"

小助理也是一副迷妹的样子："又帅又厉害，还这么和气，他肯定被好多人喜欢，连我都要喜欢了。"

沈恬喝一口咖啡，捏了捏杯沿。无论什么时候，他还是被好多人喜欢呀。

陈主编沉默几秒，道："小叶，你留意一下他，看看后期能不能采访到他。"

小叶点头："遵命。"

小叶接着道："他好像还没接受过任何采访，去年毕业演讲的时候，他有上台，后来《青年杂志》约他，没约到。"

陈主编点头："好，我们争取做第一个采访他的。"

"嗯嗯。"小叶兴奋得直点头。

又坐了十来分钟，卫宇教授终于忙完了，一行人便被请进会客室，卫教授戴着一副厚重的眼镜，坐在前方。

沈恬打开笔记本，一边听着她们的采访内容，一边给稿件调色。她希望能做一个图片色调跟卫教授整个人气质相契合的封面，盛沅老师之前说过她很会捕捉色彩，于是他才收她为徒。

其间，周慎之带着两个人曾从会客室门口走过，他没有看进来，但沈恬看到他了，她顿了顿，看了几秒就挪回视线，专心调色。

下午六点多，陈主编请客，大家找了家火锅店聚餐。一行人累了一天，吃着肉，配着饮料，吃得很快乐。

吃完晚饭回去，沈恬一身的火锅味，赶紧钻进浴室泡澡，随后，她擦着头发坐到电脑前，点开网页，搜索周慎之。

很快，她就在国际医疗论坛网上，看到周慎之发表的论文。大学四年，他的论文一共四篇，但下载量超级高。

沈恬支着下巴，盯着看了好一会儿，门口一响。

曹露挂好包包进来问道："甜甜在干吗呢？"

说着，她凑过来，撑着桌子一看："嗯？周慎之？"

沈恬点头。曹露立即拿着鼠标往下滑动："我看看……"

"救命，他怎么那么牛了?! 哇，科研所啊！他进了科研所，这得破格录取吧。"曹露震惊得眼珠子都要掉了，"甜甜，你要嫁的是个什么样的人啊！"

沈恬叹口气："这差距是越来越大了。"

曹露松了鼠标，她捏着沈恬的脸："宝贝，你记住，就算他很牛，他也是个男人，需要结婚、需要吃饭、需要生孩子，会被世俗给绑住。他不是天上的仙，咱们还是够得着的，所以别叹气！"

沈恬嘴巴被她捏得嘟嘟的，她拍开曹露的手。曹露指着她："不许自卑，要结婚的人是他，又不是你，说来，肯点头跟他结婚，你还帮了他呢！"

沈恬："知道啦。"

"不过你怎么会突然查他的资料，他告诉你的？"

沈恬摇头："不是。"

她把今天在研发基地发生的事情告诉曹露，曹露一听，摸着下巴："看来他看到你们了，尤其是看到你，才给你们准备咖啡的吧。"

沈恬转去沙发上瘫着："怎么可能？"

曹露"啧"一声："话说，你什么时候跟他说，答应他？"

沈恬抱起抱枕："不知道啊，我是做好准备了，可也得等他开口啊。"

曹露："那你就等他开口。"

她进屋去拿衣服："我去洗澡啦！"

沈恬："去吧去吧。"

夜深，沈恬靠在床头。老头又给她发了几个男生的相片。

爷爷：这个怎么样？

爷爷：穿黑色衣服的这个呢？

爷爷：要不选这个糙一点儿的，能保护你！

爷爷：男人啊，还是要壮硕一点儿，你看他那些肌肉，爷爷看着都觉得有安全感！一看就是一个能打俩，很好，就这个吧？我去帮你约。

沈恬：爷爷！等等！

爷爷：等什么等？再等黄花菜都凉啦！这么壮硕的，肯定很多人喜欢。

沈恬真是欲哭无泪。

沈恬：爷爷，我不喜欢这么糙的。

爷爷：不喜欢？那前面那几个呢？这个宠物医生呢？或者这个小俊帅的，恬恬，你心里有什么目标吗？告诉爷爷！

沈恬：我有点儿困了，爷爷。

爷爷：哦，你在找借口不搭理我，你微博账号还在线呢！

沈恬：……爷爷！求您离您孙女的生活远一点儿！

她趴在床上，打算真睡了，这时，手机又响了，她以为是爷爷，点开一看。

周慎之！她唰地坐了起来，点开。

Sz：睡了？

沈恬编辑。

沈恬：没有。

下一秒，他发了一条语音过来，嗓音低沉好听："今天挺巧。"

沈恬按着语音，咳了声："嗯，好巧。"

他轻笑了声："沈恬，你主要负责什么？"

沈恬立即道："美术编辑。"

他沉默几秒，问道："大学学的美术？"

沈恬："不，设计。"

"哦。"

沈恬犹豫了下，问道："奶奶怎么样？"

"在医院。"

"你呢？"

"我也在医院。"

沈恬心里悄悄"啊"了一声，说："你白天工作，晚上还要去医院，很累吧？"

他声音仍带笑："还行，奶奶有点儿黏人。"

沈恬心怦怦直跳。周慎之那边似乎有人喊他，他顿了下："你早点儿睡，晚安。"

沈恬立即道："晚安！"

随后她放下手机，滑动着两个人的聊天框，他似乎不怎么喜欢打字，每次都是发语音。沈恬支着下巴，有些紧张地点进他的朋友圈。

他的朋友圈只有一张相片，是他牵着他们家的德牧犬。相片里，他指尖夹着一根烟，在草地上，穿着黑色的兜帽上衣，拉着绳子的那只手，尾戒若隐若现。这样的他跟今天在研发基地看到的他，又有些区别。

她看了眼他的点赞、评论。她跟他没有共同好友，所以并没有看到谁的点赞跟评论。

沈恬想点个赞，后来唰地收回了手。不点了。太！明！显！

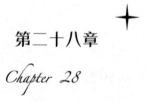

第二十八章

Chapter 28

空调调了定时，沈恬早上被热醒，一身的汗。她脱下睡衣后，顺势拿起手机。

有一条微信，她一愣，点进去。

Sz：这周六有空吗？一起吃饭。

消息是她昨晚睡着后，他发的，沈恬心猛跳了下。房门被推开，曹露抱着枕头进来："我房间空调坏了，在你这里补补眠。"

"哇，甜甜，你身材好好呀。"曹露一转眼趴在床上看到沈恬。

沈恬推她一下，扔下手机，去拿衣服。曹露随意一看："周大佬又约你了?!"

沈恬关上衣柜："嗯。"

"这次肯定得确认下来吧！"

沈恬耳根微红，套上衣服，去了洗手间洗漱。

洗漱完出来，曹露已经睡着了。沈恬给她开了空调，拿起手机，给周慎之回了句："好。"随后她转身出门，心还怦怦直跳。

8点30分沈恬抵达出版社。她把昨晚在家修出来的封面图发给陈主编，陈主编拿着平板走进来，笑着看她："你来我们社，屈才啦。"

沈恬笑道："怎么会，我们社那么好，能加入是我的荣幸。"

陈主编滑着平板，道："难怪盛老师对你赞赏有加，总编也那么喜欢你。"

其实沈恬资历浅得很，要不是她真的很出色，也不能腾出一个组给她带。沈恬笑道："您过奖啦！"

"别谦虚。"陈主编又滑动屏幕，看了一会儿。

"我发给卫教授的助理，让他们看看。"陈主编说完便走出去。卫教授这人很严肃，肯接受这次的采访已经很给面子了。对于封面跟内容，卫教授也是有要求的，不希望太过花哨以及滥用一些词汇，所以稿图都得给对方过目。

出版社很尊重卫教授的意思，她们做的是名人周刊，名人讲究的都很严谨。陈主编让助理把稿图发给卫宇的助理。

江氏科研基地，卫宇的助理收到稿图后，先审了一遍，然后屈指敲开卫宇的办公室。里面说"进来"，他才推门进去，一进去就看到周慎之也在。

平日在外白大褂穿得整整齐齐的男生，此时靠着椅背，懒散地转着笔，支着下巴在听卫宇说话，卫宇还一脸宠溺。

"什么事？"卫宇问道。

助理咳一声，上前，喊了一声"周组长"，然后把平板电脑放在卫宇的面前："卫教授，这是《时代周刊》发来的封面以及内页内容。"

卫宇接过来，滑动，平板的画面在封面图这里定了几秒，他说："不错。"

他将平板递给周慎之："你看看。"

周慎之看以灰色系为主的封面，往下看，看到了"美术主编：沈恬"，他眉梢微挑，唇角微勾："是真挺好，跟卫教授你给人的感觉很符合。"

"我也觉得还行，这个出版社不错。"卫宇道。

周慎之目光在沈恬名字上又多看了几眼，才把平板递还给卫宇的助理。

下班后沈恬推着爷爷回自家超市吃饭。夏天已到，冰箱旁的垃圾桶里堆满了西瓜皮，沈恬先吃了块西瓜，然后又帮家里卖了会儿西瓜。

吃晚饭时，爷爷拿着手机按，蓦地说道："原来那个老婆子是得了癌症啊。"

沈恬看向沈业林："爷爷，你说谁？"

沈业林放下手机，说道："就是跟你第一次相亲那个男生的奶奶啊。"

沈恬握着筷子的手一顿。不是小手术吗？怎么会是癌症？

郑秀云看女儿一眼，又看向公公，问道："什么癌症？人不是还在吗？"

沈业林摇头："不知道啊，我看她还生龙活虎的呢，经常发朋友圈，看着一点儿都不像是得了癌症。"

郑秀云说道："那你可能是听错了，或者消息弄错了。吃饭吃饭，沈恬，别发呆。"

"哦。"沈恬回了神，专心吃饭。

回了住所，沈恬洗了澡，靠着沙发，坐了一会儿。她给周慎之发了个微信。

沈恬：奶奶在哪个医院呀？我明天想过去看看她。

几秒后，他回复。

Sz：在中心医院。

几秒后，他又发了一条语音："你知道你来了，就走不了了吗？"他嗓音很低，有暗喻。

沈恬心一跳，说："我就去看看。"

他笑了声："好。什么时候来？给个时间，我去接你。"

沈恬没告诉他时间，但她知道在哪里了。

周六这天下午，沈恬睡个午觉起来就换衣服。曹露抱着手臂靠着门："这套不行，换一套。"

沈恬瞪她一眼："我去医院，穿简单点儿。"

"可你晚上不是要跟他吃饭吗？"

沈恬不搭理曹露，选了一条黑色的半身裙，上身一件短 T 恤，穿起来既青春又斯文。曹露点头："这套也行，腰很细。"

沈恬直接靓女无语。她拎起包，走出去，抱起桌上的花和水果篮出门。曹露目送她道："记得报告战况。"

沈恬说："遵命，长官。"

她随后下楼，启动白色轿车朝中心医院开去，在停车位停好。沈恬上楼，前往住院部的 VIP 区。

820 室。

沈恬靠近病房门口，就看到躺在床上的老奶奶。她鬓角发白，眉毛很细，有文眉，穿着病号服，却依然看起来很时尚。周慎之就站在她旁边，不知在跟奶奶说些什么。

他今日穿着黑色衬衫跟西裤，领口微敞，带几分矜贵。沈恬深吸一口气，刚要走进去，他就抬眼，老奶奶也抬眼。

沈恬瞬间钉在原地。

就在这几秒，老奶奶眼睛一亮："阿慎。"老人家语气里有藏不住的兴奋。

周慎之看沈恬一眼，随后眼底含了一丝笑意，走过来，接住她带来的水果篮："进来。"

沈恬抿唇，跟上他的脚步。他垂眸看她："怎么没提前说？"

沈恬看他一眼："就当给你个惊喜吧。"

周慎之挑眉，他把水果篮放下。

江丽媛伸手："小宝贝过来。"

这称呼让沈恬愣了下，她上前："奶奶好。"

"好！"江丽媛握住她的手，上下看，初看不惊艳，越看越顺眼，她心里讶异，原来孙子喜欢的是这种类型呢。

沈恬其实长得很讨长辈的喜欢，江丽媛也不例外，越看越喜欢。

沈恬问道："奶奶，你好不好？"

"好，奶奶很好，你叫什么名字？"

"沈恬。"

"清雅恬适的恬吗？"奶奶一下子就捕捉到词意。

沈恬点头："是的。"

"恬恬！"奶奶一连叫了几声，说，"你爷爷没骗我，是个好孩子。恬恬啊，你觉得我们家阿慎好吗？"

沈恬一听，下意识地看一眼周慎之。他靠着墙，抱着手臂，也看她一眼。沈恬移开视线，点头："好，他读书的时候，是我们班的学霸，也很乐于助人。"

奶奶一听："你们还是同学？阿慎，你怎么没说？"

周慎之站直了身子，手插进裤兜："相亲的时候认出来了。"

奶奶更是兴奋："那你们就早点儿把婚期定下来吧，这都是缘分啊！"

沈恬耳根红得很，周慎之看沈恬侧脸一眼，说："奶奶，别吓到她。"

江丽媛点头："对，不吓你，但恬恬，你要把这事情放心上，啊？奶奶就怕活不过今年啊。"

沈恬一听，吓到了："奶奶。"

后来她才了解到江丽媛确实是得了癌，得的是乳腺癌，一边乳房已经切掉了，这次手术是切另外一边的一个结节，但仍有复发的可能。

从病房里出来，沈恬心情略有些沉重。她看一眼周慎之，周慎之抬手，揉了下她的头："奶奶没事的，病灶都很及时地切除了。"

沈恬愣了下，感觉到了他掌心的温热。一时间，时光仿佛倒流，回到了那条窄巷，少年带着伤疤，掌心落在她头顶上。还有隔天，他喉结旁贴着的止血贴。

她现在想想，她送的止血贴是卡通的。而他那样的人，不会用卡通止血贴吧。

周慎之收回手，手插裤兜里："在想什么？"

沈恬回过神，看着他，摇头。

"去吃饭。"他唇角勾了下，道，"开你的车，吃完饭，我打的回来。"

沈恬一想到自己的车子跟他的车子高度根本不能比，摇头说："开你的吧，吃完饭，你送我回来，我再开车回去。"

周慎之睨她一眼，笑了："好。"

随后，他拿出车钥匙，带着她走向停车场。他的车头标志是三叉星辉，车子很高，周慎之拉开副驾驶位的车门。

沈恬看到副驾驶，愣了几秒，然后抬脚坐了进去。座位宽敞，周慎之关上车门，去了驾驶位，他弯腰坐进去，启动车子，沈恬扣好安全带，他修长的手转动方向盘。

沈恬记起这车是什么牌子了，奔驰大 G^①。

"上次我走后，你叫朋友陪你吃饭没？"他的尾戒若隐若现，他一边看路况，一边问。

沈恬摇头："我打包了。"

周慎之看她一眼："那今晚继续去那家吃吧？"

沈恬觉得那里环境是好，但去吃个饭奶奶就住院，似乎也不太吉利，她说："换个地方吧？"

周慎之指尖轻点方向盘："好。"

随后，车头掉转，他换了一家田园风格的餐厅，入门都是石板路，还有灯光布置在庭院中，很漂亮。不少女生正在拍照，看到周慎之，手机都停下来。

沈恬走在他身侧，闻到他身上淡淡的香味，两个人进了门，被带到一张挨着小窗的桌旁坐下。

沈恬靠着小窗的位置，后背还有个靠垫，她坐下去就觉得舒服。

周慎之坐在她对面，看她舒服地叹了口气，然后因为上衣太短，她拉了下上衣，而细白的腰身一闪而过。周慎之挪开视线，拿起桌上的菜单点餐。

这家店主做酸辣鱼跟面食，酸辣鱼是曹露特别喜欢的菜。沈恬看着这装修还有这些吃的，看向周慎之："你怎么会知道这么多特别的店？"

周慎之支着下巴，说："同事们介绍的。"

沈恬"哦"了声，说："还以为你带女生……"来过呢。

周慎之挑眉，他放下手臂，说："没有，你是第一个。"

沈恬耳根泛红。她在干什么?! 问的什么鬼话！

菜上桌，酸辣鱼虽然鱼肉很鲜美，但也要注意鱼刺，所以吃饭期间，两个人都挺专心。沈恬挺会吃辣，吃得脸颊泛红，鼻尖冒出点儿汗。

很可爱。

这顿饭总算顺利吃完。上了甜品，沈恬喉咙里的辣就下去了，她擦擦唇角，周慎之拎着可乐喝一口，薄唇很好看，他看着沈恬："沈恬，那我们结婚吧？"

沈恬抬眼，眼睫毛眨啊眨。周慎之温和地说道："戒指、聘礼、婚礼、婚纱照，一样不会少，你们家有什么要求，都可以尽管提。我会全力满足。"

---

① 奔驰 G 级，奔驰旗下越野车车型。

第二十九章

Chapter 29

沈恬把手放在椅子边缘，微微用力撑着，说道："其实，你很担心奶奶吧。"

周慎之捏可乐杯子的指尖微顿，随后放下可乐。沈恬静静地看着他："你总说是小手术，但其实你知道，这不仅仅是小手术那么简单，它是有风险性的。"

周慎之往后靠，抱着手臂，盯着对面的女生。不知为何，他的脑海里浮现了一个画面：高三运动会那天，沈恬半蹲在秦麦面前，给她揉脚。她可爱、清甜，带着令人安心的温柔。

他指腹摩挲着尾戒，点头："是，很担心。我父母长期在外，是奶奶照顾我的。"

沈恬按着椅子边缘的手指收了收，她或许做梦都没想到，有一天能触摸到他世界的边缘，原来他是奶奶带大的啊。

周慎之看着她好一会儿，随后坐直了身子，朝她伸出手："手给我。"

沈恬"啊"了一声："怎么？"

"我看看你戴多大的戒指。"

沈恬轰地身子有些僵，她抬起手，说道："你这样看得出尺寸吗？拿根小绳子比对一下更好些吧。"

周慎之捏住她的指尖，沈恬心跳加快。他垂眸，看了几秒，便松开她："可以了。"

沈恬嗖地把手收回来，放在腿上，指尖滚烫。

周慎之看着她的眼睛："你父母那边，我找个时间去拜访。"

沈恬立即道："等等……我还没跟我爸妈说。"

周慎之点头："好，你说完了，我再去。"

他停了一秒，桃花眼微挑："不反悔吧？"

沈恬咬牙："那反悔有用吗？"

周慎之轻笑，支着下颌："有啊，我难过咯。"

沈恬："……"

从餐厅出来，周慎之带沈恬回医院拿车，这个点儿住院部很安静。周慎之得在医院守夜，他下车，给沈恬拉开车门。沈恬坐进去，启动车子，道："你快上去陪奶奶吧。"

男生扶着车门，"嗯"了一声，帮她关上门，手插裤兜："开慢点儿。"

"好。"白色轿车启动，往医院大门开去，她从后视镜往外看，看到他低头点烟，微风吹乱他的衬衫领口，有几分散漫、几分冷淡。

沈恬回到住所。一进门，曹露正在收拾行李，她又准备出差了。她扔下手里的衣服，冲出来："怎么样？怎么样？"

沈恬瘫在沙发上："我答应了。"

"结婚?!"曹露坐到一旁，瞪大眼睛。

沈恬点头。

曹露惊叹一声："行啊，我的甜甜！恭喜你即将成为周慎之的老婆！"

沈恬拿枕头捶她。曹露："接下来什么流程？我要先请好假，推掉工作。"

沈恬整个人又往后靠："我还没跟我爸妈说。"

曹露一腔热血也冷了下来："对啊，还有你爸妈。"

"呜呜呜。宝贝女儿，肯定不舍得。"她趴过去，抱住沈恬，沈恬也抱住她，姐妹俩恩恩爱爱地抱了一会儿。

隔天曹露一早六点多的飞机就走了。沈恬也睡不着，索性起来练了下瑜伽。

下午5点30分下班，沈恬驱车回家，甜甜超市门口有好几个穿着一中校服的学生在买西瓜。沈恬看了一眼进屋，先把小包放下，然后就去帮忙。

有个一中的男生要了一瓶矿泉水，沈恬拿下来给他，思绪飞扬，回到那个晚上，他被陈远良搭着肩膀站在她面前。

她回神，收了钱。不一会儿，沈昌明做好饭，一家人坐下。沈业林按着手机，翻着相片想给郑秀云看。

沈恬放下筷子，说道："我要结婚了。"

餐桌瞬间安静，三个人齐刷刷地看向沈恬，沈恬看着他们，再次宣布："我要结婚了。"

沈业林呆愣，手机掉到地上去，他想捞没捞着。沈昌明张了张嘴："恬恬，你……"

话没说完，郑秀云一把拽住沈恬的手臂，朝仓库走去，接着把沈恬拉进了仓库，她反手关上门。

"砰。"

过道狭小的仓库里只有母女二人，郑秀云掐着腰："你说清楚。"

沈恬看着母亲："我……要结婚了。"

"对方是谁?!"

沈恬咳一声："我以前的高中同学。"

"哪个? 你暗恋的那个人?!"

沈恬心狠狠地一跳："妈!"你怎么会知道?!

郑秀云掐着腰绕着她走，眯着眼："从你那天问我关于结婚的问题，我就觉得不对劲。沈恬恬，很好啊，你给我们来个突然袭击。那个人，他爱你吗?"

沈恬一愣，她从没考虑过这个问题。她只考虑他如今的情况，以及他没有喜欢的人。

郑秀云抬手，戳着她的脑门，正想再说话。仓库的门被敲响了，沈业林的声音传来："孩子他妈，家里来客人了，你带恬恬出来!"

"什么客人啊?"

"他说，他是来见恬恬父母的。"

"唰。"

门被拉开了。

郑秀云回头瞪沈恬一眼，大步地走出去。沈恬赶紧跟上，推着爷爷。三个人从长长的货架走出来，便看到一个高高的男生穿着白衬衫跟黑色长裤，将礼盒放在收银柜上。他手指修长，眉宇散漫。

他转过头，郑秀云脚步一顿，记忆往回一拉，想起那来店里买东西的男生，那在女儿身后不远处的男生，那十八岁便开着奔驰的男生。

他就是女儿一直喜欢着的男生。

"阿姨，您好，冒昧拜访。"周慎之礼貌地点头。

郑秀云走过去，沈昌明赶紧收了桌面上的饭菜，腾个位置出来。沈业林低声

164

道："乖乖！老婆子的孙子长这么帅啊！"

沈恬跟周慎之眼神对上。她拧眉，眨眼，一脸不解。他手插裤兜，唇角微勾，没有回她眼神。

桌面收拾干净了，郑秀云坐下指着椅子："你也坐。"

周慎之落座，跟郑秀云面对面。他衬衫穿得挺规矩的，但他这张脸，让他看起来就有几分散漫、漫不经心。

郑秀云瞪沈恬一眼，沈恬把爷爷也推过去，然后她站在一旁，郑秀云扯了一张椅子给她，她乖乖坐下。

郑秀云眯眼看着周慎之："沈恬刚才跟我们说了，你们要结婚。"

周慎之点头："是。"

"你大学考去哪里了？"

周慎之："京市华大。"

郑秀云一听，全国顶一流的学府，就女儿那个成绩，还得再努力，难怪女儿要哭。她手指敲着桌面："距离你们再次见面，我记得就是上次相亲吧，现在两个月还不到，就打算结婚？是不是太冲动了？"

沈恬拽了下郑秀云的衣服。郑秀云推开她的手，这没用的孩子。

周慎之点头："您说得对，是很冲动。不过，我可以保证，我是真心实意的，万不会亏待沈恬。"

沈恬！郑秀云拳头拧紧，她往前倾，盯着周慎之："谈过恋爱没？"

周慎之眯眼："没有。"

他轻声问道："这影响我娶沈恬吗？"

没有?! 她看一眼沈恬，沈恬紧盯着周慎之。他没谈过?!

郑秀云收回视线，继续看着周慎之："你奶奶身体不太行？"

周慎之"嗯"了一声。

郑秀云："家里催婚？"

他又"嗯"了一声。

郑秀云瞬间明白他们这是什么情况了。周慎之拿出一份清单，放在郑秀云的面前，这是聘礼跟聘金以及转赠到沈恬名下的一些资产。他说："我说得再好听，不如这些实际的东西。"

他目光看向沈恬："我会对她好的。"

沈恬耳根微红。郑秀云看女儿一眼，咬了咬牙，接了清单，说道："我们考虑考虑，你先回去吧。"

"好。"周慎之今日来，也料到结果，他起身，冲他们点头。

沈昌明推沈恬一下："去送一下人家。"

沈恬抿唇，立即跟上。周慎之手插裤兜里，偏头看她一眼。沈恬呼一口气："你怎么来了？"

周慎之桃花眼微挑："帮你分担点儿战火。"

沈恬"啊"了一声，心怦怦直跳。

不一会儿，送到路旁，男生站定脚步，沈恬也跟着站定。周慎之看她几秒，嗓音清澈："别担心。"

沈恬点头："嗯。"

他收回手，绕过车头，上了驾驶位。车窗摇下，男生看她一眼，修长的手转动方向盘："进去吧。"

随后，黑色的 SUV 开走。沈恬在原地呆了几秒，随后便转身回超市。一进门，郑秀云就送她一个白眼，沈恬乖巧地站到收银台旁。

郑秀云有气都不知道怎么出，本来想把气撒到女儿身上，现在那男生跑来说这一通后，大气好像也撒不出来。郑秀云阴着脸道："你要记住，婚姻是一辈子的事情，不是一天两天，要认真想好！"

沈恬点头。沈昌明走过来："我看那个男生，还挺有担当的。"

沈业林跟着点头。郑秀云翻个白眼："你们男人就是眼皮子浅，沈昌明，你给我滚。"

沈昌明："……"

沈业林见状，拽了下沈昌明，让他赶快走，别被台风尾扫到。

在父亲这个位置，沈昌明认为女儿喜欢就好。在母亲这个位置，想得则更多，心思更细腻，再结合贯穿了沈恬整个高中时期的事情，郑秀云不得不担心。

沈恬似乎也明白母亲的担忧。她挽住郑秀云的手臂："妈妈，人这一生能圆梦，是很奢侈的。"

郑秀云转头看向沈恬。女儿眼里亮晶晶的，对未来的期盼全藏在眼里，沈恬偷偷努力考上重点 1 班，她跟沈昌明是完全不知情的。

这样的沈恬，也有执拗的一面，也有瞒着父母的一面。

但全因那个男生。郑秀云眯眼问道："他叫什么？"

沈恬："周慎之。"

郑秀云："很好。"

没关系，她的女儿，她会一直护着。

第三十章

Chapter 30

"秀云，你要不要看看他给的这清单？"沈业林盯着那清单看了好一会儿，但被儿媳妇压在手心下，他又不敢伸手去拿。

老头子不是不在乎孙女，而是认为一个男人如果能拿出不少东西来迎娶妻子，那他对这场婚姻肯定是用心的。身为男人才懂得男人的心情，也只能用这样的方式鉴别对方的用心程度。

郑秀云低头看一眼清单，接着把它扯了出来，递给沈业林。沈业林立即接住，仔仔细细地查看，越看眼睛越大，他招手："孩子他爸，你来看看。"

沈昌明凑过去，也看呆了。他立即接了清单，要给郑秀云看。

郑秀云刚才余光已经看到了，聘礼、聘金的金额不说，车房都有，她推开那张清单，冷眼扫沈恬一下。

沈恬接住母亲的眼神，紧挽住她。她很明白，妈妈会同意，只是因为他是她曾经暗恋的那个人，而不是因为这一张清单。

当然这份清单也能看出他的能力以及实力，让郑秀云对这个未来女婿有了些许的了解。

这一天跟打仗一样。沈恬回到住所，都累瘫了。她磨磨蹭蹭地洗了澡，躺在沙发上，就格外想念曹露，看了眼时间，给曹露发了个视频邀请。

曹露很快就接通了，她靠着那边酒店的榻榻米，一接通就吐槽："甜甜，我跟你说，××酒店的卫生环境啊，真是够够的，而且我提出来啊，对方还黑着脸。既然不想改进就不要喊我们来试睡啊，我们又不是普普通通的试睡员，我们可是专业的！"

沈恬："哪个？是不是××连锁酒店？"

曹露点头："就是这个！"

沈恬："避雷了。"

曹露接着道："哎呀，我就跟你说啊。咱们自己吐槽就行。"免得那酒店找她事。

沈恬抬手比了个"OK"："我懂，我懂。"

曹露她们都有签行业协议的，对方酒店想要发展，就必须整改，碰上无赖的酒店质疑她们专业性的也有。面对这种酒店，曹露的团队不会接第二单，而且她们的专业也很严格，要考各种证书，熟悉各类型酒店的行业标准，可不是随随便便就能做这个行业的。

"对了，你跟周慎之大佬的进展如何？"

沈恬喝一口水，把今天发生的事情告诉曹露，曹露愣了几秒："你说他给了个清单，清单内容你看了没?!"

沈恬摇头。曹露拍了下额头："你怎么不看，看看周慎之大佬给你准备了些什么聘礼啊。不过，他可真霸气，也太懂规则了吧，好会拿捏。"

沈恬下巴抵在抱枕上，点头："嗯，本来我妈都戳着我脑门了。"

曹露顿了顿："阿姨简直是福尔摩斯，顺藤摸瓜就把你的心思摸得透透的。"

她是无比羡慕。她跟她妈一年到头见不到几次面，打个电话都无话可说，她跟沈恬一家的联系比她跟她妈多好几十倍。太羡慕了。

沈恬"嗯"了声，妈妈真好。

跟曹露挂了视频，沈恬就起身又忙了一会儿工作。准备睡前，手机"嘀嘀"响起，她拿起来一看。

Sz：恬恬，睡了吗？

沈恬一顿，立即回复："还没。"

接着，他就发了语音过来："阿姨后来还骂你吗？"

沈恬按着语音："没，她一开始也没骂我。"

男生声音挺低，清澈好听："让你为难了。"

沈恬摇头："不会。"

接着，她道："周慎之，我妈同意了。"

周慎之在那头微微一顿，接着他按着手机："谢谢你，恬恬。"

沈恬紧握着手机，心里回道"不客气"。周慎之，我愿意的。

接下来，一切似乎就很顺理成章。

奶奶办理了出院，带着周慎之以及周慎之的母亲来了沈恬家，沈恬这是第一次见到周慎之的母亲。她非常漂亮，是一家跨国公司的 CEO[①]。

而周慎之的爸爸，是一位地理学家，此时带着团队正在新疆工作，没法赶回来。全程奶奶一直握着沈恬的手，喜爱之情溢于言表。

周慎之的母亲叫于眉，她妆容精致，跟郑秀云坐下来，两个人的话题一茬接一茬。她声音温柔，说话也细声细语。郑秀云听着，对她儿子的不满都少了一丢丢。

她抬手揉揉沈恬的头发，说道："恬恬，我儿子，你多担待了。"

沈恬下意识地看一眼周慎之，他眼眸微挑，勾了勾唇。沈恬红着耳根低下头，"嗯"了一声。

而这次见面，于眉也询问沈恬家里人，还有没有别的要求以及把婚礼时间定下来。

江丽媛奶奶看着精神十足，可她苍白的脸色藏不住。

郑秀云也不好为难，说："奶奶看着办吧，可以吗？我这边也要给我女儿置办一些嫁妆，大概一周的时间，你们把这个时间空下来给我就行。"

江丽媛点头，笑道："好啊好啊，我已经看好了个很漂亮的日子，秀云，你给恬恬准备的嫁妆，给她个人就行，女孩子漂漂亮亮，有个好娘家撑腰，嫁出来是件很体面的事情。"

郑秀云看着老人家的笑容，觉得这一家子确实挺不错，教养、学识、尊重，

---

① "Chief Executive Officer" 的简称，即首席执行官。

一样不少。

她点头："好。"

大概晚上八点，沈恬一家人送走周慎之一家人，他们这次来，开的是比较低调的商务车。

目送他们离开后，郑秀云还是瞪了沈恬一眼，沈恬笑着揉揉脸，上前挽住郑秀云的手，郑秀云说道："给你买不了大房子了，只能买套小公寓给你。咱们家虽然没有大富大贵，但该给你的，也不能少。"

沈恬立即道："我不要。"

"你不要是想让我们被人笑话吗？"

隔天郑秀云跟沈昌明休店一天，带着沈恬去了一中后面新开的一个单身公寓，买了一套四十年产权的公寓给沈恬。

晚上沈恬回到住所，打了一桶水泡脚。周慎之给沈恬发微信，说明天来接她去领证。

沈恬一顿，手机差点儿掉进桶里，她及时捞住，说："好。"

曹露半夜回来，沈恬在睡觉，曹露那边修空调的人还没来，她洗完澡，直接跑到沈恬这边睡，沈恬迷迷糊糊跟她挨着。

隔天沈恬铃声响起，她匆忙起床。曹露抬起头，问道："干吗去？这么早。"

沈恬一边换衣服一边道："今天我跟周慎之领证。"

曹露瞬间清醒，唰地从床上爬起来："领证！你怎么不早说！我陪你去，去帮你们拍照。"

说着，她也下了床。沈恬"啊"了一声，跟她挤到洗手台刷牙："你……"

"别说话，我一定要去，我宝贝这么重要的日子，我怎么能不在场呢？"

沈恬闭了嘴，默默刷牙。

洗漱完，两个人吃了早餐。曹露让沈恬去换一条裙子，沈恬不去，穿着衬衫上衣跟一条长裙，好看是好看，就是太素了些。

曹露没法："算了！你们以后朝夕相处，你那些好看的衣服记得多穿，迷死他！"

沈恬觉得好笑。她能怎么迷死他，又不是大美女。

两个人出门，临到楼下，曹露的胶片单反忘记装胶片了，她转身回去拿。沈恬只得先下去，周慎之的车已经停在小区外。

他手搭着车窗，手指骨节分明。他往这边看一眼，沈恬眉眼一弯。

周慎之开了车门，下车，手插在裤兜里等着她。他今日穿着也是白色衬衫跟长裤，领口微敞。

沈恬刷卡走出去，说道："那个，曹露要跟我们一起去。"

周慎之眉梢微挑，唇角微勾："好啊。"

沈恬微微一笑，眼底带着星星似的。周慎之看她几秒，眼底笑意也浓了些。

不一会儿，曹露拿着单反跑出来，刷卡时，她就抬手："嗨，周慎之大佬，好久不见！"

周慎之点头，轻笑："好久不见。"

曹露举着单反："今天我给你们拍照。"

周慎之看她手里的单反一眼："那就辛苦了。"

"不辛苦不辛苦。"

三个人上车，沈恬的车门是周慎之给开的。他回到驾驶位，修长的手握上方向盘，转动着。

曹露坐在后座，举起单反就拍。大G耶，必须拍。再把还没戴戒指的周慎之大佬的手拍进去，等他们领了证再拍证。曹露身为一个局外人，都感觉跟做梦似的。

她往后，靠着椅背，拍着前面两个座位以及中控台。

沈恬今日扎了低马尾辫，她夹了蝴蝶结。此时拍照还能露出些许她的侧脸以及蝴蝶结，而周慎之则拍到些许侧脸以及他搭在方向盘上的手，尾戒也入了镜头。

两个人今日都是白衬衫，知道要领证，所以穿的白衬衫吧！

民政局里人不算多，但也不少。

周慎之跟沈恬走上台阶，出色的长相立即引起不少人的注目。曹露跟在他们身后拍，两个人需要先去拍大头照。

摄影师让沈恬往周慎之肩膀靠时，沈恬挨了过去。但或许是她有些僵硬，头发沾在唇边，周慎之侧头看了一眼，伸手把她唇边的发丝拿走。

一瞬间，一个黑影靠近，又离开，呼吸间全是他身上的香味。

沈恬直到相片拍完，拿着相片出来，都还没回过神。

所以她填写资料时填错了。周慎之问工作人员又拿了一张，放在她面前："别紧张，慢慢填。"

沈恬"嗯"了一声，低头继续填写。

周慎之看着她秀丽的字迹，记起了一件事情。高三最后一节晚自习，她给他写的祝福语。

周慎之，祝你前程似锦，岁岁平安。

他手插在裤兜里，轻笑了声。沈恬回身看他："怎么啦？"

他看着她的眼睛："恬恬，高三的同学录，很巧。"

沈恬也想起来了，她笑："是啊，很巧。"

她转过身，继续填，填完了。没一会儿，两个红色的本子就送到他们手里，沈恬接过本子，偷偷翻开。

持证人：沈恬

登记日期：2021 年 06 月 28 日

结婚证字号　×××××××-00520

姓名：沈恬　性别：女

国籍：中国　出生日期：1998 年 08 月 02 日

身份证件号：45××××19980802×××

姓名：周慎之　性别：男

国籍：中国　出生日期：1998 年 10 月 30 日

身份证件号：45××××19981030×××

沈恬的视线在两个人的相片上多停留了一会儿，随后合上结婚证。曹露拿过本子："我拍一下，周慎之大佬，你的也给我。"

周慎之把结婚证递给她，曹露拿着就拍。沈恬站在一旁，小无奈。她看周慎之一眼，周慎之靠着车，姿态慵懒，笑问："中午想吃什么？"

第三十一章

Chapter 31

　　三个人去了曹露介绍的一家餐厅，也是吃的粤菜，环境也很好。

　　周慎之坐在一边，沈恬跟曹露坐在他对面。沈恬点餐，曹露拿着单反翻着相片，嘴里还不闲着，问周慎之："周慎之大佬，你不是华大科研所的吗？怎么会跑到黎城这边？"

　　沈恬听罢，也跟着抬眼。男生手肘搭在桌上，在回复工作信息，他撩起眼皮，道："所里跟江氏有合作。"

　　曹露翻相片的手一顿，看向周慎之，"那你以后还回京市吗？"

　　沈恬也把菜单递给服务员，看着对面的男生。周慎之放下手机，眼眸转而看向沈恬，说道："可能会，但往返于两个城市，对我来说不成问题。"

　　曹露也看向沈恬。沈恬停顿几秒，笑了笑，"没关系，现在交通很方便。"

　　周慎之看着她的眼睛，唇角微勾："那我还是争取留在黎城吧，所里有计划在黎城建分所。"

　　曹露紧着的一口气立即松了，她拍手："这个好。"

　　不一会儿，服务员端菜上来，曹露放下单反，说道："吃饭啦吃饭啦！"

　　于是三个人开始吃饭，曹露一边吃饭一边探周慎之的话，不知她从哪里得知的消息，说研究所有位大佬，实际是国家匿名黑客，代号"28"，她笑着咬着筷子，问道："周慎之大佬知不知道这个人是谁啊？"

　　周慎之拿起茶壶，给沈恬添茶。他眼尾微挑，说道："不知道，你从哪儿听来的消息？"

　　曹露嘿嘿一笑："传闻。"

　　周慎之点头，语气散漫："挺新奇。"

　　吃完午饭，周慎之送她们回住所。

在小区门口，沈恬准备解安全带，周慎之喊了她一声，沈恬转头。他手握着方向盘，指尖修长，说道："明天我来接你，去拍婚纱照。"

沈恬心一跳，点头："好的。"

她有七天的年假，正好可以休了："那我下车啦。"

周慎之点头："好。"

车门关上，曹露挽住沈恬，跟周慎之挥手。周慎之看她们几秒，启动车子，开走。他侧脸棱角分明，衬衫袖子刚才挽了起来，露出结实的手臂。

曹露靠着沈恬道："他身材肯定很好。"

沈恬耳根微红，推曹露一下。曹露嘿嘿一笑，拉着她进小区，说："我记得高二他打篮球的时候，撩起球服擦汗，多少女生疯狂尖叫。他还是比较克制的吧，不像江山他们，恨不得全脱了，但就是那隐隐约约的才让女生疯狂。"

"周大佬果然牛，拿捏。"

沈恬笑起来："你怎么知道科研所里有黑客啊？"

"听我一个客户说的，我也是试探试探，大佬总不能真那么厉害，啥都知道，或者他是黑客本身?!"

沈恬笑道："人家是科研人员，怎么可能？"

"也是。"

姐妹俩上了楼，进屋，踢了鞋子两个人就瘫在沙发上不动。几秒后，曹露又唰地起来，她捏着沈恬的脸："你们明天要拍婚纱照了耶，我可能就去不了了，但你一定要淡定，听到没？"

沈恬点头："听到啦，姐姐。"

曹露一听"姐姐"二字，笑眯眯："乖，妹妹。"

下午沈恬去睡了个午觉，醒来后打开笔记本，直接在房里处理工作。卫宇教授的封面还没定稿，现在要审内页的插画，因为卫宇教授的相片并不多，摆放的位置也很重要，沈恬让插画师调一些医疗器械的器材出来，根据采访内容摆进去。

平板"嘀嘀"几声，去了公司的曹露给她发了十几张相片。沈恬点开，全是早上领证的相片。

曹露不当试睡员去当摄影师应该也很赚钱，她特别会拍。她跟周慎之在填表时，他笑着说那句"很巧"，而她转头回他时，两个人对视的一幕也被曹露拍下来了。

都说桃花眼看人时很深情，在这张相片里就体现出来了，如果不是因为自己是相片里的当事人，知道聊天内容并不如相片上看起来那么暧昧，不知情的人看到这相片，都会觉得这个男生很爱很爱这个女生。

沈恬放大了相片，他眼睛里全是深情。

曹露：怎么样？姐姐牛吧？

沈恬：真棒！拍得真好！

曹露：是吧！

曹露：快发给他，然后你们一起发朋友圈！我的天，一起炸朋友圈吧。

沈恬又翻了相片，从头翻到尾。站在女生的角度，曹露拍的这些相片很好看，很炫，对，就是有点儿炫耀的意思。

曹露让她把相片发给周慎之，尤其这里面有一张是曹露对着他握着方向盘的手拍的，把车标拍得明明白白的。这相片她哪敢发给周慎之，他会笑的吧。

沈恬想了下，挑了几张含蓄的，基本上都拍的是背影，还有结婚证的，发给周慎之。其他对视的、挨着说话的，她都没发，自己留着。

她选了一张两个人背影的相片，发了朋友圈。但仅限曹露跟自己可见。

沈恬：圆梦。

配图是她和周慎之牵手的相片。

曹露立即点赞。

曹露：我的恬，梦想成真！

沈恬：嗯。

曹露：你其他的不发啊？发得这么隐秘！

沈恬：不了。

曹露沉默几秒，沈恬对这场婚姻，多少还是有点儿不自信的。她懂，所以她不发，她来发，说干就干。

曹露选了九张，凑成了九宫格。车里的两张、领证的两张、对视的两张，还有背影两张。还有一张是周慎之给沈恬开车门的，放在第九格，然后发出去。

曹露：恭喜我恬，英年早婚，嫁给学霸兼大帅哥！呜呜呜感动！我最爱的恬，嫁了嫁了！

发出去几秒后就有人点赞，是同事，但很快就有一个高中同学，也就是黄丹妮。她点了赞，并评论。

黄丹妮：这是谁？周慎之?!

黄丹妮：沈恬嫁给周慎之?! 你该不会是 P^① 的图吧？

黄丹妮：沈恬是不是在做梦啊！！！

曹露回复黄丹妮：你有病啊，你才做梦！

黄丹妮回复曹露：……

她跟曹露很早就闹翻了，后来会加上微信，有个主要的原因就是她们彼此之间喜欢相互比较，想从对方的朋友圈里看到对方过得有多差，所以两个人就一直默认对方在微信好友列表，也让对方看自己的朋友圈。

曹露更是把自己吃喝玩乐的朋友圈经营得令人极其羡慕。黄丹妮就是既羡慕又妒忌，她毕业后进了一家国企，在里面很苦，所以看到曹露过得那么潇洒，经常咬牙切齿。好了，她现在居然看到沈恬！跟！周！慎！之！领！证！

简直不敢相信！

Sz：就这几张相片吗？

沈恬看到他回复，有些心虚，她悄咪咪地回他。

沈恬：嗯。

周慎之发了语音："曹露技术不该那么差呀。"

沈恬立即回他："有些还在修。"

周慎之嗓音清澈，笑了声："好，那等她修好。"

沈恬松口气，她又问他是不是在陪奶奶。他说不是，去了研发室，处理一些事情。沈恬一听，就不好打扰了。

晚上她回家吃饭，把结婚证递给父母看。郑秀云翻开结婚证，看着，一声不吭。沈昌明在一旁看着看着，蓦地不知为何，转过身去，老头子见状说道："你现在哭，回头还有的你哭的。"

郑秀云也看向丈夫。沈恬绕过去，挽住父亲的手。沈昌明眼眶全红了，他拍拍女儿的肩膀："爸爸好难过。"

沈恬一听，眼眶也跟着红。她说："爸爸，我还在你身边。"

沈昌明"嗯"了声，把女儿搂进怀里，郑秀云"切"了一声，把结婚证仔细放

---

① 指制图或用图像处理软件处理图片。

进沈恬的包里，说道："知道难过，之前怎么不阻止一下？现在再来哭，跟马后炮一样。"

沈恬扭头看着郑秀云："妈妈！"

沈昌明抬眼，说道："她喜欢，当爸爸的当然要支持。她未来的路得自己走，我们当她的后盾就好，不要对她的人生指手画脚的。"

郑秀云又"切"了一声，翻了个白眼，但她倒没反驳丈夫的话。

她问沈恬："明天拍婚纱照？"

沈恬点头，郑秀云："好。"

隔天，天气有点儿热。周慎之订的地方是黎城的爱琴海私人岛屿，没有多余的旅客，大多都只是来拍照的。一些奢侈品公司也会选这个地方来拍宣传照或者举行 VIP① 客户的派对。

因为时间有限，奶奶订的婚礼日期就在下周。所以这次婚纱照，就拍三套服装：一套西式、一套中式以及一套晚礼服。

中式拍起来比较规矩，西式这一套需要牵手，周慎之一手扣着领口纽扣，另一只手伸出来，沈恬提着婚纱裙，把手放在他掌心。

他掌心温热，她的有些凉。周慎之手指微拢，问道："冷吗？"

沈恬摇头，她打了腮红，但仍觉得耳根一阵泛红。

周慎之"嗯"了声："冷要说。"

沈恬笑道："嗯。"

随后，两个人站上了礁石，面朝大海，开始入镜头。哪怕是只拍摄了两套衣服，因为质量要求，所以在拍摄第三套晚礼服时，天色已黑，岛屿亮起了灯，整个岛宛如置身于星海之中。沈恬这件礼服是大红色的，掐着腰的鱼尾服，后背露着。

她从化妆室里走出来，周慎之一身黑色衬衫跟长裤，握着手机正在跟奶奶说话，一抬眼就看到了远远走来的女生。

沙滩上此时不好穿鞋子，她拎着高跟鞋，腰特别细，腼腆含笑，眉眼弯弯，宛如星星，周慎之看了几秒。奶奶喊了声"阿慎"，他顿了顿，笑着回声："奶奶，

---

① 全称"very important person"，指贵宾或重要人物。

恬恬换好出来了，我们先拍照。"

"去吧，记得拍些生图①给奶奶看。"

"好。"

把手机随手放在一旁的桌子上，周慎之走上前，接过沈恬手里的高跟鞋："很难走？"

沈恬把脚从礼服里伸出来："没穿鞋很舒服！"

她脚指甲是临时涂的大红色，她皮肤白，红色衬得皮肤更白。周慎之看一眼，桃花眼微挑："脚指甲做得不错。"

沈恬突然被夸，脸更红，说："曹露做的。"

周慎之："她挺全能啊。"

沈恬说道："当然。"

两个人一起朝摄影师那边走去，周慎之手插裤兜里，拎着她的高跟鞋："你们这几年都在一起？"

沈恬："嗯。"

他挑眉。沙滩上的感觉令沈恬想起了那次他过生日，也在沙滩上。夜幕降临，海浪声就在耳边，他一边烧烤一边低头笑着，玩成语接龙，而她在旁边，时不时地偷看他。

而如今，他走在她身边，拎着她的鞋子，挽着袖子，眉目低垂时，隐隐有过去的影子。

沈恬觉得，这儿好美。圆梦的感觉也好美。哪怕他好似离她还很远。

晚上这一组照片，拍得就比较大胆，周慎之得搂她的腰。沈恬下意识地不敢离他太近，他掌心按着她的腰，微微用力，但又不是贴得特别实的那种。

他会保持点儿掌心跟肌肤的距离，但沈恬仍有些僵硬。摄影师离开镜头后，说道："新娘得放松呀。"

沈恬有点儿懊恼，周慎之垂眸看她："你看着我。"

沈恬抬眼对上他的眼眸，男生桃花眼微挑，眼底含笑，问道："紧张什么？拍照而已，恬恬。"

沈恬看着他的眼睛，心怦怦直跳，身子便也没那么僵硬，摄影师猛按镜头。

①没有经过修图软件修饰的照片。

178

很快，这一组相片完美拍完。拍完相片，周慎之跟摄影师在桌旁聊了会儿天，大概就是让对方近两天就把图片修出来，下周要用，摄影师比了个"OK"的手势。

海风徐徐，周慎之接过摄影师递来的烟，低头点燃，烟雾缭绕，他把玩着烟，跟摄影师继续谈着，门口需要什么相片，大堂需要什么相片。

他抱着手臂几乎全靠在桌子上。沈恬跟化妆师在这边坐着聊天，化妆师给她拆头发，余光看一眼那站着的新郎官："你老公真是帅。这么帅的老公，你在哪里找的？"

沈恬握着手机，说："我们是同学。"

"啊！羡慕，我的同学都是歪瓜裂枣，而且我告诉你，我们以前的校草日渐圆润，已经不能看了。"

沈恬笑起来："真的吗？底子还在的吧？"

"不知道啊，胖成球，人家现在说他是胖校草。"

沈恬轻笑，她脸上的妆还在，笑起来很好看。

化妆师接着道："你老公在学校肯定得是顶级校草那种吧？"

沈恬听着"老公"二字，十分羞耻，只能应道："是校草。"

"你们从校园到婚纱？青梅竹马？"化妆师对上沈恬的眼睛，沈恬一顿，她看一眼不远处的男生，说道："不是，只是久别重逢。"

"哇，好浪漫！"化妆师说道，"你老公追你的吧？"

沈恬又是一顿，摇了摇头。化妆师见状，感觉问得有点儿太深了，就闭嘴没再问。

又过了一会儿，周慎之掐灭烟，走过来。沈恬已经换下了烦琐的晚礼服，头发解开，就剩下了脸上的妆。

他看着她道："回去吧。"

沈恬笑着点头，随后两个人走去开车。

摄影师跟化妆师走在后面，化妆师看着在前面的两个人，低声道："新娘看起来好温柔。"

摄影师扛着道具，说："不只温柔，其实很美的。"

化妆师"哦"了一声，不以为然。她见过太多美人了，新娘绝对不是万中挑一的。

上了车，沈恬打个哈欠，有些累。周慎之转着方向盘，看她一眼："睡会儿，到了我叫你。"

沈恬擦擦眼角的泪水，笑着摇头，打开车窗，说："我看看风景。"

他修长的指尖搭在方向盘上，骨节分明，光线下非常好看，他轻笑："好，你看。"

拍照可比去玩累多了。周慎之接下来也没怎么出声，手肘偶尔搭在窗户上，支着下颌，慢条斯理地握着方向盘，从爱琴海大道开出去的路，一边是海，一边是山体，车灯低低地照在地面上，前方的路悠远而长，人心仿佛都宁静了。

沈恬看着风景，风吹着她的头发。她看了一会儿，坐直，余光看一眼身侧那开车的男生，他穿的是黑色 T 恤，光线投射到他时，在他喉结上落下，光影如刀锋。

沈恬看了他好一会儿，唇角微翘。

抵达市区，周慎之问她吃不吃消夜。她摇头。周慎之点头，驱车去了她的小区，沈恬下车，跟他挥手。

周慎之的眼眸看着她："晚安。"

"晚安。"沈恬打个哈欠，眼角泛着水光，很可爱，也有点儿别样的美。

她转身走进小区，周慎之看她的背影几秒，启动车子离开。

进门，沈恬脱鞋。

曹露听见声音跑出来："宝贝恬，今天累不累？"

沈恬有气无力地道："当然。"

曹露"哎哟"一声，挽住她的手："那赶快去洗澡吧，今天有没有拍什么花絮照片？"

"太忙了，忘记拍了。"沈恬坐在沙发边，曹露顺着她的头发，一眼看出她确实是累了："这个妆……看着不错，就是有点儿艳丽了。"

沈恬说："今晚拍的是晚礼服。"

"啊？没拍常服吗？"

沈恬摇头："没有。"

曹露："好可惜。"

沈恬摆手："算了吧，就三套都那么累了，还要拍别的，更累。"

"也是。"

姐妹俩聊了会儿天，曹露就去给沈恬放热水，沈恬拿了睡衣，直到躺到浴缸里才觉得舒服。

等她从浴室里出来，曹露已经敷完面膜，躺着睡了。沈恬给她拉好被子，然后靠着床头，打个哈欠也准备睡。

不过睡前要看会儿手机，她打开微信。发现通讯录多了一个好友添加申请，她点进去。

"秦麦"二字冲破回忆，突然冲到她的面前。

高三毕业的那个暑假，她跟秦麦最后一次聊天，在那次聊天中，她得知周慎之和关珠云的具体情况。秦麦说她是她很好很好的朋友。

那次聊天后，她退出了群，而秦麦也再没上过 QQ，这五年来，秦麦的头像始终是暗着的。沈恬后来除非必要，也基本不会再上那个 QQ，她跟秦麦也就自然而然地断了。

而今，秦麦加她。沈恬点了通过，然后就准备下线了。谁知道，微信"嘀嘀"一响。

秦麦：沈恬，好久不见。

沈恬一顿，也回复了她。

沈恬：秦麦麦，好久不见！

秦麦：是很久啦，没想到一回国就得知了这样的消息。沈恬，周慎之是因为奶奶才娶了你，他不爱你，你知道吗？

沈恬把在九宫格上敲的："你最近好吗？回黎城了吗？"几个字缓慢地删掉。

沈恬：你想说什么呢？

秦麦：我真的没想到，最后他居然选择了你！奶奶一年前就查出得了癌症，我还去看过她！我在英国也知道奶奶想要他结婚，想要在她有生之年能看到孙子走入婚姻。我一直认为他那样的性格，就算找个假的女朋友，也绝对不会屈服结婚的！

秦麦：没想到……

秦麦：他不爱你，他只是觉得你合适而已，沈恬。

沈恬也万万没想到。曾经说"你是我很好很好的朋友"的人，久别再见，说的是这样一番话。

Moonlight
Box

沈恬的避风港

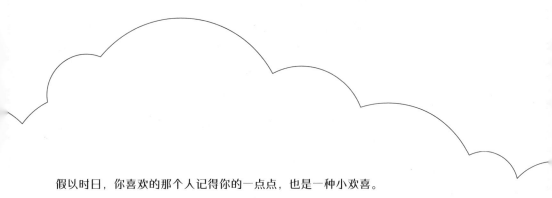

假以时日，你喜欢的那个人记得你的一点点，也是一种小欢喜。

第三十二章

Chapter 32

　　其实这些话，哪怕秦麦不说，她心里也有底，更不会自作多情到觉得周慎之见她那一眼就爱上她。她的选择基于梦想，基于他的诚心，也基于江丽媛奶奶。

　　沈恬：秦麦，如果你加我，只是想说这些话，那大可不必。

　　秦麦：沈恬……

　　沈恬：这么晚了，早点儿睡，晚安。

　　沈恬放下手机，拉了被子，躺进被窝中。曹露睡得香甜，像小猪一样，朝她这边拱了来，沈恬笑着抱住曹露，一夜无眠。

　　隔天一早，沈恬摸过手机看时间。发现微信上又多了一条信息，是秦麦发来的，她点开一看。

　　秦麦：对不起，沈恬，但是我好妒忌，好妒忌你！你什么都没做，凭什么呢？

　　凭什么？沈恬觉得挺好笑。这个问题，她真没法回答她。

　　她准备摁灭屏幕，曹露就醒了，她挤了过来，凑过头来看："看什么呢？"

　　看到"秦麦"二字，她瞬间清醒，拿过沈恬的手机："你跟秦麦麦联系上啦？她最近怎么样？那样的大小姐肯定出国留学了吧，好爽……"

　　话没说完，看到了聊天内容，曹露停顿几秒，狠狠地骂了一声："她在说什么狗屁话！她追着人家去了华大，考上跟周慎之同一所学校，都没能力变成周慎之的女朋友，还在这里妒忌你？她有什么资格，狗改不了吃屎！"

　　"之前就莫名其妙跟我们疏离，什么原因也不说，就玩冷战。现在她又莫名其妙地出现，说这样的话！就是吃不到葡萄说葡萄酸！！"

　　"宝贝恬，别搭理她！"

　　沈恬赶紧按住曹露："你也别激动，口水都喷我手机上了。"

　　曹露回身一看，沈恬的手机屏幕上全是水花点点。她哈哈一笑，捂住嘴巴，擦了擦，又给沈恬的手机擦了擦："抱歉啊，太激动了。"

沈恬笑着抱了下曹露的腰："我没事。"

曹露一顿，看了眼沈恬。其实她知道恬恬心里所想，恬恬估计比秦麦更早有这个意识。但咱们是为了圆梦啊，而且目前来说，这个梦很美啊。

她说："你别管她，接下来可忙了！"

沈恬点头，确实。不过出版社那边，她还没跟总编说，所以沈恬洗漱完收拾了下跟曹露一起出门，她去出版社，而曹露去公司。

她们公司最近要培训，所以曹露最近可以不用到处跑。正好沈恬又要结婚，她就可以留在黎城陪沈恬。

《时代周刊》的陈主编拉着沈恬一组，开了个小会，确认内页插图等，会议结束时，陈主编喊住小叶，让她找机会去联系周慎之，看看能不能博到个采访他的机会。

小叶敬礼说："好的。"

沈恬走出会议室，去交了稿子，随后去找总编，跟她请年假。总编把一份文件放在她面前，说道："2018 年版的《小猪佩奇》这几版儿童读物要重新设计，这些你们组来。《时代周刊》那边进度如何？"

沈恬："封面已经定稿了，内页的插画还没确定。"

总编点点头："那你抽空处理一下这个。"

"好。"

随后沈恬说了要休年假，总编放下手里的稿子，看着她，问道："休这么长，去干吗呢？"

沈恬笑笑："可能要结婚。"

总编唰地坐直身子："什么？盛老师知道吗？"

沈恬摇头："我打算这几天去老师家走一趟。"

"那你结婚要告诉我们啊！你老公是谁？我们身为你的同事，好歹也要有点儿参与感啊。"

沈恬笑道："喜帖回头会送过来的。"

总编满脸兴奋："老公是谁？"

沈恬捏了捏指尖，道："我高中的同学，总编，等我喜帖啊。我先去忙了。"

总编指着她："好啊，去吧，我等着你揭秘。"

沈恬："您先别说出去，我们时间上还没完全定下来。"

"好，没问题。"总编笑道，"我们家小编编居然比我还早嫁。"

沈恬："……"

总编又不是没人嫁，她只是不愿嫁而已，沈恬这点还是知道的。她接了《小猪佩奇》儿童读物改版的任务后，就开了个小组会议。

中午闲下来时，曹露给她发微信。

曹露：我是越想越火大，觉得得狠狠打秦麦的脸。

曹露：周慎之发朋友圈没有？

沈恬一顿。

沈恬：没有。

曹露：没发？他为什么没发！

沈恬：大概还不到时机吧。

曹露：喂！

曹露：我感觉我们发没用，得他发才爽！

沈恬：露露，要不，你先好好上班？

曹露：呸，我没办法！

沈恬无奈，笑着拍了个咖啡的杯子给她看，说自己在喝咖啡，曹露说她转移话题，让她去找周慎之，让他发朋友圈。

沈恬怎么会去找周慎之，那么强迫人。她没找。

下午的时候，突然一个同学群出现，她被曹露拉了进去。沈恬愣了几秒，看着群标"黎城一中高三重点1班"。

群里已经有四十个人了。

陈远良：哇，欢迎我们的恬恬！！欢迎，撒花！！

曹露：撒花，宝贝恬来啦！

江山：沈恬，好久不见！啊啊啊啊！

郑韶远：沈恬恬，又见面啦！

刘妮妮：沈恬，好久不见！我们先加个好友吧！

叶倩：沈恬，还记得我吗？我坐在你的前面，还吃过你妈妈做的小笼包。

沈恬一顿，她笑了笑，编辑。

沈恬：大家好，@叶倩　当然记得。

沈恬：你们什么时候建的这个群啊？

陈远良哈哈一笑。

陈远良：你们要结婚了，我立马就建群了，周慎之要给大家派喜帖啊！

沈恬一愣，还能这样。曹露私信沈恬。

曹露：大佬挺会！

群里消息又闪着。

刘妮妮：沈恬，祝福你啊。

叶倩：真是给了我们一个很大的惊喜，哈哈哈哈，沈恬恬，你牛，拿下了我们校草。

沈恬脸红，不知该说什么。这时，她的私信列表又有一条信息，是周慎之发的。

Sz："喜帖"链接。

接着，他发语音过来："恬恬，这喜帖你发给女同学。"他声音有几分低哑，似刚睡醒。

沈恬按着语音："好的。"

他轻笑了声，说："你先点开看看。"

沈恬"哦"了一声，点开那链接，她跟周慎之的三组婚纱照都在里面，背景图是晚礼服那张，他搂着她的腰，跟她说话，让她别紧张。两个人对视着，摄影师拍得很美，她睫毛很长，周慎之桃花眼微挑，似在诉情。

往下就是中式红礼服，比较规矩；接着就是西式的，他牵着她的手，面对镜头，身后是一望无际的大海，海的那边有余晖，熠熠生辉。

上面受邀人的名字，需要自己填写。背景音乐配的《告白气球》这首歌，沈恬看着，心跳加速，仿佛这一切都顺理成章，是两个相爱的人，在准备结婚。

这个链接，沈恬来来回回看了好几遍。

下班后沈恬回到住所，跟曹露叫了外卖。然后她开始坐在桌旁，把过去的同学的名字，仔仔细细地写下来。因为她跟 1 班的同学只有一年的同学情，有些还不太了解，曹露正好跟她们更熟一些。她趴在桌子旁，说道："黄丹妮、刘妮妮、叶倩、朱美美。"

沈恬听她的，把她们的名字填进链接里，然后去群里加她们。有些人通过了，有些没通过。通过的就派过去，没通过的就算了。

黄丹妮通过了，冷着脸回复道："呵。"

曹露"呸"了一声："别管她，她一定会来。"

最后弄完后，曹露点着秦麦的头像："给她发。"

沈恬还在编辑字体。曹露惊呼了一声，她把平板推到沈恬的面前："看，周大佬发朋友圈了！"

沈恬手一顿，那是陈远良的朋友圈截图。

陈远良说：兄弟英年早婚，而我的女孩在哪儿呀？

配图是周慎之朋友圈的截图。

曹露激动地拉沈恬的手："快看！你看周大佬的朋友圈，是不是真发了？"

沈恬点开朋友圈。

Sz：翻过岁月不同侧脸，措不及防闯入你的笑颜。

他配了两张图。一张是两本结婚证，一张是跟沈恬在民政局两个人低头说话，曹露拍的，那会儿起风了，风吹乱沈恬的刘海发丝。他看她一眼，沈恬在笑。

曹露拽着沈恬："他配的词也太——甜了吧！"

沈恬心跳如擂鼓，朋友圈的评论区里一排的祝福。

陈远良：兄弟！你有点儿浪漫细胞在！

江山：沈恬好好看，这歌词配她，正好呀！

郑韶远：恭喜恭喜，祝福祝福！

曹露点着沈恬："你也发，快点儿。"

沈恬犹豫了下，也是发了一张结婚证。

沈恬：余生一起看夕阳。

曹露：哇，那必须的，宝贝儿！

陈远良：美好的愿望，慢慢一起变老，沈恬，你好甜！

江山：你们夫妻俩是说好的吧？要屠尽我们的朋友圈！

郑韶远：说实话，很意外，但祝福。

朋友圈闹过一圈后，沈恬在曹露的催促下，给秦麦发了喜帖链接。

秦麦并没回她。沈恬倒在沙发上，并不在意她回还是不回。

她点开周慎之的朋友圈，点开他第一条朋友圈拉着德牧犬的那张照片。

这时她发现，她能看见他朋友圈下方的评论了。秦麦给这条朋友圈点了赞。

秦麦：周慎之，你接我电话。

陈远良：姐啊，人家在忙，接你电话做什么?!

郑韶远：秦麦，消停几天吧。周慎之忙得跟什么似的，他手里一堆的项目。

江山：就是。

她加了他们的微信好友后，看到了他们的大学时期，像潘多拉魔盒一般，缓缓打开。

第三十三章

Chapter 33

看着这些评论，沈恬愣了愣。而躺在那边沙发上的曹露唰地坐起来，她朝沈恬挪过来，一把勾住沈恬的脖子："宝贝，你知道吗? 秦麦大学时期就主动追周大佬了。"

沈恬立即就想起了那条评论，也想起秦麦在黑板报前说的那番话。她说考上华大后再说，那会儿她心里就有计划的吧。

曹露接着道："周慎之大佬特别错愕，因为他们两家本来就认识，估计他没料到秦麦会追他。而那会儿关珠云也还在追周大佬，那场面啊……我刚刚问了陈远良，简直翻天覆地。她们两个女生争风吃醋，闹得周大佬在他们学院都出了名，不过，可不是什么好名声，而是说他桃花旺之类的。"

"周大佬本来是住校的，后来干脆搬出去住了。"

"不过这样并不能阻挡她们的脚步，于是周大佬身边就出现了个疑似女朋友的人，跟他一同出入学生公寓。听说这个人是科研所的学姐，特别优秀啥的。秦麦跟关珠云两个人经常看到他们在一起，还有一次看到他们疑似一起去酒店。"

"再后来，秦麦就慢慢放弃了，关珠云也因为被星探挖了，渐渐消失。"

"真没想到啊！"曹露满脸感叹。

沈恬问道："你这些都是听陈远良说的？"

曹露点头，她捏着沈恬的脸："对啊，为了我的宝贝恬，我肯定要打听清楚啦。"

沈恬抱着膝盖，想着秦麦，她或许是受了关珠云的刺激，所以在大学里才如此不管不顾吧。

"所以，周大佬说他没喜欢的人，这件事情肯定是真的。"曹露看着沈恬说，沈恬抬眼，点点头。

曹露揉捏她的脸："所以你要自信！"

沈恬笑着点头。如果此时她还保留着写日记的习惯。一定会写下：两个那么优秀的女孩喜欢她，他都不要，他到底会喜欢上什么样的女孩？

"好啦，别想了，好好准备结婚吧。"曹露笑着抱紧她，沈恬回抱她，说道："露露，谢谢你啊！"

"跟我这么客气，找死啊。"

沈恬笑道："不找死，我去给你放热水，泡澡。"

"去吧去吧。"曹露松开她。

隔天是周六，沈恬起床后，回了一趟甜甜超市，婚礼的事情主要是郑秀云、沈昌明还有江丽媛奶奶以及于眉四个人操办的。

沈恬一进门，沈昌明在写喜帖，郑秀云在一旁一边监督一边指挥，看到她进来，说道："你社里的同事，自己填。"

沈恬"嗯"了一声，接过喜帖跟笔，坐下来填写。这时她的手机响起，是周慎之来电。她顿了顿，放下笔，接了起来。

他嗓音清澈，很低，带着几分笑意："今天周六，去看看房子？"

沈恬看着笔尖，"嗯"了一声。她才反应过来，他说的那个房子，是以后两个人要住的，耳根一下子就泛红了。

郑秀云在她对面，一边拿着喜帖扇风，一边盯着她看。

他轻声一笑："那等会儿去接你，你在哪儿？"

沈恬："在甜甜超市。"

"好。"

挂了电话，沈恬继续填喜帖。郑秀云拿了一张新的放在她面前："给你老师写，写好看一点儿。"

沈恬"嗯"了一声，乖乖巧巧地拿着笔，把"盛沅"二字写上。

不一会儿，黑色奔驰缓缓停在树下，车门打开，周慎之穿着黑色 T 恤跟牛仔裤走下来，关上车门，看着两边的路况走过来。

顾长的身材、棱角分明的脸，指腹漫不经心地摩挲着尾戒，惹了不少人的注目。

红色的遮阳伞挡着他，他微微侧头躲过，随后走了进来，眼眸看沈恬一眼，接着才看向郑秀云跟沈昌明："阿姨、叔叔，早上好。"

他把另一只手提着的礼盒放下。郑秀云没接礼盒，只说："来就来了，以后不用带东西。"

周慎之手插裤兜，笑道："好。"

郑秀云拿喜帖敲了下女儿的肩膀，沈恬回过神，说道："我填完这个就走。"

周慎之看到她手里的喜帖了："没事，你慢慢来。"

沈昌明拿了一张椅子给他，周慎之坐下，就坐在沈恬的身侧。沈恬紧握着笔，仔仔细细地填完最后一张。

郑秀云看着女儿这般，摇了摇头。

十分钟后，沈恬扣上安全带。他启动车子，修长的手转着方向盘，等上了主干道，车子不多的情况下，他手搭着车窗，就单手握着方向盘。他看一眼沈恬，说道："女同学的喜帖都发好了？"

沈恬点头："你那边呢？"

周慎之看着车况，唇角微勾："也好了。"

他说话声音很好听，沈恬耳根又有些热，昨天他发的朋友圈就跟做梦一样。

车子抵达一个小区，这个小区就在沈恬出版社斜对面，叫蓝月雅阁。她愣了一秒："就在这里吗？"

周慎之找个停车位停好车，手抵着下巴看她："对。这儿距离你出版社近，离江氏也近一些，我们俩上班都挺方便的，如何？"

沈恬点头："嗯。"

"下车吧。"

两个人下车，沈恬往后扫，远远还能看到出版社的招牌，她是真没想到他会安排住到这儿。而这个小区位于中心区，单价很贵，贵到离谱那种。

进门就有管家带着他们上楼。一梯两户，但面积并不大，三间房，一个大阳台。大阳台挨着书房，是一个类似于空中花园的阳台。

　　阳台另一侧挨着公用卫生间，另外两间房间都有一扇挺大的落地窗跟飘窗，中间那间卧室有卫生间。而客厅跟餐厅、酒柜、吧台三个挨着，厨房挨着大门不远处，厨房有一个小阳台。

　　客厅没有阳台，光线偏暗。设计风格以灰色系为主，很有私密感。

　　周慎之推开中间那扇门，靠着门看着她："这儿是主卧室，主卧室的洗手间柜子还没弄好，所以暂时先用公用的这个。"

　　沈恬走过去，探头看着。她身子距离周慎之很近，并非有意，周慎之垂眸看她一眼，略微拉开了点儿距离，但她发丝带着淡淡的清香，飘入他鼻中。

　　这间主卧室梳妆台、柜子一应俱全，在角落里还有一个小小的看书的区域。漂亮的琉璃灯投射下灯光来，矮沙发跟矮茶几很有氛围，旁边还有个很漂亮的抱枕以及好几个公仔，这都是沈恬之前没想过的。

　　她看着那个区域。周慎之嗓音清澈，含着笑意在她头顶响起："喜欢吗？"

　　沈恬扭头看他一眼，点头："喜欢。"

　　"去看看吧。"他鼓励道。

　　沈恬走进去，在矮沙发上坐下来，伸个懒腰。周慎之靠着门抱着手臂，看着她伸。

第三十四章

Chapter 34

　　因为他就站在门口，沈恬也不敢坐多久，一会儿就起来，然后四处看看。房子是精装修的，家具也一应俱全，地面光洁干净。沈恬视线在中间那张大床上扫过便收回。

周慎之站直身子，问道："还有别的想修改的吗？现在还来得及。"

沈恬看向他，摇头："没有，这儿很好。"

他手插裤兜，轻笑："那就好。"

又绕着房子走一圈，沈恬扒着门框看厨房，厨房很大，光洁得很。她犹豫了下，回头问他："你会做饭吗？"

周慎之靠坐在沙发扶手上，低头摁着手机，听罢，抬眼看着她："会一些简餐。"

沈恬一听，笑道："哦，这样厨房还算有些用处。"

他放下手机，眉梢微挑："恬恬不会做饭？"

沈恬摇头。

周慎之看她几秒，笑道："嗯，确实，听说丈母娘做的小笼包很好吃。"

沈恬耳根一下子就红了。他在说什么？丈！母！娘！

郑秀云听到会不会掐人中！

她说道："我妈也就这个做得好，厉害的是我爸，什么菜都会做。"

周慎之听着，点点头："叔叔是个好爸爸。"

比他那不着家的爸爸好多了。

沈恬抿唇，笑道："嗯，我爸爸很好。"她发自内心觉得。

周慎之唇角微勾，他看了眼腕表："恬恬下午还有事吗？"

沈恬顿了顿，道："要去看看老师。"

"那去吃饭吧，吃完了我送你回去。"他说着，站起身，朝门口走去。

沈恬跟上，两个人出了门，在门口的智能锁旁，周慎之在上面按了会儿，随后让开身子，对她说："你录入一下脸。"

沈恬"哦"了一声，站过去。她看着镜头，镜头里出现她那张脸。

加之旁边有他在，沈恬有几分尴尬，在等待录入的时候，她悄悄勾唇，让页面里的自己看起来好看一些。最后定格下来的就是她眼睛亮晶晶，唇角微微勾抿，眉眼弯弯的镜头。

周慎之录入时，面对的就是这样一张脸，他垂眸，看着女生亮晶晶的眼睛，点了确认。

沈恬在一旁捂脸，觉得自己刚才笑什么笑。更尴尬了。

他转过身时，沈恬立即放下手，跟着他进了电梯。

他看她一眼，笑问："想吃什么？"

沈恬说道："都行。"

周慎之含笑："那我安排了。"

最后，他带她去了一家日料店，吃旋转寿司。吃完午饭，他开车送她回超市，车在路边停下，沈恬下了车。谁知他也跟着下了车，沈恬看他一眼，周慎之笑道："跟叔叔阿姨打声招呼。"

沈恬耳根微红，"哦"了一声。在礼数方面，他好懂。

跟郑秀云和沈昌明打完招呼，他便离开，上了驾驶位，转着方向盘，手搭在车窗上，开车驶离。沈恬站在超市门口，目送。

郑秀云咳了一声，她立即回过神："妈，喜帖呢？"

郑秀云没好气地看她一眼，拿出来放在桌面上，又说："礼盒在那边，别忘记拿了。"

"好。"沈恬去货架上拿了礼盒，接着拿上喜帖出门。

盛沅老师是美院的教授，住在卓越花园，那儿是人才小区。沈恬报了姓名进去，盛沅一身的墨水，开门看她。老头抚摸着胡子："怎么突然来了？"

沈恬笑道："来看看老师。"

进门后，沈恬看到桌上放着的毛笔："老师在写字？"

"没事练练，你师母刚出去了，你自己泡茶。"

沈恬"哎"了一声，放下礼盒跟喜帖。

盛沅卷起沾了墨水的裤腿，看一眼喜帖，直接拿了起来，翻开，接着道："结婚？"

沈恬拿茶叶的手一顿，点点头。

盛沅看着这个关门徒弟："你才多大啊？才上班一年，就结婚？"

沈恬笑笑。盛沅看着自家徒弟，又想了想她大学时期，那排在后面追她的男生，她是一个都没点头。

盛沅又看了眼喜帖上男方的名字："周慎之？廖彦的学生?！"

沈恬抬眼："老师认识他？"

盛沅说道："当然认识，你们怎么会突然要结婚？"

沈恬一顿，她一边泡茶一边把具体情况跟他说。盛沅是她很重要的老师，她这么迟才对他说，确实有几分愧疚。

盛沅听罢，还能有什么不明白的。他合上喜帖，放在桌上："老师祝福你。不过沈恬，你应该清楚他结婚的目的。"

沈恬笑道："我清楚的。"

盛沅叹口气道："他出名的不单单是他的成绩，还有他的桃花运，你们婚后，就怕他这个桃花运依旧存在。你得放心上。"

沈恬点头："老师放心吧。"

盛沅看徒弟这样应着，知道她心里有底，便也不再多说。他的想法其实跟郑秀云一样，沈恬大学时期一个没谈，估计是年少时遇见太惊艳的人。想想秦家女儿跟关家女儿对周慎之的猛烈追求就知道，这个男生是多少女生年少时的惊艳。

而这么令人惊艳的男生本该有一场轰轰烈烈的爱情，或者曾爱上某一个女生刻上某些印记，谁知道他最后选择一脚踏入一场平淡的婚姻。

盛沅端起茶杯，抿一口："沈恬，你就如这茶一般，越品越甘甜。"

沈恬愣了下："老师，怎么突然这么说？"

盛沅笑而不语，抚摸着胡子。不一会儿，师母回来了，看到沈恬在，立即说要下厨给沈恬做一顿好的。沈恬笑眯眯地挽着师母："好耶。"

吃过晚饭，离开老师家，沈恬回了自家超市，去看看还有没有需要帮忙的。

郑秀云跟江丽媛奶奶正在打电话，奶奶在电话里说得热火朝天，郑秀云事事应和，她对老人家非常尊重。

沈恬拿走给出版社同事的喜帖，抱了抱郑秀云，然后便回了住所。

曹露刚吃完外卖，坐在椅子上玩手机。看到她进来，立即抱住她："我的恬，今天有没有发生什么事？"

沈恬跟她在沙发上坐下，靠着她道："就去看了新房。"

"新房，什么样的？"曹露两眼放光。

沈恬说了小区名，曹露感叹一声："周大佬好有钱！"

沈恬点头："我也是没想到啊。"

曹露拍拍沈恬："真好。"

沈恬一笑："嗯。"

周一，沈恬在正式休假的前一天，去了一趟出版社，把喜帖给她们派过去，随后准备把一些文件传送到邮箱，准备带些工作回家。办公室的门"砰"的一声被推开。

陈主编跟小叶走了进来，陈主编震惊地看着沈恬："小恬！你老公是周慎之！你之前怎么不说?!"

沈恬一顿，她就猜到会有这一幕，抬起头看着陈主编，道："其实我一开始也不确定跟他能不能结婚，如果说了，最后没结，不是挺尴尬的。"

陈主编听到沈恬的话，愣了愣。小叶上前，眼睛发亮："那现在确定了对吗？他的采访，沈姐姐能帮忙吗？"

沈恬犹豫了下，这也是为什么她要把同事们的喜帖放在最后派的原因。

小叶说道："难怪那天他看到我们以后，就派了那个助理过来招呼我们，原来都是因为我们队里有沈恬姐姐啊！"

沈恬一笑，支着下巴道："凑巧而已。"

小叶接着道："什么凑巧啊，肯定是因为你啊！哎哟，沈恬姐姐你藏得好深啊！"

陈主编看小叶越说越多，拉开小叶，上前拍拍沈恬的肩膀："祝福你，采访他的事情，是《时代周刊》的事情，你不必有压力，好好准备结婚，当个漂亮的新娘。"

沈恬心里一暖，点头："谢谢陈主编。"

工作跟生活，她还是希望分开。周慎之接不接受采访，也不是她能决定的。

小叶还想说什么，被陈主编一把拉走。

出了办公室，陈主编瞪小叶一眼，小叶顿时闭嘴："主编，我好像做错事了？"

陈主编说道："在研发基地的时候，沈恬就没点破跟周慎之的关系，说明她并不想把生活带到工作中来，后来我们说要采访他，她也没表示要帮忙或者引见，就可以很明确她的态度了。你这一副要逼着人家帮忙的样子，像什么样！"

小叶愣了几秒，反应过来："对哟。"

她懊恼道："那我跟她道歉吧。"

"不必了，她看起来并不介意，走了，以后可别犯这种错。听总编说，她做的那一版儿童读物卖疯了，而且还受到几个官网的称赞，她很厉害。"

"哇，对啊，我听说了。"小叶跟着陈主编往办公室走，"不过，沈姐姐也太低调了吧，能跟那样的人结婚，如果换成是一组的萧梦，得昭告天下了。"

陈主编推开办公室门，道："低调点儿好。"

小叶"嗯"了一声，但心里还是多少嘀咕，其实说一声好像问题不大吧？为什么不肯说。

拿了工作回住所处理，沈恬的年假就正式开始。

接下来的几天正是最忙的时候，江丽媛奶奶跟周慎之的妈妈于眉常常来往于家里跟沈恬家超市。

沈昌明因为女儿要结婚，超市这段时间一直搞八折优惠。一些邻居听说沈恬要结婚了，经常来超市唠嗑，也看到了男方的家里人，比如于眉跟奶奶，接着也看到了周慎之本人，邻居们好一阵惊叹。

沈恬也看到了他的父亲周海昀，他虽一身风尘仆仆，但脸上带着很温和的笑容，长得特别清隽。他给沈恬带了一条纯黑色的手链，说是黑曜石，但品种跟市面上的不一样。

手链在沈恬的手腕上有少许的光泽，很好看，沈恬摸了摸，下意识地看向周慎之的尾戒，周海昀笑道："那是我们家的传家宝，平安戒。"

沈恬一愣，原来是传家宝。

周慎之靠在桌旁，正听着奶奶的吩咐，他抬眼看向沈恬，唇角微勾："你以为是什么？"

沈恬一顿，耳根泛红。两家人都看向沈恬，她更窘。

她立即摇头，说道："没什么。"

奶奶揉揉沈恬的脸："恬恬好可爱。"

她上次看到沈恬的好朋友曹露揉，觉得有意思，于是她也学了曹露。

沈恬："……"

婚礼日期定在 7 月 8 日。

出嫁地点本来是安排在老城区的房子，但沈恬请求从超市二楼的房间出嫁，这间房间是她从小学到高三住的那间。

也是一站起来就能看到那条窄巷的房间，更是她置办第一台电脑、写第一篇日记的地方，至今，柜子里还锁着那本日记本。

出嫁前的一个晚上，曹露过来陪沈恬，姐妹俩在房间里待着。

沈昌明切了水果端上来，过了一会儿郑秀云也上来看她们，她抱着手臂，看着女儿，看着那从高三就上锁的柜子，说道："钥匙给我吧，免得弄丢了。"

沈恬顺着郑秀云的视线，"哦"了一声，她从枕头下取出钥匙，递给郑秀云。郑秀云收好，说道："你放心，妈不会打开的。"

沈恬点头："我信你，妈妈。"

郑秀云又看她一眼，这才转身下楼。曹露伸手拉了拉抽屉，然后看向沈恬："原来你的秘密都在这里，我之前在你家睡的时候还想着，这柜子怎么上锁了！"

沈恬笑笑，抱着抱枕靠在沙发上。曹露说道："明天他们来闹，这柜子一定要藏好，否则你的秘密就公之于众啦。"

沈恬道："你们明天别太闹就行啦。"

"哼哼。"曹露哼几声，她明天是伴娘，节奏由她把控。两姐妹不一会儿上了床，靠在一起聊了一会儿天，就各自睡去。

但沈恬其实没怎么睡。她只记得自己刚要睡着就被曹露挖了起来，化妆师趁着夜色进门，给她们化妆，新娘妆化得差不多，刘妮妮、叶倩和周靓靓也来了，她们是姐妹团。

周靓靓如今已经是一名护士，在粤城上班，这次特意请假回来，昨晚七八点刚到的，她抱着手臂看沈恬被化妆师摆弄，戳戳她的肩膀："你真嫁给周慎之啊！"

沈恬笑笑，没应。刘妮妮在一旁笑道："当然了。"

周靓靓朝沈恬竖了个大拇指。

天色渐亮，吉时已到。

沈恬跟姐妹团的妆容都化好了。沈恬捧着花坐在床边，曹露跟周靓靓两个人贴着门听声音，不一会儿，曹露就兴奋地道："来了来了！"

接着脚步声就到了，陈远良的大嗓门紧接着来："开门，我们迎新娘来了。"

曹露问道："怎么不见新郎？"

一道清澈、低沉带笑的嗓音传来："在这儿。"

曹露掐着腰："周大佬，给点儿诚意，就放你们进来。"

周慎之挑眉："要的。"

说完，红包从门缝下塞进来，几个女生弯腰去捡，一阵欢喜。曹露还没完，她敲着门道："要进来很简单。周慎之，唱歌！"

陈远良几个人"哟呵"了一声:"让我们新郎唱歌,行啊!要唱什么歌,今天随你们点!"

曹露笑眯眯地道:"就唱,他发朋友圈那句词的那首歌吧!"

沈恬心一跳,下意识地看着门板。她知道这首歌,《起风了》。

大学时期听过,但不知为何,从他那儿说出来,就变了感觉,就……有点儿甜。

曹露敲门:"开始呀。"

外面安静几秒,接着,慢慢地,歌声响起,却是陈远良带着其他男生一起唱:"这一路上走走停停,顺着少年漂流的痕迹,迈出车站的前一刻,竟有些犹豫。不禁笑这近乡情怯,仍无可避免。"

"而长野的天依旧那么暖,风吹起了从前……"

曹露转头看向沈恬,沈恬顿了顿,笑了笑。曹露扬眉,打算打断他们,虽然很好听,但不是周慎之唱的!这不算!

下一秒,周慎之低低的声音响起,他接了歌词:"从前初识这世间万般流连,看着天边似在眼前,也甘愿赴汤蹈火去走它一遍,如今走过这世间万般流连,翻过岁月不同侧脸,措不及防闯入你的笑颜。"

"我曾难自拔于世界之大,也沉溺于其中梦话,不得真假,不做挣扎,不惧笑话。"

"我曾将青春翻涌成她,也曾指尖弹出盛夏,心之所动,不愿随缘去了……"

他改了最后一句。原是,心之所动,且就随缘去吧。而今改成,心之所动,不愿随缘去了。

这儿的楼梯狭小无比,这间老房子也不隔音,所以他的声音好听极了。

歌声落音,有短暂的安静。接着陈远良趁着她们发呆,立马扭开门,猝不及防,哗啦啦一群人,推开了。曹露跟周靓靓急忙后退了几步。

"你们!"曹露指着他们。陈远良嘿嘿直笑,他还是那么胖,勾着周慎之的肩膀,道:"歌,我们也给你们唱了,该开门了吧,别耽误我兄弟娶妻。"

周慎之单手握着玫瑰花,唇角微勾,他看曹露跟周靓靓一眼:"辛苦了。"

随后,他长腿一迈,走了进来。他今日穿着黑色西装,一整套,衬得他肩宽腿长,沈恬看着他走到自己跟前,握着花的手紧了紧。周慎之朝她伸手:"走吧。"

他修长的手近在眼前,沈恬看了几秒,准备伸手。

199

这时人群中不知是谁，大喊道："亲一口！！"

沈恬心一跳。陈远良带着大喊："亲一口！亲一口！亲一口！"

他们的声音跟风浪一样，威逼而来。沈恬抬眼，有些慌地看向跟前的男生，而那些声音继续压来，压得人不知所措，不知该如何反应！

沈恬听到人群中曹露大喊的声音，她扭头，瞪着曹露。

周慎之看了他们一眼，微微挑眉。

随后他看向沈恬，几秒后，修长的手伸出来，戴着黑色尾戒，捏住她的下巴。沈恬猝不及防，抬眼看他。周慎之唇角微勾，低头，温热的薄唇亲吻了下她的额头。

啊！！！

第三十五章

Chapter 35

因他罩下来，沈恬下意识地闭眼。接着温热的触感从额头传来，她心脏跳到快冲出胸膛。

挤在门边的那一群人"哇"了起来，声音要掀翻了天，仅仅几秒，他就离开，沈恬睁开眼，对上他的眼眸。他眼尾微挑，眼眸漆黑如墨，笑道："走吧。"

沈恬掐了下自己，让自己恢复正常，她点点头，抿唇一笑。他牵着她的手，这会儿牵实了。沈恬也从床上下来，穿上银色高跟鞋。

堵在门口的一行人，看到他们来了，陈远良立即笑着推开身边其他人："让让，让让，别误了我兄弟娶老婆，走起！"

大家哈哈一笑，整装队伍。曹露收起手机，拉着周靓靓三个人提沈恬的东西，比如红伞之类的。

沈恬被周慎之牵着，下楼梯。她家的楼梯她上下好多年，从没觉得窄，但不知为何，今天觉得窄，他走在前面，时不时地回头看她一眼，让她小心。沈恬轻轻地"嗯"了一声。

而楼梯上的灯有一个坏了，线都跟着往下垂落，周慎之眉梢一挑，侧头躲过。沈恬也躲过了那个垂灯。

身后其他人闹哄哄的，楼梯都被挤满了，嬉嬉闹闹，说说笑笑，抵达一楼，经过小仓库，周慎之推开门，外面的货架琳琅满目。

曹露笑道："高中的时候我就羡慕沈恬家有个超市！"

"谁说不是呢！"周靓靓接话，"我还让我妈给我开一个，我说小一点儿无所谓，只要有很多零食跟冰激淋！"

"哈哈哈哈！"一群人笑了起来。

穿过货架，郑秀云跟沈昌明穿着红色的旗袍裙以及黑色的西装套装，站在柜台旁看着她。郑秀云只安静地看着；沈昌明眼眶微红，脸上却笑着。

沈恬很少见父母穿得这么隆重，沈昌明一年到头就那么两三件衣服换来换去，都是比较舒服跟宽松的款式。

今日这样一穿，她的爸爸也是个老帅哥呢！郑秀云本身底子就在，这样一穿，也很好看呢。

沈恬上前，抱住他们。郑秀云揉揉她的头："往后的路别怕，妈妈陪你。"

沈恬眼眶一红，点了点头。沈昌明擦擦眼角的泪水，拍拍女儿的肩膀："家是你永远的后盾。"

"嗯嗯！"

"去吧。"郑秀云松开沈恬。

周慎之上前，牵住沈恬的手，冲他们点头，说："岳父岳母记得跟 2 号车一起走。"

郑秀云："知道。"

超市外的冰箱以及摆放的椅子都收了起来，遮阳棚也收了起来。超市今日办喜事，休一天，前面这条通往黎城一中重点中学的路一下子就变得宽阔，外面停着十几辆轿车，带头的那辆开了天窗，有个摄影师站在天窗处，肩膀上扛着摄影器材。

第二辆车是新人车，是奔驰S^①，再往后也有几辆奔驰。江竞野跟陈厌各靠在其中一辆车旁，看到他们来，也纷纷上了车。

周慎之拉开第二辆车的后座车门，手扶着车顶框。沈恬弯腰坐进去，他关上车门，绕过车子，开了那边的车门，坐了进来。曹露提着小包坐进副驾驶位，她扣好安全带，就举起手机，对着沈恬拍。

陈远良上了驾驶位，调整了下座位，说道："走咯。"

沈恬看了眼车窗外，看着父母缓缓走向后面的车。她收回视线，紧握着手中的花。周慎之伸手，把她的头纱拉下来，遮住了她的视线。

她转头看了眼身侧的男生，他手肘搭在膝盖上，往前倾，跟陈远良在说话，这样看，喉结如刀锋，侧脸棱角分明，他眼底含了几分笑意。

周慎之穿着一身的西装，却看起来漫不经心，带几分吊儿郎当。他看起来一点儿都不紧张，而她却好紧张。

脑海里想到从那楼梯上下来的画面，还有爸妈对她说的话、爸爸的泪水。这一刻，沈恬意识到，自己要长大了，眼眶再次一红。

她收回视线，头纱遮住一些，但仍能朦胧地看到红着的眼眶。拍摄的曹露一愣，她用嘴型跟沈恬无声地说道："别哭。"

但泪水还是顺着沈恬的脸颊往下滑落，在她下巴处凝结，周慎之往后靠时，余光扫到了她下巴的泪水。他一顿，几秒后，从一旁拿了几张纸巾，放入她的手心。

沈恬一愣，她指尖抓着纸巾，然后侧过头，在那边擦拭。

周慎之看她这样，拨了下她的头纱，道："等下让化妆师给你补个妆。"

沈恬没有回头，依旧轻轻擦拭，她"嗯"了一声。

不一会儿，她坐正了身子，手心捏着纸巾。周慎之抬手把她的头纱整理好，随后放下手时，握住她的手。

沈恬一愣，他手指修长，掌心温热。他在给她力量。估计是怕她一直哭，觉得无助，所以才握住她。

曹露心里"哇"一声，把手机镜头对准了他们交握的手。

就这样，虚虚地握住，一路抵达了酒店。

---

① 奔驰S级，是德国戴姆勒集团旗下品牌梅赛德斯－奔驰推出的豪华轿车级别之一。

江丽媛奶奶、周慎之的妈妈于眉、他的爸爸周海昀已经到了，在门口迎接着呢。

车队缓缓停下，奶奶上前拉开车门，喊着沈恬的小名："宝贝恬！"

沈恬提着裙子，抱着花下了车："奶奶！"

周慎之也从那边下来，关上车门，走过来，周海昀则走去迎接郑秀云、沈昌明以及沈业林爷爷，随后一行人下车，上楼。

因为时间上要按算的吉时来，所以改口茶就直接在酒店完成。两家父母以及长辈成排坐下来，沈恬跪在周慎之的父母和奶奶面前，周慎之跪在郑秀云、沈昌明以及爷爷的面前。

沈恬捧花跪得很直，她看着周慎之那边的亲戚端了茶给他。他接过了茶杯，看向沈昌明："爸，喝茶。"

沈昌明点头，放下红包，接了他手里的茶。接着，周慎之转而端茶给郑秀云："妈，喝茶。"

沈恬在那一刻，万般滋味翻涌。

等到她的时候，她指尖微抖，往前递茶："爸、妈，喝茶。"

于眉跟周海昀笑着接过，给她拿了红包。她头纱揭开了，今日睫毛很长，她接过红包。

改口茶礼成后，沈恬被带到二楼的房间休息一会儿，曹露跟周靓靓两个人进来陪她，化妆师也进来给她补妆。曹露抱着手臂"啧啧"几声，围着沈恬转，接着伸手揉着她的肩膀："累不累啊，宝贝恬。"

沈恬摇头。周靓靓关上门，凑过来道："周慎之大佬在阳台跟他们几个男生聊天，他们给他递烟，他抽烟呢。"

曹露说道："有啥好稀奇的？难道大佬就不能抽烟吗？"

周靓靓摇头，她打开手机，递给沈恬："你老公抽烟的样子，也太帅了吧。"

沈恬低头，就看到相片里，他指尖夹着烟，手臂搭着栏杆，偏头跟陈远良说话，领带不知所终，领口微敞，眼尾微挑。那种漫不经心的感觉就很抓人。

还有一张他转过来，捏着烟放进嘴里，低头笑着。

化妆师扫一眼："这新郎官是我这两年来见到最帅的！"

曹露一听，笑道："真的啊？"

化妆师点头："真的啊。"

她给沈恬固定刘海，笑道："小妹妹好福气。"

沈恬耳根微红，她让周靓靓把相片发她微信。

又过了一会儿，门敲响，曹露说"进"，门就被推开，周慎之单手系着领带，看向沈恬，唇角微勾："恬恬，下去接客人了。"

沈恬看着他："好。"

沈恬跟周慎之一行人下楼时，大堂人已经不少，摄影机器都架着。而宾客们也陆续到达，每一辆轿车都缓慢地开上来，然后酒店服务员上前开车门，他们下车，沈恬站在周慎之身侧，脸上带着笑容迎接。

一开始来的都是周慎之家那边的人，几乎都是好车。沈恬作为新娘，他们来了先祝福周慎之，接着看向新娘，然后周慎之的几个表妹堂妹，拉着沈恬拍照。

黄丹妮等人来时，放下红包，睨了沈恬一眼就进去了。

又过了一会儿。一辆劳斯莱斯开了上来，一下子就吸引了不少人的目光，所有人齐刷刷地看过去，车门打开，秦麦穿着露背红色长裙踩着高跟鞋走下来，手上拿着一个限量款的小包，挺直着背，看着沈恬。

沈恬微微一笑。秦麦踩着高跟鞋往他们这儿走来，她看一眼周慎之。周慎之神色淡淡，他偏头跟陈远良说："去拿个小凳子过来。"

陈远良"哦"了一声，接着就去拿。

秦麦来到沈恬的面前，她今日这一身红色很夺目，有点儿喧宾夺主的意思，她拿出红包递给沈恬，语气似很平和："恭喜。"

沈恬接过，笑道："谢谢。"她态度也疏离、平和起来。

秦麦看着她，指尖掐了掐小包，正还想说点儿什么，就见周慎之拿着个小凳子，弯腰，拍了拍沈恬的小腿，道："把高跟鞋脱了，踩凳子上。"

沈恬"啊"了一声后瞬间明白过来，她手握着花，小心地撑在他肩膀上，把高跟鞋脱下，脚踩在凳子上，她的脚后跟已经磨出了血。

曹露在一旁看到，"哟呵"了一声，笑得贼兮兮的。秦麦看着这一幕，脸色微白。

沈恬整个人踩在凳子上，把裙摆拉好，遮挡住那个小凳子，她小声道："不会被发现吧？"

周慎之站直身子，把她裙摆拉好，轻笑，看她一眼："发现了又怎么样？"

沈恬耳根一红，心怦怦直跳。再回神时，那一抹大红色已经走进去，曹露跟上去给她开门，笑眯眯，那笑容刺眼得很。秦麦咬着牙走进去。曹露嘿嘿一笑，转身回来。

她拿着手机继续在对面拍着沈恬，用口型告诉沈恬："她脸色好白，被周大佬打击的哟，哈哈哈哈哈。"

人太多，沈恬一时读不出曹露的口型。她猜了一会儿，就没再猜了。

上午11点30分左右，宾客来齐，沈恬从凳子上下来，穿上高跟鞋，跟周慎之进了后面的休息室兼化妆室，周慎之领带有些歪，沈恬坐在化妆椅上，指了指他的领带。

他看了一眼镜子，随后抬手整理，眉眼漫不经心。镜子里的男生令人心跳加速，沈恬赶紧收回视线，闭眼让化妆师补妆。

陈远良敲门说道："兄弟，司仪喊你。"

周慎之站直身子："来了。"

他看沈恬一眼，笑道："我先出去。"

沈恬点头。

他走后，化妆师仔细给她描眉，说道："虽然你老公很帅，但你今天也很美。"

沈恬看着化妆师，笑道："谢谢你。"

又过了几分钟，曹露来喊沈恬。沈恬出门，就看到沈昌明站在那儿，他笑着弯了弯手臂，沈恬立即明白，挽住了父亲的手。沈昌明整理了下沈恬的头发，带着她进了大门。

喜宴厅里，灯光亮起，满天星星，既少女又梦幻。长长的T台上也是灯光闪烁，脚下沈恬的名字连成的灯，美得令人挪不开眼。而这场婚礼一看就值不少钱。

台上，周慎之站在司仪身旁。沈昌明带着女儿走到T台尽头。

司仪握着话筒笑道："爸爸是打算亲自带着女儿走过来，还是我们新郎官过去接？"

曹露拿着话筒举到沈昌明跟前，沈昌明说："我带她过去吧，婚后，我们也会陪着她走。"

"哇。"全场响起掌声。

沈恬忍不住挽紧沈昌明的手臂，沈昌明看女儿一眼，笑笑，走上台阶。周围的目光全落在这 T 台上。沈恬一边走一边看着 T 台那边的人，周慎之轻扯了下领口，他往前走了几步，在大家的欢呼声中，朝她伸出手。

司仪站在台上笑道："新郎官先等不及了，要亲自去接过来。"

大家又跟着轰然一笑。沈恬耳根泛红，手放在他掌心上，周慎之轻轻把她拉到了身边，他冲沈昌明鞠躬："爸，以后交给我。"

沈昌明手臂一空，女儿到了对面的男生手里。他注视着周慎之："男人无论如何，要对家庭有责任，这是最基本的。"

周慎之看着沈昌明，没有半丝敷衍："您放心。"

沈昌明眼睛一红，点点头，下了台。

郑秀云看他下来，翻个白眼："丢人吗！"

沈昌明："……"又不是第一次哭！

司仪安排他们站到正中央。沈恬跟周慎之面对面站着，她的头纱还戴着，在一片朦胧中看着他。

司仪笑道："这么喜庆的日子，新郎官有没有打算送点儿什么礼物给大家开心开心。"

周慎之抬眼，笑问："主持人有什么想法？"

司仪笑道："给大家发红包吧，人民币最能让人开心。"

周慎之嗓音含笑："你安排就好。"

司仪眨眼笑道："这么大方。"

他转过身，指着屏幕，屏幕上有个群的二维码，他说："来主持这场婚礼之前，我跟企鹅公司高管要了个大额红包的权限，只限今天，红包一次最高一万元，我们看看今天新郎官要出多少血。"

"哇！"台下的人一阵欢呼，接着屏幕滚动。

很多人扫码进来，不一会儿，群就满了。

司仪说道："没能进来的很抱歉，你们慢一步啦，就等下一批吧。"

他看向周慎之："新郎官请开始。"

陈远良将手机递给周慎之，周慎之接过来，他看着屏幕，接着低头开始发送。他连发了五个一万元。

沈恬在旁边看得心惊胆战，她伸手拽了拽他的袖子。他看她一眼，"嘘"了一声。

于是五万元一次被抢光，台下人群中有人尖叫起来，举着手机，他一次抢了五千多元！

曹露在正中间那张亲友桌上大喊："周大佬万岁！啊啊啊啊啊！再来几个！"

"谁能想到，我参加个婚礼，赚了两个月的工资！"

"哈哈哈可不，再来几个！我们不介意！"

司仪笑道："哎哟，换个群。"

屏幕上又出现一个新二维码，大家疯了似的再次涌进新群，整个场面热闹又开心。

人民币使人开心啊！

周慎之这会儿直接发了十个一万元，沈恬眼前一阵晕眩，她下意识地看了眼台下的长辈们。

郑秀云跟沈昌明不敢相信这群孩子玩这么大，而爷爷则在快速地抢着红包，至于于眉、周海昀以及奶奶，老神在在。尤其是于眉，脸上带着淡淡的笑意。

对于儿子这败家行为，她似乎一点儿都不在意。今天是喜庆的日子，开心最重要嘛。钱，再赚就是了。

于是，一场下来，沈恬算了算，周慎之红包发出去刚好二十万元。而他的微信限额也是二十万元。

"好，现在，我们有请双方的父母派一个代表上来讲话。"这一环节过去后，司仪抬手，示意大家安静，然后进入正题。

沈恬那颗在半空中悬着的心总算落回胸腔。她看着郑秀云、于眉从两侧台阶走上来。郑秀云来到沈恬身侧，于眉站在周慎之的身侧。

司仪递了话筒给郑秀云："沈妈妈有什么话想说的吗？"

郑秀云握着话筒，看一眼女儿以及那俊朗的女婿，她记忆往回拉，想起了那穿着校服的男生；那走在女儿身后不远处的男生；那十八岁刚到，开着辆奔驰SUV，张扬轻狂的男生。

以及女儿藏在柜子里的日记本，她头上绑着"奋斗"二字冲刺进重点班的那段日子，她往周慎之手里放彩虹口香糖的一幕。

而身为母亲的她，竟什么都没发现。郑秀云紧了下话筒，说道："我曾说过，家里的超市以后要给女儿跟女婿继承，不过今日看到我家女婿这个财力，我收回这个话。谢谢。"

全场顿时哄然大笑！

"哈哈哈哈哈，周慎之，你因为太有钱而被剥夺继承权！"

第三十六章
Chapter 36

台下笑成一团，沈恬下意识地拽了下郑秀云的袖子："妈！"

这样的场合！

郑秀云捏女儿的手一下。

司仪哈哈一笑，把话筒举到周慎之跟前，问道："新郎官有什么想法?"

周慎之勾唇，看着沈恬母女俩："丈母娘说得是，我会努力养活自己跟恬恬的。"

"哇！"台下又疯叫了起来，司仪笑道："丈母娘听见你这番话，估计十分欣慰。"

沈恬耳根泛红，郑秀云握着话筒，道："那你加油。"

司仪又是一笑，随后话筒递给一旁温柔带笑的于眉，于眉今日穿的也是旗袍裙，跟郑秀云一起定做的。这些日子以来，于眉跟郑秀云关系越来越好，这无关孩子，仅仅是两个人一见如故。她温柔一笑，说道："有一天，我的儿子告诉我，他相亲的女孩，是他高三同班同学。"

"他说，久别重逢，记忆变得清晰，记得女孩家有一间很大的超市，女孩喜欢吃彩虹口香糖，很爱笑。"

"所以，他觉得爱笑的女孩，让人欢喜。"

"他说，他想结婚，结婚对象就是这个女孩沈恬！"

"祝福你们，我的孩子们。"

沈恬唰地看向周慎之，他眉梢微挑，抬手，揉揉她的后脑勺。原来，他也记得很多很多。

假以时日，你喜欢的那个人记得你的一点点，也是一种小欢喜。

她眼眶微红，收回视线看向台下。

台下不少人都挺安静的，同学桌、好友桌距离舞台最近，于眉的话让人觉得感动，也把他们拉回了高中时期。

恍然回神，原来，他们都长大了。

那少年青春，一去不复返。

若能嫁给心中的男孩，若能娶到心中的女孩，那该多幸运。

黄丹妮眼眶都红了，曹露看着她，一脸嫌弃。不远处是把玩着烟的陈厌，那是黄丹妮喜欢的男孩。而陈厌神情冷漠，却像是想起了某个人。

秦麦脸色始终是苍白的。红色的裙子本该衬人气色，但秦麦脸色太白，红色反而成了索命色。她看着周慎之轻轻揉着沈恬后脑勺的手。他或许不爱她，但对她足够温柔。

都是因为她太作了。如果不是她太作，轮不到沈恬的。

"周妈妈很会说。"司仪见大家情绪缓过来了，说道，"感谢两位妈妈，一个是幽默派的，一个是温情派的。"

台下的人笑了起来。

司仪对郑秀云跟于眉说道："两位妈妈可以回到席上了，接下来咱们要见证新郎、新娘交换戒指。"

台下又尖叫起来，气氛组无疑了。

郑秀云拍拍沈恬的手，转身下去。沈恬目送妈妈下去后，曹露跟陈远良上台。沈恬的身子被曹露转了下，面对周慎之。陈远良手里拿着戒指锦盒，在周慎之耳边不知说什么。周慎之偏头听着，眼底含笑。

司仪说道："新郎可以给新娘戴戒指了，戴的方法有很多种，不知道新郎准备选择哪一种呢？"

周慎之眉梢微挑，低头取出了钻石戒指，随后朝沈恬走近一步。

沈恬头纱还盖着，透过头纱看着他，心怦怦直跳。周慎之指尖轻轻撩起她的头纱，他喊："恬恬。"

沈恬心跳加速，"嗯"了一声。他笑了下，松开她的头纱，接着单膝下跪，执起她握着花的右手。因要结婚，她临时涂的粉色指甲油，衬得她手指白皙、纤细又粉嫩。

周慎之轻轻地把戒指顺着她手指纹路往里推。鸽子蛋大的钻石戒指，落在她的无名指上。女生手指的美也显现出来。

他放下她的手，站了起来。

台下"哇"一声。

司仪笑道："该新娘了。"

沈恬往前一步，她把花递给曹露，曹露赶紧一手接过，沈恬取过素圈戒指，在头纱的朦胧中，她拉住周慎之的手。

他的手修长，骨节分明。这些时日，都是他因各种原因主动牵的她，她压根就不敢仔细去注视他，去注视他的手。

如今她低头一边给他戴戒指，一边看着，男生的手也可以那么好看。

戴完后，沈恬抬头，头纱外，周慎之唇角微勾，也看着她。沈恬脸颊泛红。

"戒指合适吗？"周慎之含笑，他指尖转了下那枚素圈戒指。

"合适。"沈恬认真点头。

"那就好。"

"亲一个！亲一个！"台下那魔音又响了起来，沈恬不敢置信地看着台下，江山等人还直接站起来敲碗。曹露笑着在一旁催促："亲一个！亲一个！"

而就在这时，喜宴厅的大门唰地被拉开，声音虽然不大，但对大厅里的人来说，那都是一个动静，于是不少人看了过去。

沈恬也抬眼看去。朦胧的头纱外，一个高挑的女孩站在那儿，脸上戴了一副墨镜，她穿着白色的吊带裙，踩着一双细跟高跟鞋站在那儿，鹤立鸡群，光芒万丈。

沈恬认出，那是关珠云，她下意识地转头看向周慎之。

周慎之微微眯眼，他偏头，正好揪住沈恬的眼眸。沈恬猝不及防，张了张嘴。

周慎之抬手，牵住她的手微微低头，在她的手背上落下一吻。

"啊！！！"

不知为何，在这场合下，这一吻比一开始额头的吻更令人激动，于是曹露狠狠地尖叫了起来，司仪笑着道："大家拍照，快拍照！"

于是，"咔咔咔"的拍照声响起。

而那顺着红毯往前走的关珠云，在周慎之低头亲吻沈恬手背那一刻，脚步停顿了下，几秒后，又继续往前走。

摘下墨镜，关珠云落座在陈厌他们那张桌子。

不少人看到她，当然认出了她。大家曾经都觉得，她是最有可能跟周慎之在一起的女生。

还有一部分人认出，她是某个公司的模特。

"那是那个关珠云吗？"

"大明星啊。"

"大明星也没把周慎之追到。"

"她跟秦麦大学时期闹得可厉害了，据说她还跑到周慎之的专业课上，结果被廖彦老师揪住。她好像还赶跑了不少追求周慎之的女生。"

"这也行？"

下台去换敬酒服，沈恬摸着手背那滚烫的地方，然而脑海里还是浮现出关珠云那耀眼的样子。化妆师在门外问道："恬恬，你衣服穿好了吗？"

沈恬回过神："快好了。"

她赶紧换上，敬酒服是鱼尾服，拖尾的，不好穿，沈恬拉了几下，但够不到交叉的绑绳，她提着裙子走出去。

结果化妆师不在，不知跑去哪儿了。

沈恬感觉裙子正往下滑，她跑去找化妆师，一把拉开门，正好碰上周慎之正要推门，沈恬抬头，呆愣了几秒。而肩带滑落，眼前一片白皙，入目全是粉嫩肌肤。

周慎之也愣了几秒，随后，移开视线，喉结滑动："关门。"

沈恬反应过来，唰地一把拉上门。她心怦怦直跳，懊恼又尴尬。

她提着裙子，想说点儿什么。他低沉的声音在门外响起："你找化妆师？"

沈恬点头："对。"

她声音都颤抖了。因为她发现肩带滑落，领口都跟着滑落。刚才不知道滑落了多少，这裙子太不靠谱了。

周慎之道："你在里面别出来，我去找她，把门关好，锁好。或者穿件外套。"

沈恬立即应道："好！"

门外脚步声走远，她转身就去翻找外套，找到件曹露的薄款外套，沈恬先把肩带拉好，然后穿上外套坐在沙发上比较安全的地方等着。

不一会儿，化妆师苏苏推门进来。沈恬大松一口气，她站起身道："快，绑绳。"

苏苏说道："抱歉，我肚子有点儿不舒服。"

"没事没事，就是这裙子后面太露了。"

后面全是用的红色交叉绑绳，收腰的，必须有人拉才行。苏苏走到她身后，拉起红绳道："怎么刚才不叫你老公拉？"

沈恬一顿，笑道："他不会。"

苏苏说："怎么可能？他那么万能的人，你们是一着急就慌了手脚吧。"

沈恬一听笑道："嗯，对。"

等绳绑好，整个腰也挺直了。苏苏帮沈恬再补了个妆，整理一下头发，没了头纱，沈恬视野也清晰多了。苏苏看了眼时间，道："可以出去了。"

沈恬应了声，提着裙子，拉开门。就看到周慎之跟陈远良在窗边等着，他抬起眼眸，正好看到她。沈恬一下子就想起刚刚的尴尬一幕，有些局促。

这裙子掐得她的腰特别细，红色很衬她。

陈远良咳了一声："沈恬恬今天很美。"

周慎之回了声"嗯"。随后，他朝沈恬走去："走吧。"

沈恬看他眼眸一眼，然后左右看其他地方："曹露呢？"

"准备酒去了。"

他走到她身边，沈恬挺着背，拖曳着长裙。陈远良嘿嘿一笑，走到周慎之身侧。

三个人走出门，大厅里非常热闹，有人已经开始喝起来，那嗓门传遍整个大厅，服务员跟宾客穿梭其中，还有带了小孩的，小孩跑来跑去。曹露端着酒跑过来，正好有个服务员端着汤也往这边过来。

人多，沈恬就只看着曹露，怕她被人撞到，所以没注意到服务员。眼看着服务员要撞到沈恬时，周慎之揽住沈恬的腰，往后一带，他说："看路。"

沈恬这才注意到服务员的存在。她"劫后余生"，就十分小心了。

曹露挤过来，说道："酒来啦，周大佬，你跟陈远良的是这两杯，我跟恬恬是另外两杯。"

周慎之抬手，修长的指尖晃了下他跟前那杯，笑了声："这么实诚？"

曹露嘿嘿一笑："你们喝什么别人都盯着呢，肯定不能喝假的。"

周慎之拎起沈恬那杯，晃了下，是王老吉。他眉梢微挑，偏头递给沈恬。

沈恬凑近闻了闻，她抿唇笑，心照不宣。周慎之看她亮晶晶的眼睛一眼，轻笑了声。

曹露又喊来了江山端酒，五个人浩浩荡荡地出发去敬酒，那些老油条果然精明，喝之前都先闻闻周慎之手里的酒。周慎之漫不经心地晃着酒杯："叔叔，再怎么样，我不能拿假的诓你们喝啊。"

那几位叔叔笑道："人生难得一场婚礼，喝假的没意思，当然得喝真的，新郎官新婚夜不喝醉，新娘没机会。"

"哈哈。"其他人笑了起来。

"那也不能喝得太醉啊！"

沈恬跟曹露在一旁，脸红红的，被这些长辈给闹的。那些叔叔虽然要周慎之喝，但对于腼腆的新娘，大都放过了。

沈恬意思意思地喝一口王老吉，周慎之则仰头，脖颈修长，酒入喉，喉结滑动。

他笑着把酒杯放下，晃了晃，表示喝完了。几位叔叔这才放过他。

他们这才继续往下一桌，周慎之作为别人家的小孩，在亲戚还有父母好友那一辈都很受欢迎，走过去都能感觉到他们对他的赞赏，然后就会延伸到沈恬。

长辈们笑着询问沈恬做什么职业，尤其是几个阿姨特别感兴趣。沈恬微微一笑，说在出版社上班。

一听出版社，几个阿姨也眼露欣赏："大才女啊。"

曹露在一旁接话："我们家恬恬是美术编辑，盛沉教授的关门徒弟。"

几个阿姨听说盛沉，有些好像听过，有些觉得有印象。周慎之把酒杯递给陈远良添酒，嗓音温和道："黎城美院的教授，黎城去年的春晚舞台设计就出自他手。"

这下子阿姨们懂了，"哇"了一声："原来你是盛老师的徒弟啊！"

沈恬笑着点头，眼睛亮亮。几个阿姨顿时道："美人坯子啊，长得真好看。"

沈恬眉眼弯弯："阿姨们过奖啦。"

她声音软软甜甜，他们一听顿时就喜欢。

沈恬向来有长辈缘，几个阿姨拉着她又聊了会儿，还有阿姨小声跟她说，盯着你老公点儿，别喝太多。

沈恬点了点头。

接着他们才终于被放过，继续往下一桌。曹露"啧啧"几声："会还是周大佬会，一说，大家就知道是盛沅老师，我刚才说完，阿姨们一脸茫然，我都不知道多尴尬。"

陈远良看她一眼："你连个话都不会说。"

"去你的。"曹露踹了陈远良一下。

待到了高中同学这两桌，他们一靠近，同学们就号叫起来，男生叫得最大声，他们举着酒杯："来来来！"

沈恬一眼看到坐在江竞野附近的关珠云，江竞野搂住他旁边的女孩许杏的腰，笑着举杯过来。

而关珠云脸色不算白，她只是睁着一双很大、很漂亮的眼睛看着周慎之，沈恬被挤到周慎之的跟前。

她下意识地转头想去看周慎之，却额头碰到了周慎之的下巴，他垂眸，看她一眼。四目对上，沈恬又被同学一挤。

周慎之伸手，揽住她的腰往后一步，接着他就被陈远良拉着敬酒，沈恬跟曹露被拉到身后，两个人举着酒杯。沈恬透过人群，看到关珠云的酒杯要去碰周慎之的，但周慎之并没碰到她的酒杯。

他被江山勾住脖颈，江山不知说了什么，他笑了笑。

有同学询问："沈恬呢？"

"沈恬呢？别躲起来啊。"

沈恬立即举着酒杯："这儿呢。"

她声音甜甜软软，在人群中分外特别。周慎之回头一看，轻笑出声，大手伸过去，揽住她的腰，把她往前带，带到自己的身边。

沈恬总算跟他们碰上杯。江山低头要去闻沈恬手中的酒杯，被周慎之一把推开，江山笑骂一句，问道："沈恬，你这是酒吗？"

沈恬一阵心虚，周慎之挑眉："怎么不是？"

江山指着周慎之，撇嘴："你行。"

一群人哈哈笑起来，而在笑声中，秦麦脸色白得很，端着酒杯，动都没动。

接着他们几个人往下，去敬父母亲戚，然后就是同事以及老师，周慎之的老师廖彦跟沈恬的老师盛沅坐在一起。两个老头互掐了下对方："让你徒弟对我徒弟好点儿。"

廖彦："我徒弟人不错的。"

"是啊，走一辈子的桃花运！"

"哎……也不是吧！"

廖彦拍拍周慎之的肩膀："少喝点儿。"

周慎之含笑："没事。"

廖彦拍拍他，又看看沈恬，说道："好好的啊。"然后他一口干了。

盛沅看周慎之一眼："喝吧。"

周慎之一口饮尽，他微微一笑，很有教养。

卫宇看到沈恬："我的封面就是你做的吧？"

沈恬恭敬递杯："是的。"

"不错，有你老师的风范。"

沈恬一笑，酒入喉咙。敬长辈，她换了酒。就是太辣啦。

好在后面是同事局，陈主编几个人看到他们来，举着手机就拍，笑得贼兮兮的，陈主编跟总编笑着举杯，总编点点沈恬的鼻子："你可以啊，你太可以了，我要是遇见这样的，十八岁都能给他生孩子。"

沈恬耳根泛红："总编别笑话我了。"

总编哈哈一笑，又捏了捏她的鼻子："真棒，我们的小恬恬真棒。"

她转而跟周慎之举了举酒杯，周慎之含笑，隔空碰杯。

敬完老师同事们接着就继续往下一桌。

婚庆还包含了歌舞表演以及游戏环节。

整场除了敬酒，其他时候也不会冷场，非常热闹，喜气洋洋。最后，沈恬把手中的捧花往后一抛，江竞野那位女孩许杏拿到了花束。

曹露"哟呵"一声，转身祝福她。

女孩把花束扔下去，江竞野接了。

送走宾客，酒店安静下来。

晚上7点30分左右，沈恬跟周慎之回到蓝月雅阁，沈恬带了一天的妆，很难受，她进洗手间去把妆给卸了，放在洗手台上的手机一直响。

有不少的人加她微信，有些是周慎之的那几个妹妹，也有一些是长辈。

其中还有一个"Zy"，看账号头像，沈恬愣了下。

关珠云。

她犹豫了下，通过了对方，然后拿着洗脸巾擦拭脸上的水珠，她走出洗手间，一眼便看到沙发上坐着的男生。

周慎之领带解开了，支着额头靠在扶手上，他垂眸懒洋洋地按着手机。屋里散发着淡淡的酒味，他外套还没脱，领口微敞，姿态散漫，但脖颈跟耳朵泛红。

沈恬心一跳，走上前，问道："你是不是醉了？"

他摁灭了屏幕，揉着太阳穴，往后靠，"嗯"了一声。

沈恬伸手去碰他垂在一旁的领带，她小心地没碰到他，只说道："领带拿下来，外套脱了，你在沙发上躺一会儿，我去问问我妈，能弄点儿什么解酒的……"

话没说完，男生修长的手抓住她的手。沈恬一愣。

周慎之往后靠，就这样在半空中牵着她的手，抬眼笑道："没事，你先去睡。"

客厅里灯光昏暗。他桃花眼里除了笑意就是醉意，有几分漫不经心。沈恬却心口直跳，他牵着她的手。

第三十七章
Chapter 37

她喃喃几声："还是喝点儿什么解酒的吧。"

她的手准备动一下，周慎之就松开她，他把领带扯下来，道："恬恬，你去睡吧，我真没事。"

他的手心和手背都有些烫。沈恬伸手去拿茶几上的手机，看他一眼："你躺着。"

周慎之拿下领带后，似乎舒服了一些，被她扫一眼，他眉梢一挑。

沈恬一边拨打郑秀云的手机号码一边走过去那边，拿了个杯子接了一杯温水回来放在他跟前的茶几上。

就这么几秒，他的领带也滑落在地上。沈恬弯腰将领带捡起来，走过去随手挂在衣架上。

电话拨通了。

郑秀云在那头问道："什么事？"

沈恬听见妈妈这略凶的语气，哽了下，说："妈妈，醒酒汤怎么做？"

郑秀云在那头顿了下："他醉了？"

沈恬"嗯"了一声。

郑秀云："醉了就好好睡一觉啊。"

沈恬小小翻了个白眼，说："妈妈！"

郑秀云"啧"一声，道："我也不知道，我问问你爸，幸好你们冰箱里有前几天买的不少东西，否则这么大半夜的，你是不是得下楼去给他买点儿食材啊？"

沈恬："那倒不会，我尽力便是。"

"切。"郑秀云在那边没好气，几秒后，她给沈恬报了份食材，说是醒酒汤不如说是暖胃的，毕竟他们喝的都是烈酒。

此时她站在衣架旁听着父母报食材单，她从酒店换下敬酒服，就穿上前几天跟郑秀云去买的白色裙子，这裙子是衬衫款的，腰上要系上腰带。客厅里光线很暗，她穿着拖鞋站在那儿，长发扎着低低的马尾辫，说话声软绵绵的，特别小声。

周慎之支着额头，有些晕眩，他按着手机，却十分清晰地听到她软软的说话声，他修长的指尖按了几下，就见那站在衣架旁的女生前往厨房。他按灭了手机，起身跟上。

厨房里光线亮，沈恬打开冰箱，仰头找着食材。素着的脸蛋下巴尖尖，睫毛很长，眨了几下，脖颈纤细、白皙。

周慎之靠着厨房门，揉着太阳穴，目光看着她。他本想说我来吧，却看到她咬了下唇踮脚拿下一块豆腐。他微微眯眼，没有开口。

沈恬拿下东西后，放在料理台上，她仔细辨认，然后手忙脚乱地去拿刀跟砧板，那样子一看就是没进过厨房。周慎之拧了下眉："恬恬。"

"啊？"沈恬举着刀回头。

就见男生抱着手臂懒散地靠着门，她眨了眨眼。周慎之看她几秒："你要是伤了手，我明天会被围攻。"

沈恬一听，笑道："没事，我小心点儿。"

周慎之放下手臂，走进去，他站到她身侧，拿过她手里的刀，说："切的我来，煮的你来，但是你得听我的。"

沈恬手一空，她看着他切豆腐。戴上素圈戒指后，他现在两只手都有戒指，左手是素圈戒指，右手是黑色尾戒，他手指修长，骨节分明，戴戒指非常好看。

"拿1号小锅。"他嗓音很低，说了声。

沈恬应了一声，立即去取那边的小锅，他们的厨房是沈昌明给安排的，锅碗瓢盆他都有标号，非常简洁方便，其实完全是为了照顾这个从没进过厨房的女儿。

放下小锅后，周慎之让她泡了点儿木耳。沈恬也听话照办。

不一会儿，一小锅醒酒汤就煮好了。沈恬戴上手套，把小锅端出来，周慎之揉着额头，在沙发上坐下。他又抬手解开了点儿领口，沈恬把小锅放下，盛了一碗汤放在他跟前："快喝点儿。"

周慎之睁眼，俯身端过汤，握住勺子，低头喝。沈恬看他喝，也放心了，坐在地毯上，趴在茶几上，盯着他。

他五官虽长开了，但眉眼还是那般，不说话不笑时，疏离感挺强。

她有些发呆，周慎之咽下一口豆腐，抬起眼皮，看那发呆的女生一眼，随后他低头继续喝，又过了几秒，他又抬眼。

她还在发呆，手撑着下巴，睫毛动都没动。周慎之放下勺子："恬恬。"

沈恬猛地回神，"啊"了一声。周慎之唇角微勾，点了下她鼻尖："你去睡吧，不用等我。"

沈恬正想说什么，却打了个哈欠，这一打，眼眶水润。她说道："那你喝完了，也早点儿睡。"

周慎之笑道:"好。"

沈恬起身,朝主卧走去,她推开主卧室的门,看到那宽大的一米八的床,主卧室里有不少她的行李,也有一些是他的。沈恬握着门把手的指尖一紧。

她走了进去,小心地关上门。关门前,她看了一眼那沙发上的男生,他拿着手机正在按,另一只手还拿着勺子。他穿白衬衫很帅。

因为主卧室的洗手间还不能用,沈恬拿了睡衣又偷溜出来,却发现他不在客厅里,茶几上的锅碗也收好了。她愣了愣,朝客厅的洗手间走去,路过书房,才看到他在阳台上站着,指尖夹着烟,风将他的衬衫吹鼓起来。

他低头咬着烟,按着手机,懒洋洋的。书房的窗帘被风吹着,偶尔遮挡他一下,但很快又吹开。他偏头不知看哪儿,喉结如刀锋般线条分明。沈恬看了几秒,怕他发现,加上时间也晚了,赶紧钻进洗手间里。

今天一天跟做梦一样,但到了晚上,就有些真相剥出来。他是因为奶奶才结的婚。如果不是因为奶奶,他今天可能还单身,或许还在等着某一个女生的出现。

沈恬打开花洒,心里这样想着,水珠往下洒落,她戴着钻戒的手拿着浴球擦拭身子。

十来分钟后,她洗漱好,穿上一整套的睡衣走出来,头发在浴室已经吹干了。她看了眼阳台,他指尖夹着烟背对着书房,靠着栏杆看着不远处的风景。

沈恬看他背影几秒,嗖地闪进主卧室。主卧室的床单是大红色的,沈恬擦擦脚,躺进被窝里。她把房间里的空调打开,细微的空调声响了起来,屋里一下子就凉了。沈恬这一天挺累的,很快就入睡。

十五分钟后,周慎之掐灭了烟,烟雾被夜风吹走。他走出阳台,往主卧室而去,很轻地拧开门,看了眼床中央鼓起的位置。

房间里散发着淡淡的香味,是洗发水的香味。他揉了下鼻子走进去,小心地拉开衣柜,从里面取了一套运动款睡衣,随后离开主卧室,推门进浴室。

浴室里的女生香味扑面而来,那甜甜的樱花香味让他脚步一顿,停顿几秒才走进去,关上浴室门。他脱下衬衫长裤,打开花洒。水珠往下洒落,他余光看到洗手台旁挂着的棕色发箍。

他眯了眯眼,低下头,任由水珠顺着脊背往下滚落。

二十分钟后,他穿上黑色睡衣从洗手间里出来,随后朝主卧室走去,卧室里还散发着淡淡的清香，他并没有走向那边的床位，而是来到沈恬这边，他弯腰拉了下那遮住沈恬整张脸的被子，女生侧着身子，睫毛合着。

她睡相很规矩，就是身上出了汗。他伸手，擦擦沈恬额头的汗，随后看她几秒，便起身准备离开。但沈恬今天很累，脚有些许的抽筋，她拧着眉，翻个身，腿一蹬，从被窝里蹬了出来。

周慎之本来走到床尾了，偏头扫一眼。沈恬小巧的脚露了出来，她又蹬了一脚。周慎之看了几秒，明白了些什么，他坐下，握住她的脚踝，掌心搓热了揉一揉她的脚踝。

沈恬不安宁的翻身就渐渐安静。周慎之看她安静了才松开，把她的脚放进被窝里。可她热，于是又伸了出来。

周慎之抱着手臂，垂眸看她的脚几秒，这才离开，顺便把主卧室的门关上，轻轻"砰"的一声。沈恬翻个身，隐隐约约觉得他进来了，但又离开了，可她实在太累了，便这么一觉到天亮。

隔天一早沈恬是被闹铃吵醒的，昨天忘记将闹铃关掉了，所以醒来一看，时间好早。她看一眼一旁的床位，整整齐齐，她顿了顿，但似乎也猜到了。手机好多信息，她点开。

曹露：哇，新娘子呀，昨晚怎么样？

曹露：你们那啥没？

沈恬：……

曹露：还没？周大佬昨晚醉得太厉害了？

沈恬：不是，他还好。

曹露：懂，别急，恬，你自己也怕吧。

当然怕，都是女生，初吻都还在，更别提其他的。既然选择了跟他结婚，沈恬是做好了这方面准备的。

曹露：别失落啊！我们圆梦了不是，其他的顺其自然。

沈恬：嗯。

曹露：对了，昨天关珠云居然来了，她真的成大明星了。

沈恬：是啊，不过想想也挺适合她的。

曹露：恬，你介意吗？

沈恬：说不上来吧，好像不是特别介意，但又有点儿，可能是觉得这样耀眼的一个女生他都不要，不知道他想要什么样的。

曹露：呸，要你这样的！

沈恬笑了笑，她跟曹露说要下床洗漱了。

曹露：新房子怎么样？

沈恬：很好。

确实很好。主卧室里都是她喜欢的东西，书房里有两张桌子，一张是他的，另一张大的是她的，还放了画板，可以给她办公用。

沈恬打着哈欠，穿着拖鞋，一边按着语音输入键跟曹露说话，一边拉开主卧室的门，就对上了准备进门的周慎之。

她脚步一顿，半响，笑道："早。"

周慎之眉眼含笑："早。"

他走进门，将早餐放在茶几上，抬眼问道："昨晚睡得好吗？"

沈恬抿唇笑道："好。你呢，早上起来头疼吗？"

周慎之坐到沙发上，眉梢微挑："这要感激你昨晚强逼着我喝醒酒汤。"

沈恬"啊"了一声，嘟囔道："谁逼你，我为你好。"

"我洗漱去了。"她说着，就往洗手间走去，她这套睡衣是上衣加短裤，短裤在膝盖往上，细白的腿就暴露在空气中。

睡衣宽松，女生气息浓郁，头发蓬松。周慎之倒了一杯水，不经意看到，很快挪开视线。

进了洗手间，洗手台收拾得很干净、干燥。他的物品也摆得很整齐，沈恬拿牙刷时，发现自己的牙刷跟他的牙刷对着，她耳根一红，突然就想起刚刚的画面。

醒来就能看到他，这感觉，挺好。她一边洗漱，放在洗手台上的手机响起，来了一条微信信息。她余光扫一眼，差点儿把牙刷吓掉。

Zy：沈恬，今天有空吗？我想跟你见一面。

是关珠云，沈恬编辑。

沈恬：我今天不一定有空。

Zy：没关系，我等你。

Zy：另外，恭喜你啊。

沈恬一顿，回复"谢谢"。随后，她继续洗漱，昨天的妆化得太浓了，今天就素着吧，只画了细细的眉。随后她离开浴室，周慎之换了一身衣服，黑色上衣跟黑色长裤，正低头玩着游戏，桌上的早餐给她打开了，还放了一瓶燕塘牛奶。

沈恬愣了一秒，转身进主卧室去换衣服。不一会儿，她扎好低马尾辫，穿着黑白条纹的吊带裙跟小外套走出来。

周慎之抬起眼眸，看她一眼，笑道："中午回家里吃饭，奶奶说一家人聚个餐。"

沈恬顺好裙子在地毯上坐下来，点头："好啊。"

周慎之伸手，把牛奶吸管插进去，推给她。沈恬抬眼看他。周慎之眉梢微挑，唇角微勾："我记得你爱喝这款牛奶。"

沈恬心口直跳，拿过牛奶，低声道："是啊。"

其实她很多年不喝了。从把日记封起来那一刻她就不喝了。她喜欢牛奶，是因为喜欢他，并不是爱喝，是爱他所爱。

她喝了几口，桌上的早餐是肠粉，沈恬也挺喜欢的，她拿起筷子吃，装作不经意地道："你以前好像也喜欢这款燕塘牛奶。"

周慎之回复着邮件，听罢，点了点头，嗓音带笑："好像是高二那年开始喜欢的。"

沈恬小声问道："那后来呢？"

周慎之抬眼，看着低头吃早餐的女生："后来去京市，就没这款牛奶了，北方没有这个厂家。"

沈恬"哦"了一声。几分钟后她吃完早餐，收拾收拾就跟他出门。

她上副驾驶，他上驾驶位，黑色大G挺惹眼的。前往别墅区，从蓝月雅阁出发并不算远。奶奶看到沈恬下来，赶紧下来牵她，沈恬立即挽住奶奶的手。

江丽媛满脸红光，她特别高兴，拉着沈恬的手，拍拍她的手背："恬恬，奶奶今天下厨，给你做好吃的，听说你喜欢小笼包，奶奶今天一早也开始做，你看看你妈妈做的好吃还是我做的好吃。"

沈恬诧异："奶奶，不用，我吃什么都好。"

江丽媛捏捏她的脸："奶奶好喜欢你呀。"

沈恬脸微红，她看周慎之一眼。周慎之唇角微勾，闲适地走在她们斜后方。

他的亲戚有些还没走，尤其是那几个妹妹，看到沈恬就跑上来牵她，江丽媛说道："去去去，今天宝贝恬是我的。"

几个小女孩哈哈笑："奶奶，我就是要跟你抢嫂子！"

一声"嫂子"，让沈恬耳根泛红。

接下来的两天，沈恬都在别墅区陪着奶奶，陪着于眉。第三天要回门，奶奶准备了很多东西，他们回蓝月雅阁的时候，后备厢里全是给郑秀云跟沈昌明的东西。

回到蓝月雅阁，周慎之接了个电话，是卫宇教授的助理打来的。他揉揉沈恬的头发："我出去一趟，你自己在家看看电视之类的。"

沈恬点头："你早点儿回。"

周慎之准备穿鞋，听罢笑看她一眼，"嗯"了一声。随后他便走了出去，沈恬为自己那句话脸红了好一会儿。她回到沙发，准备跟曹露视频，手机又响起。

Zy：沈恬，今天有空吗？

沈恬抱着抱枕，沉默了一会儿，真的不知道她找她干什么。她犹豫了下，问道："你想跟我说什么？"

关珠云回复："我想见你一面。"

沈恬又沉默了一会儿，发个地址给她："去这里吧。"

"好。"

沈恬放下抱枕，进浴室里稍微收拾了下，本想化个妆，后看着镜子里脸颊泛红的女生，最后只涂了唇膏。关珠云那样的女生，她涂再艳丽的口红都难以比过，不如简单点儿好。

她拎着小包出门，进车库才发现她的宝马没开回来。车库里只停了聘礼的那辆两门的Ｓ级轿车，车钥匙在她这儿，沈恬犹豫了下，只能开这辆车出去了，好在不算难开。

一路开到创意园对面的咖啡厅，沈恬一眼看到坐在靠窗位置的关珠云，她缓慢地把车停在露天停车场，随后拨了下头发下车，朝咖啡厅走去。

关珠云一眼看到沈恬，看到她开的那辆新车，新车还没有车牌，用的是临时的。关珠云当然知道，那是周慎之给沈恬挑的聘礼，她拨弄着咖啡勺子。

沈恬走过去，落座在她对面。关珠云今天穿着大红裙，露肩膀那种，张扬又漂亮。沈恬则是白色的长裙，简单大方，关珠云支着下巴看她："你喝什么咖啡？"

沈恬要了一杯拿铁，随后，她往后靠，指尖把玩着小包："你找我什么事？"

关珠云紧盯着她："高三的时候，我怎么就没看出来呢。"

沈恬问道："没看出来什么？"

关珠云放下手，捏着杯沿："没看出来他会选择你。"

沈恬："很意外？"

关珠云点头，她垂眸看一眼杯子里的咖啡："真的好意外。也好不甘。"

咖啡来了，沈恬拿了奶加进去，搅拌，她说："可事已成定局。"

关珠云唰地看向沈恬。她还是很漂亮，眼睛很大，有那种灼伤人眼睛的艳丽。

沈恬脑海里浮现高三那一年，她所做的每件事，支着下巴，轻轻搅拌着咖啡，没有搭理关珠云的注视。

关珠云拳头捏紧了些："沈恬，我们常联系。"

沈恬一听，抬眼："为什么要常联系？"

关珠云笑道："想跟你交个朋友。"

"我接下来要出国了，进修两年吧。"她伸手握住沈恬放在桌上的手，说，"常联系，我祝福你跟他。"

沈恬眼睛眨了眨，她分不清关珠云几个意思。

这时一辆黑色的奔驰在外面马路上停下，陈远良下了车，关上车门，跟周慎之道别。周慎之眉梢微挑，支着下巴，笑道："滚。"

周慎之眉眼一抬，却看到了咖啡厅里坐着的两个人。他一眼看到穿着白色裙子的沈恬，随后视线往后一移，才看到红色裙子的关珠云，他眼眸微眯，一丝冷意在眼里跳跃。

陈远良顺着他的视线也看到了，惊呼了一声："干吗啊她，想欺负沈恬？！"

周慎之低头点燃一根烟，指尖虚虚地搭在方向盘上，说道："你先进去，我先去接卫宇教授。"

陈远良："你不去把你老婆拉走？"

周慎之咬着烟："她能应付。"说完，他启动黑色车子开走。

陈远良接下来也有事，他看一眼咖啡厅，就转身走进一旁的大厦。他进去没多久，沈恬也从咖啡厅离开。她本打算听听关珠云说些什么，免得关珠云总发信息给她，谁知道关珠云最后说了这样的话。

沈恬启动车子回蓝月雅阁。晚饭周慎之没回来，沈恬就叫了个外卖，然后洗澡收拾一些回门要用的东西，随后，她就坐在沙发上，抱着抱枕拿着遥控器看电视。

晚上8点30分左右，门响了。沈恬抬头看去，周慎之进门。彼此空中对视了一眼，沈恬捏紧遥控器，周慎之唇角微勾，他转了下尾戒，朝沙发走来，坐在沈恬的身侧。

"吃饭没？"

沈恬点头："你呢？"

"吃了。"

她回来后换了一身衣服，是浅蓝色的家居服，柔软的面料贴着身子，沈恬因他坐下来，把搭在沙发上的长腿放下，涂着红色指甲油的脚踩在地毯上。

周慎之支着脸颊，于昏暗的光线中看她。沈恬心怦怦直跳，他干吗呢？她瞥他一眼，周慎之揪住她的视线，他桃花眼微挑："恬恬，你的手机我能看看吗？"

沈恬"啊"了一声，她想挪开视线，但此时被他揪住了，也挪不开，她问："你想干吗呢？"

"我看看，就看几秒。"

沈恬很紧张，她在想她手机里有什么。这么多年，她手机换了很多部，关于他的那些，似乎也扔在过去那部手机里了，这部并没有，但是微信聊天记录是有的，她跟曹露的对话、跟秦麦的对话都有。

她犹豫几秒，说道："不给。"

这一声"不给"，周慎之听笑了。他轻笑一声，说道："不给可以，把秦麦、关珠云删了。"

沈恬唰地定定看着他。他侧靠着椅背，桃花眼深邃，定定地看着她："她们太打扰我们的生活了，恬恬。"

第三十八章

Chapter 38

沈恬愣住，她在沙发扶手找一个更好靠的位置，喃喃道："我以为……"

她声音挺小，周慎之用手支着脸："嗯？"

沈恬犹豫几秒，他今日穿着白色 T 恤，领口不算大，喉结在昏暗光线中很明显，沈恬道："我想问你个问题。"

"你问。"

沈恬又正了正身子，抬眼看着他的眼睛："其实，高三那会儿，我们都以为你会答应关珠云，毕竟她真的很漂亮，也很特别……"

他眉梢微挑，笑了声，揉揉唇角："然后呢？"

沈恬揪着抱枕的拉链玩："然后就不知道发生了什么事啊。"

他放下揉唇角的手，随手搭在椅背上垂着，尾戒很好看。他问："是高三那会儿给你们的错觉吧？"

沈恬下巴抵着抱枕，猛点头。周慎之唇角微勾，说道："那会儿读书都来不及了，哪里还有时间去想这个？"

"关珠云的追求只是搅乱我的生活而已，我容许她偶尔来找我，只是不想她把事情闹得太大，至少坚持到考上大学。"

"我觉得人总会长大的，到了大学，见识多了，像我这样的男生，她应该就会觉得也不过如此，然后就可以放弃了。"

"可我没想到，她如此坚持，以至于给我的学习造成了不少困扰。"

他看着她的眼睛："至于爱情那方面，我从未想过。"

沈恬愣怔，脑海里飞快地闪着：你这样的男生，也不过如此？！

也不过如此？！救命！她努力镇定，才能忍住不出声反驳他！

沈恬张了张嘴："原来如此。"

他一直都是没去想过爱情，所以就不谈，对吗？说白了，就是没遇见让他心动的女生。

"懂了。"她说。

周慎之听着，轻笑一声："那就把她们删了。"

沈恬一顿，拿过手机，点开微信，在列表上滑动，说："好吧！"

周慎之支着脸，看她点开"秦麦""Zy"两个微信。他微微眯眼，拿起自己的手机，点开自己的资料，不知按了什么，几秒后放下手机。

沈恬也放下手机，她靠着扶手，看他一眼："你要去洗澡吗？"

周慎之点头："洗啊。"

他看了一眼电视，沈恬正在看综艺，他问道："吃不吃水果？"

沈恬看他起身，说道："不吃啦，你快去洗澡。"

他一笑："好。"随后就从她跟前走过，沈恬把电视调小声一些，接着支着下巴，回复信息。

曹露：宝贝恬，在哪儿？明天回门了哟。

沈恬：在蓝月雅阁。

曹露：哇，两人世界，大佬在干吗？

沈恬：他在洗澡。

曹露：怎么感觉那么羞涩！

沈恬本来不这么觉得，曹露说了就这么觉得了。她揉揉泛红的耳朵，有些懒洋洋的，蓬松的头发披在肩膀上，独坐于沙发一角。周慎之一走，她的脚又放回了沙发上，屈着，身上随意地盖着一条空调被，懒洋洋地靠着沙发玩手机。

周慎之从主卧室里出来，一眼便看到她这样的坐姿。他挑眉，沈恬听见动静，抬眼。

昏暗光线中，四目相对，沈恬心一跳，随后，故作镇定地挤出笑容。他轻笑一声："恬恬，等我洗完澡，我们看个电影吧。"

沈恬一顿，立即道："好。"

他转而走向洗手间，用修长的手指关上门，沈恬心怦怦直跳，低头随意滑着手机，结果不小心滑到了他的头像。

"Zsz_"，他改名了！什么时候改的？

这时，曹露发来信息。

曹露：大佬是不是改名了？

沈恬：对。

曹露：他的名字就是一个标志啊！

曹露：他突然改名肯定是有原因的。

曹露：恬恬，你快探听一下！

沈恬：……

怎么探听？她想了想，还是算了。但脑海里浮现了一个头像，关珠云的，她的名字似乎是"Zy"，跟他一开始的"Sz"有点儿像。他是因为关珠云才改的吗？

但她已经把关珠云给删了，也没办法比对，算啦。她拿着遥控器，调着电视频道。

洗手间的门便在这时打开，她抬眼，就看到周慎之穿着白 T 恤跟灰色长裤走出来，手拿着毛巾擦拭脖颈，水珠顺着发丝往下滴落，一身的水汽。她耳根一红，他正好看来。

四目再次相对。沈恬把遥控器递给他："你想看什么电影？"

他修长的手接过遥控器，朝沙发这边走来，坐在她不远处的沙发上，一边擦头发，一边问道："你想看什么？"

沈恬摇头："不知道啊。"

周慎之抬起眼眸，看着屏幕，滑动着。沈恬抱着抱枕，看他在好几个灾难片跟科幻片前停下，男生好像都更喜欢这类型的电影，沈恬说道："看这个《末日》吧。"

他指尖停住，倒回来，偏头看她："这个？"

沈恬下巴抵在抱枕上，笑着点头，眼睛亮晶晶的。周慎之看了她几秒，笑道："好。"

他按了播放键，放下遥控器，身子往后靠，手还无意识地擦着头发，过了会儿，头发干一些了，他把毛巾搭在单人沙发的扶手上，随后懒懒地靠着椅背，指尖转着手机。

屏幕上的画面进入正题，沈恬也认真看着，她放下腿，靠着扶手。这电影的前奏挺长的，里面还夹着某些画面，身穿比基尼的女主角被男主角抱住腰，接着两个人接吻。

沈恬呼吸一顿，她连余光都不敢瞟过去看周慎之，就支着脸，这么看着。周慎之把玩着手机的手指没停，他往前倾，从茶几下的水果盘里拿出一个橘子，慢条斯理地剥开。

他侧脸棱角分明，睫毛也很长。客厅里光线昏暗又气氛安静。在剧情准备进入暧昧桥段时，周慎之拿起遥控器，往后一拉。这一幕总算过去，沈恬瞬间松一口气，趴在扶手上。

周慎之剥好橘子，侧过身子准备递给她，却看她趴在扶手上，他一顿，轻笑一声："困了？"

沈恬侧头看他，眼底含了几分哀怨："没有。"

女生此时看起来软软的，给人一种说不上来的感觉，周慎之眼底的笑意更深，往前递了递："吃不吃橘子？"

沈恬点头："吃。"

她伸手，从他掌心拿走一片，放进嘴里。而电影总算进入正题，沈恬咀嚼着橘子，眼也不眨地看着。

周慎之侧着身子，支着脸，手心放着给她剥的橘子，他也看着屏幕。屏幕上的光影投在他们的身上，斑斓而过。沈恬吃完一片，又去拿他掌心里的，偶尔会碰到他的指尖。她心一跳，但男生似乎不太在意。

电影到了后面，很刺激。沈恬揪着抱枕："好！"

还给电影主角喝彩，周慎之听见这一声，转头看她一眼。他指尖抵着唇角，笑了起来。

沈恬有些兴奋，指着电影，道："他刚刚好厉害！"

周慎之挑眉："嗯。"

沈恬笑眯眯，满眼星星。周慎之看着她发丝都缠在唇边，伸手把她唇边的发丝勾到耳后，很不经意的动作，也让他的动作一停。

他唰地收回手，顿了下，坐正身子，认真看着电视。

整部电影两个小时左右，结束的时候快十一点，沈恬猛打哈欠。

周慎之看她一眼："困了？"

沈恬点头。

"那去睡，记得调闹钟，明早回你家。"他靠着那边的扶手，懒洋洋地握着手机，看着她道。沈恬抬眼，看着他："你也早点儿。"

他唇角一勾："好。"

沈恬转身朝主卧走去，目光轻轻地扫一眼旁边那间次卧，门关着，估计他昨晚就是在那里睡的。

她收回视线，拧开门走进去，趴在柔软的床上，几秒后才想起来自己还没洗漱，她又起身，一把拉开门。

就见客厅里，周慎之嘴里咬着烟，俯身去按扫地机器人的按键，他听见动静，抬起眼眸看过来，桃花眼微挑，带着几分漫不经心。

沈恬对上他的视线，陡然记忆往回拉，拉到高三她推开窄巷那扇门，看到他跟陈厌、江竟野几个人靠着墙壁，手插在裤兜里的时候。还是那种疏离和漫不经心，但又跟平日的他不太一样。

她顿了下，指着洗手间："我还没洗漱。"

周慎之唇角微勾："去啊。不用跟我报备。"

沈恬耳根微红，看向他指尖的烟。周慎之站起身，拎起那满地转的机器人，让它扫空旷的地方，随后，拿下嘴里的烟，说："我去阳台抽。"

沈恬眨了眨眼，道："没事，家里也没事。"

周慎之笑了声："不了，怕你嫌弃。"

沈恬嘟囔："不会，就是想知道，你这个烟为什么是薄荷味的，还有点儿甜的感觉。"

周慎之偏头，看她几秒，笑道："试试？"

他把烟往前递，沈恬愣了愣，想伸手。在她快碰到烟时，周慎之手收了回去，他抬手点了下她鼻尖道："这烟是特制的，江氏出来的产品。"

沈恬"哦哦"了几声，难怪他抽了，身上的味道依旧干爽，有时还带着一种薄荷甜味。

"去吧。"说完他推开书房门，朝阳台走去。

沈恬看他背影几秒，看他低头咬烟拿出手机，她才往卫生间走去。

洗漱完出来，他还在阳台。沈恬看一眼就走进主卧室里，爬上床睡觉。

外面风挺凉爽，周慎之给陈远良发了一条信息后，便靠着栏杆，懒洋洋地把玩着烟。

几秒后，微信"嘀嘀"，一个新群建成，这个群一共四个人。

秦麦跟关珠云进群后，看到他的头像，特别诧异，一时安静。陈远良也没出声。

就在她们两个人犹豫着要发些什么的时候，周慎之编辑。

Zsz_：@ 秦麦 @Zy

Zsz_：离沈恬远一点儿。

Zsz_：我不希望再看到你们蓄意接近她，过去我是懒得说什么，但如今不一样，我不想发火。彼此都是同学，留点儿情面在。

说完他就退了群。

秦麦却没注意到，她冲出来。

秦麦：我什么都没做！

秦麦：但我说的是事实！

陈远良：小姐，他走了。

秦麦：……

几秒后，秦麦也退了群。

关珠云没退，她沉默好一会儿，随后编辑了很长一段话。

Zy：陈远良，你帮我跟他说一声，过去我不懂事，现在我知道错了，而且我也祝福他跟沈恬。曾经，我以为不会有任何男生能拒绝我这样的女生，我觉得肯定能追到他。我这么好，我哥哥说我很好，我家里其他人都说我好，每个人都说特别好。我要追一个人，会有那么难吗？没有的，我就算不追别人，也有很多人喜欢我。可是他，我是真心实意想要得到，想追到。我从来没想过，这个世界上会有"一厢情愿"这四个字，但我现在懂了这四个字，大学那两年是我太过分了。

Zy：陈远良，你告诉他，我祝福他跟沈恬，祝他们幸福。

陈远良沉默了，真诚总能击败一切。他把这段话的截图发给周慎之。

周慎之看了几眼，说道："你跟她说，谢谢她的祝福，也祝她安好。"

随后他放下手机，慢条斯理地咬着烟，看着夜景。等烟抽完了，他离开阳台，揉着脖子往主卧走去，拧开门，屋里安静且清凉，床上的女生睡得很熟。

他看一眼，唇角微勾，取下睡衣，回去睡觉。

隔天一早沈恬醒来，不出意外，身侧的位置很平顺，没有人睡过。她靠着床头打哈欠，曹露给她"嘀嘀"连发几条信息。

曹露：昨天关珠云朋友圈给周慎之道歉。

曹露：快看。

沈恬清醒了，她点开曹露发的截图。

Zy：我为过去无知、莽撞的自己跟 @周慎之　道歉！

我也跟 @沈恬　道歉，我加你真的只是为了跟你做个好友而已，仅仅如此。

曹露接着又发来了一张图片，是关珠云昨晚在群里发的内容的截图，一段很长很长的话。

曹露：哎，天之骄女啊，所以觉得自己怎么闹都可以，对吧，也无所谓打不打扰到别人。看来大学那两年，她真的惹到周大佬了。

沈恬看着那截图里的话，沉默了。关珠云好像是真的知道错了。她就是这样，热烈、真诚。

沈恬想着，如果她不是这样追人，当初会不会好些。不过也容不得她想那么多了，她看眼时间，立即下了床，出去洗漱，一眼便看到厨房亮着灯。

沈恬愣了下，她走过去，探头。周慎之穿着宽大的黑 T 恤跟及膝短裤，微微低头在忙碌。他人高，低头时，棘突凸起。沈恬一愣："你……在做早餐吗？"

他"嗯"了一声："快去洗漱。"

沈恬"哎"了一声，又看他一眼，他伸手去拿东西，尾戒好好看。似是发现她还在，男生抬起眼眸看来。沈恬被揪住视线，一愣。

周慎之笑着靠着料理台："几点了？要看着时间回你家。"

沈恬"啊"了一声，这才反应过来："是哟，那我洗漱去了！"

说完，她就跑去洗手间。门关上，她的心还怦怦直跳，匆忙洗漱完，然后进主卧室里去换衣服，挑了一件短款上衣跟短裙，扎着头发走出来。

周慎之正好端着早餐出来，看她一眼。女生上衣是粉色短款，下身是黑色短裤，皮肤被黑色跟粉色衬得白如雪，腿又直又长，他看了几秒，蓦地挪开视线，把早餐放在茶几上。

沈恬坐下来，一看是煎蛋跟小米粥，仰头道："好香。"

周慎之没法坐到地毯上，他腿长，就坐在沙发上，手臂搭在大腿上，拿着勺子舀粥，听见她的话，他眉梢一挑："那就多吃点儿。"

沈恬咬了煎蛋："也不能吃太多，容易胖。"

周慎之轻笑："嗯，那倒是。"

沈恬："……"她现在胖吗？不吧？她忍不住想看看自己的肚子。

她低头捏了捏肚子，喃喃道："我现在胖吗？"

正在喝粥的周慎之一顿，他抬起眼眸，看着她。周慎之沉默几秒，慢条斯理地搅动着粥，道："不会，怎么会胖，刚刚好。"

沈恬嗖的一下放下手，她窘得满脸通红。为什么他会听到她的自言自语?!

第三十九章

Chapter 39

吃完早餐，收拾收拾，沈恬跟周慎之就出了门。

他黑色的车子后备厢全是奶奶跟于眉塞的礼物，连后座都放着一些。从蓝月雅阁去甜甜超市并不算远，二十来分钟的车程，此时已经是暑假，黎城一中很安静。

沈恬坐在副驾驶位，偏头看着，隐约看到高三时的自己从超市里跑出来，手里拿着盒燕塘牛奶，算着时间跟上他下校车的脚步，她眉眼一弯。

周慎之单手转着方向盘，看一眼身侧的女生，又顺着她的视线，看向屹立在阳光中的学府。岁月虽然流逝，但记忆不会褪色。此时她的发丝被风吹起，好像遮挡了视线，但仿佛又能透过发丝的缝隙，久违地看到学生时代的他们。

他眼眸带了几分笑意，收回视线。很快，车子拐上人行道，停进侧边的窄巷里。

超市的遮阳伞已经打开，有几个客人在买东西。沈恬跟周慎之拎着奶奶他们准备的礼物，从遮阳伞下走进去，几个老邻居扭头看到周慎之，看得眼都直了："恬恬！今天回门啊？"

沈恬笑着回道："是啊！"

"恭喜啊！结婚后越来越漂亮啦！"

"谢谢。"沈恬偷看一眼周慎之，他正低头，似笑非笑地看她一眼，沈恬唰地把视线收回来，两个人一同进了超市。

那几个邻居两手插着，交头接耳："还是这沈恬会挑啊。"

"怎么说？"

"长得好看，家境好不说，你们看前几天迎亲的车，没有一辆是普通的，更别提这男生据说在科研所工作。"

"这么厉害？"

"那一年高考状元来着！"

"高考状元?! 周慎之?!"

"呀，你认识？"

"我女儿的偶像！她去年也考去了京市的医学生物工程专业！"

"哟，那你女儿太迟了，怎么不早生几年呢，哈哈，人家都结婚了！"老阿姨扫那女人一眼。

那女人撇撇嘴，没再说什么，扫了一眼超市，心想还是自己女儿漂亮。

超市里光线暗一些，少许的阳光落在门口的货架上。郑秀云在收银算账，沈昌明拎着抹布在擦拭货柜，但知道女儿要回来，两人都一直心不在焉。爷爷则坐在轮椅上，拿着鸡毛掸子扫来扫去，脖子伸得老长。

沈恬跟周慎之一进门，爷爷跟沈昌明纷纷眼睛一亮。沈恬甜甜冲柜台一喊："妈妈！爸爸！爷爷！"

"爸，妈，爷爷。"周慎之嗓音很低，跟在她身后喊。

郑秀云没好气地看沈恬一眼，然后看向周慎之，道："怎么带那么多东西。"

周慎之把两手拎的礼物放下，含笑："不多，只是一点儿心意。"

"来来来，先坐先坐。"沈昌明擦擦手，示意道。沈恬挽住郑秀云的手臂，撒娇道："妈妈～～～你刚刚那什么眼神！不欢迎我？"

郑秀云睨她一眼："你也看得出来？"

沈恬笑着贴在她肩膀上："怎么能这样，回门肯定要回的啦。"

郑秀云捏她鼻子，很是无奈。周慎之坐下来，手支着桌子，看着那撒娇的女生，眼底含笑。

沈业林把轮椅转到周慎之这儿来，喊道："慎之啊！"

周慎之偏头："爷爷。"

沈业林笑着拿了一包烟，抖了一根出来："抽不？"

周慎之看着那烟，轻笑，用手掌推开："爷爷，不抽。"

沈业林低声道："那换个牌子，我这儿藏了不少……"

"爸！"沈昌明无奈一喊，沈老爷子叹口气："我还以为找到个跟我能一起抽烟的孙女婿呢！"

沈恬拿出茶叶，听到这话，也是无奈。她看一眼周慎之，男生支着脸，眉眼带笑，听着老爷子的话，他咳一声，道："中午陪爷爷喝点儿酒。"

沈业林眼睛一亮："好啊！"

真是家有一老，如有一宝。沈恬坐下来泡茶，郑秀云看着时间，让沈昌明再去买点儿菜，沈昌明应了声，解下袖套，便出去了。郑秀云按了下遮阳伞的开关按钮，把另外一把伞也打开，门口都被遮阳伞给挡住了，烈日的热度进不来，凉爽很多。

郑秀云看周慎之一眼，男生今日穿着黑色衬衫跟长裤，挺正式的打扮，袖子挽起来，又带了几分随意，既正式又不失体面。她问道："这次婚假，休到什么时候？"

周慎之抬眼，笑道："明天就得回科研所。"

郑秀云点点头："看来挺忙。"

周慎之微笑："是，不过朝九晚五，不加班的情况下时间挺多。"

郑秀云"嗯"了声，道："沈恬不会做饭，平时晚饭大多会回家吃，你要是不忙就跟她一起回来吃吧。"

周慎之眼眸扫向泡茶的沈恬，沈恬拽了下郑秀云的袖子。他轻笑了声，看向郑秀云，道："可以的，我会一些简餐，如果不忙的情况下，我跟恬恬在家吃就行。"

郑秀云一听。哟？她看眼女儿，他会做饭？

沈恬很想跟郑秀云挤眉弄眼，但周慎之在，她不好意思做出这种表情来，她踢了下郑秀云的脚，叫她别管他们吃饭生活的事情。

郑秀云狠捏了下女儿的脸，眼睛表达："嫁出去我就不能管你了是吧？"

沈恬嘿嘿一笑，眼神表达："当然不是，妈妈最好了！"

不一会儿，沈昌明买了菜回来，进厨房去忙活。郑秀云挽起袖子也跟了进去，超市就剩下她跟周慎之还有爷爷三个人。

超市门开着呢，来人就要忙活，沈恬起身帮忙收钱。有人买水，在门口问道："有没有不冰的冰红茶？"

沈恬找钱给其中一个客人，回道："有的，我给你拿。"

话音刚落，周慎之站起身，走到冰箱旁的箱子，他弯腰从里面拿了一瓶不冰的冰红茶，递给那个客人。他人高，背影高挑，身材颀长。那客人看到他的脸，愣了几秒，红着脸给钱。

接着另一个客人要西瓜，已经切好的那种。周慎之转头问道："恬恬，一块西瓜多少钱？"

阳光投在他眉眼上，沈恬看着他，有些失神，她说："两块。"

周慎之一听，唇角一勾："涨价了。"

沈恬笑道："嗯，以前是一块。"

他桃花眼含笑："是该涨。"

说完，他转过身，给客人拿西瓜，结果从他拿了第一块西瓜开始，就有不少人涌过去，一人要一块。周慎之一顿，拉开另外一个冰箱，从里面拿。

沈老爷子嗑着瓜子道："这个孙女婿不错，站在门口，生意能好一大半。"

沈恬心里表示赞同，对，因为他这张脸。如果她是客人，也会拥过去买的！一块不够，买两块！

等郑秀云端菜出来，冰箱里的西瓜都卖完了。郑秀云擦擦手，过去抱西瓜，喊沈恬过去帮忙，沈恬"哎"了一声，走到郑秀云的身边。郑秀云擦拭着西瓜，拿起刀，看一眼不远处在跟沈业林说话的周慎之。

她说道："这两天，他对你怎么样？"

沈恬帮着摆西瓜，一顿，道："很好啊。"

郑秀云扫着女儿的脖颈跟脸颊，也明白了些什么，她说："妈先跟你说明白。人是自由的，当你走不下去了，就跟我说，妈妈永远支持你做的每个决定。"

沈恬一愣，她抬眼看着郑秀云。郑秀云捏她的鼻子："你迟早会明白。"

沈恬呆了呆，但似乎又有点儿明白。婚姻不只是圆梦，还有其他。她说："妈妈，谢谢你。"

"以后听见你说谢谢，我打死你，走了，吃饭！"郑秀云没好气地捏着女儿的脸，沈恬拉开她的手："妈妈！"

午饭全是沈昌明的拿手好菜。这是周慎之在她家吃的第一顿饭，他陪着爷爷喝酒，老头喜欢喝白酒，一杯接一杯要他喝。周慎之手搭着扶手，端起小酒杯，眼底含笑，跟老头碰酒杯，他面色冷静，看不出醉意。

不过沈恬总觉得他迟早得醉，好在她喝的是可乐，他那车她虽然不太会开，但开回去应该问题不大。

下午两点左右，周慎之走出去接电话。沈昌明也喝了好几杯酒，脸有些红，他说："沈恬，要不带慎之上楼去休息。"

沈恬顿时紧张，筷子立即放下，道："爸，我带他回去吧，楼上太乱了。"

郑秀云踢了丈夫一脚："女儿那小房间，他连腿都伸不开，你出什么馊主意！"

沈昌明一愣，被妻子踢这结结实实的一脚，完全不知道自己哪里错了。

这时周慎之回来，他眼底有了醉意，靠着收银柜，又挽起了袖子，他打开矿泉水喝了一大口，沈恬起身，走到他跟前，仰头："醉了吧？"

周慎之放下瓶子，垂眸看她："嗯。"

沈恬嘟囔："刚才让你少喝点儿。"

他轻笑了声："没事，就是等下得你开车。"

沈恬点头。随后餐桌撤走，一家人坐下来喝了点儿茶，又坐了会儿，爷爷靠在轮椅上已经打呼噜了。沈恬无奈，拿了一条空调被给他盖上，然后选了超市一个比较阴凉的地方让他休息。

出来后，她跟沈昌明和郑秀云说一声："爸爸、妈妈，我们先回去了。"

郑秀云"嗯"了一声，她提了一些吃的给沈恬，周慎之伸手接过。沈昌明又拿了一个袋子，装了不少零食，说道："都是你爱吃的。"

沈恬无奈："爸，蓝月雅阁离这里那么近，没必要啊。"

沈昌明看着女儿，眼眶一红："是没必要，但……"但那感觉不一样啊。

沈恬立即接过他手里的袋子："好啦，那我拿回去吃，吃完再回来拿。"

沈昌明："好！"

沈昌明跟郑秀云送他们出门。周慎之垂眸看一眼身侧走着的女生，他抬手拨弄了下她的发丝，沈恬抬眼看他，他唇角含笑："岳父很疼爱你。"

沈恬"嗯"了一声，呼一口气。周慎之目光落在她脸上许久，走到车旁，拿出车钥匙给她。沈恬接过，上了驾驶位，这车座位好高，沈恬有点儿不习惯，而这座位还带着他身上淡淡的香味。

副驾驶车门打开，周慎之坐了进来，手肘支着车窗，领口微敞，说道："不用急，慢慢开，这车跟家里那辆两门是一个牌子的，操作都一样。"

"嗯。"沈恬不一会儿就把大G倒出去，接着慢慢地开上大路。

回到蓝月雅阁，一进门，周慎之便坐在沙发上，指尖揉着太阳穴，尾戒若隐若现。沈恬过去倒了一杯水给他，说道："我给你煮点儿醒酒汤。"

周慎之睁眼，看着她，笑道："不用，晚上没活动，在家休息就好。"

"你要出去吗？"

沈恬摇头："不出去。"

他挑眉："那我们吃得简单点儿？"

沈恬眉眼一弯："好啊，你想吃什么？"

她是屈膝跪在沙发上，今天出门扎的低马尾辫垂下来，眼睛弯弯很好看。周慎之定定看她几秒，道："主要是你吃，我听你的。"

沈恬一听，心一跳："我一般点外卖。"

周慎之轻笑，揉着太阳穴道："也行，你介绍一下。"

沈恬拿出手机坐正，低头按着，按着按着她抬眼看向他："可是，我们才刚刚吃完午饭耶。"

他挑眉，几秒后，笑了起来。他笑起来很好看，桃花眼里的笑意溢出来，眼尾挑起。他用指尖点了下她的鼻子："对，刚吃饱，你就想着晚上吃什么了！"

他的指尖有点儿凉。他也不是没点过她的鼻子，但这次不知为何，就特别、特别让她心跳加速！

沈恬立即坐正身子，不去看他。她靠着沙发背按着手机道："你先休息会儿，我先研究，晚上再看吧。"

周慎之看着她，笑道："好。"

下午沈恬拿着平板在客厅处理工作，审插画图稿。周慎之拿了家居服去洗澡，换了黑色上衣跟休闲裤，出来后，他带着一身水汽在沙发上坐下，支着额头，按着手机，权当休息。

而空气中还带着淡淡的酒味。沈恬偏头看他一眼，他发丝还带着些许的水珠。沈恬犹豫了下，扯过一旁的抱枕，打开里面的薄被，披在他身上。

他按手机的手一顿，抬起眼眸。沈恬趴在沙发上，冲他一笑："盖个被子吧，别着凉。"

周慎之看她几秒，唇角一勾："好。"

沈恬扭过身子，继续翻着平板。周慎之也收回视线，在手机上回复邮件。客厅不大，两个人各占一角，安静而舒服地待着。周慎之回复了几封邮件后，说道："恬恬，我明天得出差一趟。"

沈恬也刚发邮件出去，她一顿，回头看他。男生没有抬头看她，他还在看邮件。

沈恬"哦"了一声："好啊。"

周慎之嗓音很低，还有醉意，他道："你要是在家无聊，就去找曹露或者回超市。"

沈恬"嗯"了一声。他们婚后相处了三天，随着要开始工作，生活也即将回归正轨。晚饭，沈恬叫了烤肉外卖，铺在茶几上。

周慎之从阳台回来，看到这一幕，笑了："看来中午真没吃饱啊。"

沈恬坐在地毯上，摆弄筷子，说道："不是，我是真有点儿想吃。"

周慎之挑眉，走过来在沙发上坐下，拿起夹子，低头点火。沈恬坐在对面，看着他这样，想起他生日那次在海滩时，他低头烧烤的样子。

她觉得，上天是眷顾她的，让她梦想成真。她拿起手机，偷偷拍了一张他的相片，保存下来。

曹露发信息来。

曹露：在干吗？

沈恬：吃烤肉。

曹露：哇，我在家吃泡面，你却在吃烤肉，你过分了啊。

沈恬：明晚请你去吃！

曹露：我要吃最贵的那家巴西烤肉！

沈恬：好！

曹露：不对，你跟周大佬一起吃烤肉？！

沈恬：嗯，不然呢？

曹露：救命。

曹露：这让我想起高三那年他生日，我们在海滩那次烧烤，你记得吗？

沈恬：当然。

怎么忘得了？

曹露：那次好像还剩下好多的串串！好可惜。

沈恬：是啊。

曹露：希望有生之年能再续上。

沈恬：我也期待。

现在外卖烤肉基本什么都会配备齐全，周慎之中午喝了酒，晚上就陪沈恬喝可乐，不过吃完后，客厅还是散发着些许油腻的烤肉味。

沈恬跟他收拾了好一会儿才感觉味道没那么重，周慎之进次卧，取了一份檀香出来。他低头在沙发桌旁点燃，好闻的香味飘了出来。

沈恬探头问道："这是什么？"

他放下打火机，指尖拨着香料，道："龙涎香。"

沈恬"啊"了一声："我们之前做过一期中国香料的专访，我们国内的香料其实很多，而且还有一些是专门跟药膳一起制作的，不单单是为了提香，更多是为了安神以及治病。"

周慎之听着笑着靠在扶手上："对，国内的香料制作过程很烦琐，有些材料更是价值连城，也有很多被收藏家给收藏了，普通人就很少见到。"

沈恬走过去，闻了闻："你这个，肯定价格不便宜。"

周慎之唇角微勾："你喜欢吗？"

沈恬："喜欢啊。"

"喜欢就好。"

他的声音在她头顶响起，清澈好听。沈恬耳根泛红，看了一会儿那龙涎香，就去拿睡衣洗澡。她路过书房，看到他坐在书房指尖夹着烟，手握着鼠标，正认真地看着电脑。

沈恬走进洗手间，开始洗澡。香香的沐浴乳上了身，她才感觉舒服一些。烤肉虽好吃，但是也太油腻啦。

洗完澡，穿上带着樱花香味的家居服，沈恬伸个懒腰，打着哈欠洗漱，然后她走过去准备把沐浴球取下来，搓洗一下。

结果，脚一滑。"砰！"

她尖叫了一声，整个人摔倒在地板上。

这一声"砰"大得很。周慎之按鼠标的手一顿，下一秒，唰地起身，大步走出来，一眼就看到洗手间里的场景。

沈恬跌坐在湿润的地板上，按着腰，正试图要起来。周慎之眉心一拧，走了进去，蹲在她跟前，按住她肩膀："别动。"

沈恬抬眼，眼眶含泪："我好像扭到腰了。"

"我知道，你别动。"他把她白皙但是弯曲的腿拉开，沈恬忍着疼，她的拖鞋直接滑到了脚踝处，小而白皙的脚此时红通通一片。他修长的手按着她脚踝，把那拖鞋取出来，低声问道："脚疼吗？"

沈恬点头："疼。"

"脚也扭到了。"他说道。

沈恬"呜"了一声点头："对！"

周慎之抬头看她一眼，手伸到她后脑勺，按了按："疼吗？"

沈恬："有点儿。"

"我抱你起来。"话说完，他不等她开口，拦腰把她抱起来。沈恬今天穿的睡衣是那种丝绸款的，很柔软，但因为是白色，有点点透。她赶紧把头发往下拨，红着脸。

周慎之没注意到这个，把她放在沙发上，拿个抱枕给她靠着。沈恬坐正，但腰好疼，她想了想，直接趴在扶手上，一手指着后腰："这儿好疼，周慎之，你去我房间拿药水，要白色的那一瓶。"

周慎之听罢，站起身，走进主卧。沈恬想了想，又说道："在衣柜最下面，有个医药箱，里面有，那是我爷爷自己调的药水。"

不一会儿，周慎之拎着一个白色小瓶，上面是沈业林自己写的字"跌打扭伤专用药"。

"是这个吗？"周慎之把药在她面前晃。

沈恬点头："就是这个。"她拿过来，拧开盖子就要往掌心倒。

"你处理得到后面的伤？"周慎之抱着手臂轻轻一问，沈恬动作一顿，她抬起眼睛。他低垂着眼眸，昏暗光线下，桃花眼深邃如墨。

沈恬一顿，眨了眨眼："那怎么办？"

周慎之拎走她手里的瓶子，走到沙发旁，半蹲下，道："我帮你，你忍着，如果太疼了就跟我说。我们自己处理完，如果没有缓解，我就送你去医院。"

沈恬紧抓抱枕，立马拒绝："我不去医院。"

周慎之眯眼，笑了："由不得你。"

说完，他看了眼她的腰，撩开点儿上衣，女生纤细的腰身露了出来。周慎之一顿，随后，他拧开瓶盖，倒出那浓郁的药水，两手搓热，按在她的腰上。

沈恬猛地咬牙。他嗓音很低："开始了，忍着。"

"嗯。"

可惜男生的力道再怎么收着，还是挺大的。沈恬很快疼得哭了起来，她咬着沙发上空调被的边角，忍着疼细细地呜呜哭了起来。

周慎之准备无视，不疼好不了。后来，她哭得太厉害了，他眯了眯眼，松开了她，下一秒，捏住她下巴，把她的脸转过来。

客厅的灯很暗，头顶是一盏琉璃灯，她眼眸里全是打转的泪水，几丝头发沾在眼角，一副柔软无措的样子。

周慎之："……"

第四十章

Chapter 40

一滴泪水落到周慎之的手指上，滚烫。沈恬愣了一秒，唰地把脸扭了回去，用手背擦着泪水，哽咽道："我会忍着的，就是有点儿疼。"

她擦着鼻子，怕流鼻涕啥的。周慎之指腹轻轻地摩挲了下那被泪水滴到的手指，又看女生趴在扶手上，头发凌乱，正在抽咽。

他转过身，在茶几上抽了几张纸，伸手捏住她的下巴，又把她的脸转了过来，拿着纸巾擦拭她的眼角，说道："都说了，疼要出声。"

沈恬无处可躲，只好看着他的脸，心脏疯狂跳着，她说："我……想着忍一忍就好。"

他抬眼，看着她红通通的眼眸，道："还是去医院吧。"

沈恬猛摇头。周慎之微眯眼："你都哭成这样，我还下得去手吗？"

沈恬哽住，细细地抽咽着，带几分无辜，她嘟囔："我不去医院。"

周慎之把沾着她泪水的纸巾扔进一旁的垃圾桶，把她眼角的发丝往后拨，说道："趴着，我轻点儿。"

沈恬听话地趴了回去，揉了揉鼻子，紧抱着扶手。

在琉璃灯的照射下，女生的腰细如柳、白如雪。周慎之垂眸沉默看了几秒，才把掌心按上去，他收了不少力道，完全是在照顾她。

沈恬这会儿忍着，一直咬着唇，不敢出声，在这寂静的客厅里，两个人都挺安静的，直到沈恬觉得差不多了，她立即道："好像好些了。"

周慎之靠坐在茶几旁，扯了纸巾擦拭手指，道："你坐起来看看。"

沈恬按着腰，坐了起来。而他带着几分懒散地坐在地毯上，手肘搭在茶几上，抬起眼眸看她。

沈恬坐直后，按着腰感受了下，接着看向他，眉眼一弯："好了。"

周慎之静看她几秒，挑眉："好。"

"脚呢？"他低头，握住她的脚踝。

他指尖滚烫，估计是因为爷爷的那个药，沈恬下意识地想缩，但还是把脚伸了出来，他把她的脚抬到他膝盖上。

他穿着灰色的休闲长裤，面料柔软，她的脚一放上去，就感觉到下方的腿部线条，沈恬耳根泛红，缩了缩，道："有点儿疼，应该是扭到了，不过这个我自己能擦，我技术很好的。"

周慎之虚虚地握着她的脚踝，抬起眼眸看她："那你自己弄？"

沈恬立即点头："嗯。"

他握着她的脚踝，把她的脚放了回去，随后靠着茶几，看着她。沈恬把脚踩到沙发上，后背靠着沙发扶手，她扯过空调被随意地披在腿上，接着弯腰，拿起那药水，倒了一手心，俯身按着脚踝。

她轻轻地揉着，抬眼看向周慎之，道："你别看我爷爷现在老不正经，以前他真的很厉害，我小学的时候，每次回去，他的小药店门口都排着长队，有扭伤的，有脱臼的，还有一些疑难杂症，他都能帮人处理，他那小药店里放了好多锦旗。"

周慎之听着，唇角微勾："是吗？"

沈恬点头："当然。"

周慎之手指轻轻地转着尾戒，尾戒也不可避免地沾上了药水，他眼眸落在她的身上，一直没有收回。沈恬用空调被一披，规规矩矩，只是琉璃灯下她的脚踝红肿，但脚指甲也红得很。

静下来，沈恬感觉到他的目光，她指尖一顿。他干吗一直看着她！她心怦怦直跳，正在犹豫着要说什么。

周慎之起身了，他说："恬恬，我先去洗个澡，你弄好就坐着，等我出来看。"

沈恬松了一口气："好，你出来的时候，我估计都好啦！"

他轻笑了声："是，小医生。"

说着，他从沙发走过，进了次卧。婚礼那天他的行李是放到主卧的，后来慢慢地，一些简单的换洗衣服就拿到次卧去了。他拿了睡衣出来，白天喝醉酒他洗了澡，今晚弄了一身药味，也得洗一次。

他出来从客厅走过时，沈恬还在辛勤地处理自己的脚踝。女生侧脸认真，睫毛很长，长发垂眸。周慎之看她几秒，进了洗手间。他挂好衣服，打开水龙头，清洗手上的药水，其间动作略微停顿了下，桃花眼眸里深邃不见底。

洗完澡出去时，沈恬正把脚放在地毯上。她歪头在试脚踝，脚尖用力。周慎之擦着头发，看她几秒，问道："怎么样？"

沈恬抬眼，笑道："应该能站，不过这几天要注意，不能有大动作。"说着，她撑着沙发椅背，站起身。

周慎之走过去，握住她的手臂，让她借力。沈恬一顿，但还是站起来，笑眯眯地看着他道："真的没事了。"

周慎之低头看一眼，是没事了，可她腿上擦伤挺严重的，他说："擦伤的地方也擦点儿药，得换种药吧？药箱里有吗？"

沈恬也低头看过去，就看到脚旁有红色擦痕，应该是撞到地板摩擦出来的，她说："有的，我睡前擦就行啦，然后一觉醒来会好很多的。"

周慎之听着，轻笑："又是爷爷的药？"

沈恬抬眼看他，点点头，眼里依旧那般，带着星星。

周慎之静看她几秒，笑着说："那早点儿睡，嗯？"

沈恬："好！"

这个点儿也不早了，沈恬转而朝主卧室走去，周慎之握着她的手臂，轻轻地扶着她，扶到床边。沈恬坐下，仰头看他："晚安。"

周慎之收回手臂，手放进裤兜里，点头："晚安。"

随后，他转身走了出去，顺便带上门。门一关，屋里安静，沈恬立即起身，把身上的睡衣脱下，然后拿一套新的，这睡衣沾了水，湿哒哒的，贴着皮肤很不舒服，她换好后，又弯腰去拿药。

还是沈业林的药"玉肤膏"，这个一擦，再难看的伤疤都能消。沈恬擦完后，靠着床头，睡前跟曹露聊会儿天。

曹露：宝贝恬，明天请吃烤肉，别忘记了！

沈恬：遵命。

曹露：你还有几天假？

沈恬：两天。

曹露：好好呀，又可以趁机休假。

沈恬：你这每天都像在度假的，就不要美慕啦！

曹露：哈哈哈哈哈也是！不对，我们也是很专业的好吧！

沈恬：是是是，我们露露最专业了！！

曹露那边哈哈大笑。

曹露：你跟周大佬相处得怎么样？他人好不好，体贴吗？

沈恬一顿。

沈恬：很好，他真的很好。

曹露：真的？

沈恬：嗯。

曹露：真好，不管别的，就单单他人好这点，就足够啦！

沈恬：可不！

隔天沈恬醒得晚了些，起来时 9 点 30 分，她打着哈欠从卧室里走出来，就看到茶几上摆放着一个铁质的保温盒。

旁边放着一盒牛奶，下面压着一张纸条，他的字迹跃然纸上。

我出差了。你记得吃，牛奶可以拿厨房热一下。——周慎之

沈恬眉眼一弯，她进洗手间洗漱出来，然后直接坐在地毯上，打开保温盒，里面是粗粮包跟烧卖，还热着，她咬了一口。哇，好好吃。

京市天气也很热。下了飞机，周慎之跟陈远良就碰了面，陈远良拍着肚子，说道："兄弟，这次大会，几个大集团都参加，你说我能拿下这个项目吗？"

陈远良也是医科毕业，只是他毕业后没有进入医院，而是转而进入制药研究所。这次几个医药集团准备跟研究所合作，研发新的脑炎疫苗。陈远良是带组的那个，但同时也有另外两个研究所在竞争，他第一次带组，紧张得很。

周慎之看他一眼，道："能。"

"真的？"

周慎之弯腰上车，手肘支着车窗，指尖抵着唇角："江氏明显是倾向于你的，你自信点儿。"

陈远良在他身侧坐下，说道："也是！"

车子启动，周慎之往后靠，垂眸按着手机。不知为何，想起沈恬，不知她吃没吃早餐。

他拿出手机，给她发信息。

Zsz_：起了吗？

沈恬：起啦！

Zsz_：桌上早餐看到了吗？

沈恬：吃完了！在看电视！

他轻笑一声，回复"好"。陈远良也按着手机，听到兄弟的笑声，他抬起眼："你笑什么？"

周慎之摁灭屏幕，道："问问她吃没吃早餐。"

陈远良本想问哪个她，几秒后又懂了，沈恬！他顿了顿，不知为何，觉得怪怪的。但他没太在意也没深究。

一整天忙碌下来，周慎之跟廖彦老师去见了京市科研所的所长，也见到成为所长秘书的学姐赵妍儿。赵妍儿笑道："师弟，恭喜你英年早婚啊！"

周慎之合上资料，抬眼，含笑："谢谢，我觉得恰好。"

赵妍儿笑着支着下巴看他。周慎之拿过笔，在领取资料的单子上签了名，然后把单子推给赵妍儿，赵妍儿笑道："学弟，你老婆是个什么样的美人儿啊？"

周慎之一顿，站直身子，手插进裤兜里，说："见一面就想娶的那种。"

赵妍儿一听，挑眉笑了。周慎之取走资料，离开办公室。赵妍儿看着他颀长的背影，其实所里的人都知道他结婚的原因，只是可惜了，这样的男生居然没有谈一段轰轰烈烈的爱情，而那么早就步入婚姻。

晚上周慎之陪廖彦跟所长吃饭，喝了一些酒。回到酒店，他扯下领带，拿了家居服去洗澡，穿着白色 T 恤跟灰色休闲长裤走出来。

他拿起茶几上的烟，低头点燃，在沙发上坐下。脑海里却浮现出女生满脸泪水无措的样子，今天一整天总想起这个画面，以至于都没法专心工作，他俯身把烟放在烟灰缸旁，任由它亮着。

他拿起手机，点开，给沈恬发信息："恬恬，吃饭没？"

沈恬很快回："正在吃。"

他眉梢微挑："回家了还是？"

沈恬犹豫了几秒："我跟曹露在外面吃呢。"

周慎之眼眸微眯，他挪开手机，看了眼她的头像："视频，我看看你的脚。"

跟曹露在巴西烤肉店的沈恬听到这条语音一愣。曹露正在夹肉的动作也是一停，她抬眼看向沈恬："周大佬要跟你视频？"

沈恬眨了眨眼："对啊，他……他好像是担心我的脚。"

曹露拨弄头发："那快点儿开，对了你头发弄一下。"

曹露起身，擦擦手，把她的刘海拨蓬松一些。沈恬擦擦唇角的油渍，那头就发了视频通话邀请过来，沈恬立即点了绿色的接听键。

镜头一闪。男生棱角分明的脸出现在屏幕上，他指尖揉了下唇角，尾戒一闪而过。他往后靠去："脚怎么样？"

沈恬把手机举到脚踝处，拉高了裙子，说道："没问题，不红了。"

她也很照顾自己的脚，此时脚不肿了，擦伤的地方透过视频看不太出来，她还穿的是平跟的拖鞋。周慎之看了几秒，问道："你穿这个开车？"

沈恬唰地坐直，把镜头举着对着自己，她说："没有啊，我坐曹露的车。"

她今天素着脸，就化了眉毛跟唇膏，吃了肉，唇膏蹭掉不少，露着下面红润的唇。她眉眼弯弯，笑着眨眼。

周慎之见状，指尖抵着唇角，眼底含笑："行，没事就好。"

"你们吃多久了？"

沈恬说道："有一会儿啦。"

他轻轻一笑："好，回家发个信息给我。"

沈恬点头："好。"

挂了视频，周慎之支着下巴，随意地点进沈恬的朋友圈，她的朋友圈封面是一只趴在糖果上的熊，憨憨的。再往下就是今天的一条动态，她穿着件短款的白色上衣跟长裙，然后和曹露头挨在一起，比了个耶！

风挺大，吹乱她的发丝，她杏眼弯弯，眼里带笑，隔着相片都能感受到她的快乐。动态文字是："耶，巴西烤肉！我来啦！"

他笑了一声，给她点个赞。刚点完没多久，陈远良就闻着点赞的味儿发信息来。

陈远良：兄弟，你还没睡？要不要再去喝酒？！

Zsz_：刚才还没喝够？

陈远良：嘿，难得一起出差。

Zsz_：不去。

从烤肉店出来，沈恬揉揉肚子，上了曹露的特斯拉副驾，曹露启动车子，问道："吃撑了啊？"

沈恬点头："有点儿，回去得吃点儿消化丸。"

曹露想到刚才周慎之的视频通话，她说："幸好周大佬不在，不然是不是得怪我让你吃太多？"

沈恬睨她一眼："你走。"

曹露哈哈一笑，她把车开往蓝月雅阁，大路两旁树影投下来，曹露看支着下巴看风景的沈恬，她说："你跟大佬这样相处，会紧张吗？"

沈恬"嗯"了一声："会啊。"

曹露一笑："完蛋，换成我，得天天紧张到抽筋。"

沈恬哈哈一笑。曹露接着有些好奇八卦地问道："你有没有发现大佬的哪些不好之处？让你无法忍受的？"

沈恬看向她，摇头："没有。"

曹露看了眼红绿灯，接着凑过来，捏她的脸："你啊，完蛋咯。"

沈恬一笑，歪了歪头看着不远处的摩天轮。

五彩斑斓，五光十色，特别美，令人向往。沈恬拿起手机，拍下这个摩天轮，随后她点进朋友圈，愣了下，看到他的头像，他给她点了赞。

沈恬错愕，车子正好在蓝月雅阁门口停下。曹露解了安全带，想说话，看她发呆凑过去一看："救命，周慎之给你点赞！"

沈恬回过神，"嗯"了一声。曹露看着那张相片，瞬间呆滞："你头发都吃到嘴里了，我的恬，他怎么不点一张比较好看的呢?! 不对，我们刚才应该用另外一张，你很美的那张啊！"

沈恬也是头皮发麻，她把相片放大，无语凝噎。头发在她脸上乱飞，好几根吃进嘴里，她还笑得特傻、特灿烂。他偏偏就给这张点了赞。

曹露抓着她的手："宝贝，下次一定要注意选相片，你是有老公的人，你老公还会给朋友圈点赞！"

沈恬看着曹露，点点头："嗯。"

曹露又看一眼那相片，里面的她也很丑，但她真的宁可自己再丑点儿，但是甜甜一定要是超级美的那种啊。

不过这张，沈恬眼睛很漂亮是真的。曹露瞬间感到安慰，她拍拍沈恬："没事，这也是你，真实的你。"

沈恬笑起来，也释然了，算啦，难不成把它删了吗? 那太此地无银三百两了，她说道："好啦，那我上去了。"

"你小心脚啊，要不我送你上去?"曹露想下车，沈恬摆手："不用啦，你快回去吧，你不是还要开视频会议。"

曹露听罢，翻个白眼："是，我们那个上司就是这么让人无语，大半夜的开视频会议，他在国外他了不起！"

沈恬笑眯眯地跟她挥手，曹露蓦地又喊道："恬恬！你生日打算怎么过?"

沈恬一顿，她倒着走，看着曹露，说道："我明天看看吧！"

"好。"

进了屋，家里带着淡淡的龙涎香味，很舒服。沈恬伸个懒腰，先去给自己倒了一杯果汁，然后就去拿睡衣，洗完澡擦着头发出来，盘腿坐在地毯上。

她拿出手机，还是给他发了一条平安到家的信息。本以为他应该睡了，谁知道他还回复道："好，早点儿睡。"

好听的男声传来，沈恬耳根一红，说道："晚安。"

说是晚安，她也没睡，打开电视看综艺。

隔天下午，沈恬趴在茶几上，跟曹露议论生日要怎么过。曹露最近迷上了汉服，想拉沈恬去一家汉服自助酒店玩儿。

沈恬在犹豫，家里人要帮她过，不知道汉服适不适合她那健硕的爸爸。

就在这时，门一开。沈恬抬眼，对上进门的周慎之。

他看着趴在茶几上的女生，抱着手臂靠着门看她。

第四十一章

Chapter 41

沈恬唰地坐直身子，问道："你不是还有一天才回来吗？"

屋里安静，淡淡的龙涎香里夹杂着女生身上的香味，柔软好闻。周慎之指尖轻点着手臂，他说："提前了。"

"这么好？"沈恬腰部挺得很直，不过他这样站着，她这样坐着，这俯视的高度让她紧张，尤其是他垂眸时的样子。

他"嗯"了一声，提着行李箱进来，关上门。随后，他俯身揉了揉她的头："生日快到了？"

沈恬呆了几秒，她抬眼，跟男生微挑的桃花眼对上，他眼眸很深，沈恬点头："嗯。"

周慎之站直身子，垂眸看她："我放好行李，换身衣服，再一起谈谈怎么帮你过生日。"

沈恬"啊"了一声，她目光跟着他，道："不用那么隆重的，随便过就行啦。"

周慎之拎起行李，抬手抓抓头发，没管她的叫唤，进了次卧。沈恬看他门关上，"啊"了一声，又趴回茶几上，几分无奈。几秒后，她想起还没回曹露的信息，立即点开曹露的语音。

曹露："怎么样？我的点子好不好？"

曹露："咦？你跑哪儿去了？"

沈恬听完，准备回，就听见次卧门开了。周慎之换了黑色休闲上衣跟黑色休闲长裤走出来，他走到饮水机旁，接了一杯水，随后转身走回来，坐在一旁的地毯上，后背靠在沙发上，他抿一口温水，把杯子放桌上，看着她。

沈恬眨了眨眼，她嘟囔："你好隆重呀。"

周慎之一听，支着脸轻笑："哪里？你们不是在聊吗？我听听你们的想法。"

要聊，那就聊吧。沈恬也不藏着，扭扭捏捏的也不好，她揉揉泛红的耳根，说道："曹露说去汉服自助酒店，可以穿汉服吃饭，还可以拍照。"

周慎之眉梢微挑，他指尖无意识地转着桌上的杯子。那杯子在他手里，毫无抵抗能力，他指尖修长，加上戴着婚戒，又让沈恬想起他读书时期转笔的样子。她的视线也总被他这动作吸引，一个男生长得帅气也就算了，还有手也这么漂亮，太过分了！

她咳一声，让自己镇定。

"你喜欢汉服吗？"他问道。

沈恬点头："挺喜欢。可以美美的，谁不喜欢。"

周慎之眼底含笑，干脆利落："那就去。"

他拿过手机，低头按着，道："我来订酒店，我妈出国了，我爸去西安了，但奶奶肯定也会想帮你过，我们中午陪长辈一起吃，晚上就年轻人组局。"

他抬眼看她："好吗？"

沈恬支着下巴，想着既然无法反驳了，于是立即点头。她笑眯眯："好啊！"

周慎之支着脸，于昏暗光线下看着她，桃花眼深了几分，几秒后，他说："酒店订好了，你跟曹露说一声。"

沈恬说道："好。"

她低头点开微信，回复曹露：

沈恬：周慎之订了汉服酒店。

曹露：那么迅速?! 我的妈！！

曹露：所以确定汉服酒店了？

沈恬：嗯！

曹露：救命，大佬也太牛了吧。

沈恬也隐隐兴奋，她一边回复曹露，一边唇角带笑抿着，笑得眼睛亮晶晶。周慎之看着她笑，唇角也勾了起来。沈恬抬眼看他："跟曹露说好了！"

"好。"周慎之含笑，看了眼腕表，"晚上想吃什么？"

沈恬摇头："不知道啊，你有什么好想法？"

周慎之扫一眼厨房："我看看冰箱里有什么。"

沈恬一听，有些惊讶："你要自己做饭？"

他眼底含笑，看她一眼："给你做饭。"说着，他起身朝厨房走去。

沈恬心怦怦直跳，几秒后她也起身跟过去。看着他打开冰箱，周慎之骨节分明的手按在冰箱门上，垂眸看了几秒，他问道："恬恬，吃红烧排骨吧？"

他把门关上，回头看她。厨房光线要亮很多，他看过来时，沈恬心口直跳，她点头："好啊。"

周慎之含笑："那得开始了。"

沈恬搓搓手："需要我帮忙吗？"

"不用，不过冰箱里没饮料了，你想喝汤还是喝饮料？"他取出排骨，放在料理台上，伸手去取砧板。

沈恬本想说喝汤，可是想想喝汤还要多做一道菜，于是她说："饮料，我下去买吧。"

他"嗯"了一声："好。"

随后，他转头看她一眼，目光看到她白色的短裤，露着的细白长腿，他眯眼，道："外面阳光还很猛，换条长裤下去吧，顺便戴顶帽子。"

沈恬"哦"了一声："好的。"

她看了眼短裤，是家居服，很柔软但确实有点儿短，她脸颊红了，赶紧进主卧换。之前他在家的时候，她是不会穿这条的。她以为他明天才回来，一个人在家，怎么穿都行，当然要穿最舒服的那条啦，所以才会选这条短裤穿，谁知道他提前回来。

沈恬换了条长裤，拿了手机便下楼去买喝的，买了好几样，回来时，他还在忙。沈恬把饮料塞进冰箱里，拿了一瓶可乐放在他手边。

周慎之在准备红烧排骨的材料，他偏头，看她一眼。沈恬眨眼笑道："可乐！"

他含笑："谢谢。"

不一会儿，他把排骨放进去过水，靠着料理台，拎起可乐打开喝了一口，余光看着那回到客厅靠着沙发、坐在地毯上按着手机的女生。

冰凉的可乐入喉，他咽了下去。他向来喜欢客厅昏暗些，看电视或者办公都会觉得很有隐私感，如今，客厅的女生也成了隐私的一部分。

他眉梢微挑，唇角微勾，回身把可乐放回料理台，接着低头关掉火，拎起锅把，把水倒掉。沈恬抬眼看他一眼，他低头时也很好看，脖颈修长，她举起手机，偷偷地拍了一张他的背影。然后她把照片存到百度云盘里，手机里则删除干净。

这几天曹露天天开会。他们的上司接到几封投诉质疑他们专业性的邮件，于是逮着他们就开会要他们反思，资本家的嘴脸，真是让人生气。

所以她开完会就躲在办公室里，找沈恬聊天。跟沈恬聊天能让自己心情愉快，她好甜哟。

同学群从上次建了用来派喜帖后就没解散。不少同学都还在群里，陈远良跟江山把群当成私人聊天场所，经常在里面聊天，丝毫不在意其他人是不是听到他们说话，或者窥屏啥的，就很大方，无所谓。

曹露知道陈远良要去京市出差三天，趁着他们在群里聊天时加入讨论。

曹露：哟，怎么周大佬回来了，你还没回啊？@陈远良

陈远良：他是有家室的人，我没有！

曹露：哈哈哈哈。

陈远良：他陪领导喝完酒回去，我以为他应该睡了，谁知道他还在那儿给他老婆点赞。说真的，认识他那么多年，他从不在别人的朋友圈出现半秒，老子求他，他都懒得搭理。

曹露震惊。

曹露：真的？

陈远良：我能说假的？他也就偶尔回复一下别人在他朋友圈问他的问题，还

挑着回复。

曹露更震惊了。

曹露：周大佬好高冷。

陈远良：呵呵，是装！

曹露哈哈一笑，她特意点开群，发现秦麦在群里，关珠云居然也在，也不知道她是怎么混进来的。她"哎哟"一声，看吧，两位姐姐。

这时江山突然说话。

江山：不过曹露，你们昨晚那张相片，是真的挺丑的，慎之点赞，该不会是因为你们太丑了，笑到他了？

曹露：去你的！！！

江山哈哈大笑，其他人也陆陆续续地跟着出来聊天。

曹露退出聊天框，点进自己的好友列表，往下翻。果不其然，她有加秦麦跟关珠云。她摸着下巴，心想，我要时不时地发我们家恬跟周大佬的相片放朋友圈！

呵呵呵，酸死你们俩。

晚上六点出头，香味扑鼻，沈恬看到周慎之端菜出来。她起身去帮忙，端着那碟红烧排骨，咽了下口水。

周慎之放下韭菜鸡蛋，看她一眼，笑道："先吃啊。"

沈恬盘坐在地毯上，摇头，道："一起！"

周慎之眉梢一挑："那你等会儿，我洗个手。"

他转身进厨房，洗干净手，擦干了再出来。随后在沈恬对面落座，沈恬正在开雪碧，没开成功。周慎之伸手拿过，"嗞"一声，单手开了，又把雪碧放回她手边。

沈恬喝了一口，他也开了自己的那一瓶。他单手开可乐那动作，利索、潇洒。开完后，他也喝了一口，喉结滑动。

接着他拿起筷子，先夹了一块排骨放沈恬的碗里，含笑："吃吧，别咽口水了。"

沈恬脸一红，笑道："你好厉害。"

这一桌，他做了三个菜。一个红烧排骨，一个韭菜炒蛋，一个四季豆炒肉末，都很下饭。

周慎之拎着可乐，看她："你喜欢吃，我以后多做。"

沈恬摇头："不不不，工作忙的话，我们还是简单点儿好。"

周慎之点头："好。"

白米饭是沈昌明送过来的，挑的最好吃的米，粒粒带香。沈恬一边扒饭一边吃菜，他手艺是真的好好，简直了。她感觉自己还没嚼就香到想吞下去。

吃得快了，脸上就容易沾东西。尤其是排骨带的红烧汁，沈恬咽下最后的排骨跟米饭，一抬眼，唇角就沾了汁。

周慎之也放下筷子。他支着下巴，看她几秒，看她舔着汁，一直没舔到。他伸手，指腹按住她的唇角。

沈恬浑身一僵，一愣。周慎之桃花眼深邃，指尖抹掉她唇上的汁，撩起眼皮，看着她的眼睛："花色小猫。"

第四十二章
Chapter 42

在沈恬心怦怦直跳的时候，他已经收回手，并拿了一张纸巾擦拭指尖。要不是他就在她面前，她肯定会拿起手机照相看一下自己，是不是真的像花色小猫。

周慎之起身，收拾碗筷，看她一眼，她正在那儿摸摸唇角、下巴。他眼底荡起一丝笑意，端起碗筷就往厨房走去，厨房里安装了自动洗碗机，他打开水龙头，先把碟里的残留物冲掉，接着才弯腰把碟放进洗碗机里。他倚靠着料理台，慢条斯理地处理着这些碗筷。

非常细致。

沈恬回过神时，事情他已经做了一大半了，她捂了下脸，多少有些紧张他会发现些什么。他应该没发现吧？任谁被他这么碰一下，都会发呆的好吗。

读书那会儿，他仅仅端着餐盘坐到女生旁边的餐桌，她们都会下意识地安静下来，连说话的声音都好听许多。沈恬咳一声，说道："我洗澡去了。"

"嗯。"他清澈的声音从厨房传来。

沈恬探头看一眼，他拎着可乐仰头喝了一口，接着半弯腰去按清洗键，侧脸线条分明，喉结清晰。沈恬红了脸，转身拐进卧室，拿了睡衣。

再出来时，她听见洗碗机发出少许的声响以及他在厨房跟人打电话的声音。沈恬嗖的一下闪进浴室里。她那天摔倒的地方，他铺了一层防滑垫。因为那里是专门放浴球跟毛巾的地方，防滑垫用的还是粉红色的熊，沈恬总觉得这熊有点儿眼熟。

她洗完澡，带着一身水汽走出来，便看到他坐在沙发上，懒洋洋地按着手机。

他抬起头，女生满身的水汽，头发吹个半干，穿着粉色拖鞋，睡裙及膝，眨了眨眼，说道："我洗好了。"

周慎之摁灭屏幕，"嗯"了一声："你生日那天，陈远良说要来帮你过，可以吗？"

沈恬点头："当然可以。"

他唇角勾起："好，那加他一个。"

客厅昏暗，两个人一个坐在沙发上，一个站在洗手间门口，隔着茶几。不知为何，沈恬耳根又红了些，她说："我进屋了。"

他点头，沈恬嗖地往主卧室走去，脚还没进门，他的声音再次响起："你头发吹干了再睡。"

"好。"女生用手比了个"OK"，接着轻轻把门关上。

周慎之挑眉，支着下巴，继续回复邮件。脑海里浮现出女生刚刚沾得满嘴都是汁、偏偏怎么舔都舔不掉的样子，他轻笑了声。

久远地想起，高三那会儿，陈远良似乎说过，沈恬很可爱。

嗯，是的。过了几秒，脑海里又浮现她那天摔倒满脸泪水、疼得那么厉害却偏偏忍着的模样，他站起身朝主卧走去，靠着墙壁，喊了一声："恬恬。"

里头的女生顿了下："怎么啦？"

"你脚跟腰现在怎么样？还疼吗？"

女生甜软的声音传出来："不疼啦！"

他挑眉："那就好。"

沈恬本来是靠着床头玩平板、看综艺，听到他问话，她立即坐了起来。她没锁，他想进来是可以的，不过他似乎也没进来的意思。

就问那么几句话，沈恬下意识地揉揉腰揉揉腿，她冲着门道："爷爷的药真的很好，是神药！"

周慎之本来走了，听见这话，他笑了，回身应道："回头我谢谢爷爷！"

沈恬："嗯？"你谢谢爷爷做什么？！

婚后休息三天，沈恬也要上班了。隔天醒来，桌上已经摆了早餐，不过他提前出门，压了一张纸条，让她吃早餐，早餐是滚烫的粥跟煎蛋。

沈恬吃完准备下地下车库去开车。从后窗户一眼看到自家出版社的招牌，这么近的距离，她尝试走过去吧，反正时间还早，她一边走上天桥，一边给曹露发信息。

沈恬：我已经实现钱多事少离家近的生活了。

曹露：我还被塞在半路上，三环这边特塞，恬，你让我妒忌。

沈恬：[摸头.jpg]

曹露：不过钱多事少这个，有待商讨。

沈恬：[叹气.jpg]对呀。

她在出版社的工资确实不算多，不过出版社的福利好，而且她每年都会参加一些比赛，拿到的奖金也不少，也算可以了。当然，跟曹露这种拿高提成的不能比。不过沈恬很满意现在的收入了，她参加比赛的那些才是大头，慢慢存。

进了大楼，遇见熟悉的同事，沈恬就给大家发喜糖。

"沈恬，新婚快乐！"

"沈恬，早生贵子啊！"

"恬恬，你才二十四岁就结婚了，我都三十四了还单身一个……你也给我介绍一个呗？我不介意姐弟恋，你看看你老公有没有什么好朋友好兄弟的，匀一个给我。"

编辑组的姐姐揽住沈恬的肩膀，两眼放光。沈恬愣了下："姐，相差十岁。"

"我不介意。"

沈恬："……那我帮你留意吧。"这位姐姐人很好，沈恬拒绝的话说不出口。

"谢谢你，宝贝，糖我拿走啦，沾沾你的喜气。"姐姐朝她飞个媚眼，然后拎着糖走了。

小助理在一旁候着，看到姐姐走了，立即迎上来："沈恬姐，你真要介绍啊？那不如也给我介绍一个吧？"

沈恬弹了她脑门一下，把糖果往她手里塞："你先吃糖。"

小助理嘿嘿一笑，剥了糖往嘴里塞。沈恬让她把上次重版的《小猪佩奇》稿子拿来给她，休息这几天她虽然也居家办公，但还是落下很多。小助理说了声"遵命"。

两个人准备进办公室，就见到一个男生狼狈地从萧梦的办公室里被赶出来，紧接着七八份稿子狠狠地砸在了他的脸上。沈恬看一眼就准备推开办公室门，小助理拉住沈恬："姐，江怀是你学弟。"

沈恬一顿，看过去。男生清秀的脸被稿子划了好几道痕迹，他看过来，认出沈恬："沈恬学姐。"

沈恬不认识他，不过美院的学生消息都是互通的，他来出版社肯定也知道她在这里。她是盛沆的关门徒弟，就算没有老师的名号响亮，那也是名声在外。沈恬问道："你那些稿子怎么了？"

江怀摇头："不知道，说我不合适。"

沈恬走过去，弯腰捡起地上的稿子，看了眼。风格跟她的很像，有模仿的意思，但男生用色更大胆一些，所以是好看的，只是不适合做儿童读物。

沈恬说道："儿童读物最重要的是符合儿童特点，用色要健康、鲜活，人物要可爱、灵活，你这混色用在这人物的身上，你觉得合适吗？"

她看向江怀，江怀愣了愣，他看向自己的稿子，低声道："不合适。"

沈恬把稿子放回他手上，道："回去改吧，你被骂不冤枉。"

江怀抬眼看她，她没再看他，转身进了办公室。小助理凑到江怀那儿说道："你跟着萧梦惨咯，她一直都这样，错在哪儿都不会给你指导的，祝你好运。"

说完，她也跟着沈恬走进办公室。总编正好也回复了沈恬的邮件，通过了《时代周刊》的所有稿件。沈恬打开又审核一遍，才给陈主编发送过去。

下午时江怀加了沈恬的微信，在微信上跟沈恬说"谢谢指导"。他说他重修了一张稿子，发给萧组长，萧组长没再骂他。

沈恬回复："好，加油。"

另一边，早晨会议开完。周慎之扣上白大褂的扣子，坐到 3D 打印机^① 旁，一边调试着机器，一边在软件上建模。

陈远良打了个电话过来，周慎之接了，手机随意放在一旁。陈远良兴高采烈地道："兄弟，我成了！"

周慎之移动着鼠标，语气懒洋洋："恭喜。"

"我可以安心地回去帮沈恬恬过生日啦！"陈远良昨晚给他打电话，抒发紧张情绪时顺便就谈到这件事情。

周慎之指尖微顿，他调了下手机音量，调大了些："你这语气，像什么话？"

陈远良愣了几秒："啊？"

周慎之松开鼠标，打印机开始动作，他拎起手机往后靠，放到耳边，看着打印机道："她长大了，别总'沈恬恬'地叫。"

陈远良呆了呆，瞬间，他明白之前那怪怪的感觉从哪儿来了。

周慎之出个差还惦记着沈恬！就是这个！

身为兄弟，其实陈远良也很清楚，周慎之结婚是迫不得已！不过因为对象是沈恬，陈远良后期也觉得沈恬是当之无愧最合适的，她会让人想要跟她细水长流地发展，虽说可能不够热烈，但至少舒服！

但是，在他看来要擦出火花似乎也不太容易。陈远良在那头犹豫了下，问道："你刚才该不会觉得我说那话的语气，像男朋友吧？"

周慎之拎出打印出来的细管，低头比画，语调散漫："你清楚就好。"

陈远良："……"心里有鬼的人，听什么都是鬼！

陈远良总觉得不太可能，于是没那么快戳破，打算再观察观察，他说："我明天回去，你有空就过来给我接机。"

周慎之比对完细管尺寸，靠着桌子，懒洋洋："你看我有空？"

陈远良："……算了，挂了。"

"嘟嘟"几声，他那边挂断电话。周慎之放下手机，拿着细管就出门。

---

① 3D 打印机（3D Printers），又称三维打印机，是一种先进的制造设备，可精确制造三维物体。

婚假过后的几天，周慎之都要加班。沈恬每每回到家他都还没回来，有时她起来上洗手间，才看到他进门。沈恬揉揉眼，嘟囔道："你这几天好忙啊？"

周慎之换鞋，眼眸看着她，道："嗯，忙完这阵，你生日的时候就不忙了。"

沈恬一顿："我才不是这个意思。"

他轻笑了声，眉宇带了几分疲倦，在沙发上坐下。沈恬往卫生间走去，走了几步，挪到饮水机旁，拿了他的杯子给他倒了一杯温水，返回去放在他的跟前："喏，喝水吧。"

周慎之手搭在膝盖上，本打算拿烟，女生送来的水让他一顿。他抬起眼眸，沈恬本想送完水就走，却猝不及防跟他的眼眸对上。周慎之伸手把她往前滑落的发丝勾到耳后："快去睡吧，看你困的。"

沈恬心怦怦直跳，唰地站直身子，说道："那我去睡了。"

说完，她就往主卧走去，进去后才反应过来，没上洗手间，她转身把门拉开，准备走出来，却见他已经拿了睡衣，走向洗手间。

沈恬急忙追过去，赶在他面前："我上个洗手间。"

她不想憋尿，然后就埋头走了进去。"砰"，门关上。她红着脸上完，又冲洗干净，接着洗洗手，又怕有味，拿着清香剂喷了下，这才拉开门。周慎之肩上搭着衣服，抱着手臂站在一旁，看着她。沈恬笑道："你去吧。"

他眼底带了几丝笑意："嗯。"

然后他走进去，沈恬匆匆回主卧，回头一看。他正单手关门，门关一半，另一只手将上衣脱下来，隐隐约约可见他的腹肌，沈恬呆了。

她嗖地缩回主卧室。妈呀！她满脸通红，不知道自己刚刚干吗要回头看这一眼。她回到床上，扑在上面，拿起手机一看，凌晨一点，他是真加班到好晚。

不过这些天，哪怕他加班，早餐还都是他准备的，要么是做的，要么就是他买的。沈恬翻个身，调了个闹钟，打算明天起来给他买早餐吃，总不能一直都是他在付出吧。

这么一想，好像确实是这样。婚后他们住在一起的这些日子，饭是他准备，客厅里的卫生也大多是他回来后启动扫地机器人打扫的。沈恬想想，唰地又起身，今天回来后她好像也忘记打扫了。

她下了床，开门走出去，洗手间里水声哗啦啦的，他还在洗澡。沈恬走过去，蹲下来，小声地喊道："小恬小恬，打扫啦。"

"收到。"扫地机器人"嗖"了一声回应，接着转动着圆圆的身子从充电桩里出来，结果一出来就卡在地毯边，沈恬拎起它的身子，准备把它挪到一旁。

身后洗手间的门便开了，接着高高的男生走出来，擦着发丝，看到蹲在一旁的女生。他走过去，半蹲在她身侧，语气懒洋洋："干吗呢？不是让你睡觉吗？"

突如其来的男声让沈恬吓了一跳，她"啊"了一声往旁边倒去。那头是扫地机器人的充电桩，周慎之立即握住她的手腕把她拉住，结果冲力反撞到他身上，他护着她的身子，揽住，后背撞到了茶几。

沈恬一阵晕眩，人趴在了他身上。他身上带了沐浴乳的香味，是桂花香，就跟他学生时期身上的香味一样，沈恬慌里慌张地抬起头道歉："对不起。"

就对上了他的眼眸，男生过水的桃花眼似乎深邃很多。周慎之揽着她的腰，定定看着她眼睛。

这会儿，他没拿开手，也揽得很实，手臂下是她薄薄睡衣下纤细的腰身。光线昏暗，沈恬不知为何，被他看得心慌意乱，她说："你怎么不说话？"

周慎之反问："说什么？"

沈恬急着道："我跟你说对不起。"

周慎之轻轻地"啊"了一声："呜，不能说没关系，后背撞疼了。"

"真的啊？我看看。"沈恬唰地起身，周慎之的手臂也随之放下，他也站起身，沈恬想着去撩他的衣服。周慎之握住她的手腕："别拉。"

沈恬一愣，随后脑海里浮现出刚才他露出的腹肌，她唰地收回手，仰头道："你自己揉揉，我去拿药。"

周慎之手掌用力，把她拉回来，说道："开玩笑的。"

他看一眼墙壁上的时钟："你快去睡，我还得看点儿文献，顺便看着机器人小恬。"

沈恬定定地看着他："真的没事吗？"

周慎之抬手揉揉她的头发："真没事。"

他垂眸看她："你眼眶都红了，是想哭还是困的？"

沈恬不知为何，鼻子一酸。她立即道："我困的，那我去睡了。"说完就转身回主卧。

"砰"，门被关上了。

周慎之捞起地上的毛巾，继续擦拭脖颈的水珠，偏头喊来机器人小恬，让它扫一些死角，但不知为何，想起她刚才的样子。他顿了顿，走到主卧室门外："恬恬，你哭了？"

女生没回他。周慎之屈指敲了几下，心想，她应该睡了。准备离开时，他猝然转身拧开门把手，走了进去。

走到床边，他拉开被子，沈恬弓着身子，脸朝里面。他看她几秒，蓦地伸手，摸了下她的脸颊，湿润润的。周慎之一顿，坐在床边："怎么突然哭了？"

沈恬的心怦怦直跳。她也不知道为什么哭，可能是想到这些日子，他也太好了吧，她才哭的。这么晚他还要看文献，然后还要管客厅的卫生，刚刚又被她撞到，又不处理。大概就是这样，她才想哭的吧，可是她这样会不会太明显了？

周慎之："说话。"

沈恬只能唰地坐起身，靠着床头，眨了眨眼。一滴泪水滚落，周慎之看到她这样，眼眸微眯。他抽过床头柜上的纸巾，擦拭她滚落的泪水："工作受委屈了？"

沈恬："才不是。"

她绝对不能说她是因为担心他，含混道："就是撞到你了，特别愧疚，我刚才听见你哼了一声，肯定特别疼。"

周慎之看着她的眼睛，他笑了，站起身，撩开衣摆下方："看，有伤吗？"

沈恬抬眼，往他那地方扫去。男生腰部线条很流畅，腹肌若隐若现。沈恬脸红了，她没看到啥，说："好了好了。"

周慎之松手，衣摆放下。他一只手插进裤兜，一手捏着纸巾揉了扔在垃圾桶里，看她一眼："那么容易当真，以后不敢跟你开玩笑了。"

沈恬撇嘴："你出去吧！我要睡觉了。"她恼羞成怒，赶人了。

第四十三章

Chapter 43

看着他关上门出去，沈恬一把拉过被子，埋头就睡。虽然刚才有点儿恼怒，不过她的睡意很快就上来了。

隔天一早，她是被闹钟吵醒的，迷迷糊糊地爬起来拿手机一看，上面备注了买早餐。她坐起来，努力让自己清醒。

此时早晨六点，对她来说特早。她上班时间九点，之前都是八点准点起床，洗漱十来分钟有时上妆有时又不上妆，只描眉跟涂唇膏，然后半个小时开车去社里。现在住这里，走过去就十分钟，她昨天算了时间，发现住在这里能睡到 8 点 30 分。

不过，她此时得买早餐去。周慎之的研发基地离这儿就远了，三十五分钟的车程，所以得早。

打着哈欠，她拧开房门，客厅很安静，小恬昨晚打扫完了，现在塞在充电桩里面，呼噜噜地充着电。沈恬摸去洗手间洗漱，凉水上脸，她才清醒一些，动作也就快了。从洗手间出来，她探头看了眼次卧。

次卧的门关着，沈恬抓抓头发，进主卧室换了一件比较宽松的 T 恤跟短裤，接着学他在桌上放了一张纸条，大意就是她去买早餐，随后便下了楼。

小区外的商铺就有卖早餐的，她小跑出去，在连锁早餐店买了两份早餐，拎着晃悠悠地回小区。一进门正要拐去自己那栋楼，沈恬就看到周慎之戴着黑色的耳机，穿着一身黑正在慢跑，汗水顺着他的脖颈滚落，没入衣领。

沈恬脚步刹停，躲在灌木丛旁看着。他什么时候下来的？比她早还是比她晚？她从不知道他早上还起来锻炼啊。

他跑步的样子很好看，认真，但带着几分散漫，跟高三时跑操的他完美重合，而且慢跑的人好像蛮多的，好些女生从他身侧跑过，偷看他一眼，跑到前面还回头看他。

沈恬叹口气，托着腮。这时，一个人影挡在她的面前，她眼前一黑，抬起头。周慎之手插裤兜里，垂眸盯着她。

沈恬吓了一跳，唰地站起来，没站稳。他伸手握住她的手臂，把她稳住。

沈恬立即举着手里的袋子："我买早餐呢！"

周慎之看一眼袋子，语调懒洋洋的："你几点起的？"

"六点吧。"沈恬看他神色，犹豫地道。周慎之握住她的手臂，把她带出灌木丛："昨晚没睡好？"

"不是不是，就是想早起。"

他听罢，偏头看她，轻笑："确定？"

沈恬点头。两个人走进楼道里，进了电梯，周慎之靠着墙壁，抓抓湿透的头发，他抬起眼眸看她一眼："以后多睡会儿，早餐我买就行。"

沈恬站在这边，看他这运动完的懒散劲，仔细听，还能听出他嗓音的低哑。她抓着早餐袋，说道："我今天发现早晨的空气好新鲜。"

周慎之取下剩余的一边耳机，听着，唇角一勾，他站直身子道："哦？是吗？我怎么觉得一般？"

他走出去，来到家门口，刷脸。沈恬跟在他身后进门，嘟囔道："你怎么那么早起？"

周慎之弯腰拿起茶几上的纸条，看了几秒，抬眼看她："我习惯了。恬恬，我早起可不是为了新鲜空气。"

他发丝湿润，桃花眼散漫含笑。沈恬把早餐放在茶几上，不打算在这个话题上纠缠了，再纠缠下去她感觉自己都藏不住心思了，她问道："你几点起的啊？"

周慎之慢条斯理地卷着耳机线，随手放在沙发柜上，道："5点40分吧。"

沈恬"啊"了一声，嘟囔："那么早。"

他笑看她一眼："你先吃早餐，我洗个澡。"

沈恬"嗯"了一声，眼看着他取了衣服进洗手间。沈恬摸过手机，给曹露发信息。

沈恬：啊！啊！

曹露：恬？我刚醒，不过你起这么早？啥情况？钱多事少离家近就应该在时间上使劲造啊。

沈恬打了一串话，大意就是她看他辛苦，于是也想付出，早上起来买早餐，结果发现他比她更早，她还词穷找不到买早餐的理由，她问曹露，这样下去会不会迟早有一天被他发现她的心思。

曹露：宝，你平时的作息时间很固定，晚上不熬夜，早上不早起。他跟你住这些日子，肯定也摸清了，否则不会很准时地给你准备早餐。

曹露：而你今天突然早起买早餐，他肯定很诧异，不过只有今天问题倒不大，如果再多来几次，他难免会琢磨琢磨。

沈恬听见这话，心就慌了。买什么早餐，不买了！

她打开早餐袋，拿出烧卖往嘴里塞。洗手间的门打开，周慎之带着一身水汽走过来，坐在沙发上，拿过一旁的牛奶，插入吸管，推给她："恬恬。"

沈恬唰地抬眼："啊？"她眼睛眨了眨。

他支着手肘看她："你昨晚真的睡好了？"

看！他怀疑了！沈恬点头："当然啊！我就是昨晚想着每天都是你买早餐，这样不好，我也偶尔买买早餐吧，才那么早起的。"

他也拿了盒牛奶，插入吸管，喝一口："哦。"

他抬手揉揉她的头发："那以后不许这样了，按照你之前的作息时间来。"

他指尖不经意地碰到她柔软的耳根，女生的耳根柔软白皙，耳垂也软软的，触感明显。他一顿，收回手，语气散漫："我已经习惯照顾你了。"

沈恬心一跳，她抬手顺着被他揉乱的头发匆匆看他一眼，好在他拎起牛奶，一边喝一边按手机，并没有发现她的视线。

而那句话，看似是随口从他嘴里说出来，但他一直用实际行动在认真执行。沈恬鼻子一酸，继续往嘴里塞烧卖。

周慎之，你真好。

她高中的喜欢在他的世界里像灰尘，不起眼，容易被清扫。他成年的照顾像骑士一般温柔，在她的世界里滚烫翻涌，年少时喜欢上的这个人，他始终那么好啊。

进了大厦，沈恬还在跟曹露聊天，曹露十分感慨。

曹露：恬恬，其实，他就算不爱你，好像关系也不大，他都已经这么好了。

沈恬：对呢。

曹露：但你担心他以后喜欢上别人吗？

沈恬进电梯后，看到这话，一顿。她抿唇，回复：

沈恬：有点儿。

曹露：呸，他只会喜欢上你！

曹露：你从今天开始，给我妖娆，给我试探，看他喜欢什么类型的，你就努力一丢丢……

沈恬：啊……好难！

曹露：……算了，你做自己最好。

她也不要沈恬变成像关珠云、秦麦那样疯狂的人，她觉得她的宝贝恬一直都活得很清醒，敢爱也能放得下。

沈恬立即回复："是是是，我还是保持原状吧，以后的事情以后再说！"

曹露："嗯！"

接下来的一周，周慎之果然如他所说，渐渐没那么忙了，晚上沈恬回去，有时他已经在厨房做饭了。

沈恬这边反而忙了些。沈恬对新版的《小猪佩奇》读物进行修改、定稿，然后要跑印厂去看纸张材料，对于儿童读物，材料一定要更环保，这版读物会被整改就是因为有很多问题，比如掉色、粘连等等，沈恬是绝对不能让这种事情发生的。

很快，她的生日也到了。生日这天是在周一，沈恬用周六的假期调休，于是就休了周日跟周一。

她每年的生日，郑秀云都要给她煮双鸡蛋跟面条，今年也不例外，所以一早，沈恬就醒了，揉着眼睛从主卧室里出来。

一眼看到已经晨跑完站在饮水机旁的周慎之，他端着水杯，靠着，懒洋洋地看她："恬恬，生日快乐。"

沈恬抿唇一笑："谢谢。"她走向洗手间，"你去接奶奶过来吧。"

周慎之唇角含笑："好。"

他姿态慵懒，穿着黑色上衣跟长裤，帅得很。沈恬耳根微红，闪进洗手间里。洗漱完，她又闪进主卧室，换上一条白色压褶蛋糕连衣裙，戴上一条同色系的项链，接着给头发烫了一点儿小卷，拢着发丝往一边放。

跟平日里以休闲简约为主的打扮完全不一样，她背上小包，走出去。周慎之刚戴上手表，去拿车钥匙，一抬眼看到她，愣了几秒，他把玩着车钥匙，桃花眼微深。

她穿这种裙子，十分甜美，白色衬她皮肤，白皙细嫩带粉。

沈恬抿唇，有些紧张："怎么了？"

周慎之回过神，笑道："很漂亮。"

沈恬脸颊一下子就红了。周慎之回身打开门："走吧。"

沈恬"嗯"了一声，走过去，换上一双细高跟。周慎之人就在她身后，按着门，静静地等着她。淡淡的洗发水香味扑进他的鼻息里，很香。

沈恬踩着高跟鞋走出去，回身等他，周慎之也跟着走出去，把门关上。沈恬按开了电梯，走在他前面，周慎之也走进去。

他穿着简单多了，就是黑色 T 恤跟长裤。他手插进裤兜里，看她一眼，语气散漫："开车记得换鞋。"

沈恬偏头看他，本想"嗯"一声，谁知道两个人距离很近，他就站在她身侧，垂眸正看着她，沈恬这样直接对上他的眼眸。

他的桃花眼深邃如墨，像藏着丝丝缕缕的深情。沈恬心怦怦直跳，故作镇定地收回视线："嗯，车里一直都有备鞋子。"

"好。"

随后，电梯抵达负一楼，他去开那辆大 G，沈恬走去宝马车旁，上车。他手搭在车窗上，那只戴着素圈婚戒的手，手指骨节分明，格外好看。

他没立即启动车子，而是透过车窗看着对面的她。沈恬上了车后，把车启动开出来，朝他挥手，"记得把奶奶带来！！"她说。

周慎之支着下颌："放心，奶奶比你还急。"

沈恬笑眯眯，方向盘一转，往出口开去。不一会儿，那辆大 G 也启动，跟在她身后，两辆车一前一后地出了地下车库。

他去接奶奶，沈恬回自家超市吃甜鸡蛋面，在她们老家也叫长寿面。

天气挺热，超市一早就支起遮阳伞。沈恬停好车，踩着高跟鞋进门："爸爸，妈妈。"

郑秀云跟沈昌明从日常用品那边的货架走出来，郑秀云看她一眼，继续擦拭百货，沈昌明则把抹布放下，擦擦手，说道："快坐，爸爸这就给你端面。"

沈恬眉眼弯弯："谢谢爸爸。"随后，她放下小包，走过去，抱了郑秀云一下：

"妈妈!"

郑秀云推她:"我身上都是灰尘,别蹭。"

沈恬被推开,还是笑眯眯。郑秀云看她几眼:"白色不耐脏,弄到灰尘就擦不掉了,离我远点儿。"

沈恬提了提裙子:"好看吗?"

郑秀云冷哼:"好看,以后多这么穿。"

沈恬嘿嘿一笑:"太麻烦啦,还要戴项链什么的。"

郑秀云想刮她鼻子,但手上都是灰尘便作罢,于是赶她去柜台坐。沈恬看了一圈,没看到爷爷,于是她就出门,去把那在老小区看人下棋的老头给推回超市。老头看到她眼睛一亮,加上那些老伙计都夸她长得好,老头说道:"周慎之这孩子有福气,娶到我这么漂亮的孙女。"

沈恬脸红红的,回到超市,沈昌明已经把长寿面端出来了,放在桌子上。他催促:"快吃,等下坨了。对了,慎之什么时候来?"

沈恬坐下来,先吃鸡蛋再吃面,她说:"快啦,他去接奶奶了。"

沈昌明解下围裙:"我再去买点儿菜。"

沈业林看他出去,说道:"顺便买点儿下酒菜。"

沈昌明回道:"今天不能喝酒,他们年轻人晚上还有聚会。"

老头一脸失落,"哦"了一声。郑秀云说道:"我等下陪你喝两杯。"

老头这才满意。

9点30分左右,黑色的车子开到一侧的停车位,周慎之扶着江丽媛下车,此时太阳已经在半空,烈日炎炎。江丽媛手拿着把扇子挡着太阳,闲适地跟周慎之说话,两个人走进遮阳伞,一眼看到站在桌旁正拿着包茶叶撕开的女生。

她一袭白色连衣裙,腰部略收,戴了珍珠耳环,甜美依软,她用手撕不开,就拿嘴巴去咬,睫毛长长。江丽媛看着就喜欢,她笑着转头,准备喊孙子,却见自家孙子眼眸落在女生身上,桃花眼里荡起一丝笑意。

江丽媛一愣。老太太心思敏感,当然知道孙子是为她而结的婚,她知道自己自私,但总怕走不到看到他娶妻的日子,于是只能继续自私下去。

她清楚自己的孙子,只要他想娶,哪怕不爱,他也会把她照顾得很好。就冲这点,老太太就不管其他了。

看到他完婚她就很开心,而今,她笑了,看着周慎之这般,看来小小孙指日

268

可待。她眼角的皱纹因笑显得更深，喊道："阿慎。"

周慎之收回视线，看向江丽媛："奶奶。"

江丽媛笑道："你给我们家恬恬准备礼物了没有？"

周慎之唇角微勾："当然。不准备的话，奶奶也要宰了我吧。"

"哟。"江丽媛瞪孙子一眼。

这时沈恬看到他们了，大声地喊道："奶奶！"

"哎哟，奶奶来啦。"江丽媛推开孙子，高兴地迎上沈恬，沈恬挽住奶奶的手，看一眼那高高的男生。周慎之接过奶奶的扇子转着，笑着看她。

沈恬耳根微红，转开视线，挽着奶奶进门。长辈来了，郑秀云放下手里的活，洗洗手换了身衣服出来招呼，沈业林坐在轮椅上泡茶，喊道："老太婆，尝尝我们家的大红袍。"

江丽媛坐下，说道："尝就尝，我也给你带了一些大红袍。"

沈业林："那么客气啊，那我就收下啦。"

两位长辈斗起嘴来可厉害了，其他人只能笑着听着。不一会儿，沈昌明买了菜回来，进厨房就去做。郑秀云整理了下头发，说道："奶奶先坐着，我也进去帮忙。"

江丽媛"哎"了一声，她一边喝茶一边牵着沈恬的手。接着，沈恬的手腕一凉。她低头一看，是一个枫叶飘红的镯子，她愣了下："奶奶！"

江丽媛微笑着给她调整镯子，道："收下，奶奶送你的生日礼物。"

沈恬看向周慎之，周慎之靠着柜台，笑着道："收下吧，你不收奶奶今晚睡不好。"

沈恬："……"

镯子戴上后冰冰凉凉的。她忍不住想瞪他一眼，但想想今天难得那么漂亮，不能做这种事情。

吃完午饭，江丽媛跟沈业林斗嘴斗累了。沈恬跟周慎之就送她回别墅去休息，她现在也不能太劳累，把奶奶送回别墅后，两人又看着她睡下。

已经三点出头了，沈恬跟周慎之便出门，前往汉服酒店。不得不说江丽媛这镯子送得好，沈恬戴上这镯子好看得不得了。

周慎之支着脸，转动方向盘，看着女生趴在车窗上看高速上的风景，他眼底含笑。

下午 4 点 30 分抵达汉服酒店，曹露已经到了，穿着很飒，站在门口朝他们挥手。沈恬下车，曹露立即挽住她，然后朝周慎之比个敬礼的姿势。周慎之眉梢微挑，去停车。

曹露看向沈恬："宝贝恬，你今天好美！"

沈恬笑眯眯地转了下裙子："是吧是吧。"

"好好看，还是阿姨会买。"曹露拉着她进去，夸赞道，这裙子是郑秀云去逛街的时候顺便给沈恬买的，被塞进行李箱一起送去新家。

沈恬道："我妈妈的眼光一直很好。"

曹露十分赞同。

酒店装修风格是比较复古的，此时已经有不少女生穿着汉服走来走去，自助餐就在一楼，一楼设置得也很有感觉。

"沈恬，曹露！"陈远良的声音在身后响起。

沈恬跟曹露转头，便看到陈远良跟周慎之走进来，周慎之抱着手臂，眉梢微挑，看着这边。陈远良则穿着白 T 恤跟黑色五分裤，他还是习惯性地去勾周慎之的肩膀，好在他虽然胖，但人并不算矮。

这一幕，令沈恬有几分恍惚，仿佛回到了高三那年。曹露喃喃道："梦回青春啊，周大佬还是那般帅气。"

沈恬眉眼一弯，周慎之眼眸看着她。而他这个身高也是此时酒店里最高的，鹤立鸡群，长得又好，那些穿汉服的小姐姐一个个尽盯着他看。

曹露拉着沈恬，对他们道："我们去换衣服。"

周慎之点点头："去吧。"

曹露拉着沈恬走了几步，蓦地刹停，她转头看着沈恬，沈恬一脸疑惑："怎么啦？"

曹露捏捏她的手："去叫你老公也一起换啊。"

沈恬震惊："不要吧。"他那样的人，怎么会穿这些衣服，他能陪她们来就很好了。

"来汉服酒店不换汉服会显得格格不入的。"

沈恬看一眼一些没穿汉服的男生，道："可是也有些没穿啊。"

曹露眯眼："那些人有周大佬那个颜值吗？反正你得去喊。"

说着，她就拉着沈恬转身，朝他们两个男生那儿走去。正在聊天的两个男生看了过来，陈远良原本叽叽的话也停下了，好奇地看着去而复返的两个人。

"怎么啦？"陈远良问。

曹露推沈恬一下，周慎之看向沈恬。沈恬被推到他面前，她手往后捞，想去抓曹露，曹露推开她的手。沈恬："……"啊！啊！

她看向周慎之，被曹露又往前推了一步，距离他更近了。沈恬仰头，对上他的眼眸："周慎之，不如，你跟陈远良也一起换上汉服吧？"

陈远良心里"哇"一声，转头看向自家兄弟。说真的，他会答应来汉服酒店陪沈恬过生日已经很出乎意料了，而如今，观察期已经来到最高潮的阶段了。

陈远良这心都跟着紧张。此时三个人都看着周慎之，很安静。

周慎之定定地看沈恬几秒。几秒后，他抱着手臂往前走："走吧。"

沈恬"啊"了一声，接着她跟着转身，曹露"哇"一声满脸兴奋地挽住沈恬的手臂："走走走！"

陈远良看着周慎之的背影，也"哇"一声："啧啧。"明白了，明白了。

于是，四个人各自去了换衣间。曹露一边换衣服，一边捏着沈恬的脸："宝贝恬啊，为什么我的第六感越来越清晰。"

沈恬正在穿裙子，问道："什么第六感？"

曹露神秘一笑："以后再跟你说，先换衣服。"

不一会儿，沈恬跟曹露就换上了唐制汉服，襦裙、广袖，还有罩衫，沈恬那个颜色偏淡，但她很适合这样的颜色，再配上化妆师弄的头发，这里化妆师手艺特别好，头发一弄好，简直了。

曹露拿起手机就给她拍。曹露那个颜色偏艳，但也很好看，沈恬也拿起手机拍她，然后姐妹俩自拍，拍完才提着裙子拉开换衣间的门，一走出去，对面的那个男生换衣间的门也开了。

周慎之选的是黑色的立领广袖汉服，这套衣服简直太衬他那张脸了，冷峻、帅气。他抱着手臂，难得脸上有几分不耐烦。陈远良哈哈一笑，他穿的也是深色的汉服，拍着肚子道："刚才那发型师询问周慎之要不要去拍电视剧。"

曹露拉着沈恬过去，笑问："周大佬这张脸，得迷倒万千少女吧，不过可惜，他已婚啦。"

周慎之瞥了眼一身淡色系唐制汉服的沈恬。沈恬被他一看，不知为何，脸红得更厉害。怎么回事？他就换个装而已，她这脸的红晕怎么就控制不住了。

"走咯，我们吃自助餐去咯。"曹露挽住沈恬朝餐厅走去，陈远良摸摸头发，说道："我还是第一次弄这么好看的发型，兄弟，我好看吗？"

周慎之看他一眼："你可以半永久这个发型。"

陈远良："……去你的。"

周慎之唇角微勾，眼眸一直落在前面那女生的身上。陈远良看着他，"啧啧"几声，很想说，兄弟，她是你老婆，你可以行动，不必这么隐晦！

这儿的自助餐很特别，会有一些窗口专门做古代的一些吃食，比如东坡肉等等，沈恬跟曹露端着餐盘，一个个窗口走过去，周慎之跟陈远良走在她们身后。

不少人看到沈恬身后有这么一个帅哥陪着，都投来羡慕的目光。沈恬自己心跳更是快。没办法，他穿着这身衣服，气质好像更出众了，而且这衣服好像会把他的身高拉得更高啊。

她都不敢回头望他。

这时，她手机响起。她们正好站在一个窗口旁。沈恬就拿出来看，是江怀发来的一条语音，还挺长的。

沈恬以为他有什么事，于是便点开。男生的声音传过来："沈恬学姐，听说今天是你生日，祝你生日快乐，青春不老，愿快乐与你永相随。"

很真诚的祝福，曹露唰地看过来。沈恬顿了顿，正想回他。

她身后，头顶，便传来了周慎之清澈、漫不经心的声音："这是哪位？"

Moonlight Box

番外

他会让你相信童话

今年秋天的枫叶，我们一起去看，好不好？

校园平行线

第一章

Chapter 01

2013 年 8 月 21 日。

沈恬整理着画具，周靓靓把单车直接骑到她家超市门口，圈手喊道："沈恬恬，出来！"

"来啦！"沈恬背上画具，从货架后走出来，顺手拿走一盒巧克力。沈昌明在收银，顺手还给她拿了一盒口香糖。沈恬全塞进包里："爱你爸爸。"

沈昌明一笑："慢点儿。"

"哎。"沈恬走出去，坐到周靓靓的单车上。周靓靓跟沈昌明挥手打招呼，随后骑着车就拐了个弯。

沈恬拆了巧克力，往前伸递给周靓靓，周靓靓咬过，高兴地喊道："好好吃啊！"

沈恬嘿嘿一笑："跟着姐走，天天有糖吃。"

"呸，你比我小三个月。"周靓靓将单车骑进学校里，这儿距离沈恬家的超市实在太近了，周靓靓问道："你今天想画什么？"

沈恬跳下单车："不知道啊，看着画吧。"

阳光特别好，整个学校沐浴在阳光下，花草树木构建出非常美丽的景色。这是她们的学校，黎城一中，分初中跟高中部。过了 9 月 1 日，她就要升入高一了。

周靓靓锁好单车，也背着画具跟沈恬一起在校园里闲逛，找地方停留，画画。高三已经开学了，也有些零散的学生，不过学校整体还是比较安静。

两个人在大堂的一处角落坐下来，正好晒着大太阳。架好画具，沈恬坐在小椅子上。周靓靓一本正经地开画，沈恬则调色，她用画笔比着不远处一棵开花的槐树，然后便开始画。

画了一会儿，就听见细细的呼声，她探头一看，好家伙，周靓靓又睡着了。如果说沈恬画画是真有几分喜欢，那么周靓靓画画就完全是为了躲避学习。

沈恬收回视线，继续画自己的，等画得差不多了，她就起身，用笔在周靓靓的眉心点了一个绿色爱心。周靓靓被惊醒，手忙脚乱地坐起来，浑然不知。

沈恬笑眯眯地道："我画好了，你继续。"

周靓靓看着自己跟前空白一片，她感叹一声："你怎么那么快啊，我好渴，你给我买瓶水吧。"

沈恬拿纸巾擦擦手，道："好呀。"

她看一眼周靓靓的眉心，背过身偷笑，随后就朝便利店走去。阳光特别好，篮球场传来了篮球落地的声音。

沈恬不知不觉闲逛到篮球场，此时阳光透过树梢倾泻而下。篮球场上，有三个男生在打篮球。站在最中间的那位男生穿着一身黑色运动服，他转着篮球，听着一旁的男生说话，笑了起来。

阳光落在他眉间，他蓦地抬眼，接着运球，跃起身子，将篮球投了进去。衣摆撩起，少年如风。另外两位男生笑着道："行啊！"

他弯腰捞起地上的篮球，走了回来，下颌分明，眼尾微挑。

沈恬只觉得心脏怦怦直跳，快跳出胸腔，她直愣愣地看着那个男生。

他笑起来好好看，长得也好好看。他好高。

此时风静，日烈，沈恬走不动路。不过他们似乎要走了，三个男生抱着球，往看台这边走来。沈恬心跳加快，她就站在看台的边缘。

这时弯腰拿起水瓶的男生站直了身子，往她那儿看去。他发丝有细碎的水珠往下滴落，脖颈上也有，他抬起眼睑，桃花眼有几分冷漠。沈恬指尖下意识地揪住衣服。

救命。

本该看一眼便挪开视线，但周慎之不知为何，看着那女生好一会儿，她扎着一个丸子头，白色 T 恤，灰色的裤子，白 T 恤很大，肩膀清瘦，整个人看起来软软的。

"在看什么？"陈远良顺着他的视线。

周慎之顿了顿，回过神，拧开矿泉水瓶："没什么。"

他转身要走，陈远良也看到了沈恬，他歪了歪头："哦，可能又是来看你的女生，你看她那呆呆的样子，肯定是被你迷倒的。"

周慎之轻啧一声，仰头喝着水，但不知为何，又回头去看那个女生。她还没走，站在那儿，阳光打着，睫毛都有光圈。

周慎之捏了捏矿泉水瓶，收回视线，然后继续往校门口走去。陈远良在他耳边喋喋不休地说着话，他把玩着矿泉水瓶，听一点儿丢一点儿。

沈恬呼吸都不敢大喘，目送他们，直到他们走出校门口。

她大松一口气。

"沈恬恬——"周靓靓的尖叫声传来，"我要杀了你！"

沈恬一回头，周靓靓额头全是绿色的颜料，她冲出来指着沈恬，沈恬一愣，回过神，反射性就开始跑，周靓靓捞起东西开始追打她。

一个小时后，周靓靓坐在她家超市门口，吃着雪糕，啃着辣条，瞪着沈恬。沈恬嘿嘿一笑，抱着画板站着，脑海里又浮现了今日见到的那个男生。

送走周靓靓后，她看到货架上的一本深灰色记事本，她顺手取下来，直接偷偷上楼，坐在书桌前，打开了日记本。

她咬着马克笔，犹豫了下，打开第一页写上：沈恬的心事乐园。

隔天，周靓靓骑着单车来到沈恬家门口，撇嘴道："我都说了我今天要休息嘛。"

沈恬跳上她的车后座："你昨天还没画好，休息不得。你要有恒心，将来要当大画家。"

"滚，我从来没这么想过，我为什么画画你不知道吗？"

沈恬直笑，让她快点儿。周靓靓骑车进学校，她去停车。沈恬跳下车，背着画具朝篮球场走去，故意围绕着球场走，踮脚看着。

今日阳光依旧猛烈，平静无风，篮球场上金灿灿一片，地面都要被烤焦了。篮球场上一个人影都没有，空荡荡的。

她顿了顿，上了看台，踮脚往不远处的便利店看去，便利店里也安静得很，就只有店员拿着一根绑着红丝的鸡毛掸子，在那里挥扫着灰尘，沈恬有些失落。

他今天没来呀?

"沈恬恬,走啊,画画去!"周靓靓抱着画板在下面挥手,沈恬"哦"了一声,转身下来,周靓靓看她一眼:"跑那里去干吗啊,今天又没人打篮球。"

初有心事,沈恬犹豫了下,还是觉得不告诉周靓靓。她知道了,郑秀云也会知道的。

得保密,她笑眯眯地岔开话题。

万科天域里,周慎之做完题从房里出来,倒了一杯水靠着桌子喝,低头随意地按着手机,而这时,脑海里蓦地浮现了一个女生的身影。

她远远地站在看台边缘,柔柔软软。他指尖微顿,水往喉咙里滑去,喉结滑动。

旁边的门拉开,他抬起眼眸,江丽媛穿上薄薄的外套:"阿慎,你写完作业了?"

周慎之搁下杯子,走过去扶住江丽媛,说道:"做完了,就几道题,奶奶晚上想吃什么?我去买菜。"

"随便吃点儿就行,冰箱里还有菜,就不用买啦。"

周慎之把她扶到沙发上坐下:"也行,那就吃面条吧。"

"好呢。"

又一天过去了。距离开学也越来越近,沈昌明一早去买了排骨,告诉沈恬今天他要做红烧排骨。

那可是沈恬最喜欢的菜,她"哇"了一声,挽住沈昌明的手臂:"爸爸,今晚小酌两杯。"

沈昌明笑着点头:"好啊。"

郑秀云睨她一眼,沈恬咳嗽两声,道:"就爸爸喝酒,我喝饮料。"

郑秀云点她的额头一下:"不知道的以为你未成年喝酒呢。"

沈恬嘿嘿一笑,她说:"我很快就会成年啦。"

她朝门口走去,眼睛朝黎城一中大门看去,不知道今天有没有人去篮球场打球呢,今天天气也很好,阳光灿烂,还有点儿风,比昨天的天气好多了。

她打开冰箱,从冰箱里拿出一瓶冰红茶说道:"妈,我去学校玩玩啊。"

"别玩得太晚。"郑秀云提醒,沈恬嘴里说着"知道了",人已经跑远了,一路跑进黎城一中。沈恬摩擦着手中的冰红茶，听着篮球场的动静，企图能听出点儿什么声响。

可惜很安静，安静得都能听到风从她耳边吹过。

她抬起头，踮脚一看，空荡荡的篮球场别说人，连片叶子都没有。沈恬瞬间沮丧，觉得晚上排骨都得少吃几块了。

他会不会不是本校的人？

她喝完了冰红茶，捏着瓶子，转身离开了一中。晚上吃饭她真的没以前吃得多，郑秀云看她一眼，沈恬心狂跳，立即拿起筷子，使劲扒饭。

郑秀云冷哼："我以为你今天下午零食吃多了呢。"

沈恬摇头："哪里哪里，我留着肚子吃排骨呢。"

郑秀云把一整碟排骨放她面前："那就多吃点儿。"

沈恬挤出笑容："爱妈妈。"

此时，外面有人买水，沈昌明起身去收钱，是两个男生，沈昌明给他们拿了矿泉水，个子更高的那个递了钱给他，嗓音清澈好听："谢谢叔叔。"

沈昌明笑着应了声，正好看到对方的长相，棱角分明的脸，眉眼清隽，是个长相很俊秀的男生。沈昌明心想，现在的男生都长得高，轻而易举地就长得很帅，难怪学校里早恋的事情层出不穷。

微胖的男生勾住高个男生的肩膀，高个男生拧开矿泉水瓶，垂眸听着微胖的那个说话，两个人离开。沈昌明回了收银台，放下收到的钱。

天色昏暗，外面车子飞驰而过，周慎之神态懒洋洋，眉眼被灯光照射，有几分疏离，他拧矿泉水瓶盖时，抬起眼，正好看到这间甜甜超市里挨着酒柜的那张饭桌，女生咬着筷子，眨着眼不知在跟对面的人说什么。

侧脸碎发垂着，蓬松的丸子头，睫毛很长，她弯着眉眼，低头使劲扒饭，短袖外是纤细白皙的手臂，手腕还缠着一条黑色的橡皮筋。

他微顿，看了好几秒，直到离开了超市看不到她了才收回视线，跟着陈远良走进斑驳的灯光里。

第二章

Chapter 02

沈恬觉得自己着魔了，整个暑假这最后的几天，像是夏季突然迎来一场盛大的烟花，它绚丽多彩、五彩斑斓，在她心里留下深深的印记。

她抱佛脚赶作业时都在想那个男生，也不知道他是不是也在写作业，他是跟她一样临时抱佛脚呢，还是游刃有余？

至于黎城一中，门槛都被她踏破了。只可惜他宛如昙花一现，不曾再出现过。

每当这个时候，沈恬就万分后悔学画画没有着重学人像，她当初只顾着画花花草草，现在画人，就是简笔画。她落笔后，不停地擦掉，然后惊恐地发现，如果他再不出现，她可能会把他的长相给忘记啦，徒留那一抹感觉在心间。

唉……

"明天开学了，你要不要去剪一剪头发？"郑秀云拍着沈恬的校服裤子，从里面走出来，看她一眼。

沈恬无精打采地摇头："不剪，又不长。"

郑秀云停在原地，看她那无精打采的样子，不止如此，这孩子最近老发呆，也不知道在想什么，她语气严肃："上学就好好上，不要求你读多好的成绩，尽你能力就行。要不要给你报个画画班？"

沈恬一听，唰地坐直身子："我不去！"

郑秀云叠好裤子："我看你画画比学习简单。"

沈恬捂着耳朵："才不简单呢！我连人都不会画！"

郑秀云睨她一眼："画人干什么？画风景更好。"

沈恬觉得跟她妈是沟通不下去了，幸好还有爸爸，一定不会让她去上画画班的。学习已经够累了，放学后还要上课，那不是要她的命吗，绝对要抗争到底！

隔天开学沈恬都爬不起来，不仅如此，走出家门口那一步，特别想要时光倒流，回到昨天让她再放一天假。她慢吞吞地进了学校，就碰到周靓靓。周靓靓把单车锁好，跑过来揽住她："小恬恬在想什么啊？"

沈恬看她一眼："你剪头发了？"

周靓靓嘿嘿一笑，拨了下头发，道："好看吗？"

沈恬点头："还不错。"

周靓靓又笑："也不知道我高一能不能跟陈厌同班。"

沈恬睨她一眼："你喜欢他？"

周靓靓推开她的脸："不是，我那叫攻略。"

沈恬也觉得周靓靓这小没良心的不会轻易喜欢上一个男生的。

"走，我们去看看我们的班级。"八月中旬的时候，分班考试，她们已经知道自己的班级所在，不过学校此时还是张贴出来引导一下，免得同学们抓瞎。

沈恬跟周靓靓顺便走到张贴榜前，看看初三的同学都被分到哪里。

"哇！我跟周慎之同班！"人群中有同学兴奋地叫起来，有几个女生羡慕地祝福他，沈恬看着那个男生，问着周靓靓："周慎之就是那个全校第一？"

周靓靓点头，她低声道："不止第一，跟陈厌并列校草。"

沈恬"哦"了一声，她是见过陈厌的，确实好看，但是她没见过这位周慎之，不太感兴趣。她正打算继续看看张贴榜，周靓靓就拽着她的校服："快看，周慎之！"

沈恬顺着她的视线抬眼看去。瞬间，整个人被定在原地。

高高的男生穿着黎城一中的白色衬衫跟黑色长裤，单肩背着书包，一手插在裤兜里，垂眸笑着，五官棱角分明，微挑的桃花眼带着漫不经心，跟着一个男生上了台阶。

沈恬倒吸一口气。就！就！就！就！就是是是是是是是是是是他啊！

她那天在篮球场上看到的人就是他！

"是不是很帅？"周靓靓撞了下她的肩膀，"他不只帅啊，学习还好。当然陈厌也很牛，不过他不花心，这点就比陈厌强。"

沈恬呆呆地看着那已经没了人的台阶，接着心里狂喜。

他就在她所在的学校里，是个真实存在的人，她居然才见到过！

她唰地抬眼看向张贴榜。重点1班：周慎之。找到了！

沈恬满眼星星，周靓靓看她几秒，撞了她一下："你干吗呢？"

沈恬陡然回神，她看向周靓靓，眨了眨眼，道："没干吗啊，就是想着这学校里居然还有人是我没见过的。"

周靓靓哈哈一笑，挽着她的手臂："咱们黎城一中多大啊，你能全部见过？傻恬恬。"

沈恬嘿嘿一笑，心脏狂跳，不一会儿，就跟周靓靓进了班级。

班里有三个女生都是周靓靓的闺密，她们见到她立即招手，沈恬也跟着过去，一起坐下。周靓靓跟她们聊口红、衣服、美甲，沈恬坐着发呆，想着周慎之。

重点班啊。嘿嘿，那就好办啦。

下课后，周靓靓跟她们要出去买吃的，沈恬就不去啦。她下了楼，探头探脑地看了眼重点班那边的教学楼，然后就往那儿走去。上楼梯时心跳疯狂地加快，她按住心跳，一步步地走上去。

这边比她们那边安静一些，但也挺吵闹的，沈恬深吸一口气，脑海里搜索着有没有哪个是她曾经的同学也在这栋教学楼。

可惜太紧张了，一时竟想不出，而她人已经来到重点 1 班的正门，她咳一声，犹犹豫豫地往前走，就在窗台外，一眼看到了第四组最后一排、靠在椅背上跟人聊天的男生，他手搭在椅背上，衬衫领口敞了一颗扣子，正跟那个微胖的男同学说话。

沈恬心狠狠一跳，就是这儿了！她眨了眨眼，这时，正在聊天的男生抬起眼眸，也看到了她。沈恬心里尖叫了一声，故作镇定地挪开视线，然后假装在他们班里搜寻同学，一个个都极其陌生，她压根不认识。

想找个人闲聊都没有！她只得离开了窗台，然后从教室后门走过，去往楼梯。

周慎之看着女生从后门而过，她指尖揪着校服，手藏在了衣袖里，低着头穿过后门。他支着下颌，微微眯眼，一声不吭。

陈远良顺着他的视线，转头看去，随后看向他："你看什么呢？"

周慎之抿紧唇，说道："没什么。"

这时，秦麦回来了，拿着保温杯，推开霸占她位置的陈远良。陈远良嘿嘿一笑，让了位："秦大小姐回来啦。"

秦麦"嗯"了一声，她看一眼周慎之。周慎之靠回椅背，转着笔，低垂着眼眸，不知在想什么。

沈恬按着胸口，他干吗要看过来啊，吓死她了！他跟别人说话就好了，不要看过来，她就是想看看他。

救命啊。沈恬下楼梯时三步并作两步走得飞快，下到一楼才感觉呼吸缓过来，她加快脚步，回了自己那栋教学楼。不过还是迟了点儿，要不是周靓靓打掩护，沈恬得被班主任批。

"你去干吗了？"周靓靓给她口袋里塞糖问道。

沈恬拿出来剥开包装，放进嘴里，说道："没什么，就到处走走。"

周靓靓"哦"了一声，揉揉她的头发。沈恬也过去揉她头发，闺密俩互闹。

晚上沈恬写了日记。他惊艳了其他人，也惊艳了她。

又一天上学，沈恬飞奔进班里后，周靓靓抬眼看她："你精神状态怎么那么好！吃了什么仙丹？"

沈恬卸下书包坐下，笑道："上学很开心啊。"

周靓靓一脸不敢置信，她记得上学期沈恬每天早上起床无比痛苦，到了班里趴着就想补觉，上课总想着画画，没事就在本子里画来画去，那厌学的样子让她也跟着厌学，但这个学期怎么跟打了鸡血似的。周靓靓摸她的额头："别是发烧了吧？"

沈恬笑着坐下，说道："没有啦，我开玩笑的，不过最近可能是睡得比较好，早上起床简单多了。"

实际上是因为在学校里就可以看到他，她突然就觉得上学也没那么痛苦了。

周靓靓点头："这倒是，你的睡眠时间太自律啦。"

沈恬从书包里拿出一盒牛奶、一个面包、一盒巧克力塞进周靓靓的抽屉里："给你的。"

周靓靓"哇"了一声，亲她一下："谢谢我家恬恬。"

其他几个女同学羡慕得很："有个家里开超市的闺密就是爽呀。"

周靓靓："那是！"

沈恬嘿嘿一笑，她拿出书，在上面偷偷写着"周慎之"。下午有一节体育课，课间的时候，沈恬又晃悠到重点班的教学楼，她在楼下站了会儿，深吸一口气，走上楼梯。

很快，她抵达了楼层，他们班刚上完体育课，班里挺热闹的。她这会儿走的是后门这个楼梯，沈恬故作镇定，走过去，眼睛往教室里瞟，寻他。

擦擦手从洗手间里出来，周慎之手插裤兜，往教室里走，却看到一个女生站在教室后门，他脚步微顿，走了过去。

他垂眸看着那女生，她今日穿着蓝白色的校服，衣领上是红透的耳垂，眼睛眨呀眨的。周慎之站定在门边："你找谁？"

幕地一道清澈好听的声音在身侧响起，激得沈恬回了神，她唰地转头，便对上了男生微挑的桃花眼。

他眼里漆黑如墨，宛如黑曜石，沈恬心疯狂地跳动着。心里尖叫，啊！

他怎么在这儿?!

沈恬结巴着道："我……我就是……找同学。"

周慎之礼貌地询问："你找哪位？我帮你叫。"他往常没那么好心。

沈恬卡壳了。她撒了一个谎，需要用另一个谎来圆。而且，他为什么会跟她说话！

沈恬指着教室里，说道："就……就……这里是 11 班吗？"

周慎之眼眸微深，眯眼道："不是，这里是 1 班。"

沈恬假装一脸震惊："那我走错了。"

"不好意思，我走错了，我同学在 11 班。"沈恬转身就要走，周慎之倚靠着门框，看着她转身。

沈恬深呼吸一口气，跑下楼梯。

周慎之看着她走后，沉默几秒，进了班里。秦麦紧捏着笔，看着他道："刚才那个女生是谁？"

他居然主动跟一个他没见过的女生说话，这完全不像他的作风，他从不主动跟不认识的女生说话的。

周慎之拉开椅子，坐下去，说道："不知道，找同学的。"

他翻开书，秦麦盯着他，他怎么会主动找不认识的女生搭话？

这个问题，周慎之也不知道，他握笔，开始在本子上做题，尾戒贴着书，眉宇淡淡。

下到一楼，沈恬简直要呼吸不畅，不过时间也来不及了，快上课了，她飞快地往操场上跑去。周靓靓也来找她了，一把拽住她："你去哪儿了？"

沈恬喘着气道："刚刚我想去 11 班，弄错了。"

周靓靓看了眼重点班的教学楼，她看沈恬一眼："傻瓜，11 班在那边，你要找廖廖对不？"

沈恬嘿嘿一笑，她点头。她倒也不是非要瞒着周靓靓，不过周靓靓是真藏不住话。算了，她自己偷偷暗恋就行。

她挽着周靓靓的手："走啦，上课了。"

周靓靓又看一眼那教学楼，说道："我记起来了，我有个好朋友在重点1班，改天去问她借笔记。"

沈恬"哇"了一声："真的呀？重点班的耶。"

"那是。"周靓靓满脸骄傲。

沈恬说："那我们改天一起来，我挺喜欢重点班的气氛。"

周靓靓不敢置信："你居然喜欢重点班的气氛？你疯了吧！"

沈恬嘿嘿一笑。

不过接下来的几天，沈恬没找到机会去重点班，她也忙起来啦。虽然她成绩一般，但她很规矩，跟班里那些学习一般还爱捣乱叛逆的同学不同，她一般都会老老实实写作业。现在一想到他也有可能在做题，她就很有干劲，写作业也认真了。

周靓靓无法理解，她好几次揉揉沈恬的额头："我家恬，你是怎么了？突然爱学习了？"

沈恬拉着她的手，叫她一起写。

她摇头："不不不。"

然后她就出去跟其他同学玩儿了，沈恬只能孤单进行。

这天又让她找到机会了，她拉上周靓靓说去跟她那位朋友借笔记，周靓靓"哎"了一声，陪着她去。大概是因为有周靓靓一起，所以没那么紧张，两个人从教室前门往里看，沈恬搜寻他的身影。

周靓靓搜寻她那位朋友，犹豫了下说道："小恬恬，我好像记错了。"

沈恬"啊"了一声："怎么记错了？"

"我朋友好像在2班。"周靓靓说道。沈恬眨了下眼，有点儿失落，在2班啊，也行，至少她也在这栋楼。

她正想说话，就看到他抱着篮球跟几个男生一起从楼梯走上来。刚打完篮球，他发丝脖颈都是汗珠，鼻子很挺，正往这儿走来。

沈恬猝不及防看到他，心怦怦直跳，立即故作看别的风景。

周慎之走向教室后门，偏头轻描淡写地扫她一眼，便进去了。沈恬耳根狠狠地红了起来，余光看到他进去，才吸一口气，妈呀，想看他又怕看到他。

周靓靓"哟"了一声，拽着沈恬的手："看，周慎之。"

沈恬应了声："嗯，看到了。"

"帅不帅？"

沈恬小弧度地点头，然后就跟周靓靓走向楼梯。周靓靓走之前还探头看一眼教室，周慎之正靠着桌了喝水，手指骨节分明，手臂线条清晰，太帅了。

周靓靓叹气。

周慎之仰头喝了水，拧上矿泉水瓶，眼眸下意识地看一眼教室后门，那个女生已经不在了。他把矿泉水瓶扔进抽屉里，拉了椅子坐下。

回班级的路上，周靓靓无比感叹："不愧是周慎之啊，好好看。"

沈恬点头："是呢。"

"沈恬恬，不过，你最近有点儿怪怪的？有病吧，我怎么发现你天天往重点班跑？你该不会是想拼一拼，进重点班吧？"周靓靓扭头看她。

联想到她这几天那么努力写作业，周靓靓越想越惊悚。沈恬眨了眨眼，突然好像被她点醒了，她说："我现在努力来不来得及？"

周靓靓震惊。

"难怪你最近老来这里，特意来闻书香味的对吧?! 还有，你真的要努力啊？"

沈恬心想，也未尝不可。

虽然是这么想，沈恬也有心努力，不过她们班的学习氛围她有点儿难努力，唉……很快，国庆就到了。国庆这几天对沈恬来说一点儿都不快乐，天天在超市里帮忙，就偶尔跟周靓靓出去。

郑秀云睨她一眼："干什么呢？没精打采，以前放假跟疯了似的，现在放假怎么这样？"

沈恬趴在桌子上写作业，道："我想开学啦，不开学这些题我都不会。"

郑秀云站在一旁，看了几眼，看得头晕，她说："让你爸来教你，实在不会，就随便填吧。"

沈恬："……"妈妈，你真行。

郑秀云敲她的头："下来吃西瓜，别老坐着。"

"来了。"她有气无力地应着，随后跟着郑秀云下楼。

国庆过后，开学的那天，沈恬一早就醒了，五点多，不过她不敢立即爬起来，沈昌明跟郑秀云会吓到的。

她磨磨蹭蹭才起来，踏着一抹晨曦走进学校里。而就在这时，像是有所感应似的，沈恬转头一看，便看到了那高高的男生。他单肩背着书包，走在人群中，修长的手揉着脖颈，像是刚睡醒，一副懒洋洋的姿态。旁边的女生都看着他，他完全没搭理，只是走他的路。

沈恬倒吸一口气，下意识地放慢脚步，有意无意地往他那儿走。周慎之往前走了几步，一抹纤细的身影便进入他的视线。他放下揉得发酸的手臂，手插进裤兜里，看着那抹身影，看着她头上那个小鬏鬏，小鬏鬏上还有颗樱桃。

第三章

Chapter 03

知道他在身后几步，沈恬呼吸都要停了，感觉自己都要走出顺拐的步伐，简直紧张死了。十六年来第一次这么紧张，她此时脑袋一片空白，也不知在想什么。

这时，一道嗓音蓦地响起。

"沈恬恬！"接着周靓靓从一旁直接挂上她的肩膀，揉着她的头发，"早上好啊，宝贝！"

沈恬陡然从梦中惊醒似的，眨了眨眼："早上好，靓靓。"

"你作业做了没？"周靓靓搂着沈恬往她们教学楼走去。她们班在9班，跟重点班的教学楼隔着一个多媒体教室跟一个操场，于是沈恬就被周靓靓强行勾走，往多媒体教室那边拐去。

周靓靓喊的那一声"沈恬恬"极其大声，那一声"宝贝"更是直接入了周慎之的耳朵里。看着前面那两个女生拐弯走了，他神色淡淡地走向重点班的教学楼，踩上台阶。

沈恬恬吗？

"所有作业你都做了？"周靓靓不敢置信地问道，沈恬点头："做了啊，你没做啊？"

周靓靓"啊"了一声："你居然全做完了？那不就剩我一个人没做。"

沈恬叹口气："我做了跟没做有什么区别？"

周靓靓："但你至少态度摆在这里，而我，是完全没有态度。"

沈恬"扑哧"一声笑了，她撞一下周靓靓，低声道："等下给你抄！"

"好咧！"

随后两个人回了班里，沈恬把数学跟物理作业拿出来递给周靓靓，周靓靓翻开了就开始奋笔疾书，沈恬则坐在位置上看着窗外的风景发呆。

她发现他好高，她现在最多到他的下巴。他怎么那么高啊！

早上有升旗仪式，周靓靓的作业只抄了一半，来不及了，只能赶紧交了。她排在沈恬的身后，一边走一边唠叨："没抄完啊。"

沈恬慢悠悠跟着队伍，道："没事，至少有写一丢丢。"

周靓靓点头："也是，算了，不想了。"

她们在位置站定，女生站在前面，男生在后面，沈恬跟周靓靓就在前排。其他班级陆陆续续过来，重点班比较慢，走在后面，从沈恬的跟前走过。周慎之就在队伍最后面，他笑着听那微胖的男生说话。

他真的是在笑，唇角勾着，桃花眼微挑，特别帅。

沈恬屏住呼吸，看着他们走过去，这时他抬起头，沈恬立即低下头，不敢再看，免得被抓。

周慎之一抬眼，就看到旁边那个班级里，低着头的那个女生。她那个鬏鬏实在明显，橡皮筋上带着的樱桃也很明显。他轻描淡写地扫一眼后收回了视线，逐渐适应自己见到她以后总忍不住多看两眼的毛病。

很快他们在位置站定，沈恬才抬起头。

升旗仪式开始，音乐声响起，大家都得跟着唱歌，沈恬跟着哼，蓦地想到他，不知道他会不会也跟着唱？他唱歌的样子是什么样啊，声音如何？

那样一副清澈的嗓音，唱歌应该不错吧。沈恬悄咪咪地扭头去看。可惜，隔着那么多支队伍，凭她这个身高，压根看不到。

唉。听也听不到，只能靠脑补，自己怎么会有种心酸的感觉呢？

就在国歌奏响的那一刻，她马上收回思绪，认真地跟唱，然后不出意外地收获了班主任鼓励的眼神。

升旗结束后，周靓靓挽着沈恬的手臂，问道："你刚刚做了什么，老班看向你的眼神中充满了表扬之情？"

沈恬咳了一声，顾左右而言他："生在红旗下，长在春风里。"

周靓靓道："隔着那么多人，认不认真都能看得出来。我刚刚还看见别的班主任下来督促大家认真唱呢。"

沈恬："那大概是我们老班火眼金睛。"

她们高一的这个班主任出了名地和蔼，读初三的时候，班上有些同学还得他补习过，所以她们得知班主任是他的时候，全部直接改叫老班，以示亲近。

周靓靓点头："那倒是，我上次就低头涂了下指甲油就被他看见了，直接给我没收了，害我这指甲，你看，多丑。"

沈恬看一眼她的指甲，表示同情，只涂了一半紫色的，是挺丑的，她说："我们家有粉色的，你要试试吗？"

"不了，粉色我涂腻了。"

沈恬"哦"了一声，不勉强。她很少涂指甲油，不过超市里有卖，她家那个超市就是麻雀虽小五脏俱全，什么都卖。

早上最后两节课都是物理，老班一来就先谈升旗仪式的时候，各位同学的表现，眼睛往沈恬这儿扫。沈恬竖起书，十分尴尬地缩在书下。

周靓靓在一旁偷笑，沈恬："……"

老班中午拖了两分钟堂，沈恬跟周靓靓抵达食堂的时候，终究还是慢了一步，大鸡腿只剩下一个，于是两个人买了打算一人一口。接着她们又去打了饭和其他菜跟汤。

这个时候，大部分同学都还在吃，人挺多的。沈恬跟周靓靓坐下后就开始扒饭，这时，对面的座位有个男声说道："周慎之，这里。"

这三个字跟惊雷一样，沈恬差点儿呛到，她紧握着筷子，嘴里含着饭，抬起头。

那个微胖的男生已经毫不客气地坐在了对面的位置，他笑得贱兮兮地冲沈恬跟周靓靓点头。而一旁，一只骨节分明的手端着托盘放了下来，高高的男生也坐了下来。沈恬眼眸再往上抬一点儿，便看到了周慎之那张俊帅的脸。

沈恬呼吸不畅。周靓靓也是愣了几秒。

而他神色懒散，坐下来后，握着勺子便开始吃饭。

那个微胖的男生笑着看她们："嘿。"他打了个招呼。

周靓靓挥手："嘿。"

他就在沈恬的面前，沈恬此时脑袋一片空白。她回了神，咀嚼着嘴里的饭，低下头，继续吃着。

她心里有个小人儿，"啊啊"地叫着，蹦跳着。万万没想到，他有一天会坐在她面前吃饭！这叫她怎么办?!

周靓靓则淡定多了，她从男生的侧脸就看出他的疏离感。其实她也见过周慎之笑，不过他的桃花眼让他不笑的时候，看起来不好接近。

她很快就恢复冷静，握着鸡腿递给沈恬："快，到你了。"

刚才两个人约定，一人一口，吃完为止。沈恬此时看到鸡腿，想到要在他面前张开嘴巴咬鸡腿，就很窘，很害羞。她推开鸡腿："不了，你吃吧。"

"不行，不是说好了吗，一人一口，我可不欺负你。"周靓靓很坚决，沈恬顿时一个头两个大。

救命啊！她看着周靓靓眨眼："我今天不想吃鸡腿了。"

周靓靓看她这小样，有点儿撒娇的意思，她也眨了眨眼："可你不吃鸡腿今天就没肉啦，快吃，这一边是你的。"

沈恬："……"

而此时，她可以听见对面那个微胖的男生跟他在聊天，说的数学竞赛，问他参不参加。他嗓音清澈，语调懒洋洋："参加吧。"

他们在聊比赛，而她们却在聊一个鸡腿。沈恬要疯。

周靓靓此时居然那么坚决，她咽了下口水，凑过去，咬住那鸡腿，用力撕下一口，然后嗖地缩回头，低头咀嚼着，此时很想原地消失。周靓靓看她咬了，满足了，她也咬了。金黄色的鸡腿很吸引人。

陈远良谈着这次数学竞赛，眼睛却看着对面的鸡腿，他蓦地道："食堂的鸡腿也太少了，每天就那么点儿，都不能保证买到。"

周慎之顺着他的视线看去，他握着一旁的可乐喝了一口，说："下次早点儿就能买到。"

陈远良"啧"一声："为了鸡腿拼命吗?"

周慎之轻嗤一声："可以的。"

沈恬听着他说话的声音，耳根都红了。好好听，救命啊。她头埋得更低，安静地吃着，脸颊鼓鼓的。

周慎之说完，目光落在她头顶的鬃鬃，然后落在她低垂的眉眼上，他又喝了一口可乐，也安静地吃着饭。他竟有几分安心，这是种说不上来的安心感。

这顿饭吃得沈恬晕晕乎乎，但两个男生吃得比她们快。沈恬还在喝汤时，周慎之端起托盘，拎着可乐起身了，带着那个微胖的男生，两个人走到放托盘的地方，放好托盘。他手插进裤兜里，拎着可乐，懒洋洋地跟那个微胖的男生走向门口。

沈恬抬眼，定定地看着他的背影。他似乎低头笑了下，眉眼微扬，捏扁了可乐罐，顺手扔进垃圾桶里，人就出了食堂门。

周靓靓擦擦嘴边的油，说道："不愧是周校草，太帅了。"

沈恬点头，可不。

月考成绩出来了，沈恬的成绩突然略有上升。看到试卷上的分数，沈恬呆了呆，这是不是意味着，她努努力有望进重点班？

周靓靓还在垫底，她看到沈恬不知不觉上升了两名，震惊了下："看来，去重点班晃悠还是有点儿效果的！"

沈恬无奈地看周靓靓一眼："你确定是这样吗？"

周靓靓点头："下课后，我也要去重点班晃悠。"

沈恬："……"好啊！一起啊！

于是，这天趁着下节课是体育，两个人挽着手，走向那边的教学楼。

沈恬来过多次，从紧张到微紧张。周靓靓则大大咧咧的，上了楼，就拽着沈恬往2班而去，直接堵在2班门口，找她的那位同学，跟人套近乎，想要拿对方的笔记。

那个同学跟周靓靓没有同班过，但他跟陈厌曾经是同班同学，周靓靓就拿陈厌的名号招摇撞骗。那个同学被唬得一愣一愣的，站在门口跟她聊天，沈恬很无奈地跟周靓靓一起堵在2班门口，她眼睛往1班那边瞟。

1班跟2班相隔很近，但周靓靓堵的是后门，就隔得有点儿距离了。1班的人进进出出，这时，有个女生扎着高马尾辫，跑到1班的后门，不知说了什么。周慎之走了出来，他抱着手臂，睨着那女生。

沈恬眼睛瞪大，周慎之随意地一扫，便看到2班门口的她，他微微眯眼。沈恬的视线跟他撞上，眼睛眨了两下，唰地收回视线，紧盯着眼前说话的那个男同学。

周慎之眼眸扫了眼那男同学。跟前的女生喊了他一声，他才收回视线，看向那女生："周慎之，这是我……"

女生举手，手里是一封信："给你的。"

周慎之沉默几秒，蓦地有些烦躁，他语调懒散："不收，谢谢。"

说完，他就转身进教室，进去之前，余光看了眼那还站在2班后门的女生。

沈恬也一直用余光瞟着这里，他一进去，她猛松一口气。她看着那手里捏着信的女生，她是来给周慎之送情书的吧。

他肯定每天都能收到很多很多情书。而刚才那个女生好像是广播站的，成绩也特别好，沈恬见过，喜欢他的女生很多都很优秀啊。

沈恬"唉"了一声。听着前面这男同学解题，他解的题，她是一道都不懂。

不一会儿，铃声响了。周靓靓拿走男同学给的笔记，说了声"谢谢"，拉着沈恬就走。

她问沈恬："刚才你听懂了吗？"

沈恬摇头："一头雾水。"

周靓靓叹口气："我也是！"

沈恬睨她那本笔记："那借了有用吗？"

周靓靓："不知道啊，试试嘛，我不努力，你努力呗。"说着，她就把本子塞在沈恬怀里。

沈恬震惊："不是吧，你不是要努力吗？"

周靓靓："学习好烦哟，我刚才听得头晕，甚至有一瞬间想叫他闭嘴。"

沈恬："……"她看了眼那笔记，敢情她白得了一本笔记啊。不过周靓靓不要，她要。

黎城一中没有硬性规定高一必须晚自习，但班主任会安排，主要是学生晚自习他还可以作陪，顺便帮他们解决一些课堂上没解决的问题。不过他们班肯留下来晚自习的没几个，有些趁着老班没来，偷偷先溜了，有些则打着肚子疼啥的各种旗号，跑了。

沈恬在上高一之前，想着自己也要成为溜掉的那一拨，但自从想变得更好后，她开始想要留下晚自习了。加上她今天刚得了2班那个男同学的笔记本，她要研究研究他的笔记。

周靓靓刚才就跑了，此时班上也没几个人，老班进了班里，看到沈恬有些诧异，还走到她身边研究了下，沈恬是真在写题。

老班颇为欣慰："有不懂的问我。"

沈恬握着笔说道："哦，好的。"

随后，班主任逛着去看另外几位同学，沈恬就安静地翻着笔记，对着题看。

夏季晚上的校园静悄悄，风扇在头顶转动着，远处有蝉鸣声，偶有微风吹乱发丝，吹乱笔记。一抹高高的身影走上台阶，单肩背着书包，手里拎着两本书，往这边走来。

陈厌的班级在8班，路过9班时，周慎之看到了靠窗的女生，她咬着笔，盯着一道题一动不动，睫毛很长，细碎的发丝落在她脸颊两边。她苦恼地抬起眼，去翻跟前的题册。

周慎之神使鬼差地走过去，靠着窗户看着她，嗓音清澈："在看哪道题？"

第四章

Chapter 04

沈恬对着题目一筹莫展，这个从天而降的声音让她唰地抬眼，正想回答，却看清了对方的长相。

那一瞬间，她卡壳了，呆了，内心狂叫："他怎么会在这里?! 他在跟我说话吗?!"

她张了张嘴："你……你在跟我说话对吗？"

"不然呢？"他语调懒散，轻缓反问。

沈恬睁大眼睛，赶快回过神，胡乱地翻着手中的题册，拿笔指着上面的题目："这个、这个和这个……"

周慎之垂眸，看一眼她笔下的题目，目光扫了眼她按在一旁的笔记本："胡勤的笔记有没有解题思路？"

胡勤？沈恬一时没反应过来，看到笔记后，恍然，哦，是2班那位男同学。她也立即翻开，仰头看着他："好像有，需要打开看吗？"

"不用。"他靠着窗户，盯着她，也盯着题册，开始讲题："s=……"

微风徐徐，女生睫毛很长，很认真地写着。忽然她眨了眨眼，抬眼说道："为什么是这样啊？我感觉这个……"

周慎之看她几秒，嗓音清澈，语调慵懒，建议道："基础回去重新稳固一下。"

沈恬停了笔，心怦怦直跳，耳根泛红，一脸茫然。周慎之看她眼睛："我说真的，你把初三的知识重新拿出来稳固下。"

沈恬"啊"了一声，她点头："好的，谢谢你啊。"

救命，隔着窗户，他也好帅啊！

这时，陈厌从隔壁8班出来，抱着手臂靠着门："阿慎，来了怎么不说！在干吗呢？"他笑着探头看过来。

周慎之离开了窗户，朝陈厌那儿走去，将手中的书扔给他。陈厌赶紧接过，是两本英文版的编程书。他笑了下，还是想往9班的教室里看，但沈恬的位置在一组的倒数第二排，他看不到。

他还有事要跟周慎之说，就收起了好奇心，将书放在栏杆上，周慎之靠着栏杆，手插裤兜，听着他说。

他走后沈恬心怦怦直跳，她感觉跟做梦一样，看一眼跟前的题目和按着他的意思写的解题思路。不是做梦，是真的。

他！教！了！她！一！道！题！啊！！！

她在座位上坐了一会儿，完全没法再学习，她听着他们在外面聊天的声音，大多数都是陈厌在说，他偶尔回话。

沈恬没忍住，她悄悄地从窗户里探头，去看他。他单手搭在栏杆上，手臂线条分明，手指修长，漫不经心。陈厌站在他旁边，侧着身子翻着书，眉眼带笑。

两个男生都很优秀，长相出色，又都是黎城一中的校草，站在一起，赏心悦目啊，沈恬满眼都是他。她偷偷地不停地看着。

晚风徐徐，就见陈厌偏头把一张试卷递给他，他垂眸接了，但没有看。

然后她看到班里的好几个女同学，也跟她一样，趴在窗户边上，偷看他们。

沈恬心情复杂。她们看哪位？看周慎之，还是看陈厌？或者两个都看？

她当然也不好问。

这时，坐在沈恬前排的一个女生，跟周靓靓是好友，她笑着问沈恬："你认识周慎之？"

沈恬心一跳，她摇头："不认识。"

"那他刚才怎么给你讲题？"她又问。

沈恬眨了眨眼："大概是想做好事吧？"

那个女生哈哈笑起来，好像有点儿道理，她就没再多想。加上周慎之跟陈厌谈完话，陈厌回班里拎了书包，两个男生就从那边楼梯下楼了，周慎之走前都没往9班这边看过来。两个男生一离开，其他人也没的看了，而给沈恬讲题的那个周慎之，仿佛昙花一现。

不过这已经足以让沈恬回味好久了。

晚自习结束后回到家里，沈恬吃了点儿消夜，就上楼洗澡，她在他给她解的那道题旁边写上"周慎之"三个字，然后弯腰就去找初三、初二、初一的数学书。

郑秀云洗完澡从小屋子里出来，看到她蹲在地上翻箱子，问道："翻什么？"

沈恬一边翻一边道："我初中的数学书。"

郑秀云拧眉："你翻数学书做什么？"

沈恬理直气壮："当然是学习啊。"

"你高一了。"

"高一了也得稳固基础啊！"

郑秀云直接走进来，来到她身边，弯腰把手搭在她额头上："没发烧吧？你初三的时候还叫我们等你一上高中就把数学书给烧了。"

沈恬一顿，看着郑秀云，一本正经地说道："人的心情会变的嘛，我现在看数学书很和蔼可亲，非常适合再翻一遍。"

郑秀云眯眼看着自家女儿，她还记得女儿初三的时候学得一把鼻涕一把泪，有一次她一边哭着做作业，一边喊着说上高中了就把它们烧了。

郑秀云跟沈昌明当时应下，但他们当然不会烧女儿的书，只是安慰她而已。后来没烧收起来，沈恬倒是没闹，但要说一下子那么喜欢，就有点儿太假了。

沈恬面对郑秀云的火眼金睛，咳了一声，说道："妈妈，真的，我们换了数学老师，她好好呀，特别温柔。"

这倒是个理由，郑秀云信了。她站直身子，道："翻出来后，记得把箱子合上推回去。还有，早点儿睡觉，不许熬夜。"

"好，妈妈，我找到后就睡。"

郑秀云"嗯"了一声，帮她把沙发上的校服收拾了一下，挂好，然后就出去，带上门。

沈恬翻出了三本数学书，放在桌上。她揉揉腰，翻开数学书看。大部分都是空白，什么注解都没写，倒是画了不少树叶花草，沈恬咳嗽一声，她怎么觉得自己看这些也是白看呢。

不过，书还是要看的。她拿出日记本，写了属于今天的心情，还在结尾加上："开心！！！"

写罢，她在文字后面画了个表现高兴的小表情。

隔天，沈恬的作业居然被老班夸了，说她写得不错，而且解出了一道大题。周靓靓震惊地看向沈恬，唰地拿过沈恬跟前胡勤的那本笔记，翻着："是不是他这里给你的解题思路？"

沈恬咳嗽一声，说道："也有这个原因。"

周靓靓看到那道题，对比了沈恬那道题，完全是两个解法，她对沈恬报以崇拜的眼神。沈恬有些心虚，她低声道："其实……"

话还没说完，体育委员就跑来登记人选参加秋季运动会，直接就拉着周靓靓问："你报什么项目？"

周靓靓支着脸，想了下："就报个啦啦队吧。"

沈恬"扑哧"一声笑出来。体委敲着桌子："别贫，真的，快点儿。"

"哦，还有你。"他点了下沈恬。

沈恬愣了下，她好像都没什么能参加的。她犹豫了下："我跳绳吧？"

这个项目冷门，体育委员想了下："行，就这个。"

"你呢？"

周靓靓大手一挥："我短跑100米，还有长跑1500米。"

沈恬简直崇拜死了，她揽住周靓靓："你真棒。"

体委满意地离开了。

很快秋季运动会便开始，沈恬除了跳绳还帮着做一些后勤工作。这天人特别多，还有些隔壁的十二中和三中的学生来凑热闹。

沈恬帮忙抬水、送水，偶尔还要帮着去广播站播报一下。不过广播站都是人美声甜的女同学，沈恬也就是帮忙喊个人。

她得知周慎之的比赛一共三项，短跑400米、接力赛以及跳高。400米的短跑非常受欢迎，因为陈厌也参加，几个腿长的男生都参加。

沈恬一直惦记着这个比赛，眼看比赛时间快到了，一群男生陆陆续续地过来她这里做登记，沈恬提示他们填在哪儿。遮阳伞下，周慎之弯腰走进来。

沈恬看到他的瞬间，心怦怦直跳。他瞟她一眼，接了笔，在纸张上填了姓名。

周慎之。三个字清隽有力，行云流水。

沈恬看呆了，他的字也好好看。

周慎之放下笔，抬起眼眸轻描淡写地看她一眼，然后便转身走了。沈恬看了他的字迹一会儿，然后就有其他同学来报到。高三的师哥来了，沈恬赶紧把这位置让给他，随后，她跑出去，前往跑道。

她刚跑到那儿。"砰！"枪声响起。

几个男生跑了起来，周慎之的身影一下子就进入了沈恬的视线，他跑得很快，下颌线分明，喉结明显。

人群中女生们尖叫着加油："周慎之，加油！加油！加油！"

沈恬耳朵震得很，全是她们尖叫的声音，此时比赛也有她们9班的同学参加，沈恬咳了一声，举起手，挥舞着手中的红色旗帜。她躲在人群中，也跟着喊："周慎之，加油！周慎之，加油！"

那一道身影如疾风，从她跟前的跑道跑过，很快就超越了其他男生。她的加油声响起，周慎之转过头来，往这边扫了一眼，人群中，就这么看到了她。

她纤细的手臂举着红色旗帜，眉眼弯弯，跳着喊叫着，丸子头晃动，发丝沾着脸颊，可可爱爱，而她手中的旗帜上写着"9班加油"。

他抿了抿唇，也不确定她是不是喊的他的名字，收回视线，狠狠地冲过终点线，拿了第一。

第五章

Chapter 05

"啊!!!"

在他撞入终点线那一刻,沈恬身边的女生尖叫声简直要掀翻了天,沈恬藏在人群中也疯狂地尖叫着。你太棒啦!周慎之!

她跳得好像她们班拿第一一样,他们班参加这项比赛的体育委员也到达了终点线,有些欣慰地看着她,并朝她走来:"沈恬,我虽然拿了第三,但你让我觉得我仿佛拿了第一,你安慰了我。"

沈恬呆了呆,看着体育委员。救命,那么大的误会!

她尴尬一笑:"那……那个……恭喜,第三也很好。"

"走,我请你喝水。"体育委员高兴地道,并拽着她的袖子走。沈恬扬着红旗,被动地被他拉走。

抵达终点后,周慎之没立即停下,他往前走了几步,才微喘着气,两手撑着膝盖,任由汗珠顺着下颌滑落。阳光投在他眉眼间,男生帅得人神共愤。

好几个女生挤过去,往他跟前递水,他凝神看着那些矿泉水,站直了身子,下意识地往刚才的人群看去,就看到那扎着丸子头的女生,被她们班的体育委员拽走。

"啪嗒。"一滴汗珠从他下巴滴落。他的神色冷淡许多,是他想多了。

"兄弟,不错呀!"陈远良撞他肩膀一下,递水给他,周慎之收回视线,接过,跟陈远良慢慢地离开了这个跑道。

体育委员带着沈恬往便利店走去,准备买"贵"点的汽水来感谢沈恬,并跟沈恬讲他的比赛心得。

沈恬心虚得不得了,怎么可能喝他的饮料。她找了个要上洗手间的借口并说自己最近不适合喝冷饮拒绝了他,然后转身就走,准备溜回登记处,顺便看看周靓靓的比赛在什么时候,她好去加油。

拐向大礼堂的方向,沈恬刚走上台阶,便撞上拎着瓶水往下走的周慎之。他

297

单手插在裤兜里，旁边还跟着那个微胖的男生，面对面碰上。

他上她下，男生居高临下地垂眸，轻描淡写地看她一眼，眼眸黑如曜石，深不见底。沈恬心怦怦直跳，她赶紧跟他错身。

他拎着矿泉水的那只手修长，骨节分明，手背此时泛着淡淡的青筋。

沈恬瞥一眼，心跳加速，然后就走入大礼堂。

陈远良扭头看一眼那跑远的女生，他说："我们是不是见过她啊？有点儿眼熟。"

周慎之拿起矿泉水瓶，伸手拧开，走下台阶，语调懒散："见过吧。"

陈远良微愣，他看了周慎之一眼："你有印象？"

周慎之喝了一口水，喉结滑动，没再应。

他拧眉，回想初中生活，记忆中，并没有关于这个女生的任何信息。

沈恬回到登记中心，帮着看了会儿场，然后就去看周靓靓的比赛，1500 米长跑，还远着呢，她放下心来。周靓靓从后面钻进来，拉过她的手："你的跳绳比赛要开始了，还在这儿磨蹭。"

沈恬一愣，这才反应过来，她有个跳绳比赛。她"啊"了一声，立即拿笔签名，问道："开始了吗？"

"就等你了，快点儿。"周靓靓拽着她的手就往外跑，边跑边说："今年好可惜啊，没有篮球项目。"

沈恬迎着风回应道："是啊，你没办法看陈厌打篮球啦。"

周靓靓一听，笑道："讨厌。"

沈恬哈哈笑着，她觉得周靓靓能大方地说出来，说明也不是特别喜欢陈厌。

跑到草地上，参加跳绳的女生已经排好队了，每个班四个女生参加，按时间长短记分，沈恬跟班上的一个女同学站到一起，两个人是一组。

这个比赛其实挺冷门的，参加跳绳的女生都是班里不怎么爱出风头的女生，也就是跟着一起运动运动，那些校花、班花之类的，长得好看的同学都成学校鼓手队的人了。

裁判是音乐老师，她拿着秒表，说道："可以开始了，夏叶，你往前站一点儿。沈恬，你也是。"

沈恬赶紧跟上前面那位叫夏叶的女同学。老师满意了，她说了声"开始"，绳子就开始甩起来。

她们跳完下去，沈恬跟另一个女同学走过去，盯着绳子，接着借绳子的空隙，两个人一前一后地进入。

沈恬对这个还是蛮有信心的，她初三还参加过一个不太正规的比赛，拿了个一等奖。

两人三足的比赛也在这个时候开始，因为男女搭配，所以很吸引人。秦麦跟班上的学习委员一起。

陈远良勾着周慎之的肩膀，周慎之抱着手臂，懒洋洋地看着他们比赛。陈远良眼眸一抬，看向不远处的草地上："那边在干吗？"

周慎之抬起眼眸看去，不甚在意："不知道。"

"跳绳比赛，全是女生。"旁边一个男同学说道。

听到全是女生，陈远良眼睛一亮，他勾着周慎之的肩膀道："走，去看看，学校居然还举办了跳绳比赛，我们都不知道。"

周慎之想拒绝，却眼尖地看到了那抹扎着丸子头的身影，她眉眼弯弯，在跳绳中转了个身，特别轻盈。他微微一顿，顺着陈远良的步伐往前走。

上了草地，他们也没走得太近，就站在不远处看着。陈远良"啧啧"几声道："看来这个比赛有点儿冷门啊。"观看的人太少了。

周慎之没吭声，眼眸直接落在沈恬身上。她跳就跳，还偶尔掐腰，笑眯眯地转圈，还跟前面的女同学交换位置，从这头换到那头。随着绳索速度加快，她跳得很欢乐，直接把丸子头跳散了，那带着樱桃的橡皮筋滑落，她还准确地捞到，随后把皮筋套入了白皙的手腕中，很是可爱。

陈远良也觉得有意思了，他说："挺好玩的啊，那个女生跳得很可爱。"

他在夸沈恬。周慎之唇角轻扯，没吭声，他静静地看着那个女生。他为什么会那么关注她？真是不懂。

她跳的时间很长，估计分数不低，最后是前面那个女同学踩到了绳子，不得不停下来，另一根绳子直接甩她们身上，沈恬"哎哟"一声躲了一下，拉着女同学一起离开绳索中心。

陈远良明白这比赛为什么冷门了。长得好看的女生都不愿意被绳子甩到，一个不小心打中了脸，那真是无妄之灾。

周慎之起初紧张了几秒，他原本抱着的手臂都放下了，就见她灵活地躲避开来。他不由自主地松了一口气。

跳绳比赛时间挺长的，一轮一轮下来，挺磨人耐心的。他们没全看完，两人三足的比赛就结束了，接着就是跳高，体育委员来喊周慎之，周慎之只得过去登记。

跳绳比赛，沈恬替9班拿了第一，周靓靓上前揽住她，笑眯眯道："恭喜啊！"

沈恬嘿嘿一笑，就听音乐老师说，这个比赛明年不会再举办了。

沈恬微愣，大概也猜到了。比赛的女生是有，但观看的人都没有，挑不起战斗力。另外还有个原因就是参加这个比赛的女生很多都不是自愿的，大家都是被迫而来的。

周靓靓叹口气："可惜啦，你唯一拿手的。"

沈恬笑着拉着她道："不用比赛我还开心呢，累死啦。"

周靓靓捏她的脸，沈恬惦记周慎之的跳高比赛，有意无意地就拉着周靓靓前往跳高现场。那儿已经人满为患，看比赛的人超级多，女生占大多数，男生也占一部分，沈恬在人群中踮脚往外看，就看到周慎之的身影疾驰而过。

接着他跃了起来，宛如离弦的箭，校服衣摆撩起，露出一截线条分明的腰线，随后落了地。

他破了去年跳高的纪录，全场欢呼。

女生尖叫着喊："周慎之！周慎之！！周慎之！！！"

沈恬淹没在人群中，心里也暗暗跟着尖叫着。周靓靓"啧啧"几声道："不愧是校草，等下陈厌出来，估计叫声还得继续往上翻一番。"

沈恬眼里只有周慎之。他站直身子，很随意地撩起衣摆擦了下脸颊。这动作有点儿野，女生尖叫声更大。

"啊！！！我想当他的校服！"

沈恬身处其中。

不过周慎之并没有看向这边，他对于这些呼声一点儿都不在乎，不像陈厌，还会往这边笑着看一眼，无形中撩人那种。呸。

从人群中出来，沈恬心跳还是很快，脑海里全是他跳高的画面，怎么会有男生跳高跳得那么帅。

秋季运动会在第二天落下帷幕，被汗水浸透的年轻身体极其痛快、欢畅。接着就是周末两天假。

沈恬跳绳跳得欢，隔天小腿有点儿抽筋，她就不打算出门，在家里老老实实地复习初中数学。她渐渐发现，复习是真有用，于是她举一反三，把物理、化学、生物这几门全拿出来，重新复习。并且她在心里立下了宏愿，争取高三考进他的班里，跟他同班，且她决定要弃文学理。

当然这个决定还不能告诉郑秀云，她只能先偷偷努力。

运动会结束后，就要进行月底的月考，沈恬是真开始进入学习状态当中，像上了发条一样。周靓靓震惊之余终于相信，沈恬是真的要努力了，真实可靠的那种。

周靓靓趴在桌子上哀号："宝贝啊，我们都当差生当得好好的，你却突然要一飞冲天，留我一个人，我现在好孤独。"

沈恬看她一眼，摸摸她的头："那就一起吧？"

周靓靓当场拒绝。

沈恬："……"行，她早就猜到了。

重点1班，周慎之擦拭着手从洗手间里走出来，跟胡勤面对面碰上，他手插裤兜里，看胡勤一眼，随后跟胡勤擦肩而过。

胡勤被全校第一这一看，心都紧张了，往洗手间去的路上频频回头。

周慎之走到栏杆旁边，站在栏杆前，眼眸看着不远处的操场。而紧挨着操场的那栋楼就是高一9班的所在地。

此时十一月中旬，那个女生，很久没跑到这边来了。

郑韶远走到他身侧："想什么呢？慎之。"

周慎之收回视线，看郑韶远一眼："没什么。"

临期末了，沈恬上一次月考成绩又上升了七名。连老师们都惊了，纷纷对她投以关注的眼神，而她仿佛看到希望的曙光，她的重点班之梦啊。

她倒也想抽空去重点班晃悠，但学习几乎把她所有的课余时间全挤压了。她先是要复习初中的知识，巩固基础，又要接受新知识，下课后经常复习老师上节课讲的内容，根本空不出时间去偷看他。

重点班的上学时间跟其他班还不太一样，要偶遇也不是那么容易，加上她忙啊，她要是成天跟周靓靓一样出去晃悠，偶遇的概率就大很多了，唉。

这天，上完一节物理，下一节是体育，班上有个女同学笑着踏进来，趴在前面的座位说道："我们下一节体育课跟重点1班一起！"

听见"重点1班"四个字，沈恬握着笔抬起头，有几分茫然。后知后觉，要跟他一起上课?! 她笔都握不住，真的假的？

复习都复习不下去了，她听说他打篮球很好，不知道下一节课他会不会打篮球？想到这儿，她立即抽出英语书，准备体育课在看台上假装复习英语，但实际是看他！

很快周靓靓从教室外回来，拉着沈恬："走走走，上课了。"

她一向都是最喜欢上体育课的，沈恬抱着书跟着她下楼。

此时已入冬，沈恬里面穿着件毛衣，外面是校服，还围了米色围脖。她下楼后，就把书塞在篮球场的看台卡位上，接着才跟周靓靓一起去了队伍，体育老师抱着手臂看她们。

沈恬气喘吁吁，她吐了吐舌头，站稳，对齐。随后她便看到那边重点1班的人也下来了，有跑的，也有慢条斯理走着的，而他就在人群中，慢条斯理地走着。冬日的校服是深蓝条纹的款式，他的外套拉链没拉，手插在外套口袋里，阳光投射在他脸上，他看似有几分漫不经心，垂眸听着那个微胖的男生说话。

他那偶尔抬眼一笑、眼尾微挑的模样，简直了。

他随意地走向他们的队伍，站定。沈恬控制住自己让目光别扫过去，她感觉这节体育课，空气都新鲜好多，整个人都积极多了。

体育老师看他们一副无精打采的样子，一点儿都不像十六七岁的少年。他掐着腰，询问道："要不要跟1班打个友谊赛？"

刚问，男生们就应道："好啊！"

沈恬张了张嘴，心里也叫了声好。正如她所想！

"我去交涉一下，你们等会儿，都站直了！学习学不过人家，运动争点儿气好不好！"体育老师指着他们。

男生们唰地全站直了身子，纷纷表示好啊，体育老师看他们几眼，转而走向重点1班。

重点1班是班主任带下来的，他们的体育课被压缩得几乎没有。后来班主任觉得不行，必须让他们休息会儿，于是安排了一节体育课，准备让体育老师一次带两个班。

体育老师一走，一群人全探头探脑看过去，沈恬也在其中。

周慎之听着体育老师跟班主任的谈话，他眼眸轻扫向那边，就看到她那张探头探脑的小脸。她整个下巴都埋在围脖里，唇上涂了点儿润唇膏，头发蓬松，发丝被阳光照射得金黄，那样子很可爱。

他扫了一眼，便收回视线。

沈恬假装看别人，然后再看他。体育老师不知跟他说了什么，他摇了摇头，体育老师伸手拍了拍他的肩膀。

接着两个班迅速组织出两支篮球队。沈恬满脸兴奋，她拉着周靓靓准备去霸占看台位置，就选在第一排。周靓靓摩拳擦掌，说道："我去买点儿吃的，恬恬你要吃什么？"

沈恬从外套里摸出十几块钱，塞到她手里："我吃雪糕。"

周靓靓高兴地接过："好咧。"

她转身就去，沈恬拿着书给她占位。她看着前方的周慎之，他抱着手臂站在他们身旁，不知在说什么，他那位微胖的好友居然也会打，也在其中。

沈恬难得光明正大地看他，眼睛都黏在周慎之身上没下来。他笑时眼尾挑起，不笑时有些疏离，喝水时喉结滑动，偶尔抬手揉揉脖颈，推着其中一个男生过去，像是在讲战术。

沈恬看得目不转睛。这时，周靓靓买完了东西回来，沈恬侧过身子，把书抱到腿上，周靓靓拿了一袋子，她打开，里面除了雪糕就是辣条。

沈恬"哇"了一声，伸手拿了一盒雀巢雪糕出来。周靓靓笑道："没剩啊，你的钱全花完了。"

沈恬笑眯眯地撕开盖子，道："没事，我喜欢请你吃。"

"爱你我的恬。"

周靓靓被班上的女同学勾了肩膀，要她分几根辣条。沈恬坐正身子，就感觉到身侧有人坐下，沈恬转头一看，便看到周慎之坐在她身侧的位置。

沈恬掀盖子的动作一顿，空气中仿佛闻到一股淡淡的桂花香味，她呆了，心跳疯狂加速。他靠着椅背，长腿叉开，手里转着手机，眼眸看着篮球场上的人。而他的校服外套，距离她特别特别近。

沈恬心慌意乱。啊! 他怎么坐在她身侧?! 她僵硬地挖着雪糕, 放进嘴里, 脑海一片空白, 她眨了眨眼, 不由自主地又看向他。

他正好拿过矿泉水, 拧开, 偏头也看向她。四目相对, 他微抬下巴喝了一口水, 盖上盖子, 看她几秒, 嗓音清澈, 问道: "好吃吗?"

第六章

Chapter 06

沈恬又呆了, 她含着勺子, 看着他的眼睛: "好……好吃, 你要吃吗? 我这儿还有。"

她说着不等他回答, 转身就去抓周靓靓扔在座位上的袋子, 手往里摸, 拿到了另外一盒雪糕。这盒应该是周靓靓给自己买的, 但沈恬此时完全忘记了这些, 她直接递过去。

周慎之垂眸, 她摊开白皙的手, 那盒雪糕就在她掌心, 她手指纤细, 指尖微弯, 在阳光的照射下, 指尖泛着粉红, 特别好看。

他捏了下矿泉水瓶, 心跳在胸腔里咚咚咚地响着。他抬起眼眸, 歪头看她: "我不吃, 谢谢。"

沈恬的唇被雪糕冰得发红, 她眨了眨眼, 心也怦怦直跳, 脑袋还是空白的, 但本能也来得及回应: "哦, 那我自己吃啦。"

周慎之眉眼蓦地一弯, 他笑了。身子往后靠, 把玩着矿泉水, 他笑道: "好, 你自己吃。"

沈恬猝不及防看到他笑起来的样子, 男生笑起来眼尾挑起, 他的唇也很红, 沈恬看呆了, 她迷迷糊糊地把雪糕放回周靓靓那个袋子里。

她心里想着: 他笑了! 他笑起来好好看! 好帅啊!

她继续挖着雪糕吃。而他坐在她身旁, 偶尔按着手机, 偶尔看向篮球场上, 他还偶尔会跷脚。有时他会站起来, 那些打完一场比赛的同学会往他这里来, 那个微胖的男生喘着气说话, 他按着那个男生的肩膀, 低声说着话。

随后，他又回来坐在沈恬的身旁。沈恬继续吃雪糕，心却全在他身上，看着他起身，看着他又坐下来，耳根随着阳光泛红。

周靓靓分完辣条回来坐下，刚想问沈恬，比赛到哪儿了？周慎之上场没？一转头看到沈恬身旁的男生，她卡壳了，接着"啊"了一声，凑近沈恬："他他他怎么在这儿？"

沈恬回了些许神，她看向周靓靓，低声道："这儿是正中央的位置，他好像是裁判，所以坐这里。"

周靓靓震惊，她看着那男生转着手机，手肘搭在膝盖上，懒洋洋地看着场上的比赛。他的冬日校服偶尔会跟沈恬的校服摩擦到，男生离得近，冷白的皮肤、棱角分明的侧脸以及喉结都十分明显。

周靓靓也看呆了："不愧是周校草，名不虚传。"

沈恬挖着雪糕，小声地"嗯"了句。

也因为周慎之坐在这儿，不少女生从后面挤到第一排来坐。秦麦捧着保温杯走过来，也坐在他右手边的位置，但他们中间空了一个位置，因为那个位置他放了一瓶水。秦麦坐下后，下意识地看了眼沈恬这边。

她见过这个女生，还有点儿印象。上次周慎之主动跟这个女生说话，而此时，他们又坐在了一起，还挨得那么近。他们是什么关系？

秦麦不由自主地一直关注着这边。

周靓靓兴奋过后很快就进入冷静，她撕开辣条，喂给沈恬，沈恬还吃着雪糕，她张嘴咬住辣条，嘣进嘴里，咀嚼着。

她光吃自己的，也没跟周慎之有任何别的交流，秦麦见状，放心了些。

"好吃吗？"周靓靓舔舔手指，又撕了一小片给沈恬，沈恬凑过去咬住，低声道："好吃，特别好吃，靓靓喂的就是好吃。"

她吃得嘴唇红红的。周慎之不经意转头，便看到了她这样。唇红如樱桃，一边咀嚼一边笑弯了眉眼，并且一直挖着雪糕吃，还凑过去跟她那位女同学蹭着头小声地说话，细碎的发丝落在脸颊边。

他微微眯了眯眼，喉结滑动了下，挪开了视线。他转着手中的矿泉水瓶，然后，捏了一下，矿泉水瓶咔嚓咔嚓地响着。

沈恬恬，对吗？她叫这个名字。

这节体育课的篮球比赛还是重点班赢了，周慎之没上场，给了9班一点儿喘

305

息的机会，否则他们心态都得崩溃。

经常跟他在一起的那个微胖男生，沈恬也知道他叫什么名字了，他叫陈远良。他看起来胖，但很灵活，篮球打的还是前锋。

体育课结束后，他们回了班里，体育委员叹口气道："我居然连个胖子都打不过，天哪。"

几个人安慰地拍拍他的肩膀："那是周慎之的好友，输给他不冤枉。"

体育委员抹了一把脸："我也想当周慎之的好友。"

其他人哈哈笑他，叫他别太天真，你至少也得是个重点班学生，才有机会。

沈恬跟周慎之坐在一起差不多快一节课的时间，她连洗手间都不想上。那种他坐在身侧的感觉她说不上来，但她觉得跟做梦一样。

她跟他坐在一起一节课啊！！！他身上还带着淡淡的桂花香味，好好闻。

这一节课，在沈恬的高一生涯中落下了重重的一笔。

随之而来的，就是期末考试，天气也冷到沈恬必须抱着暖手宝才行，连期末考试，她都把暖手宝塞在校服外套里，冷了就从拉链伸进去暖和一下，然后再继续考试。

监考老师看到她把手伸进去起初还以为她作弊，站在她桌旁盯了一会儿，发现她怀里的暖手宝，愣了下才离开。她笑着摇头，现在的学生啊。

考完试后就正式放假，沈恬有些失落，因为放假了就见不到他了。虽然她努力学习的时候也经常见不到他，但偶尔下楼或者去食堂会瞥见他的身影，而且也知道他在重点班，她走过去就能见到他。

现在放假了，只剩下想念啦。沈恬在日记本里写满了他的名字，也写满了心事。

这次期末考，沈恬在几天后就知道成绩，她足足上升了十五名，周靓靓跑过来给她报喜。

沈恬愣了一秒，接着"哇"一声抱住周靓靓："人生从来没有这么高光的时刻。"

周靓靓哈哈一笑："不，你还有更高光的时候，我等着！"

"不过，"周靓靓拉开她，盯着她上下看，"你黑眼圈有点儿重啊。"

沈恬顿了顿，她抄过桌上的镜子看："真的有点儿。"

周靓靓揉揉她的头发，道："你悠着点儿，小心被阿姨骂。"

沈恬心咯噔一下，这倒是。周靓靓走后，沈恬就开始注意了，毕竟郑秀云火眼金睛，一旦发现她这样学习，掐死她的心都有。

寒假时间太短，她也没办法去周靓靓家待着，所以她提前回了老家陪着爷爷，不过爷爷也很忙，他还要给人看病，正骨。

沈恬正好有机会好好复习，然后趁着她父母回来过年之前，又恢复平常的作息。

这段时间，她无比怀念开学。这样，她既可以学习，又可以看到他。

很快，2014年到来。

高一下学期也如约而至，开学天气还正在冷时。开学前一天沈恬由于太兴奋太紧张，结果失眠了，于是导致第二天起晚。

她醒来时一脸蒙，拿了个面包以及一瓶牛奶，边撕开边往学校跑去。此时上学大潮也正是人最多的时候，她一边咬着面包一边穿梭在学生之间，碰见前面几个高个的学生，她一时也没想那么多，说了句："让让～～～"

前方的男生听见了，他顿了顿，微侧过身子，单手握着书包肩带，给她让路。沈恬嘴里塞着面包，双颊鼓着，从他跟前准备蹿过去。

空气中飘着一股淡淡的桂花香味，以及一种熟悉的感觉扑面而来。沈恬微微抬眼，就见男生形状好看的喉结、下巴，再往上是薄唇、高鼻梁，再再往上，是一双微挑的桃花眼。而他此时正垂眸看着她。

周慎之！

沈恬呆了，她刚才说了什么？叫他让让。他真的给她让了。

她鼓着脸，眼睛眨了眨，按捺住心跳加速，含糊道："早……"

她头发很凌乱，鼻尖被风吹红，嘴里估计塞着食物，像只小兔子。周慎之看她几秒，嗓音懒散："早。"

打完招呼，沈恬像完成了任务，也掩盖了自己让人让开的尴尬，她赶紧往前走几步，蹿到前面去。

回过神发现嘴里还有面包，她"哎呀"一声，赶紧用手捂着嘴巴。她没喷面包屑出来吧?!

她赶紧喝了几口牛奶，把面包咽下去，鼻息间还有桂花的香气，不知道他还有没有走在她后面？反正她是不敢回头看他的。

不过，经过一个新年回来，他好像更帅了，沈恬的心情也瞬间愉悦了起来，是那种会冒泡泡的愉悦感。

开学了，又可以时不时地见到他了。

她埋头走着，拐了弯往9班所在的教学楼走去。周慎之看了她的背影几秒，随后，进了重点班的教学楼。

郑韶远今天没有准时上学，他请了三天假，他的班干部职位的一些工作由周慎之帮他代几天。周慎之前往班主任的办公室，屈指敲门进去。

班主任看到他来了，立即招手："慎之，来。"

周慎之走到桌前，他人高，校服外套没拉，微低头，眉眼俊朗，几位老师看到他都觉得赏心悦目。

这孩子学习好不说，长得还好看，而且还是个很规矩的男生，情书收到一大堆，但从来没传出跟哪个女生走得近。总而言之，别人家的小孩。

班主任把一沓试卷放在文件上面，说道："你帮郑韶远发一下。"

"好。"他伸手接过。

这时，9班的班主任拿着成绩排名表哼着歌，走到重点1班的班主任桌旁，说道："我们班上学期有个女同学，进步特别快，从班里的三十六名现在进入前十五名了。"

重点1班的班主任笑着抬头道："哪位呀？这么厉害，就一个学期进步那么大。"

"是啊，我也很诧异，喏，就这个，叫沈恬的。"9班的班主任把排名表递给重点1班的班主任。重点1班的班主任接过，研究起来。

沈恬？周慎之看向那张排名表，他看了几秒："老师，我看看行吗？"

重点1班的班主任不太在意，随手递给他，周慎之修长的手接过，在班级第十四名的位置看到了"沈恬"二字。

他静静地看了几秒——原来她叫沈恬，不是沈恬恬。他把排名表还给班主任，说道："老师，我走了。"他拎起试卷转身离开。

9班的班主任拿过排名表笑道："你们班这个第一，还对我们班的排名感兴趣啊？"

重点1班的班主任拿起书，道："看看而已，学生都好奇。"

"也是。"

成绩公布后，沈恬成了班里的名人。实在是进步太大了，沈恬拿着成绩单，成就感十足。原来努力真的会有回报，这已经不仅仅是对考入重点1班的期望，还有一种努力得到回报的满足感。

周靓靓捏着她的脸："我恬，你真棒啊，说努力就努力，还努力出这么大的成绩啦。"

沈恬嘿嘿一笑。

晚上她留下来晚自习，回头发现班上没几个留下来的。老班怕沈恬这个特别努力的苗子跑了，他直接坐在沈恬的对面，指着本子道："有什么不懂的，都可以直接问我，我今晚就陪着你们几个。"

今晚，班里加上沈恬，参加晚自习的只有八个人，比隔壁8班还少十个。沈恬自然就不客气了，翻开练习册把不懂的几道大题都问了，不知不觉就到了9点30分，老班让她们几个收拾好书包，结伴回家。

沈恬倒不着急，她家就在隔壁，所以她仔细收拾好书包，下楼时，楼梯都没什么人了，她走在灯光昏暗的学校里，看到了头顶圆圆的月亮。她心里"哇"了一声，仰头欣赏着。

但走到学校门口，她就感觉不太对劲：门口聚集了一些人，堵着校门口，简直是胆大包天，一个个染着黄头发，有穿校服的，也有没穿校服的。她一脚就踏入了他们的视线内，而站在一旁有些熟悉的人好像是陈厌。

她愣了一秒，脑袋乱糟糟。这是啥情况？

陈厌顺着那群人的视线，回头一看，是个清秀的女生。他眉梢微挑，正想叫她走，这时，一个懒洋洋的清澈嗓音传来："沈恬，过来。"

这个声音是从斜方向传来的，沈恬心一跳，抬眼看去，就见周慎之手插在裤兜里，站在路灯下，灯光投在他脸上，有几分疏离。他眼眸如墨，看着她。

沈恬微愣几秒，下意识地拔腿就往他那儿走去。

周慎之看她来了，站直了身子走出校门口，沈恬跟在他身后，后知后觉才反应过来，他刚才叫了她的名字！

那群人盯着他们。沈恬察觉到他们的视线，紧捏着书包带，紧跟着前方那帅气的男生。就这样，一路来到距离甜甜超市不远处的树下，周慎之站住了脚步，回头看她，微抬下巴："回去吧。"

沈恬看了眼自家超市，又看向他，点点头，扬起眉眼乖巧地道："那我走啦，谢谢你啊，刚才。"

周慎之看着她，眼底荡起一丝笑："嗯。"

第七章

Chapter 07

他一笑，沈恬就呆，她红着脸强迫自己往超市走，走到超市冰箱旁，唰地回身看他。

周慎之正准备转身，看到她回身，他脚步微顿。沈恬眉眼弯弯，挥手："拜拜。"

他一顿，点了点头："拜拜。"

沈恬心跳加快，那树下的高瘦的男生印入她眼里，身后是车水马龙的大路，灯光斑驳，落在他身上。

她笑着转过身，拉拽着书包带走入超市，并哼着歌："默默在你的身后守候的我，多想看你不经意的笑容，或许我的心你不懂，我努力让你感动……"

郑秀云正取下货架上的烟，一转身就看到自家女儿像只欢快的小鸟走进来，嘴里还唱着歌，她声音软软的，唱起来倒挺好听的。

她放烟的动作轻了些，盯着沈恬看，可沈恬明显沉浸在自己的世界里，完全没注意到母亲关爱的眼神，她伸手取下货架上的泡芙，探头笑眯眯道："妈妈，我吃一点儿这个，会记得刷牙的。"

郑秀云眯着眼，说道："吃吧。作业写完了吗？"

沈恬撕开包装袋，点头："写完了。"

郑秀云语气随意："你们高一有强制性晚自习吗？"

沈恬本想回答"没有"，后警惕起来，她往嘴里塞泡芙，道："虽然没有，但很多同学都会自动晚自习，今天班里一大部分人都在呢。"

郑秀云看着女儿那双杏眼，她点点头："行吧，以后还是早点儿回家。"

"好的妈妈。"沈恬松一口气，"那我上楼啦。"

"嗯，对了，你刚才唱的那首歌叫什么名字？挺好听的。"

沈恬笑道：《靠近一点点》！特别好听，妈妈，我们超市也可以放这首歌。"

"好。"郑秀云应着，拿着手机点开搜索下载。

沈恬推开了门，走进去，上楼。回到小房间，沈恬吃完泡芙，把包装袋扔进垃圾桶，倒了杯水喝，然后在桌旁坐下，拿出日记本。

今晚，他喊了她的名字。他居然知道她的名字！

而且还护送她回家，两个人还说了话。她一定要考上重点班！！！

加油，沈恬。

隔天，沈恬从周靓靓的嘴里得知，昨晚那群人是三中的，好像是因为有个三中的女生喜欢陈厌，告白被拒，三中那群里流气的男生就跑来找陈厌的碴儿。

沈恬愣了愣："那打架了没？"

周靓靓说道："不知道啊。我去看看。"

她起身，前往8班，去探听消息，并顺便看看陈厌。陈厌趴在桌上睡觉，看不到情况，周靓靓耸肩，又回来了。

回来之前她看到一个女生拿了一盒牛奶放在陈厌桌上，那女生戴着帽子，看不清长相。周靓靓看了一眼没多看，就回了9班，她坐在沈恬的身侧，说道："应该没打架吧，我看他挺正常的。"

沈恬"哦"了一声。也是，如果打架，学校早通报了。

不过通报也不关她的事，她现在最重要的是努力学习。课间的时候，周靓靓涂着指甲油，让沈恬帮忙倒水，沈恬拿起她的保温杯起身，从后门走出，正好迎面碰到陈厌手插着校服外套走出来。

陈厌一副刚睡醒的样子，他抓抓头发，眯眼一看。沈恬没注意他，错身就走过去，陈厌抬眼看了看9班的后门，又想起昨晚周慎之出现的那一下。

他恍然明白了些什么，"啧"了一声。

天气逐渐从冷走向暖和，到了四月底，学生都穿上了夏装。太阳成天挂在头顶，沈恬也没冬天、春天那么赖床，她的起床时间提早了些。

她扎好头发，穿上校服外套，背上书包，咚咚地下楼，沈昌明给她蒸了饺子，还拿了一盒牛奶给她。沈恬站在柜台旁，塞了几个饺子，然后拎着牛奶就去学校。

今天时间算早，学校的校车刚刚抵达，不少学生从校车里下来，一前一后拥进学校里。沈恬咬着吸管，一抬眼就看到周慎之从校车上下来，他人很高，阳光打在他的脸上，他手里也拎着一盒牛奶，手插裤兜里往校门口走去。

沈恬心怦怦直跳，原来他是坐校车上学的！她居然现在才知道。

他走在上学大潮里，鹤立鸡群，身边不少女生走过都回头看他。沈恬紧握着牛奶加快脚步，打算离他近点儿。

她穿梭在人群中，偶尔喝一口牛奶，眼睛盯着前方高高的男生，他坐校车的话，时间肯定是固定的，那她以后就可以锁定一个时间上学。哇，美妙。

这时，陈厌一脸没睡醒的样子，朝他走去，喊了他一声。周慎之停住脚步，眼眸扫了过去，等他一会儿。

他突然停住，沈恬措手不及，她都要撞上他后背了，立即捏着牛奶往旁边错开，结果直接撞到值班的同学身上。那女同学拽住沈恬的袖子，把她给拉了回来："你校服拉链拉好。"

沈恬初中的时候就被抓过几次，到了高一倒好，比较少了，没想到今天会突然被抓包，她涨红着脸，乖巧地道："我现在就拉上。"

她低头，单手去拉拉链，虽然初中被抓过，但无论什么时候，她还是有些不好意思，她感觉经过她身边的人都会看她一眼，虽然有可能是错觉。

阳光正好，打在她脸上，女生脸上的绒毛以及红红的脸颊非常明显。周慎之是亲眼看到她被抓包的，他唇角轻勾了下，从她身后漫不经心地走过，空气中有淡淡的樱花香，似从她发丝中传来。

陈厌也看了一眼那拉拉链的女孩，他笑着双手插兜："周慎之，她叫沈恬？"

周慎之听罢，偏头睨他一眼。陈厌哈哈一笑，吊儿郎当地道："啧啧，藏得够深啊。"

周慎之语气懒散："藏什么？我没藏。"

陈厌又是一笑。有些话不必明说，看眼神就知道了，他拍拍周慎之的肩膀："走啦。"

"拜拜。"周慎之语调懒洋洋，拐向重点班的方向，陈厌则朝 8 班的教学楼走去。

身后沈恬总算拉好拉链了，她赶紧喝完牛奶，把盒子扔了，扔的垃圾桶正好也是周慎之扔牛奶盒的垃圾桶。两个盒子交叠在一起，沈恬手插到外套口袋里，转身就往班级赶，她看一眼前方的人流，已经不见那颀长的身影了。

她叹口气，明天要准时啊。准时在上学的大军中偶遇他。

隔天一早，沈恬很早就醒了，算着时间出门。果然远远地就看到他走下校车，沈恬深呼吸一口气，咳一声，咬着面包拉好拉链，朝他所在的方向走去。

周慎之在人群中也看到了那抹扎着丸子头的身影。

"周慎之等等我。"陈远良弯腰绑鞋带，喊了一声，周慎之侧了下身子，看一眼陈远良，也算略等他一下。

沈恬本是往他那儿走去，跟着他的步伐，谁知道他突然停下脚步，她一愣，只能拐个弯先往校门口走。这时周靓靓从人群中挤过来，一把挽住她的手臂，伸手直接就来撕她嘴里的面包："分我一点儿！"

沈恬猝不及防，只能撕下一小片递给她："你没吃早餐吗？"

周靓靓挽紧她手臂，说道："起晚啦，你也知道我们家有多远，我爸刚才开着电动车送我的，一到校门口就把我甩下车。"

沈恬"啊"了一声："那你以后要早点儿啊，进学校再去便利店买些吃的。"

"你再给我吃点儿。"周靓靓看沈恬嘴上还有一些，她饿得很，张嘴就要去咬沈恬嘴上的，沈恬愣了下，"哎哟"一声赶紧躲："你走开啦。"

"我吃点儿嘛。"周靓靓又往前凑。

沈恬往后仰，两个女生边走边闹了起来，闹得脚步都放缓了。沈恬后退一步，推开周靓靓。

而身后，周慎之手插裤兜，神色懒洋洋地看着她在闹，陈远良也注意到这两个女生，他认出其中一个就是跳绳那个，他笑道："女生挺好玩的。"

周慎之眼底含了几丝笑意，但没应。沈恬后退那步，差点儿撞到他。

周慎之略微躲了下，看着她满脸的红晕。可沈恬都没注意到，她已经被周靓靓烦死了，她取下嘴里剩余的面包，塞到周靓靓的嘴里："给你，都给你。"

周靓靓嘿嘿一笑，咀嚼着道："其实我主要是想亲你。"

沈恬唰地瞪向周靓靓。周慎之也听到了这话，他淡淡地看周靓靓一眼，这时，前方有人朝他招手，是郑韶远。周慎之语调懒散，声音低沉冷淡，道："让让。"

这声一出，前面两个女生均是一愣。

沈恬身子微僵，周靓靓下意识地回头，对上了那高高的男生微挑的眼睛，她微愣，然后下意识地松开了沈恬。

周慎之便单手握着书包带，从她们中间走过，陈远良愣了一秒，赶紧也越过去，笑着对周靓靓道："谢谢啊，赶时间。"然后就追上了前面的周慎之。

他从身侧走过，沈恬眼睛眨了眨，红着脸看着男生的背影。

周靓靓被分开了，又凑回来，继续挽着沈恬的手臂，道："啧啧，我们刚才那样闹，是踩到他的脚了？"

沈恬想着自己刚才后脑勺好像是撞到人了，她睁大眼睛："可能是撞到他了！"

周靓靓拉着沈恬往9班的教学楼走去，说道："看来是的，不过周校草居然就这样从我们中间穿过去，他刚才语气有点儿冷，我都有点儿吓到了。"

沈恬回想了下，好像是有点儿冷。她有几分懊恼，推周靓靓几下："刚才就不该那样闹，指不定我真的碰到他了。"

周靓靓嘿嘿一笑："没事，反正也不熟。"

沈恬："……"你什么都不懂！

她会不会给他留下一个不好的印象啊？再回想之前他护送她回家，沈恬越发觉得刚才可能真的撞到他了还是怎么了，救命。

呜呜呜呜都怪周靓靓。

这也间接地影响了她，接下来的几天，她都不太敢在上学的时候碰到他，她改了下时间。比校车抵达的时间再晚点儿，好几次基本见不到他人了，他已经进去了，沈恬叹口气。

然后"五一"长假也到来了，长假过后就要期中考。沈恬干脆收拾了书包，就去周靓靓家学习。

比起超市人来人往，周靓靓家就清静很多，她父母早出晚归，沈恬在她家可以很专心地学习。郑秀云以为她是跟周靓靓出去玩儿，也没太在意。

她咬着笔一边解题一边看着窗外，一放假就格外想他，嘿嘿。她打定主意假期过后，一定要早起一次，看他一眼。

于是，长假过后，沈恬一早就醒，这次不带面包了，她直接吃完，喝完牛奶，又多拿了一份面包塞包里——给周靓靓带的，然后她就走向校门。

校车正好抵达，可人下完了，都没见他下来，沈恬微愣，怎么回事？她看到了那个陈远良下来了，往里走。

沈恬呆了呆，加快脚步，往校门口走。

一个女生挤过来，来到陈远良的身边，说道："周慎之爸爸回来了？"

陈远良点头："是啊，还有奶奶老咳嗽，不太舒服，周慎之现在上学估计没那么早。"

那个女生好像是周慎之的同桌，沈恬听到了对话，她心里"哦"了一声，原来他是家里有事才没坐校车的。她放下心来，然后就进了学校。

而临近关校门，周慎之才从一辆车里下来，握着书包带往重点班而去。

期中考完，沈恬的成绩跃至班上的第五名。成绩单发下来，大家都惊呆了，齐齐转头看向沈恬，老班满脸骄傲，他站在讲台上，说道："大家都要向沈恬学习，实在是太棒了。"

沈恬有些激动，她看着成绩表，啊啊啊地转身抱住周靓靓。她感觉自己距离重点班越来越近了。

周靓靓也骄傲，她抱住沈恬："没想到我恬你真的做到了。"

沈恬兴奋得很："是呢是呢，下课后请你吃东西！"

"好咧。"周靓靓点头。

一整天，沈恬都处于一种较为兴奋的状态，努力有回报，会让人充满动力。晚上她还是照旧留下来晚自习，差不多 9 点 30 分才收拾了书包回家，她手里捏着成绩单，蹦蹦跳跳下了楼，拐过了灌木丛。

通往校门口的主干道，一道人影也刚从重点班教学楼走下来，沈恬不经意一看，呼吸一顿。那个人影是周慎之，他握着书包带，揉着脖颈，懒洋洋地走下台阶，余光一扫，也看到了她。

沈恬对上他微挑的眼眸，心一跳，她赶紧收回视线，屏住呼吸走上主干道。

今晚学生好像格外少，周慎之看着前方女生的身影，慢条斯理地走在她身后。

夏季，女生都穿上夏季校服，她头发似乎长了些，细碎的发丝多了不少，隐隐约约的脖颈纤细白皙。鬈鬈上的橡皮筋换成一只小熊，特别小一只。

沈恬有段时间没见到他了，后悔现在跑他面前，早知道慢他几步，走在他身后，看着他背影，也好啊。

她心怦怦直跳。

月光跟路灯投下来，落在他们之间，灯下，被女生踩过的地方，男生也跟着踩过，脚步一致。

大概是太紧张了，沈恬指尖捏着的成绩单被风一吹，往后飘去。沈恬急了，"哎"了一声，转身就要去抓。

那成绩单就这么飘到周慎之的脚边，男生弯腰，伸手拿了起来，直起身子，看向她，递给了她。沈恬心跳加速，耳根泛红，眨了眨眼，伸手去接："谢谢你。"

周慎之垂眸看一眼上面的排名，他抬起眼眸，语调懒散："又进步了？"

沈恬呼吸不畅，看着灯光下他的眼眸，"嗯"了一声。

他眼尾微挑，笑了："真棒。"

第八章

Chapter 08

他每一次笑，沈恬都会看呆，这一次也不例外。她喃喃道："谢谢。"并小心地捏好成绩单。

这时，校门外传来了喇叭声，"嘀嘀"。周慎之抬眼扫去一眼，随后收回视线，对她道："早点儿回家。"

沈恬点头，她也扭头看向校门口，那儿有辆黑色的轿车，应该是来接他的。

周慎之从她身侧走过，朝那辆车走去。沈恬紧捏成绩单，也转身朝门口走去，就在他身后几步距离，她看着他高高的背影。

心里啊啊啊地叫着。她跟他又有对话了！

他弯腰上了车，车灯亮着，车子掉转车头，沈恬被车灯的光照亮了一瞬，随后灯光便移开，车子也跟着上了大路，融入了车流里。

沈恬在校门口站了几秒，呆呆地看着那远去的轿车，心想，她还要更加努力，争取跟他同班，以后跟他经常说话！

加油啊！沈恬！

她兴奋地回到家里，郑秀云一回身就看到她开心的表情，挑了下眉。沈恬嘿嘿一笑，冲过去抱了郑秀云一下，郑秀云愣了几秒，盯着她："那么开心？"

沈恬点头："对的！"

"哦？为什么开心？"

沈恬看母亲一眼："开心还要理由吗？就是开心，妈妈，我想吃消夜。"

"你爸在煮了。"郑秀云取下她的书包放在一旁，她跟别的母亲不一样，基本不会过问女儿成绩如何，偶尔兴起就会问问，没想起来就不问。她的想法很简单，沈恬开心健康就好，大不了以后还可以继承超市。

所以沈恬近来这兴奋开心的情绪也在郑秀云这儿种下了怀疑的种子，她拨了下女儿的发丝，看她那眉眼的笑意，郑秀云心里也暖暖的。

开心总好过难过。人的情绪价值最高，其他都是浮云。

因他那句"真棒"，沈恬简直像打了鸡血，接下来的日子更是努力，直接在头上绑奋斗条的那种。她在9班成绩不错，但是在全校还不行，距离重点班还有段距离。

暑假过后，要选文理科。沈恬选了理科，在家里宣布的时候，沈昌明愣住，郑秀云直接放下筷子，她抬头看向沈恬："你确定？"

沈恬点头，郑秀云脸色不太好，她瞪着沈恬："你成绩单拿来！"

沈恬咳了一声，从包里翻出了最新成绩单，小心翼翼地放在桌子上，她已经挤进全班第二名了。她们班前五那几个人，学习都很佛系，被她超过也感觉没什么，这次沈恬挤进去，她们还恭喜她。

郑秀云看到上面那突飞猛进的成绩，抬起头盯着她："所以一定要学理科就是了？"

沈恬点头，很坚定。

郑秀云眯眼："行。"

沈昌明看到成绩后，震惊了，猛夸她："我们家宝贝现在这么厉害啊！"

沈恬笑眯眯地依偎过去，挽住沈昌明："是的呢爸爸。"

沈昌明高兴坏了，说要给沈恬做很多好吃的，还拉开抽屉直接给她包红包，郑秀云在一旁没有阻止，但也冷眼看着。看沈昌明那傻样，男人就是猪。

她给沈恬立了规矩，暑假要保证身体第一，学习第二，不能熬夜。沈恬嘿嘿一笑，应下了，她早有对策，出去玩的那几天也都是去周靓靓家学习。

　　高一的这个暑假，她过得十分充实。高二顺利开学，沈恬一早穿着夏季礼服校服裙，往学校走去，就看到周慎之从校车里下来，他揉着脖颈，戴着耳机，神情懒洋洋的。

　　沈恬呼吸一顿，他正好也看过来。在晨曦中，彼此视线对上，他眼眸漆黑如墨。

　　沈恬下意识地扬起了笑脸，她眉眼一弯，红着脸转开视线，然后假装低头吃面包。周慎之看她几秒，唇角也微勾起来，随后收回视线，走向校门口。沈恬这才抬眼，看着他的背影，跟在他身后进了学校。

　　后来有一天，沈恬看到他手中牛奶的品牌，叫燕塘牛奶。她犹豫了一两个月，最后还是跟沈昌明说了，她想喝这个，想试试他喝的这个牌子。没想到，她一喝就上瘾了。

　　他喝的牛奶也很好喝。但她不敢给他知道，每次进学校时，如果他眼眸扫来，沈恬就把牛奶藏在身后，眼眸不经意地跟他的视线对上，然后挪开。

　　有一次，沈恬起早了。走到他面前，她捧着牛奶，低头喝着。她头上的丸子头有很多细碎的发丝穿出来，蓬松而可爱，发丝下是皮肤白净的脖子。陈远良勾着周慎之的肩膀，看一眼前面那女生，又看向一旁的兄弟："你跟她……有什么状况？"

　　周慎之把玩着手机，语调懒洋洋，睨陈远良一眼："能有什么状况？"

　　陈远良盯着他："你瞒不过我的眼睛。"

　　周慎之漫不经心一笑，没应。

　　陈远良震惊。

　　他就觉得奇怪，尤其是上学这段路，女生不是走在前面就是走在后面。如果女生走在前面，周慎之目光一定会落在她身上，上次这个女生被抓了穿反校服，周慎之眼尾含笑，被他逮个正着。

　　而这个女生如果走在后面，周慎之步伐就会比较慢，他转头去看那女生，那女生顶着个丸子头看着他这位兄弟，被他抓到好几次。

　　这个女生唰地把视线挪开，那此地无银三百两的样子，陈远良就算是傻子也悟出了些什么！

高二上学期一眨眼就过，沈恬还知道了周慎之的生日，在 10 月 30 日，不过那天要月考。沈恬只能在日记本上祝他生日快乐，至于其他的，她完全不敢做，她听说有不少女生给他送了情书。

沈恬叹口气，她估计这辈子都不敢做这事情。她顶多去他们班晃悠，结果周慎之抬眼看来，沈恬嗖的一下就往楼梯跑去。

高二下学期，沈恬的校园生活就跟打仗一样，她一定要考上重点 1 班，于是学习就加量了，时间都拉长。

好几次她趁着郑秀云跟沈昌明还在楼下收拾冰箱之类的，她趴床上写题，听到他们脚步声上来，立即把题册塞枕头下，然后闭眼装睡。

郑秀云偶尔会进来看她，她紧张得要死，只能翻个身，背对着郑秀云。

高二结束，沈恬考完期末考，短暂放松了几天。

成绩出来，她第一个跑学校去问。老班满脸兴奋，他揉了下沈恬的头，宣布道："高三，你就要进重点班了，加油。"

这话一出来，沈恬一阵晕眩。周靓靓在一旁睁大眼睛，几秒后，哈哈大笑，抱住了沈恬："你逆袭了啊宝贝恬！"

沈恬回过神，啊啊啊地叫着。她反手抱住周靓靓，两个人在老班的面前转圈圈："我请你吃冰！走，哈哈哈哈哈。"

"哇，那就谢谢我恬啦！"周靓靓跟着她转，老班在一旁说道："周靓靓，沈恬都进重点班了，你呢？"

周靓靓仰头理直气壮地道："我不重要！我人生没有目标，我闺密的成就就是我的成就。"

老班和沈恬："……"

这个暑假，沈恬过得尤其舒服。

郑秀云得知她进重点班，眼眸都眯起来，看她那少女怀春的样子。啧。

2015 年 8 月，高三要提前开学，沈恬的高中生活也进入最重要的一年，不只是高三，还因为高三她要进重点班。

开学这天沈恬扎个丸子头扎了好久，平时特别容易扎的今天特别棘手，折腾了快半个小时才好。最后她连橡皮筋都随意捞，捞了一个带着樱桃的，绑好后，她整理好校服，拎起书包下楼。

吃过早餐，拎着那盒燕塘牛奶，但她进学校还是慢了，远远地就看到重点班的走廊，学生们陆陆续续地上楼梯。

沈恬看到了人群中高高的那个人，他跟陈远良一起拐个弯上了楼梯，沈恬深呼吸一口气，站在楼梯口喝完了牛奶，把牛奶盒扔了，这才走上台阶。

也不知道是不是错觉，总觉得重点班这边连楼梯都要干净很多很多。沈恬走到高三的楼层，吵闹的声音都比9班的小，她咳一声，从正门走了进去。

而此时，班上的大部分人刚坐好，沈恬一进去，周慎之往后靠正在跟陈远良说话，他眼皮微撩，不经意地一看，就看到她进来。

他眼眸微定，定定地看着。

沈恬也看到了他，沈恬心怦怦直跳，抬手摸了摸唇角，她是留了面包屑吗？他怎么一直盯着她看，沈恬反而不敢看他，就用余光扫着，然后目不斜视地犹豫了下看了看。

赵老师走进来，看沈恬在找位置，说道："沈恬，哪里有空位就坐哪里，先坐下来。"

沈恬"嗯"了一声，抬眼看去，一个扎着高马尾辫的女生笑着往旁边一让，说道："你坐这里吧。你是不是那个从9班考进来的女生？"

沈恬赶紧坐下，解下书包，笑道："是的。"

"我叫曹露，你叫什么？"

"沈恬。"

沈恬回答完，她发现她跟周慎之竟然只隔了一条过道！

她用余光看他一眼，他往后挪，让他的同桌进去。他同桌是个女生，长得很漂亮，沈恬微顿，她记起来了，这个女生从高一就一直跟他同桌。

秦麦进去后，周慎之挪过身子，睨了眼旁边那桌的女生。沈恬已经收回视线了，他并没揪住她的目光，他看到她细碎的发丝、白皙的侧脸，他往后靠看她几秒，才收回视线看向讲台。

好巧不巧，这天沈恬来姨妈，整个人不太舒服，浑浑噩噩。她本以为跟曹露会一直坐在一起，谁知道快下课的时候，赵老师进来，拿着一份新的座位表，说道："重新安排一下座位，大家收拾一下书包，按着新座位换桌。"

沈恬愣了下，曹露"啊"了一声，抱住沈恬："我才跟你坐了不到一天啊！救命啊！"

沈恬也有点儿不舍，她喜欢曹露。但老师要换，也没办法。

她看了眼座位，她暂时不用动，曹露要安排到前面去，曹露哀叹一声，拎着书包坐到陈远良的身侧，陈远良笑着道："跟我坐一起有什么不好的？"

曹露翻了他一个白眼。

沈恬下意识地看一眼过道那边的周慎之。他的同桌叫秦麦，她呆了呆，拎起书包，看了周慎之一眼："你怎么不跟老师说？我不换！"

周慎之漫不经心地合上题册，语调懒洋洋："我也得换。"

"我去跟老师说。"秦麦说着就出了座位，她准备走之前看到沈恬，她微愣，盯着沈恬好几秒。

沈恬被她看得莫名其妙，还被看得有点儿心虚，她眨了眨眼，收回视线。秦麦唰地看向周慎之，周慎之并没看这边，他垂眸正在收拾书包，神色懒散。

秦麦转身跑出去找老师。沈恬看着她的身影从前门而过，她支着脸，叹口气，曹露转过身拉着沈恬的手腕，道："秦麦也要换座位啊？"

沈恬微愣，她看向曹露："她不能换吗？"

曹露凑近沈恬，余光看着第一组最后一排，低声道："她跟周慎之高一到现在都是同桌啊，别人都说她把周慎之高中三年的同桌都要包圆了，我们都这么以为的……"

她话还没说完，就卡了壳，嗖的一下松开沈恬的手腕，仰头看去。沈恬有些不解，她顺着曹露的视线看去，就见高高的男生拎着书包，神色淡淡地走到这边来。他拎开椅背，指尖修长，骨节分明，椅子往后一挪，他坐了下来，姿态懒散地坐在了沈恬的身侧，他弯腰挂好书包，懒懒地往后靠。

沈恬视线止不住地往他脸上飘去。周慎之桃花眼微挑，睨她一眼，问道："看什么？"

沈恬："……"啊！我跟你同桌啊！

沈恬唰地收回视线，呆呆地支着脸，真的假的？空气中，她闻到他身上的桂花香味。

陈远良转过身，笑着搭在沈恬的桌上，看向周慎之："哟，终于换同桌啦？"他话里有话，眼神暧昧。

周慎之拿起书放在桌上，睨他一眼："你也换了。"

陈远良嘿嘿一笑："但我也难得跟你坐得那么近，兄弟，以后罩我。"

周慎之语调懒散："做梦。"

"哎——"陈远良张嘴还要控诉。

沈恬坐在座位，浑身不敢动弹，她看着陈远良占据她大半个桌子，跟他聊天，而她的心怦怦直跳。

五分钟后秦麦回来，她看到周慎之坐在沈恬的身边，脸色煞白。她走过来，盯着沈恬看。周慎之抬起眼眸，看她一眼。

秦麦怕被他看穿自己的心思，只得收回视线，走向座位，拎起书包，走去第一组倒数第二个位置坐下，跟黄丹妮同桌。

所有人换好座位后，赵宣城就来教室验收，并宣布今晚开始大家都要上晚自习，是强制性的。大家还以为能休息一天呢，没想到还要上晚自习，哀号了一声后，但都乖乖听话，沈恬觉得惊讶。

不愧是卷王 1 班，换成她以前的班级，早抗议了，甚至下课后都会跑光。

吃过晚饭，天色渐暗。沈恬肚子还是不太舒服，她上课都强忍着，因为他坐在身边，沈恬不知为何不敢松懈。去食堂吃过晚饭回来，他不在座位，沈恬松了一口气。她趴在桌上，曹露摸摸她的额头："你那么难受要不要先回家？"

沈恬摇头："我趴会儿，同学们来了你叫我。"

曹露应了声："好的。"

她拿过沈恬的保温杯："我去给你装点儿热水，焐焐。"

沈恬"啊"了一声，甜甜地道："爱你！"

曹露嘿嘿一笑，站起身，走了出去。

外面天色已经暗下来，夏季可以听得见蝉鸣声，她走到热水区接水，这时，一个高高的身影从洗手间那边走来，他低头擦拭手上的水珠，眉眼散漫，走到这儿一抬眼看到曹露接水的保温杯。

曹露脸色有点儿白，她捂了捂肚子。该死，好像要拉肚子。她盖上盖子，唰地一转身，就看到周慎之，她微愣。

之后肚子一阵绞痛，她"哎哟"一声，也顾不上什么了，立即把保温杯递给周慎之："周大佬，这是沈恬的杯子，你帮我拿给她，我上个洗手间！"

"沈恬，你的同桌！"怕他忘记，不记得沈恬的名字，曹露还提醒了一遍。周慎之垂眸看一眼那保温杯，接了过来，他语调懒散："知道，你去吧。"

"谢谢！"曹露顾不上了，立即冲向洗手间。

周慎之接过那蓝色的保温杯，在手心握了握，他当然知道这个杯子是她的，上学的时候好几次见到她拎着这保温杯。

他握着杯子走进教室，来到桌旁，而那女生已经趴着，隐隐有睡着的样子。她头发蓬松，脸搭在手臂上，身体随着呼吸轻微起伏。周慎之垂眸看着她许久没有挪开视线。

他轻轻地把杯子放在她桌上，距离她不远。这时微风吹来，她桌上的书翻了一页，周慎之随意一扫，视线却定住了。

他修长的手捏住那一页，翻开了看。这本书里，有一页写着："周慎之，秋天的枫叶红，你看到了吗？好美。"

这时沈恬仿佛察觉到了什么，她睁眼，就看到一只修长的手翻开了她的书。她呆了呆，顺着往上一瞧，便对上了男生漆黑如墨的眼神。

沈恬整个人轰隆一下，宛如被雷定住，她反射性地要坐起来。周慎之拖过她的书，撑着桌子，低头，问她："你想请我看枫叶林？"

沈恬脑袋一片空白，她伸手要去拿她的书，低着头没应。

周慎之整个身影罩着她，他语气散漫，一直看着她："行，我答应了。"

第九章

Chapter 09

写的小纸条被当事人发现，正茫然不知所措的沈恬听到了他说的话，唰地抬起眼，呆愣地看着周慎之。

他刚才说什么？他在说什么啊?!

她眼瞳很亮，满是茫然与震惊，她张了张嘴："周……周慎之，你刚刚说什么？"她怎么觉得她好像在梦里一般。

周慎之看着她的眼眸，此时他们的距离非常近，近到他能看清她脸上的绒毛，"我说，一起去看枫叶。"

沈恬整个人更呆了。真的假的？真的假的?! 她快疯了！

这时其他同学嬉闹着走进来，吵吵闹闹，打破了这里一方安静以及汹涌的情绪。好几个同学往这儿看来，周慎之收回撑着在她桌上的手，拎开椅子坐了下来。

沈恬也坐正了身子，蒙着，她伸手捏了下脸颊，"唑——"好痛！真实的。

周慎之睨她一眼，挪过她桌上那本书，取过笔，在上面写了什么，随后把书推回给沈恬。沈恬心跳一直加快，脸颊也发烫，她挪过来，看了眼。"今年秋天的枫叶，我们一起去看，好不好？"

他的字迹清隽有力，龙飞凤舞。沈恬看着又要疯了。

她握着笔，犹豫了一下，最后还是不再犹豫地写上："好！"

她红着脸把本子推过去给他，她撑着下巴，看向别处，指尖紧捏着笔。

随后，她就听他轻笑了一声，声音特别好听。沈恬心里啊啊啊地叫着，疯狂地雀跃着。

这时，曹露从外面跑回来，一把拉开椅子，坐下来发出了挺大动静，她转头看向沈恬："宝贝儿，你好点儿了吗？"

沈恬立即合上本子，笑道："好多啦。"

"你怎么去了那么久？你不舒服吗？"沈恬轻声问道。

曹露手臂搭着周慎之的桌子，说道："肚子刚才有点儿不舒服，去了趟洗手间，你舒服了就好。"

沈恬"嗯嗯"两声："你是不是吃坏肚子了？"

"不知道啊，可能吧，我现在也舒服多了。"曹露转过身去拿书，看了眼她身侧的位置，"死胖子还不回来。"

沈恬呼一口气，身侧传来男生清澈的声音："你不舒服？"

沈恬听到他出声，她摇头，笑道："现在不会了。"

周慎之看着她，语调懒散："手拿出来。"

沈恬微顿，看他一眼然后伸手。周慎之看她白里透红的掌心，往她掌心放了一颗巧克力糖，金色的包装，看着就诱人。

沈恬眨了眨眼，他唇角微勾："请你吃。"

沈恬手指一拢，满脸红晕，她唰地收回视线，坐正。

她伸手捏了捏脸蛋。周慎之清澈的嗓音又在身侧响起，他语调懒散："别捏了，脸都红了。"

沈恬嗖地放下手，耳根泛红，她抬头看去，正好赵宣城也进班里来了。他看了眼陈远良空着的位置，记下他的缺席。

随后他们开始讲题。讲到一半陈远良才偷偷摸摸回来，正好赵宣城让他们相互讨论最后一道大题。曹露踢了陈远良的椅子一下，陈远良"哎"了一声，拿着书翻了下，顺势转过身："兄弟，这题你之前做过吧？给我们讲讲。"

曹露正想骂陈远良，被他这样一弄，哎，找周大佬不是正好？于是，她也跟着转过身，还越过桌子拉了沈恬一下，用嘴型无声表示："年级第一讲题，快听。"

沈恬听懂她的话，点头，当然得听，她侧过身子，看身侧的男生一眼。

看他们全看过来，周慎之眉梢微扬，他转着的笔一停，翻开那一页，看着那道题，道："你们的解法先给我看看。"

"喏！"陈远良立即推给他。

曹露嘿嘿一笑："我的解错了，大佬看看呗。"

沈恬这道题扣了一半的分数，她犹豫地往他跟前推。周慎之抬起眼眸，轻描淡写地看她一眼，然后率先接过她的试卷，仔细看着。

曹露浑然不知情，陈远良一眼看出猫腻。居然第一个拿她的试卷，周慎之，你有私心！

沈恬也似乎响应了陈远良的眼神，脸颊又红了。

他拿着笔在她试卷上写写画画，嗓音清澈："沈恬，这道题你前半部分解得挺好，后半部分就乱了。"

沈恬点头，她当时算错了想要从头来，但是思路一断，最后就乱写了。

周慎之改完她那道题，抬眼看她："你再看看，这样会不会比较好理解。"

对上他的桃花眼，沈恬眼睛眨了眨。

沈恬抿唇点头："好的。"她接过试卷，坐正了身子，认真地看着。

陈远良在对面看到他们这眼神一来一回，心里"啧啧"两声。

沈恬发现他给她理了一下思路就清晰了，她有些激动。不愧是他，好厉害啊。

后来，他给曹露跟陈远良都修正了解题思路。赵宣城老师直接下来，拿走周慎之的试卷上了讲台，在上面跟他们讲解周慎之的解法。沈恬支着脸看着，满心崇拜。

晚上9点30分，晚自习下课。同学们收拾书包离开教室，沈恬一个晚上过得像梦里似的，她站起身收拾。

曹露跟陈远良闹了一会儿，也拎起书包，然后勾住她的手臂。沈恬下意识地看一眼周慎之，周慎之揉揉脖颈，拎着书包，走出教室。

曹露挽着沈恬出门，陈远良走快两步，走在他身侧，笑着跟周慎之聊篮球。沈恬跟曹露走他们身后，沈恬看着前方的那抹高高的身影，他修长的手指搭在脖颈上，偶尔轻点点皮肤。

沈恬摸着校服外套口袋里的巧克力球，她还没吃呢。

夏季这个点儿，晚风比较凉爽，吹乱学生们的发丝。校门口，校车停在那儿等着，沈恬看着周慎之跟陈远良走向校车，她眨了眨眼盯着。

曹露跟她拜拜。沈恬回神，笑着跟她挥手："单车骑慢点儿。"

曹露比了个"OK"的手势，随后骑上单车走了。沈恬两手插进校服外套口袋里，准备回家。

这时，校车开走，她往校车那儿看去，却看到站台牌旁，周慎之正靠着站牌，抱着手臂，懒洋洋地看着她。夜晚路灯斑驳，落在他眉眼，他桃花眼微挑，唇角扬起："沈恬，过来。"

沈恬心怦怦直跳。她捏了下巧克力糖，只犹豫了一秒，就往他那儿快速跑去。

十七年来，这一刻她的心跳最快，像是要体验新的感觉。她跑到他跟前，微微喘气，站定了身子："你怎么没上校车啊？"

周慎之深深地看着她。他轻声问道："巧克力糖吃了吗？"

沈恬摇头。她从口袋里拿出巧克力糖，摊开，给他看。

周慎之伸手，拿过她那颗巧克力糖，拆开包装："不吃会融的。"他撕开包装后，伸手递过去。

沈恬心跳加速，就着路灯看着他，然后张嘴，吃下巧克力糖。

风吹来，吹乱了她的心。

"好吃吗？"周慎之把包装纸捏成团，笑着看她。

沈恬在嘴里碾碎着糖果，咔嚓咔嚓，脸颊鼓鼓，她点头："好吃，特别甜。"

周慎之声音懒散："明天再给你带。"

沈恬睫毛闪了闪，红着脸，小声地"嗯"了一声。

他看了眼不远处的超市，又看向她："好了，你回去吧。"

沈恬转头看向超市。甜甜超市招牌很亮，夏季不少人买西瓜，此时超市门口还有不少人坐着在那儿打牌。郑秀云跟沈昌明的身影一闪而过，给他们拿西瓜，也收钱，可能偶尔还会往这儿看一眼。

沈恬上前推着他的手臂，推着他走到了站牌的前面，她松了手，看着大路，说道："我陪你等车。"

周慎之站在她身旁，偏头看她。她仰头也看他，然后又把视线挪开。她盯着车水马龙，嘟囔道："快拦车！"

周慎之唇角微勾，"嗯"了一声，手插裤兜里盯着人来人往的车流，橘色跟白色的灯光相呼应。

好一会儿，一辆空的出租车往这儿开来，沈恬"哎"了一声，周慎之抬起手臂，去拦车，出租车慢慢地开到这儿，停下。

周慎之打开车门，抬眼看她："你回去。"

沈恬手握着书包带，"嗯嗯"两声，丸子头上的樱桃一动一动，她一身校服，纯白而漂亮。

周慎之深深看她几秒："我走了。"

"嗯。"沈恬又应了声。

周慎之弯腰坐了进去，靠着椅背，摇下车窗，握着手机侧脸看她。

沈恬眉眼弯弯，心里跟吃了一斤糖果一样甜。就是甜，就是特别甜。

沈恬看着车子走远，才往超市走去。

这种喜悦持续到第二天早上，沈恬洗漱完出来，从书包里拿出那本旧的书，看到他写的那句话："今年秋天的枫叶，我们一起去看，好不好？"

她抿唇偷笑，是真实的！

她扎好头发，把书放进书包里，背上书包下楼。吃过早餐，她拎着牛奶走出门，迎着阳光，就看到他从校车里下来。

他取下耳机，搭在脖子上，往这儿走来。

沈恬紧捏着牛奶，还是下意识地往身后藏，牛奶是他经常喝的那个牌子的。她红了脸，咳一声："周慎之。"

男生走在她身侧，懒洋洋地"嗯"了一声。沈恬说道："我喝的也是这个牛奶。"

周慎之听罢，偏头垂眸看她："好喝吗？"

沈恬立即点头："好好喝！"

她说："这个牌子还有别的味道吗？"

周慎之嗓音清澈，应道："有，还有甜的，纯的。"

"噢噢。"

沈恬接着道："我觉得燕麦的好喝点儿。"她手中的就是燕麦的。

周慎之笑着"嗯"了一声。

回了教室，曹露说肚子饿，沈恬从书包里拿出准备的面包递给她。陈远良是跑进来的，气喘吁吁地坐下来。他先看沈恬一眼，再看周慎之一眼："早上也不叫我。"

周慎之往后靠，翻着书道："我懒得叫。"

陈远良眯眼，泄气地坐了回去。他早上坐家里的面包车来的，远得很，昨晚回去还跟女神打电话了，女神在电话里哭得厉害，他才会起晚了。

曹露吃完面包，扫陈远良一眼，还踹了他椅子一下。陈远良吓了一跳："你干吗啊？"

曹露嘿嘿一笑："没干吗啊，欺负你啊。"

陈远良眯眼："我掐死你，信不信？"

"你来啊。"

两个人闹了起来，沈恬的桌子都动了好几下，她赶紧喝完牛奶，免得被撞出来。

秦麦走进教室，一眼就看到沈恬手里拿着的牛奶盒，脸色微变。随后，她就看到沈恬喝完了牛奶，周慎之起身顺便帮她扔了。

秦麦呆立在原地。高一那会儿，他主动跟这个女生说话。高三，这个女生考进了他们班里，而他明显也不对劲了。

秦麦眼眶一红。

沈恬"哎"了一声，叫陈远良别撞桌子，一抬眼就看到秦麦的眼神，她愣了几秒，秦麦收回视线，咬着牙坐下去，留了一个梳着长长的马尾辫的后脑勺给沈恬，沈恬顿了顿，刚才那女生好像哭了。不过那似乎不关她的事，所以沈恬很快就忘记了。

今天课程都是满的，老师并不会因为他们提前上课就放过他们，反而气氛更加紧张，沈恬也感受到了重点班的卷。大家除了学习，还是学习。沈恬写着题，一看头就大，不懂啊，她挪过纸张，在上面不停地解着。

周慎之支着脸，转着笔看她一眼，几秒后，修长的指尖捏住她的纸张，挪到他那儿去，语气散漫："过来，我教你。"

沈恬微顿，随后红着脸，挪过去凑近了看。陈远良捧着书正准备转头问周慎之，一转头看到他已经给沈恬讲起题了。

陈远良愣了几秒。

他打定主意，今天下课后要找周慎之好好聊聊，但晚自习，陈远良又被他女神叫走了。曹露肚子还是不舒服，没有上晚自习，被她爸爸带走去看医生了。于是，晚自习沈恬跟周慎之前面的座位就空着。

上完晚自习，沈恬收拾书包，班上同学陆陆续续走了。沈恬在关教室的门。

"好巧啊。"

周慎之站直身子："一起走吧。"

走出校园，今晚学生晚自习好像少了些，校车竟然还没来，沈恬呆了，她说："咦，校车呢？"

周慎之走向站台，道："偶尔会延迟，9点40分左右到吧。"

沈恬"哦"了一声。他看她一眼："你回去吧。"

沈恬笑眯眯地走在他身侧："我陪你等。"

他沉默地看她几秒，笑道："好。"

随后，两个人又跟昨晚一样站在站台，沈恬瞄到有位置，她拽着他的袖子："坐，坐着等。"

周慎之眉梢微挑，被她拽过去，坐在小石礅上。沈恬坐好后，身子扭了扭，探头看着路况。她因为家里距离学校太近了，初中三年高中两年从没坐过校车，不知道坐校车是什么滋味，她还挺好奇的，笑着看向周慎之。

周慎之垂眸回了奶奶的信息后，一抬眼就看到女生看向他的眼眸，眉眼弯弯，眼里似有星星。他放下手机，另一只手搭着膝盖。

沈恬对上他的眼眸，脸微红，她探头看出去，嘟囔道："从这儿到你家远不远？"

周慎之转着手机，说道："不远，半个多小时。"

沈恬"哦"了一声："还是挺远的。"

他语调懒散："跟你不能比。"

沈恬收回视线，笑着看他，歪头道："羡慕吗？"

她这样好可爱。周慎之点头，一本正经地道："羡慕。"

沈恬嘿嘿一笑，这时，她隐约看到校车了，她激动地探过身子："车子好像来了，周慎之——"她起身，想招手。

周慎之把她拉了回来："不是我们的车。"

"咦，好像……"

她回过神，满脸通红垂眸看他。周慎之反应过来，他抬起眼眸，也看着她。

微风吹来，伴着斑驳的灯光，五颜六色的车灯，画面仿佛定格住。

第十章

Chapter 10

"咚咚咚。"心跳声加快，清晰无比。沈恬觉得这一刻像是被五颜六色美丽的烟花包围着，她看着俊帅的男生。

"呼"一声，三中的校车从沈恬身后开过，风吹乱沈恬的发丝。周慎之嗓音清晰，问道："你有 QQ 吗？"

沈恬都不太会思考，点头："有。"

"跟我说，我回去加你。"他拿起手机，"说吧。"

沈恬红着脸，念出了她的 QQ 号码，周慎之修长的指尖在手机上按着，输入她的 QQ 号。沈恬抿唇，说道："你回去记得加！"

周慎之抬起眼眸，语调懒散，"放心。"

这时，校车总算来了，缓缓地停在站台，"咔嚓"一声，门打开了。站台剩余的几个学生纷纷上车，有些一脸困倦，有些还拿着书，有些偷看了周慎之跟沈恬一眼。

沈恬抬眼看着他，周慎之垂眸看她，道："我走了。"

沈恬点头："好。"

周慎之从外套口袋里摸出一颗糖，塞进她的手里："给你带的，白天忘记给你了。"

沈恬低头一看，又是那个金色的巧克力糖，她心里甜得冒泡。

周慎之侧过身走上校车台阶，沈恬握着糖转身站在站台上看着，他半低头躲过吊环，戴上耳机，眼眸往她这儿看来，用眼神示意，让她回去。

沈恬两手插进校服口袋里，安静地看着他。他在最后一排坐下，窗帘被拉到一旁，他看过来，沈恬朝他挥手。他懒洋洋地也举起手来，跟她挥着。

他也特别可爱，沈恬笑弯了眉眼。

车子启动，开走，沈恬身子跟着车子转个身，目送校车车尾。她嘿嘿一笑，转身回家，口袋里的巧克力糖好像带着他的体温。沈恬踏进超市，有个客人喊道要西瓜，沈恬蹦蹦跳跳地转身跑到冰箱那儿，拉开了给对方拿。

郑秀云在收银台看到她这般，眯了眯眼。她这个女儿最近很开心啊。

沈恬拿着收到的钱回到收银台，放在桌上，她说："妈妈，我今晚不吃消夜了。"

"你爸煮了，多少吃点儿。"郑秀云拿过钱放进抽屉里说道，沈恬微顿，叹口气道："也行，那我进去吃啦。"

郑秀云睨她一眼："去吧。"

沈恬一笑，转身就进去吃消夜。吃完了消夜，她上楼，第一件事就是把电脑打开，登录QQ。他还没加她，沈恬先去洗澡，洗完澡擦好头发坐下来。

一看QQ闪了一下，沈恬心怦怦直跳，点开。"Sz添加你为好友"。

她赶紧点了通过。他的头像是他的手摸着一只小白猫，而且他尾指上有个黑色尾戒。

沈恬笑眯眯地看着那只猫咪，猫咪的眼睛像他送的巧克力糖糖纸，金色的。

那头周慎之擦着头发靠着床头，点开她的头像。她的头像是路灯下拉长的身影，她还比了个耶，歪着头。他唇角微勾，问道：

Sz：头像是你吗？

沈恬这边正在翻他的空间，他空间只有一只猫，然后他陡然发信息来，沈恬心猛地一跳，她看一眼，敲键盘回复。

恬恬哦：嗯嗯。

Sz：很可爱。

沈恬脸一红。

恬恬哦：你们家的猫也可爱，眼睛像金色太阳。

Sz：它叫胖白白。

恬恬哦：胖白白，名字也好可爱！

这时，门被敲响，郑秀云在门外询问她还在干吗，沈恬紧张死了，她立即敲字。

恬恬哦：我要睡了，你也早点儿睡呀，周慎之。

Sz：好，晚安。

恬恬哦：晚安！

随后她立即退出 QQ，关了电脑，接着爬上床，对着门口道："妈妈，我准备睡了，刚刚吹好头发。"

听到她回答，郑秀云"咔嚓"一声开了门进来，沈恬被子一拉，露出了一双眼睛。郑秀云走过来，给她拉了拉被子，摸摸她的头发看看有没有吹干。沈恬睫毛颤了颤，眨了眨眼，郑秀云站直了身子："睡吧，我帮你关灯。"

沈恬"嗯嗯"两声，然后闭眼。郑秀云看她闭眼，这才转身离开，顺便关灯。

那枚巧克力糖，沈恬放在校服口袋里，隔天起来，摸了摸，然后就笑眯眯地出门。她这次没带牛奶，沈昌明给她蒸了饺子，她捧在手里，拿着一次性筷子，往校车站台的方向看去。

周慎之在阳光下走下校车，耳朵上戴着耳机，懒洋洋地朝她走来，沈恬红着脸走到他身侧，咬了一个饺子。

沈恬问："你吃早餐没？"

周慎之点头："吃了。"

他睨她手中的饺子一眼："家里人做的？"

沈恬点头："嗯嗯，我爸爸做的，很好吃。"

周慎之单手插在裤兜里，"嗯"了一声，两个人一起走进学校里。周慎之校服领口开着，被值日生抓到，沈恬捧着饺子站在一旁陪着他，看他扣扣子。

他微抬下巴，修长的指尖扣着。清晨，阳光沐浴在他身上，男生眉眼俊朗，喉结清晰。

扣好纽扣后，两个人继续往里走。饺子拿多了，沈恬吃撑了，剩下最后一个，她本打算丢了，但不知为何，犹豫了下，她抬眼看他："周慎之。"

周慎之垂眸："嗯？"

沈恬夹起那饺子："我吃不下了，你要不要试试我爸的手艺？"

此时他们正走到树荫下，不少同学从他们身侧穿梭而过，周慎之看她几秒，随后他低头，咬住了那个饺子。

沈恬把一次性筷子跟一次性袋子扔了，她看向他："好吃吗？"

周慎之点头："好吃。"

两个人走上楼梯，身后就传来曹露跟陈远良的喊叫声。沈恬转身，手臂被曹露挽住，她回头看，问道："你肚子怎么样？"

曹露叹口气道："肠胃炎，以后吃东西要注意。"

沈恬"嗯"了一声："那真的要注意。"

陈远良勾着周慎之的肩膀往后退，低声道："你们什么情况？"

周慎之睨他一眼："有问题吗？"

陈远良："……"没有，你牛。

前方，曹露还在揉肚子，说昨晚去医院输液，手背还肿了，沈恬看了一眼，用手给她焐着，说道："以后输液过后可以热敷一下，这样就不容易肿了。"

曹露"嗯嗯"几声，她接着又道，她爸妈最近经常吵架，她有种不好的预感。沈恬听着也担心，抬手抱了抱她，随后，四个人陆续进了教室。

八月提前上课，九月初开学，高一高二以及初中部的学生也都回来了，上学大军就壮大了。重点班的学习是很忙的，几个男生偶尔会去打篮球，沈恬跟曹露就在栏杆上看着他们，要么就去看台看着。

时间过得特别快，周慎之的生日就要到了。沈恬一边写着作业一边想着，给他买什么礼物，她看一眼电脑，点开他的头像。这两个多月来，他们的聊天记录特别多，除了讲题，就是讲题，陈远良还开了个四人群，曹露也在里面。

她看着两个人的聊天记录发呆，好一会儿，她编辑。

恬恬哦：你生日准备怎么过呀？

Sz：带你去看枫叶。

沈恬一愣，她没想到是这个！

恬恬哦：好啊！

沈恬捧着脸，脸红透了。不过在他生日之前，她还是跟曹露一起出去逛街，给他买生日礼物。曹露最近也隐隐有所察觉，她看沈恬选了一个耳机，还要刻字，曹露眯眼，捏了下沈恬的脸："你跟周大佬现在什么关系？"

沈恬眨了眨眼，看曹露一眼，嗖地收回视线。曹露冷哼："心虚了吧？"

沈恬接过袋子，有些犹豫，她看向曹露，说："我们是一起努力上大学的关系。"

曹露比个大拇指："我恬，你牛啊！居然把高岭之花拉下神坛！"

沈恬"哎呦"一声，拉下她的手："没有没有，我们是彼此成就。"

曹露"啧啧"一声，笑着抱紧她："祝福你们，你们要考一个大学，永远在一起。"

沈恬嘿嘿一笑，她也希望如此。

10 月 30 日这天是周五，不过他们下午都请了假，赵宣城一个头脑发热，居然全同意了。于是他们四个人前往滨海大道，骑着单车往枫山而去，沈恬坐在周慎之的单车后座，她侧坐着，穿着白色的裙子。

陈远良骑着单车，载着曹露，曹露伸手跟沈恬牵手，沈恬伸过去，笑着喊道："大海啊大海——"

曹露接她的歌词："是我生活的地方，海风吹，海浪涌——"

曹露吼得特别大声，有种撕裂的惊悚感。周慎之猝不及防，车头一晃，沈恬惊到，反射性地伸手抓着他的衣摆，周慎之稳住车头。

沈恬往他后背挨去，满脸通红，她紧抓着他的衣摆。他偏头看她一眼，笑着继续踩着脚踏，语调懒散："曹露唱歌蛮有特色。"

沈恬听出他的调侃，笑了起来："嗯！"

那边陈远良吼着，让曹露别唱了，再唱两个人直接进海里算了。曹露气得打陈远良胖胖的后背。

不一会儿，车子抵达枫山脚下。这个山特别矮，这个季节，就只剩下这座山的枫叶还红着。沈恬下了单车，眼睛一亮，她手臂勾着袋子跑过去，手一摊开，枫叶就落在她手里。她捧住，回身看向周慎之："你看！"

周慎之停好单车，他今日穿着黑色牛仔裤跟黑T恤，朝她走去，也看到她手中的枫叶。沈恬笑眯眯道："好看吗？"

周慎之点头："好看。"

陈远良跟曹露打打闹闹地跟在身后，欣赏着这满山的枫叶红。风吹来，摇掉了一树的枫叶，于是枫叶落在沈恬的头顶、肩膀上，她笑眯眯地仰头看向周慎之，眼睛亮晶晶："好美对不对？"

周慎之垂眸看她，说道："是的，很美。"

沈恬笑弯了眉眼，她今日也扎着丸子头，白色裙子是有肩带的，干净柔美。

上到山顶，可见山下的满片枫林，曹露拉着沈恬拍照，也让陈远良跟周慎之一起帮着拍，周慎之举起手机，拍了几张，但主要是拍沈恬。

沈恬打开袋子，从里面取出给他买的生日礼物，看了他一眼，随后朝他走去："周慎之。"

周慎之靠着楼梯栏杆，他抬眼。沈恬笑着走到他跟前，举着耳机，踮脚道："你低下头。"

周慎之看到她手中纯黑色的耳机了，他眼尾微挑，懒洋洋地低下脖颈。沈恬把耳机挂到他脖子上后，男生抬起眼眸，深深地看着她，沈恬笑着歪头："十八岁生日快乐！"

他抬手，修长的指尖滑过耳机，他指尖摸到耳机内侧有凹凸，他取下耳机，看到上面刻了一行字：多喜乐，长安宁。

他看着这六个字好久，似曾相识，他抬眼，看向她："谢谢。"

沈恬笑意盈盈，周慎之转着耳机。

曹露在对面举起手机，拍下这一幕，天哪！一定要留念，相片要保存起来，等以后给他们看！嘿嘿。

看完了枫叶，他们拍了很多相片。沈恬也收集了很多叶子。

晚餐四个人在学校附近的一家餐馆吃饭，他的手机响好多次，应该都是同学、家人以及朋友给他生日祝福，但他都没搭理。

他十八岁的这个生日，很特别。

周慎之生日过后就是月考，沈恬有些紧张。不过好在成绩下来，她竟然上升了七名，她拿着成绩单"哇"了一声看向周慎之："我进步了！"

周慎之翻着书，看她一眼，用笔戳了下她的脸颊："我辅导的，能不进步？"

沈恬眼睛一亮，眨眼："谢谢周大佬！"

第十一章

Chapter 11

"周慎之！"一道女声从窗外传来，特别大声，娇俏好听。周慎之收回笔，往后靠，往外一扫。

沈恬也跟着转过头，是一个把三中校服穿出别具一格的女生。

那女生看着这边，喊道："周慎之，你出来一下。"

周慎之看对方一眼后，说道："不是什么重要的人。"

沈恬抿唇。这时那女生又喊了，浑然不怕这是黎城一中的样子。陈远良骂了一声，说道："周慎之，肯定又是关国超。"

沈恬睫毛闪了闪，周慎之站起身，朝后门走去。他抱着手臂，半靠着门，睨着那女生，全班所有人都看着。

那女生看着他几秒，接着，递了一张卡片给他："我哥给你的。"

周慎之垂眸看一眼，轻嗤一声，伸手接了，语气低沉冷漠："滚。"

那女生脸上的笑容还是很灿烂，她说："我期待你跟我哥打一场！"说完，又看他几眼，这才走了。

周慎之拿着那张卡片走回来，坐在沈恬身旁。陈远良抢过那张卡片，打开后"扑哧"笑了声："关国超可真幼稚！还下战帖。"

曹露也凑过去看，沈恬也伸长了脖子，想看看是什么战帖。周慎之抱着手臂，靠近她，语气懒散："篮球比赛。"

沈恬眨了眨眼，转头看他："是不是三中那群混混呀？"

周慎之点头。沈恬瞪大眼睛："那你要跟他们比吗？我听说他们很坏！"

周慎之翻开书，睨她一眼，笑着："不怕。"

沈恬眨了眨眼，耳根微红。

没过两天，陈厌等人也过来寻周慎之，几个男生在走廊上谈话，沈恬趴在桌子上往外看。陈厌走后，周慎之跟陈远良进来，周慎之拉开椅子，沈恬转过头看他，周慎之坐下来，靠着椅背。

他抬起眼眸看她，沈恬也看着他，彼此对视几秒。沈恬问道："你答应了？"

周慎之"嗯"了一声："免得他总烦我。"

沈恬"噢"了一声，笑道："那我可以认真看你打球了。"

周慎之含笑看她。沈恬脸微红，抬了抬，挪开视线。

十一月，白天热，晚上凉，沈恬还穿着短袖的校服，周慎之看了一眼，把她挂在座椅的外套递过去："别着凉。"

沈恬看了一眼，周慎之里面穿的还是蓝白色短袖校服。

陈厌他们在篮球场等他，周慎之跟他们确定好后回来。

沈恬收起手机，走在他身侧，她仰头问道："到时在哪里比赛啊？"

"跟老刘说好了，在我们学校比赛。"

沈恬"哇"一声："那太好了。"

周慎之唇角微勾。

走出校门，不远处就是沈恬家的超市，他垂眸问她："你生日什么时候？"

沈恬抬眼，看着他的眼睛："我八月，过啦。"

周慎之微顿，有些失落："那明年再帮你过生日。"

沈恬笑弯了眉眼："嗯。"

她看着外面的车水马龙，蓦地想到了什么，她揪住他的袖子："周慎之，你是不是比我小啊？小两个月！"

周慎之错愕，他看向跟前的女生。几秒后，他眼眸眯起，微抬下巴："谁比你小！"

"你十月啊，我八月，比你早出生两个月！"沈恬有些隐隐的兴奋，她眉眼弯弯盯着他，周慎之看她那得意的表情，蓦地伸手捂住她的嘴巴，低声说："闭嘴。"

沈恬睫毛闪动，眼里全是笑意跟星星，看得他无奈。

周慎之垂眸，身子挡着她，逼近她："你看我像比你小的样子吗？"

这儿光线本就不太好，他身影一罩过来，沈恬就显得更娇小。她呆了呆，用眼神表示，要看身份证上的好吧！

这时校车开到他们身后停下，站台上一些昏昏欲睡的学生朝校车走去，斑驳的灯光落在站台上。周慎之抬手揉了揉她的头发，抓乱她的丸子头，随后转身走向校车。沈恬仰头看着，看着他骨节分明的手握着吊环，越过一个个吊环走到后面，他往这儿看来，人太高，他得略微偏头，沈恬朝他挥手。

黎城一中跟三中的篮球比赛，定在十一月中旬的一个周五下午，体育老师帮着批了场地，剩下全权交给陈厌。

比赛这天，沈恬跟曹露就按捺不住，后来最后一节英语课一上完，她拉着曹露就下楼。冬天悄悄来临，沈恬都穿了冬天的长校服，跟曹露赶到篮球场时，看到他们一群男生站在一起在讲战术。

对面有几个女生，穿着超短裙跟白色衬衫，一看就是啦啦队的架势，沈恬一眼认出带头的就是那个来找周慎之的女生，听说她是关国超的妹妹。

周慎之跟他们说完，拨开陈远良勾着他肩膀的手臂，就朝这边走来，脱下校服外套，他捞起矿泉水瓶，仰头喝了一口。

沈恬问道："你想不想吃什么？"

他将瓶盖拧好，从校服外套里拿出巧克力糖递给她，说道："不吃，比赛完了早点儿回家"

沈恬脸颊微红，点头。

周慎之走回篮球场上，他穿着 28 号球服，下颌线条分明，桃花眼微眯。听着体育老师说话，他懒洋洋地揉揉脖颈，眉眼俊朗，发丝细碎地搭在额间，很是帅气。

不一会儿，学校的学生也陆陆续续来了些，来看比赛。这不是什么正规比赛，所以看的人并不算多。而那位关国超一头黄发，走到篮球场上，一脸嚣张，还朝周慎之比了个中指。周慎之神色冷漠，懒得搭理他。

比赛正式开始，沈恬跟曹露坐在一起，紧张地看着。周慎之在球场上游刃有余，不到一分钟就轻松进了两个球，沈恬跟着其他同学尖叫："啊啊啊啊啊啊啊加油，周慎之！"

曹露直接站起来，挥舞着手中的校服，势要跟对面那几个三中女生比声音。

关国超一边跑一边跟着骂，好几次狠狠地用身子撞向周慎之，周慎之侧身闪过，沈恬紧张得要命，她拉住曹露："他怎么总耍阴招啊！"

曹露脸色难看："可不是，陈远良刚才都被撞倒了，他有病吧！"

"关国超，你是个垃圾！"她站起身吼着道。

关国超冷笑，跟他那几个球员，又来了几次。陈厌差点儿被他撞到膝盖，他脸色阴冷，用力推开关国超。关国超骂了一声，转过身拳头就朝陈厌面门而去，周慎之上前直接掐住关国超的后颈，接着用力一端，把关国超踹跪在地上。看台上本校的学生尖叫了起来。

周慎之按着关国超，他叫陈厌："去跟体育老师说，这球不打了。"

陈厌上前，抓住关国超的头发，狠看他一眼，这才转身离开球场。这一系列发展让现场所有人都蒙了。

后来现场很是混乱。老师来了，两个学校的球员差点儿打起来。陈远良撞到鼻子，还流鼻血。接着他们一群人被老师喊走了。

沈恬急了，张了张嘴想喊他。可是她强迫自己冷静下来。曹露拉着她的手臂道："肯定是去教导主任的办公室，我们要不要跟上去？"

沈恬点头，随后，她跟着曹露一起偷跑过去。他们一行男生聚集在走廊里，沈恬跟曹露刚冒个头，周慎之抬起眼眸就看到了。

他从口袋里拿出手机，按着。"嘀嘀"，沈恬手机响起，她点开 QQ。

Sz：**篮球场等我。**

沈恬一顿，回他："好的"。随后，她拉着曹露离开，说道："我们先去篮球场等他们吧。"

曹露很怕教导主任，她此时听到教导主任的怒吼声，身子一抖，赶紧道："走走走，好，我们下去等他们。"

随后两个女生回篮球场，篮球场此时没什么人了，周慎之刚才喝的矿泉水还在。沈恬跟曹露坐到看台上，两个人均叹口气，怎么会弄成这样？曹露"呸"了一声："就不该答应关国超，跟他打球，他有病的。"

沈恬点头："就是。"她现在特别担心他，怕他被通报之类的。

天边只剩下余晖在，金灿灿地挂在树梢上，曹露突然接到家里的电话，不得不离开，于是就剩下沈恬在等。沈恬频频往后看，看向教导主任办公室的方向，就在校园里的灯全亮起来时，她终于看到他们一行人从灌木丛那边走过来。

沈恬唰地站起身，周慎之也看到了她，他跟陈厌、陈远良说了声，随后朝这边走来。他们一行男生看这边几眼，笑着撞来撞去，然后就离开了；也有些跑回来拎走书包外套的同学，但不一会儿，这儿就剩下她跟他了。

沈恬紧盯着他："教导主任有没有说什么？"

周慎之走到她身边，捞起她的书包跟他的书包，搭在肩上，说道："没说什么，又不是我们挑事。走，去吃饭。"

沈恬跟他走了几步，停住，她抬眼道："周慎之。"

周慎之垂眸："嗯？"

沈恬认真道："刚才吓到我了，你们好端端的，突然动手，我都蒙了！"她语气认真，神情认真，眼里满是担忧。

周慎之微愣："抱歉，让你担心了。"

沈恬摇头："但只要你没事就好。"

周慎之看她好几秒。

在篮球架下，月光以及灯光下，女生仰起头，男生低着头，影子映在一起。影子拉长，微风徐徐，万般美好。

番外　相同的录取通知书

沈恬回到家里，洗完澡，躺在床上满脸通红，捂着脸。

在床上翻了一会儿，她唰地坐起身，拿过日记本写日记。

写完后，她捧着脸，发着呆。郑秀云端着水果进来，沈恬听见动静，下意识地把日记本压在书下面，郑秀云把碟子放在桌上："吃点儿水果。"

沈恬心咚咚直跳，点点头，假装面无表情。郑秀云放下水果要走，蓦地又走回来，看着她："你脸怎么那么红？洗澡的时候热水又开那么热了？"

沈恬唰地回神，她捂着脸仰头，看向郑秀云，摇头道："就是……"

本想撒谎，但想了想，立即顺着杆子往上爬："嗯嗯，好冷了嘛，想热一点儿。"

"你不要命了？下次不许这样。"郑秀云点了下她眉心。

沈恬点头一脸乖乖的样子。郑秀云眯眼，多少觉得她有点儿不对劲，但看她这样，好像也没什么，于是没多怀疑，转身走出去。

周一沈恬背着书包下楼，匆匆地喊了一声"爸妈"，沈昌明赶紧往她手里塞了一盒牛奶还有一个面包，沈恬放在校服外套口袋里，然后哼着歌走出超市。

沈昌明笑道："她最近胃口更好一些了？"

郑秀云看傻子一样看他，她擦擦手走出超市，站在那儿掐着腰望着。

沈恬走在人群里，她看向公交车站，不一会儿，就看到周慎之穿着校服背着书包戴着耳机，穿过人群走过来。他一眼看到沈恬，沈恬也一眼看到他。两个人在人群中，慢慢汇聚到一起。

周五篮球比赛的事情在学校里传开，不少人说，以后千万不要再跟三中那个关国超比赛，他就是个混混，不讲规矩。

不少女生跑来安慰周慎之。周慎之靠着椅背，转着笔，一只手轻轻把玩着沈恬的马尾辫，一边应付其他人。

沈恬趴在桌子上，与曹露说话，余光看向在周慎之身侧的女生，她悄悄嘟嘴。周慎之抬眼看到身侧的几个女生，他淡淡地道："不好意思，我要刷题了。"

那几个凑着来聊天的女生听见这话，还想说什么，陈远良"嘿"一声，笑着站起身，用胖胖的身子挡着桌子，说道："各位女同学，要不要周慎之的QQ？要的话，加我吧。"

之前有女同学加过陈远良的QQ，以为能成功，谁知道，周慎之根本不加人。她们面面相觑，几秒后，纷纷转身离开，谁都没搭理陈远良这个骗子。

陈远良嘿嘿一笑，坐下来，看向周慎之跟沈恬："兄弟，我对你好吧？"

周慎之："谢了。"

下午下课后，周慎之去校内的奶茶店，沈恬也跟着去。站在那餐牌前，沈恬仰着头看要什么口味，周慎之手插在裤兜里，站在她身后。沈恬想了下，她仰头看向周慎之："喝什么呢？"

周慎之低头看她，说道："你想喝什么都行。"

沈恬想着："我有点儿犹豫，不知道要抹茶的还是红茶的。"

周慎之没帮她做决定，只是看着她的眉眼，提醒道："红茶比较醇厚，抹茶的话你喜欢也可以。"

沈恬"哦"了一声，站直身子，朝店员说："来红茶的吧。"

周慎之轻轻一笑，沈恬顺便又多点了两杯，一杯给曹露，一杯给陈远良。正好下一节课是体育，体育老师说了大家集合一下，就可以自由活动。

于是买了奶茶后，没喝完，沈恬跟曹露把奶茶放进室内礼堂里，等解散后，两个人就往室内礼堂走去。

周慎之跟陈远良也推门而入。沈恬坐在台阶上，喝着奶茶，朝他们招手。周慎之走过去，手里拎着书试卷跟笔，来到沈恬的身侧。

沈恬探头看他的题目："这题好新啊，好像没见过。"

周慎之把试卷放在她膝盖上，说道："嗯，这是三年前，咱们物理老师出的题目。"

沈恬"哇"一声："咱们物理老师出的题，每次都能押中高考。"

"所以你得学。"周慎之拿笔在上面解着题，她有点儿走神地看着他的笔尖，他抿紧薄唇，低声道："别这样看我，看题。"

沈恬"哦"了一声，她看向那道题。周慎之呼一口气，一边解着题一边给她讲解。

曹露跟陈远良在一旁也听着，不过听解题可真无聊，于是陈远良就说道："沈恬，你这么好学，将来肯定要跟周慎之上一个学校的吧？"

这话一出，周慎之讲题的话瞬间都停下来。曹露圈着膝盖握着奶茶看着他们，曹露说："周慎之大佬成绩那么好，肯定上华大或者京大吧，恬恬还差不少呢。"

沈恬头皮发麻，她下意识地看向周慎之。周慎之捏着笔转了转，他看着沈恬的眼睛，道："努努力，如果不行，我可以换去别的学校。"

沈恬立马摇头，她才不要呢。她呼一口气，道："我会加油的。"

周慎之嗓音懒散："但也不要太拼了。"

"你怎么跟我妈一样，我妈也是，天天叫我继承超市，不要太拼了。"

"是吗？"周慎之轻轻一笑。

陈远良"啧啧"两声，对曹露说道："他现在笑得比以前多了，以前哪会经常笑啊。"

曹露嘿嘿一笑："恬恬改变了周慎之大佬呗。"

说努力，沈恬就真的努力，反正她也不是没努力过，每天晚上晚自习回来后，洗完澡还在刷题，后来甚至还跟郑秀云提出要请个能周末上课的老师。她是有周慎之教，但她怕他有时没空，于是想再请个家教。

这话一提出来沈昌明却是第一个反对，说道："不行，你最近晚上学到那么晚，还要再请老师，你不要命了？"

沈恬抿紧唇，看向郑秀云。郑秀云这次却没立刻反对，她看向沈恬："我同意给你请老师，但是你晚上回来后最多只能再学一个小时。还有，尽力就好，你要是搞坏了身体……我饶不了你。"

沈恬站在收银台前，对上郑秀云的眉眼，不知为何，觉得妈妈话中有话。

周六她背着书包去学校内的礼堂找周慎之，他们约好要在这里补习，她卸下书包，发了会儿呆。周慎之把书打开，翻开试卷，看她还在发呆，捏了她手心一下："你怎么了？"

周慎之突然听到她还要请老师，他脸色也变了："你记住，我不需要你陪我去京市，你只要按正常发挥，等成绩出来，我们再商量去哪个城市。"

沈恬愣一秒，反应过来自己说漏嘴了，赶紧捂住嘴巴。

周慎之微叹一口气，看她好几秒。

后来他们达成共识，沈恬不请老师，晚自习下课回去就洗澡休息，而他会在晚自习的时候帮她补习，任何时候都可以帮她补习。来年的夏天，成绩下来后，两个人再选一个好的学校。

那会是两张一模一样的录取通知书。

图书在版编目（CIP）数据

月光盒子 / 半截白菜著 . -- 长沙：湖南文艺出版社，2024.4

ISBN 978-7-5726-1652-5

Ⅰ . ①月… Ⅱ . ①半… Ⅲ . ①长篇小说－中国－当代 Ⅳ . ① I247.5

中国国家版本馆 CIP 数据核字（2024）第 043028 号

上架建议：畅销 · 青春文学

YUEGUANG HEZI
月光盒子

著　　者：半截白菜
出 版 人：陈新文
责任编辑：吕苗莉
监　　制：邢越超
策划编辑：郭妙霞
营销支持：文刀刀
装帧设计：梁秋晨
插图绘制：甜奶糖　昭　昭　视觉中国
内文排版：百朗文化
出　　版：湖南文艺出版社
　　　　　（长沙市雨花区东二环一段 508 号　邮编：410014）
网　　址：www.hnwy.net
印　　刷：三河市鑫金马印装有限公司
经　　销：新华书店
开　　本：680 mm × 955 mm　1/16
字　　数：391 千字
印　　张：21.5
插　　页：4
版　　次：2024 年 4 月第 1 版
印　　次：2024 年 4 月第 1 次印刷
书　　号：ISBN 978-7-5726-1652-5
定　　价：49.80 元

若有质量问题，请致电质量监督电话：010-59096394
团购电话：010-59320018